文学与性

中国明清文学中的两性观念

陶慕宁　岳立松 等　著

中国大百科全书出版社

图书在版编目（CIP）数据

文学与性：中国明清文学中的两性观念 / 陶慕宁等著．—北京：中国大百科全书出版社，2021.7

ISBN 978-7-5202-1007-2

Ⅰ．①文… Ⅱ．①陶… Ⅲ．①中国文学—古典文学研究—明清时代 Ⅳ．① I206.4

中国版本图书馆 CIP 数据核字（2021）第 128865 号

出 版 人 刘国辉
策 划 人 曾 辉
责任编辑 林思达
责任印制 魏 婷
封面设计 乔智炜
出版发行 中国大百科全书出版社
地　　址 北京阜成门北大街 17 号
邮政编码 100037
电　　话 010-88390969
网　　址 http://www.ecph.com.cn
印　　刷 北京君升印刷有限公司
开　　本 710 毫米 ×1000 毫米　1/16
印　　张 24.75
字　　数 322 千字
印　　次 2021 年 7 月第 1 版　2021 年 7 月第 1 次印刷
书　　号 ISBN 978-7-5202-1007-2
定　　价 88.00 元

目录

引言 / 001

一、早期的文献资料搜集纂辑及研究 / 002

二、西方相关研究状况 / 005

三、国内近四十年的研究状况 / 008

第一章　中国文学中两性观念的迁变 / 011

第一节　中国文学性描写的传统与类型 / 013

一、唯美蕴藉型 / 015

二、色情诙谐性 / 021

三、铺陈渲染型 / 027

四、世情暴露型 / 029

第二节　明代文人心态与性爱观 / 034

一、晚明文人的真情与风流 / 034

二、晚明文人的矫情与放纵 / 041

第二章　性别视角之下的明代青楼文化 / 045

第一节　明代青楼文化概述 / 047

第二节　晚明社会与士妓关系 / 052

一、晚明社会的男权松动 / 052

二、晚明文士的妓女观念 / 056

三、宗法体制的包容 / 060

第三节　文人对青楼才媛生存风貌的书写 / 064

一、被美化的青楼冶游 / 065

二、书写心态 / 070

第四节　被忽视的真实信息 / 079

第五节　被隐藏的“性”描写 / 093

一、从高罗佩“逃避性爱”说看文人青楼书写中对性欲的隐藏 / 093

二、沙才之“疮”病与《霉疮秘录》/ 097

三、晚明文人与性病 / 100

第六节　晚明男风的兴盛 / 104

一、晚明男风的性别关系 / 104

二、晚明男风的行业运行 / 108

第三章　明代戏曲的两性书写及其心理蕴涵 / 115

第一节　《牡丹亭》《霞笺记》《西楼记》的两性观念 / 117

一、从汤玉茗《还魂记》到青春版《牡丹亭》/ 117

二、《牡丹亭》与性 / 122

三、《霞笺记》与《西楼记》的两性观念 / 124

第二节 《李娃传》到《绣襦记》的两性观念 / 131

一、《李娃传》之流播 / 131

二、情节之改动 / 134

三、人物形象与批评之演进 / 141

第三节 明代戏曲所宣示的性爱观念 / 145

一、叙事套路中蕴藏的性爱观念 / 145

二、“色”乃性爱之媒 / 153

三、闺阁之中的性信息 / 158

四、性别转换与同性恋现象 / 163

第四节 明清戏曲性描写的多重视角与意义 / 168

一、男性视角下的性爱 / 168

二、女性视角下的性爱 / 173

三、对贞女的隐喻与重视 / 178

四、性戏谑中的两性观念 / 180

五、戏曲中的性窥视 / 182

第四章 明清小说中的两性刻画与人性深度 / 185

第一节 从《金瓶梅》看晚明社会伦理 / 187

一、《金瓶梅》中的妓女形象 / 187

二、《金瓶梅》的称谓与两性叙事 / 195

第二节 《金瓶梅》的食色书写与人生迷失 / 212

一、由食传情的文字蕴意 / 212

二、食色相通的叙事线索 / 215

三、食色欲望与人生迷失 / 219

第三节　性别视角下的《醒世姻缘传》叙事艺术 / 224

一、《醒世姻缘传》叙事的三个层次 / 225

二、《醒世姻缘传》寓言式表达的潜能 / 239

第四节　“三言”中的婚恋与两性描写 / 247

一、两性关系中的市井观念 / 247

二、“三言”中的象征与隐喻 / 254

第五节　艳情小说与性描写 / 263

一、民国小说史中的“艳情小说” / 263

二、二十世纪八十年代以来小说史著中的“艳情小说” / 267

三、如何看待小说中的性描写 / 272

第五章　明代民歌与两性观念 / 277

第一节　“私情谱”：明代民歌的“情爱”特质 / 279

一、明代民歌的“情爱”特质与两性观 / 280

二、明代文人与民歌之结缘及两性观 / 282

第二节　“情爱论”：明代民歌批评与两性观之嬗变 / 287

一、关于“泛情论”与“情爱论” / 287

二、对民歌之“情”的“泛情论”阐释 / 288

三、由“泛情论”向“情爱论”的转变 / 291

四、对民歌之“情”的“情爱论”阐释 / 292

第三节　欲女窥视：文人对民歌情色的关注 / 295

一、“意淫”心理与色情文艺 / 295

二、欲女窥视与民歌情色 / 300

第四节　嘲妓拟作：文人与妓女关系的别样视角 / 303

一、文人嘲妓的文化溯源 / 303

二、明代广大下层妓女的实际境遇 / 306
三、明代文人拟作嘲妓类民歌之心态 / 310

第六章 鼎革后文学中的两性观念 / 319

第一节 冒、董遇合折射出的明末清初士妓关系 / 321
一、从冒、董初识到订盟看两人关系 / 322
二、董、冒九年恩爱中所隐伏之情理悖谬 / 328
第二节 清代忆语文学的饮食书写与两性观念 / 335
一、饮食品位与女子才性 / 335
二、饮食构建的情意图景 / 340
三、饮食书写的男性观照 / 343

第七章 清代女性声音的文学表现 / 349

第一节 清代女性作者的身份与创作活动 / 351
一、清代女性作者的身份及创作价值 / 351
二、清代女性的创作群体 / 354
第二节 清代闺秀诗话记述的婚姻关系与女性心曲 / 357
一、清代闺秀诗话记述的夫妻和谐 / 357
二、清代闺秀诗话记述的家庭矛盾 / 360
三、清代闺秀诗话中叛逆女性的声音 / 366

结语 / 373
参考文献 / 375
后记 / 385

引　言

本课题研究的主要内容是明、清至民国文学中的性别意识、性别观念，也即十四世纪后期至二十世纪初期约五百年所出现的诗文词曲、小说戏剧所表现的男女两性关系、性别意识。明清社会正处于中国历史的转型期，在此期间，经济、社会、思想、文化的迁变必然会影响到男女两性关系与社会性别意识。文学作品在表现两性关系方面出现了什么样的变化；不同地域、不同阶层的婚姻、性爱有怎样的文学书写；女作家的生存状况、情感寄托与文学创作；青楼文学与品优文学的文化心理蕴涵；两性观念对社会风气的影响；性别意识在士大夫文学和市井文学中的不同表现及其相互渗透；西风东渐对晚清文学性别观念的影响，这些都将是本课题着力探究的重要内容。

本课题所以使用"近世"这个概念，一则借鉴日本学者青木正儿《中国近世戏曲史》的时域界定，二则意在打破以往文学史对晚清和近代人为割裂的弊病。注重历史的延续性、文化的承袭性，力图从大量文献史料中梳理出一条性别观念演进的线索，其间容有支脉逆流、反拨倒退，亦必擘肌析理，予以阐释，力求最大限度接近历史真实。具体而言，本课题将以作家作品发展脉络为经，以社会思想文化之影响为纬，通过重要作家、重要作品的分析，揭橥性别观念在不同历史时期的文学审美特征与文化心理内涵。

明代以来的文献浩如烟海，有关材料的搜讨和整理几乎无有止境，而“最后的解释”“完成的学术”又只能是个别学派、学人的理想，那么本课题的撰写也就不追求面面俱到。比如《红楼梦》之于本题，自是绕不开、说不尽的重要资料。然而此书的研究成果汗牛充栋，窃忖发明新见洵有不逮、架空设言实所未敢，用是不列专章，惟借之关照各节，收镜鉴之功。不该不遍之说，非以一察自好、臆取人文历史的“规律”。要之，“一致而百虑”者，自可觇殊途之同归，自有读者昭昭。

一、早期的文献资料搜集纂辑及研究

在谈论此话题之前，有必要先梳理一下国人早期在古代性学方面的贡献。

首先是叶德辉所辑《双梅影闇丛书》，初版于光绪三十三年（1907），一九一四年重编，又有增益。收书十七种，计《素女经》《素女方》《玉房秘诀》《玉房指要》《洞玄子》《天地阴阳交欢大乐赋》《青楼集》《板桥杂记》《吴门画舫录》《燕兰小谱》《海沤小谱》《观剧绝句》《木皮散人鼓词》《万古愁曲》《乾嘉诗坛点将录》《东林点将录》《秦云撷英小谱》，此丛书收录庞杂，其中前五种，应属刘歆《七略》“房中”一门，专论男女性事之和谐，房中之技巧。唯此类书唐末五代时大量散佚，罕见著录。《天地阴阳交欢大乐赋》，唐白行简撰，出自敦煌鸣沙山，有阙文。内容大旨乃房中书之赋体文学演绎。叶德辉《新刊素女经序》云：

> 今远西言卫生学者皆于饮食男女之故推究隐微，译出新书

如《生殖器》《男女交合新论》《婚姻卫生学》。无知之夫诧为鸿宝，殊不知中国圣帝神君之胄此学已讲求于四千年以前。即纬书所载《孔子闭房记》一书，世虽不传，可知其学之古。又如《春秋繁露》《大戴礼》所言古人胎教之法，无非端性情，广似（嗣）续，以尽位育之功能。性学之精，岂后世理学迂儒所能窥其要眇！①

诚哉斯言！两宋以降，理学渐崇，耻言男女之事，“房中”“容成”之学，随文献之亡佚而成广陵散，须俟晚近西学东渐，国人始知“生理”“性学”之科目，而稍溯源于唐以前书，钩沉辑佚，联类取譬，乃得与世界接轨。

《青楼集》，元夏庭芝著，为元曲艺人之小传，以女伎居多，凡一百十七人，兼涉院本、诸宫调等伎艺。

《板桥杂记》，余怀著，乃明清鼎革之后，追念明之末叶南京秦淮曲中名妓之才艺人品，与彼时士大夫流连声色、绮靡放浪之笔记，时有阳秋月旦之讥评。

以下九种，多清人著述，或摭录某地之妓家风月，如《吴门画舫录》记乾嘉时苏州妓女；《海沤小谱》叙津门之名妓；或传记梨园艺人之色貌才艺，如《燕兰小谱》记京师之男伶；《秦云撷英小谱》则专录道咸间秦腔名伶。其他如《观剧绝句》，乃乾隆元年状元金德瑛等所书观剧诗。其他数种，或为曲艺，或为诗评，或属史料，与本书关系较小，不予论列。

自二十世纪二十年代始，茅盾、周作人、潘光旦等开始关注中国古代文学中的性描写，如周作人等收集的明清“猥亵”歌谣以及发表的大量有关女性问题的文章，见于舒芜编纂之《女性的发

① 叶德辉：《新刊素女经序》，载《双梅影闇丛书》，杨逢彬、何守中整理校点，海南国际新闻出版中心，1995 年版，第 1–2 页。

现——知堂妇女论类抄》一书；潘光旦所著《冯小青》，对女性性心理的分析；英国学者霭理士著，潘光旦译注《性心理学》，注文征引大量中国古代文献，对中国古代女性性心理有精湛的研究。茅盾则认为中国古代性文学除《飞燕外传》与《西厢记·酬简》一折外，皆无文学性可言。三四十年代，陈东原所著的《中国妇女生活史》是第一部全面探讨中国女性生存状态的文化史著作，至今影响深远。王书奴《中国娼妓史》则是对自古以来女性中的特殊群体——官私妓女做全面梳理的专史。此外，尚有姚灵犀在天津编订出版之《采菲录》《思无邪小记》《瓶外卮言》等书，《采菲录》取《诗经·邶风·谷风》“采葑采菲，无以下体”之义，专事探讨女性缠足问题，广搜各类相关文献史料与实物，兼陈己见，堪称中国妇女缠足史与性史之珍贵史料。《思无邪小记》乃历代性史资料之汇辑。《瓶外卮言》则系研究《金瓶梅》之专著，内容约可别为三类，一是论文，涉及《金瓶梅》作者与写作年代考订、版本异同、与《水浒传》《红楼梦》之关系及“金”书的社会背景，并收吴晗、郑振铎、痴云、阚铎及佚名作者各一篇。二是“金瓶小札”，乃姚灵犀对《金瓶梅》中语词的注释，亦是此书的主要内容。三是对《金瓶梅》中歇后语、谚语、词曲的辑录。

还应一提的是二十世纪二十年代张竞生有关人口、性教育、性调查的大量文章以及《性史》的出版，虽仅昙花一现，即遭禁毁。然意义深远，不容轻视。

二十世纪三十年代，张次溪编纂成书之《燕都梨园史料》，搜罗自乾隆至民初记录梨园掌故逸闻之笔记小品达五十一种，对彼时京城伶人之容色技艺、社会习俗、演出体制、花榜南风均有详细描述，既是珍贵戏曲史料，亦是了解当时伶界生活乃至男色风行的社会风尚之材料渊薮。

二、西方相关研究状况

国外的相关研究自荷兰高罗佩始。先是日本作家芥川龙之介、古琦润一郎、佐藤春夫、永井禾原等人于二十世纪初至二十年代曾游历南京，以散文、笔剩、日记的多种形式描绘了晚清、民初的秦淮风月场所。这类作品大多沿袭《板桥杂记》《秦淮画舫录》的格局，以记艳为主，不足以言学术。高罗佩则以外交官身份，在华期间注重收藏中国相关作品、图册、器物，著《秘戏图考》《中国古代房内考》等书，对中国古代两性关系与性文学作了开拓性的探索。《秘戏图考》初版于一九五一年，乃作者任驻日使馆参赞时以蜡纸手印，书分三卷，各装裱成册。首卷以英文写成，据杨权先生的“译者前言”，可译为《明代的春宫套色版画——附论汉代至清代的中国性生活》：

> 本卷分上、中、下三篇，上篇《性文献的历史概览》从缕析古史旧籍、房中秘书、道家经典、传奇小说、野史笔记入手，经过细致分析，勾勒了自汉朝开始至明末中国人的性生活情形。从内容上看，本篇属于【附论】文字，与秘戏图并无直接关联。作者把之置于卷首，旨在提供一个帮助读者理解中篇和下篇内容的背景材料。但作者撰写这篇概览时广集史料，一发难收，竟使【附论】成了本卷的主体。中篇《春宫画简史》与下篇《花营锦阵·注译》都以明代的秘戏图为研究对象。中篇讨论了中国春宫套色版画的一般历史、制作方式和艺术特色，并扼要介绍了作者所曾寓目的《胜蓬莱》《风流绝畅》《花营锦阵》《风月机关》《鸳鸯秘谱》《青楼剟景》《繁华丽锦》《江南消夏》等八部春宫画册的版本情况、图画内容与艺术特色。下篇专门介绍作者自己收藏的明代春宫印版《花营锦阵》的画面内容，全面翻译了题跋文字，还注释了部分词语。卷后有附

录《中国的性术语》和索引。

卷二《秘书十种》系中文卷，从性质上来说它是卷一的附编。本卷收录了卷一所征引的若干中文秘籍的原文。十种秘书实际上只有九种，因为《洞玄子》是从收入日人丹波康赖《医心方》卷二十八的《房内记》中析出而单独成篇的。这些中国古代文献除《房中补益》以外全部流失在海外，其中《天地阴阳交欢大乐赋》的全文以及《房内记》的内容在清末已由长沙人叶德辉收入《双梅影闇丛书》出版，而《纯阳演正孚佑帝君既济真经》《紫金光耀大仙修真演义》《素女妙论》三篇房中秘文，《某氏家训》一篇残页，以及《风流绝畅》《花营锦阵》两种春册题辞均系首次发表，是研究中国古代性文化的珍贵史料。除收录十种秘书以外，本卷还有一个附录，分【乾】【坤】二部。乾部选录了卷一提到的一些旧籍的段落；坤部为【说部撮抄】，节录了《肉蒲团》《株林野史》《昭阳趣史》三部色情或淫猥小说的若干段落。

卷三《花营锦阵》系一部春宫画册，是作者用自己收藏的明代印版按中国传统的制作方法印制的，尺寸与式样均与明代原画相同。①

以上不惮繁冗，大段征引杨权先生“译者前言”，一则盖因介绍详尽，巨细靡遗，二则因《秘戏图考》实乃中国性文化研究的开山之作，数十年间，虽流传不广，仅印五十册深藏各国图书馆、博物馆，而筚路蓝缕，功不可没。吾人赖此得知中国古代性学之丰厚与明代版画之绚丽。

一九六一年，高罗佩又出版了《秘戏图考》的姊妹篇《中国古

①［荷兰］高罗佩：《秘戏图考》，杨权译，台湾金枫出版有限公司，1993 年，第 14–16 页。

代房内考》，全书分四编十章，第一编略述先秦封建时期之性文化与性哲学。第二编自秦汉至六朝，涉及宫廷性生活、房中书与道家之性修炼。第三编言隋唐五代至宋，涉及房中秘书与性文学作品、缠足、妓院等。第四编自元至明末，分别谈元之性习俗，明之色情小说与淫秽小说、春宫画册。此书为公开出版物，讲求科学认真，擘肌析理，他认为“外界认为古代中国人性习俗堕落反常的流俗之见是完全错误的……总的说来，他们的性行为是健康和正常的”①。此书由李零、郭晓惠等译为中文，一九九〇年上海人民出版社内部发行，“前言”介绍甚详，可与前书互参。

近四十年来，海外的相关研究在理论与方法上更显成熟。哈佛大学韩南教授对中国古代，尤其是明清与近代文学中有关重要作品的论述；夏志清对《金瓶梅》的探讨；浦安迪从叙事学角度对明清小说戏曲的研究；王德威《想像中国的方法》《被压抑的现代性》对晚清民国文学的探索；孙康宜在古代文学研究中的性别视角；陈庆浩对流散海外的大量有关文献的爬搜整理都大大推动了相关研究的深入进展。另外，陈庆浩与王秋桂主编的《思无邪汇宝》几乎囊括了流散于海外的明代迄民国的淫猥小说达五十部之多，可谓功莫大焉。二十世纪以来，刘东主编的《海外中国研究丛书》的问世，大大丰富了国内学者的视野，美国学者伊沛霞的《内闱——宋代的婚姻和妇女生活》、高彦颐的《闺塾师——明末清初江南的才女文化》、曼素恩的《缀珍录——十八世纪及其前后的中国妇女》、贺萧《危险的愉悦——20世纪上海的娼妓问题与现代性》，还有未入此套丛书的美国学者马克梦所著《吝啬鬼、泼妇、一夫多妻者——十八世纪中国小说中的性与男女关系》等，尽管译笔往往扞格舛谬、佶屈聱牙，却都以翔实的史料、新颖的

①［荷兰］高罗佩：《中国古代房内考》，李零、郭晓惠等译，上海人民出版社，1990年，第8–9页。

解读重构了中国近世或一地域、或一群体的性别关系与两性观念。同时，国内外社会学、人类学、性心理学、性文化学的理论研究也取得了长足的进步，为本书提供了丰厚的参照借鉴的理论资源。

二〇一五年四月，美国哈佛大学燕京学社举办“近世中国之情色表达”国际学术研讨会，与会学者计美国十人、加拿大一人、中国大陆一人、中国香港一人。会议围绕“艳情”的分类与界定，近世中国小说、词曲、诗歌、音乐中的色情意蕴，女性的情色意象，男权的情色表达发表论文十三篇，在文献发掘与理论阐释方面，皆有创获。余有幸躬逢其盛。

三、国内近四十年的研究状况

二十世纪八十年代以后，随着改革开放的逐步深入，性别研究、性社会学、两性文化学的学术研究得以蓬勃开展，海外的相关理论著述亦得以大量译介，出现了相当数量的有影响的学术著作。涉及古代文学、文化的有刘达临的多部性文化史类著作及文物收藏展，康正果《风骚与艳情》、何满子《中国爱情小说中的两性关系》、江晓原《性张力下的中国人》、吴存存《明清社会性爱风气》、武舟《中国妓女生活史》、陶慕宁《青楼文学与中国文化》、邵雍《中国近代妓女史》、张在舟《暧昧的历程——中国古代同性恋史》等，而对于古代文学中一些长期被视为禁书的重要作品，如《金瓶梅》《肉蒲团》《姑妄言》等的研究亦取得了前所未有的突破。与此相应，二〇〇〇年五月，南京大学明清文学研究所举办了中国大陆首次“明清文学与性别国际学术研讨会”，海内外与会学者六十余人，提交高水平论文五十四篇，为新世纪古代文学性别研究进入国际视野奠定了坚实的基础。近十余年来，由于高校扩招，相当数量的博士、硕士论文选择古代文学中的性别意识、两性关系、情色表达作为研究对象，或宏观、或中观、或微观探讨某一作家、某一作品，而媸妍并见、高下杂处，罕有义理、考据、辞章兼善者。

另有一些学者，如吴凌云、孟晖，从器物、服饰、女红入手，探讨性别文化、两性意识，颇多卓识，探赜精微。前者如吴凌云所著《红妆——女性的古典》（中华书局 2005 年），后者如孟晖所著《潘金莲的发型》（江苏人民出版社 2005 年）、《花间十六声》（生活・读书・新知三联书店 2006 年）。

与此同时，台湾的相关研究成果亦不容小觑，陈益源《元明中篇传奇研究》出版于一九九七年（香港・学峰文化事业公司 1997 年），是在博士论文基础上修订完成，全面论述了自元代《娇红记》到明初《贾云华还魂记》直至晚明《五金鱼传》等十六部中篇传奇的作者、版本、内容及影响。此十六篇传奇内容多系才子佳人之恋情，故于当时之两性关系、士人心态均可资借镜。三年后，作者又出版了《小说与艳情》（学林出版社 2000 年），对于明清小说中的“淫书”与《水浒传》《金瓶梅》《红楼梦》之关系及当时社会性爱风气有深刻分析。台湾“中研院”历史语言研究所与联经出版公司于二〇〇九年推出由李贞德主编之《中国史新论・性别史分册》，以众多新材料、新观念重构中国古代性别史，功力深厚。“中研院”近代史所亦有熊秉真、吕妙芬主编之《礼教与情欲——前近代中国文化中的后 / 现代性》（“中研院”近代史研究所 1999 年），从八个论题论证礼教与情欲之关系，新意迭出，时有胜见。“中研院”文哲所则有《明清文学与思想中之情、理、欲》专刊，钟彩钧主编之“学术思想篇”从哲学角度论明清之思想文化、人性人情。王瑷玲主编之《文学篇》则立足于文学作品，剖析其中隐含的情理欲之纠结牵系。即使是市井中的小人物——“三姑六婆”的研究，台湾在二十一世纪即分别有两部专著，一为衣若兰著《三姑六婆——明代妇女与社会的探索》（稻乡出版社 2002 年），一为林保淳《三姑六婆、妒妇、佳人——古典小说中的女性形象》（暖暖书屋文化事业股份有限公司 2013 年）。

凡此种种，都对本书的写作有所助益。

第一章

中国文学中两性观念的迁变

明清文学所表现的性与性别意识并非凭空骤降，而是有其积渐形成的脉络，本章第一节即是溯古追源，梳理中国文学中性描写的发端与沿袭轨迹。第二节则是立足于十六、十七世纪之交中国士人心态的变化，由于思想、哲学、经济、社会的趋于近代化，文学书写的主体——文人士大夫的心态较之漫长的中世纪，发生了质的变化，他们对于情感、人性、男女都有了迥不同于以往的认识，本节即由发掘此种变化而连带以下各章。

第一节

中国文学性描写的传统与类型

—

中国文学之性描写发轫自上古，由简至繁，经俗变雅，绵延至今日不绝。其笔法或蕴藉、或恣肆、或摇曳而多姿、或浅拙而秽媟，媸妍并陈，高下杂处。以文体而论，诗赋词曲、史传稗乘、说部戏曲，性描写几于无体不备。以文学性与审美价值而论，晚清以前文学之性描写大抵可厘为四类。一是唯美蕴藉型，以宋玉《神女赋》、司马相如《美人赋》为代表，降及后世诗词韵文之含蓄旖旎者。二是色情诙谐型，以张鷟《游仙窟》为代表，包括唐寅春宫诗、王实甫《西厢记·酬简》、汤显祖《牡丹亭·道觋》以及《聊斋志异》《红楼梦》《蜃楼志》等书部分内容。三是铺陈渲染型，以《绣榻野史》等纯为演绎性交之明清淫秽小说为代表。四是世情暴露型，以《金瓶梅》为代表。

华夏民族自进入文明社会以来，文学创作日臻繁盛。而表现男女相慕，恩怨纠结之作品篇帙腾涌，何啻万千，且诸体皆备，炫胜争奇，几已为文学史家发掘爬梳尽矣。本节乃专就文学史中回避罕及之性文学演进之迹稍做探赜，冀能引起方家瞩目，庶几有裨于研究领域之拓展。

生活中男女之相慕，进而投诗赠扇，踰垣隙牖，直至结缡成婚，固因性欲之吸引与夫家族延续之需要。文学之描写性欲、性交则有虚实美恶之不同。自汉武定儒学为一尊，男女之别、尊卑之判，日益彰显。帷箔之私，只做禁脔之用；床笫之事，渐成暗昧之谈。《诗》之桑间濮上，赋之《神女》《高唐》，或直写情欲，畅言无忌；或托言神仙，藻荟纷披。至汉，司马相如作《美人赋》，词虽荡佚浓艳，义则归于内敛自持。观其“金鉔薰香，黼帐低垂。裀褥重陈，角枕横施。女乃驰其上服，表其亵衣。皓体呈露，弱骨丰肌。时来亲臣，柔滑如脂”[①]。极富动感、质感，实足动人心魄。而“臣乃气服于内，心正于怀，信誓旦旦，秉志不回，翻然高举，与彼长辞”[②]，兔起鹘落，戛然而止。直与宋玉《神女赋》篇末归于讽谏一脉相承，是女色祸人之说，已初具影响。降及后世，秽媟之作，几靡不以此说相标榜，而烂逞淫猥之笔，铺张交媾之状，欲求“劝百讽一”亦难矣哉。然而两性之爱，究属生命之美好体验，中外古今文学之佳构，多有以描写男女之微妙心理、性爱之曲折跌宕而收荡气回肠之效，而成举世公认之文学经典者。故评价性描写之高下，不在有无云雨交媾之场景，不在身体私隐部位之表现与否，端在有无人性本质之发皇，是否臻于美学之境界。若劳伦斯（D. H. Lawrence）《查泰莱夫人的情人》（*Lady Chatterely's Lover*）描写性交不可谓不细腻入微，英、美政府莫不以淫书查禁，但其书张扬人性、揭橥灵魂之光芒终不可掩，乃不胫而走，迄今流布于欧亚各国，允称世界文学之名著。

纵观中国之性文学，自汉至清末，体裁、内容与写法大抵皆经三变。自汉至隋，文学作品之写性，大多托言于帝王后妃，而出于杂史、杂传，此可以《飞燕外传》为代表，写法则稍见雕琢、绘形

① 费振刚、胡双宝、宗明华辑校：《全汉赋》，北京大学出版社，1993 年，第 97–98 页。

② 同上，第 97–98 页。

绘影，且多有可以印证于现代性心理学之细节。唐、五代至元，新文体之传奇渐兴，诗歌亦臻鼎盛，性文学多写士人之婚外恋情，笔触往往细腻摇曳、含蓄旖旎。

而诗词韵文，时有香艳放佚之作，其中《天地阴阳交欢大乐赋》托名白行简，出自敦煌鸣沙山，专事刻画男女交欢之乐，并及南风之性事，文字全无遮掩，笔意恣肆汪洋，极尽赋体铺张扬厉之能事，实不当以诲淫之作目之。元明清三代，俗文学坛坫渐固，说部戏曲足与诗文分庭而抗礼，自《金瓶梅》出，刺世之作每大张闺帷之秽亵，射利之徒竟专写采战之淫污。此固由于风气之颓败，亦源于人欲之蜚扬。诗文词曲、山歌民谣，喜谈风月，常涉性交。或缠绵而悱恻，或夸饰以宣淫，数量既夥，美恶杂糅。然以今日性文学理论之成果反观中国两千年来文学作品之性描写，微特不类沈雁冰一九二七年所云"至于可称为文学的性欲描写，则除伪称伶玄作之《飞燕外传》与《西厢》中《酬简》的一段外，恐怕再也没有了。所以著者实实讲来，我们没有性欲文学可供研究材料，我们只能研究中国文学中的性欲描写——只是一种描写，根本算不得文学"①。且几乎可称代有佳作，殊堪珍赏。兹就此类文学之美学特质与审美价值厘为四类，分而述之，以见中国性文学之丰富多彩。

一、唯美蕴藉型

宋玉《高唐》《神女》二赋，瑰奇绚丽，情韵婉转。写山川之巍峨灵秀，状神女之仪态风神，穷形尽相，足称妙笔。然篇中实无男女授受之私，反多神女以礼自持之态。而修容娟媚，皓齿蛾眉，

① 沈雁冰：《中国文学内的性欲描写》，载郑振铎编《中国文学研究》下册，上海书店，1981 年，第 2 页。

"望余帷而延视兮，若流波之将澜""意似近而既远兮，若将来而复旋"[①]。适足令人驻足顾眄、落魄失魂。此种写法，专注于唯美之意境，笔力含蓄、引而不发，开后世色情文学最上乘之一脉先河。而"高唐""巫山""旦为朝云，暮为行雨。朝朝暮暮，阳台之下"[②]，遂为后世性文学写男女交媾通用之隐喻。嗣后，《汉武故事》《汉武内传》披露后宫之淫乱，兼述帝王与神仙之遇合，铺采摛文，杂取传说，时有妙丽含蓄之笔，如叙卫子夫"善歌，能造曲，每歌挑上。上喜动，起更衣。子夫因侍尚衣轩中，遂得幸。头解，上见其美发，悦之，遂内于宫中"。流动婉转，实已隐约有唐人小说笔意。而述钩弋夫人"解黄帝素女之术，大有宠"[③]之语，则颇为后世道教秘笈与小说稗乘所采撷光大。

托名西汉伶玄所撰《飞燕外传》，大约出自魏晋时人手笔。[④]其描写成帝与飞燕、合德姊妹之情欲纠葛，极传奇体摹心绘影、体贴入微之妙。而其写男女之性心理、性挑逗、性积欲、性嫉妒，乃至窥浴、恋足，皆委曲蕴藉，艳而不淫，诚吾国文学史上性描写之佳构。《外传》叙成帝初幸飞燕：

> 及幸，飞燕瞑目牢握，泣交颐下，战栗不迎帝。帝拥飞燕，三夕不能接，略无谴意。宫中素幸者从容问帝，帝曰："丰若有余，柔若无骨，迁延谨畏，若远若近，礼义人也，宁与汝曹婢胁肩者比邪？"既幸，流丹浃籍。嫕私语飞燕曰："射鸟儿不近汝邪？"飞燕曰："吾内视三日，肉肌盈实矣。帝

① 李善注：《文选》，上海古籍出版社，2013 年，第 888、889 页。

② 同上，第 876 页。

③ 陶宗仪：《说郛》卷五十二，中国书店，1986 年，第 10 页。

④《飞燕外传》，题汉伶玄著，始见著录于《郡斋读书志・传记类》，关于其产生之时代，学界迄今尚有歧义，本文酌采诸家意见，认为当出自魏晋时期。

体洪壮，创我甚焉。”飞燕自此特幸后宫，号赵皇后。[①]

叙成帝之性偏嗜：

> 帝尝早腊，触雪得疾，阴缓弱不能壮发。每持昭仪足，不胜至欲，辄暴起。昭仪常转侧，帝不能长持其足。樊嫕谓昭仪曰：“上饵方士药，求盛大不能得，得贵人足一持畅动，此天与贵妃大福，宁转侧俾帝就耶？”昭仪曰：“幸转侧不就，尚能留帝欲，亦如姊教帝持，则厌去矣，安能动乎？”
>
> 后骄逸，体微病，辄不自饮食，须帝持匕箸。药有苦口者，非帝为含吐不下咽。昭仪夜入浴兰室，肤体光发占灯烛，帝从帏中窃视之。侍儿以白昭仪。昭仪曰览巾，使撤烛。他日，帝约赐侍儿黄金，使无得言。私婢不豫约，中出帏值帝，即入白昭仪。昭仪遽隐辟。自是帝从兰室帏中窥昭仪，多袖金，逢侍儿私婢，辄止赐之。侍儿贪帝金，一出一入不绝。帝使夜从帑益或至百金。[②]

其写赵后姊妹之妍丽，一用“纤便轻细，举止翩然”，一用“合德膏滑，出浴不濡”，而随即用成帝初幸之感觉“丰若有余，柔若无骨”状飞燕之神韵；以“帝大悦，以辅属体，无所不靡，谓为温柔乡。语嫕曰：‘吾老是乡矣，不能效武皇帝求白云乡也。’”数语写合德之妩媚尤胜于姊。此种笔法，实已超迈辞赋体之单纯以旁观者视角形容女性美之窠臼，于后世小说限知叙事颇著良规。而其于飞燕姊妹性格之差异，亦能在不经意间以一二细节传神写照，使赵后之骄矜善妒，昭仪之机巧邃密，皆历历如在眼前。笔力含蓄，

① 陶宗仪：《说郛》卷三十二，中国书店，1986年，第21页。

② 同上，第24页。标点为笔者所加。

收纵自如。尤可贵者，在于作者自始至终隐于幕后，蠲弃史家褒贬之词，通篇不加评骘，而阳秋幽曲之笔，复时时可见，真小说家上乘之选。

> 帝病缓弱，太医方不能救，求奇药，尝得昚恤胶。遗昭仪，昭仪辄进帝。帝御，一丸一幸。一夕，昭仪醉进七丸。帝昏夜拥昭仪居九成帐，笑吃吃不止。抵明，帝起御衣，阴精流输不禁，有顷，绝倒。挹衣视帝，余精出涌，沾污被内。须臾帝崩。[①]

此一段，明人兰陵笑笑生改窜植入《金瓶梅词话》第七十九回，写西门庆之死。亦足见《飞燕外传》衣被后世小说之泽迹。

宋人秦醇有《赵飞燕别传》(或题《赵后遗事》《赵飞燕合德别传》)，载于刘斧《青琐高议》卷七，实据《飞燕外传》敷衍而成，而笔力实不逮《外传》。唯述帝私窥昭仪浴一段，“帝自屏罅觇，兰汤滟滟，昭仪坐其中，若三尺寒泉浸明玉。帝意思飞荡，若无所主”，刻镂精彩，楚楚有致。又：

> 后生日，昭仪为贺，帝亦同往。酒半酣，后欲感动帝意，乃泣数行下。帝曰：“他人对酒而乐，子独悲，岂不足耶？”后曰：“妾昔在后宫时，帝幸其第，妾立在后，帝时视妾不移目甚久，主知帝意，遣妾侍帝，竟承更衣之幸。下体尝污御衣，欲为浣去，帝曰：‘留以为忆。’不数日，备后宫，时帝啮痕犹在妾颈，今日思之，不觉感泣。”帝勃然怀旧，有爱后意，顾视嗟叹。昭仪知帝欲留，先辞去，帝逼暮方离后宫。[②]

---

① 陶宗仪：《说郛》卷三十二，中国书店，1986 年，第 24–25 页。

② 刘斧：《青锁高议》卷七，上海古籍出版社，1983 年，第 76 页。

此节亦委婉动人，情致缠绵。“啮痕”一笔，于成帝之性取向稍做披露，不无性学研究价值。

唐、宋两朝，专写帝王后妃宫闱秽乱之事者有《隋炀帝海山记》《隋炀帝迷楼记》《大业拾遗记》《杨太真外传》《骊山记》等，而铺排诸种传闻，下笔不自敛束，时有诙谐调情之语，每杂佻达荡佚之诗，较合置于第二类“色情诙谐型”论之。

唐人传奇，大抵下笔矜慎，极“史才、诗笔、议论”之能。虽多述士人婚外恋情，而操觚颇能敛束，往往以委婉曲折见长，不求淫艳以炫目。唯《游仙窟》一篇，骀荡妖丽，曲尽色情，亦置之第二类。

古诗多写思妇怨妻，殊少色欲之渲染，稍可引发性之联想者，不过“开窗取月光，灭烛解罗裳。合笑帷幌里，举体兰蕙香”。“中宵无人语，罗幌有双笑”。一类子夜吴歌数首而已。若唐人之《花间》《香奁》，亦不过以女性口吻倾吐闺怨，微涉色情意象而又不失含蓄蕴藉者，当推韩偓数首：

《咏浴》

再整鱼犀拢翠簪，解衣先觉冷森森。
教移兰烛频羞影，自试香汤更怕深。
初似洗花难抑按，终忧沃雪不胜任。
岂知侍女帘帷外，賸取君王几饼金。

《五更》

往年曾约郁金床，半夜潜身入洞房。
怀里不知金钿落，暗中唯觉绣鞋香。
此时欲别魂俱断，自后相逢眼更狂。
光景旋消惆怅在，一生赢得是凄凉。

《多情》

（庚午年在桃林场作）

天遣多情不自持，多情兼与病相宜。
蜂偷野蜜初尝处，莺啄含桃欲咽时。
酒荡襟怀微駊騀，春牵情绪更融怡。
水香賸置金盆里，琼树长须浸一枝。[①]

又《全唐诗》卷八百二，载《酥乳》一首，题“赵鸾鸾”作，小传云“平康名妓也，诗五首”。其诗云：“粉香汗湿瑶琴轸，春逗酥融绵雨膏。浴罢檀郎扪弄处，灵华凉沁紫葡萄。”

以韩偓之诗与赵鸾鸾《酥乳》相较，韩之模拟女性之迹甚显，虽极力揣摩女性之体验，遣词造句终是牵强，读来似隔一层。如《咏浴》之颈联、颔联，总是男子想当然口吻。尾联用《飞燕外传》典，益彰造作之嫌。不若《酥乳》之浑然天成，引人遐想。

宋词元曲，踵武前修，多吟怀云挹露之感，每作窃玉偷香之思。柳耆卿《乐章》、乔梦符《小令》，浓艳旖旎，时有隽语。王实甫《西厢记》第四本第一折以张生口吻演唱与崔莺莺初夜之性体验：

【元和令】绣鞋儿刚半折，柳腰儿够一搦，羞答答不肯把头抬，只将鸳枕捱。云鬟仿佛坠金钗，偏宜鬏髻儿歪。

【上马娇】我将这纽扣儿松，把缕带儿解，兰麝散幽斋。不良会把人禁害。哈，怎不回过脸儿来？

【胜葫芦】我这里软玉温香抱满怀。呀，阮肇到天台，春至人间花弄色。将柳腰款摆，花心轻折，露滴牡丹开。

---

① 韩偓：《香奁集》，载彭定求编《全唐诗》卷六八三，中华书局，1960年，第7834–7843页。

【幺篇】但蘸着些儿麻上来，鱼水得和谐。嫩蕊娇香蝶恣采。半推半就，又惊又爱，檀口揾香腮。[①]

此一折明人称之为“酬简”，观其文字，若以现代汉语译出，不过一段男女淫艳交媾之描述，而用新兴之文体——元曲表而出之，以“鸳枕”“云鬓”“兰麝”“幽斋”“软玉温香”“阮肇天台”“露滴牡丹”“蝶采嫩蕊”“檀口香腮”杂以若干当日口语，如“羞答答”“不良会把人禁害”“但蘸着些麻儿上来”等，虚实相揉，隐显交映，乃生间离之效，此正中国古典文学写性之妙处，盖事典既多，隐喻足能信手；象征迭用，文心遂有波澜。后之文言小说、传奇戏曲如《娇红记》《龙会兰池录》《牡丹亭》《聊斋志异》《红楼梦》等，写男女之幽期、人神之绮遇，大抵取婉约含蕴一途，不斤斤于性事之细节描写，而留绮思艳想之余地。

二、色情诙谐性

此类作品大多出于文人狡狯，用轻侮调谑之笔，比附暗喻之词，状男女骀荡淫猥之态，亦累见于诸种文体，而以《游仙窟》堪称典型。《游仙窟》，唐调露初进士张鷟所撰，而中土千年以来不见载记，清末，杨守敬访日，始著录于《日本访书志》。张鷟事迹见于两《唐书》，其文章，新罗、日本、突厥、暹罗皆甚喜读，不惜重金购之。而张在当时，“傥荡无检，罕为正人所遇。姚崇尤恶之……鷟属文下笔辄成，浮艳少理致，其论著率诋诮芜猥，然大行一时，晚近莫不传记”。

《游仙窟》以第一人称述“仆从汧陇，奉使河源”，路经积石山，于神仙窟内邂逅十娘、五嫂二女子，与之酬酢调情，极尽谑

① 王季思主编：《全元戏曲》第2卷，人民文学出版社，1999年，第286页。

浪。至夜，十娘伴宿。抵明，赋诗赠物而别。陈寅恪《元白诗笺证稿》末附《读莺莺传》一文，论“真字即与仙字同义，而‘会真’即遇仙或游仙之谓也。又六朝人已侈谈仙女杜兰香萼绿华之世缘，流传至于唐代，仙（女性）之一名，遂多用作妖艳妇人，或风流放诞之女道士之代称，亦竟有以目倡伎者”。张鷟虽故弄狡黠，虚化艳遇之背景环境，复高标二女之出身——十娘崔氏为博陵王、清河公之苗裔，五嫂出自太原王氏，皆隶“五姓七族”。而观其目挑心招之态，酬答雅谑之词，实唐代平康北里中倡条冶叶做派，绝无名门闺秀之端谨自持。而由男主人公之自供“余以少娱声色，早慕佳期，历访风流，遍游天下。弹鹤琴于蜀郡，饱见文君；吹凤管于秦楼，熟看弄玉。虽复赠兰解珮，未甚关怀；合卺横陈，何曾惬意！昔日双眠，恒嫌夜短；今宵独卧，实怨更长。”足见此文之狭邪背景，不啻唐人冶游之实录也。

全篇用骈文，传奇中罕觏。篇幅綦长，精彩处皆在对话问答，杂以诗歌俚语，骈四俪六，字字双关，句句涉色，隐喻迭出，波俏慧黠。似拒还迎，淫艳佻薄，来去全言性事，而又不着一字，尽得风流，颇得唐人俗赋体裁。试观其例：

> 下官因咏局曰：“眼似星初转，眉如月欲消，先须捺后脚，然后勒前腰。”十娘则咏曰：“勒腰须巧快，捺脚更风流，但令细眼合，人自分输筹。”
>
> 下官咏刀子曰：“自怜胶漆重，相思意不穷。可惜尖头物，终日在皮中。”十娘咏鞘曰：“数捺皮应缓，频磨快转多。渠今拔出后，空鞘欲如何！”
>
> 于时砚在床头，下官因咏笔砚曰：“摧毛任便点，爱色转须磨。所以研难竟，良由水太多。”
>
> 十娘忽见鸭头铛子，因咏曰：“嘴长非为嗍，项曲不由攀。但令脚直上，他自眼双翻。”

酒巡到十娘，下官咏酒杓子曰：“尾动惟须急，头低则不平。渠今合把爵，深浅任君情。”

十娘咏盏曰：“发初先向口，欲竟渐伸头；从君中道歇，到底即须休。”[①]

今人言“色情”二字，多用为贬义。以训诂学考之，“色”不过言女子之美貌。“情”亦只言人之感情、爱情、情欲，初无臧否轩轾之义。唐人视男女尚不离天性自然之道，《黄帝》《素女》犹备典籍，“房中”“方技”流播士口，故白行简作《天地阴阳交欢大乐赋》，实无可怪。沈雁冰氏以为其所著《李娃传》“篇中毫无性欲描写，事迹曲折而动人同情，极缠绵可观，足称为言情佳作。所以，要说作《李娃传》的人同时会忽然色情狂起来，作一篇《大乐赋》，无论如何是不合情理的”[②]。正不知唐人随文命意，因意遣词之洒脱率性也。

此类写法，颇为后之传奇所承袭，如《迷楼记》《大业拾遗记》《骊山记》等，叙事中每插入诗词隽语，几成体式。唯是才力不逮，不能如张文成之行云流水。然亦偶见佳处，如《骊山记》载：

一日，贵妃浴出，对镜匀面，裙腰褪，微露一乳，帝以指扪弄曰：“吾有句，汝可对也。”乃指妃乳言曰：“软温新剥鸡头肉。”妃未果对。禄山从旁曰：“臣有对。”帝曰：“可举之。”禄山曰：“润滑初来塞上酥。”妃子笑曰：“信是胡奴只识酥。”[③]

① 张鷟：《游仙窟》，载李剑国辑校《唐五代传奇集》第一册，中华书局，2015年，第183–184页。

② 沈雁冰：《中国文学内的性欲描写》，载郑振铎编《中国文学研究》下册，上海书店，1981年，第6页。

③ 秦醇：《骊山记》，载刘斧撰辑《青琐高议》前集卷六，上海古籍出版社，1983年，第61页。

“浴出”“裙腰褪，微露一乳”“扪弄”数语，皆富动感，使人如睹春宫，“鸡头肉”“塞上酥”皆用比喻，导人色情萌动，而又出语诙谐，张弛有度，不失为上乘文字。

明人汤显祖《牡丹亭》第十七出《道觋》，净扮石道姑自述新婚之夜尴尬场景，皆用《千字文》串联隐喻，淫猥佻薄，揶揄残疾之石女，格调固不足多，然颇可据以觇知晚明士风与文风之颓靡：

> 早是二更时分，新郎紧上来了。替俺说，俺两口儿活象“鸣凤在竹”，一时间就要“白驹食场”。则见被窝儿“盖此身发”，灯影里褪尽了这几件“乃服衣裳”。天呵，瞧了他那“驴骡犊特”；教俺好一会“悚惧恐惶”。那新郎见我害怕，说道新人，你年纪不少了，“闰馀成岁”。俺可也不使狠，和你慢慢的“律吕调阳”。俺听了口不应，心儿里笑著。新郎，新郎，任你“矫手顿足”，你可也“靡恃己长”。三更四更了，他则待阳台上“云腾致雨”，怎生巫峡内“露结为霜”？他一时摸不出路数儿，道是怎的？快取亮来。侧着脑要“右通广内”，踣着眼在“篮笋象床”。那时节俺口不说，心下好不冷笑，新郎，新郎，俺这件东西，则许你“徘徊瞻眺”，怎许你“适口充肠”。如此者几度了，恼的他气不分的嘴劳刀“俊乂密勿”，累的他凿不窍皮混沌的“天地玄黄”。和他整夜价则是“寸阴是竞”。待讲起，丑煞那“属耳垣墙”。几番待悬梁，待投河，“免其指斥”。若还用刀钻，用线药，“岂敢毁伤”？便拼做赳了交“索居闲处”，甚法儿取他意“悦豫且康”？有了，有了。他没奈何央及煞后庭花“背邙面洛”，俺也则得且随顺乾荷叶，和他“秋收冬藏”。哎哟，对面儿做的个“女慕贞洁”，转腰儿到做了“男效才良”。虽则暂时间“释纷利俗”，毕竟情意儿“四大五常”。要留俺怕误了他“嫡后嗣续”，要嫁

了俺怕人笑“饥厌糟糠”。[①]

《千字文》本以儒学伦理为纲，备儿童启蒙之用。此文则偷梁换柱，以冠冕之词，摹猥亵之状，极尽反讽之能事。盖明世暨中叶以降，淫风渐炽，自宫中以迄士林，信方士、迷丹药、宿娼妓、狎娈童，纵谈床笫之私而恬不知耻。风气所染，降及市井里巷、引车负贩者流，以是春宫孳盛，秽书公行，淫具陈列于市肆，方士显达于九重。高才如汤玉茗者，亦遂不能免俗。当日红氍毹上，《道觋》一出，亦不过博听者一粲而已。今之读者，亦可从中体味晚明文人巧思与趣味之所在。今人白先勇氏改编《青春版牡丹亭》，不删《道觋》一出，正具慧眼，堪称得体。

晚明之民歌，流播人口，遍及南北。冯梦龙氏不以为猥鄙，颇著搜辑之功。而《挂枝儿》《山歌》之属，十九皆市井色欲私情之词，以其清新，不假雕饰，乃为性灵一派所推重，用以抵斥拟古饾饤之“七子”。袁宏道云：“且天下之物，孤行则必不可无；必不可无，虽欲废焉而不能。雷同则可以不有，可以不有，则虽欲存焉而不能。故吾谓今之诗文不传矣。其万一传者，或今闾阎妇人孺子所唱《擘破玉》《打草竿》之类。犹是无闻无识真人所作，故多真声；不效颦于汉魏，不学步于盛唐，任性而发，尚能通于人之喜怒哀乐嗜好情欲，是可喜也。”[②] 王骥德《曲律》云：“小曲《挂枝儿》即《打枣竿》，是北人长技，南人每不能及。昨毛允遂贻我吴中新刻一帙，中如《喷嚏》《枕头》等曲，皆吴人所拟。即韵稍出入，然措

---

① 汤显祖：《牡丹亭》，徐朔方、杨笑梅校注，人民文学出版社，1963 年，第 76–77 页。

② 袁宏道：《锦帆集》卷二《叙小修诗》，载《袁宏道集笺校》，钱伯城笺校，上海古籍出版社，1981 年，第 188 页。

意俊妙，虽北人无以加之。故知人情原不相远也。”[①]此类民歌，既出于市廛乡镇，每杂俚词市语，颇少禁忌，往往有文人士夫所不能者。试观《山歌·身上来》与《半夜》二曲：

年当悔，月当灾，撞着子情郎正遇巧身上来。郎做子巡检司门前箇朱红棍，姐做子池里鲜鱼穿子腮。[②]

姐道：我郎呀，尔若半夜来时没要捉箇后门敲，只好捉我场上鸡来拔子毛。假做子黄鼠狼偷鸡引得角角哩叫，好叫我穿子单裙出来赶野猫。[③]

又如《挂枝儿·粽子》：

五月端午是我生辰到，身穿着一领绿罗袄，小脚儿裹得尖尖趫。解开香罗带，剥得赤条条。插上一根梢儿也，把奴浑身上下来咬。[④]

以之与唐寅春宫诗、杂曲相较，如《排歌·咏纤足》：

第一娇娃，金莲最佳，看凤头一对堪夸。新荷脱瓣月生芽，尖瘦帮柔满面花。从别后，不见他，双凫何日再交加。腰边搂，肩上架，背儿擎住手儿拿。[⑤]

---

① 王骥德：《曲律》，载中国戏曲研究院编《中国古典戏曲论著集成·四》，中国戏剧出版社，1959 年，第 181 页。

② 冯梦龙等编：《明清民歌时调集》，上海古籍出版社，1987 年，第 306 页。

③ 同上，第 283 页。

④ 同上，第 185 页。

⑤ 唐寅：《唐伯虎全集》，大道书局，1925 年，第 30 页。

则天然与造作，清新与藻饰判然可见。

三、铺陈渲染型

明清之际，淫秽小说大行于世，盖与商品经济繁荣，人欲横流无忌大有关联。今之所得见者，犹不下五六十种。赖陈庆浩、王秋桂、陈益源诸时贤遍寻海外遗书，勤事考校，成《思无邪汇宝》二辑，俾学界得睹此类小说之全豹，嘉惠士林，功莫大焉。兹为以下论述方便起见，先依《思无邪汇宝》之次第列出书目。

第一辑：《海陵佚史》明・无遮道人编次。《绣榻野史》明・吕天成著。《昭阳趣史》明・古杭艳艳生著。《浪史》明・风月轩又玄子著。《玉闺红》明・东鲁落落平生著。《龙阳逸史》明・京江醉竹居士浪著。《弁而钗》明・醉西湖心月主人编。《宜春香质》明・醉西湖心月主人编。《别有香》明・桃源醉花主人。《载花船》明・西泠狂者笔。《欢喜冤家》（上下）明・西湖渔隐主人著。《巧缘艳史》清・江海主人。《艳婚野史》清・江海主人。《百花野史》清・一笑主人编。《两肉缘》清・不题撰人。第二辑：《换夫妻》清・云游道人编。《风流和尚》清・不题撰人。《碧玉楼》清・竹溪修正山人编次。《欢喜浪史》清・不题撰人。《一片情》清・不题撰人。《肉蒲团》清・情隐先生编次。《梧桐影》清・不题撰人。《巫梦缘》清・不题撰人。《杏花天》清・古棠天放道人编次。《浓情秘史》清・不题撰人。《桃花影》清・檇李烟水散人编次。《春灯闹》清・檇李烟水散人编次。《闹花丛》清・姑苏痴情士笔。《情海缘》江都邓小秋。《巫山艳史》清・不题撰人。《株林野史》清・不题撰人。《浓情快史》清・嘉禾餐花主人编次。《灯草和尚传》清・云游道人编次。《怡情阵》清・江西野人编演。《春灯谜史》清・青阳野人编次。《妖狐艳史》清・不题撰人。《桃花艳史》清・不题撰人。《欢喜缘》寄侬。《如意君传》明・吴门徐昌龄著。《痴婆子传》明・芙蓉主人辑。《僧尼孽海》明·旧题“唐伯虎选辑”。《春梦琐言》清·不题撰人。《姑妄言》清·曹去晶著。

以上四十二种，大抵宣淫导欲之作，与今日色情片铢两悉称。尚有不入《思无邪汇宝》，而旨趣相类者，如凌濛初《二刻拍案惊奇》卷十八之《严监生浪吞秘药，春花婢误泄风情》；夏敬渠《野叟曝言》第六十八回至七十回，皆以铺陈男女交媾，淫行色欲为主，间杂断袖余桃之恋，如《弁而钗》《宜春香质》之属。污秽满眼，不堪足读。且多采战变态之描写，常寓阳物崇拜之心魔。以性心理学衡之，实不过男性征服欲之无限与实际性能力之有限终极矛盾之文学表现而已。

然其中仍有稍具文学价值而不能一笔抹杀者在。首先，《绣榻野史》吕天成撰，王骥德《曲律》云：“郁蓝生吕姓，讳天成，字勤之，别号棘津，亦余姚人……勤之制作甚富。至摹写丽情亵语，尤称绝技。世所传《绣榻野史》《闲情别传》，皆其少年游戏之笔。”[①]其书虽诲淫，究系文人始创，叙事亦别开生面，自当于说部史上列一席。其次，《痴婆子传》通篇以女性第一人称口吻倒叙一生之性经历，虽穿插乱伦秽媟之笔，亦不乏女性性心理之揣摩，不无研究价值，可备一席。复次，李渔所著之《肉蒲团》[②]，文笔畅达，关目紧凑，且流布广远。述未央生与新婚妻子玉香一节，不乏性启蒙、性教育之意义，顾不当以秽书置之另册。此外，如《如意君传》，叙武则天晚年宫闱秽乱之事，其书影响于后世者不止一端，文字亦简赅洗练，非尽可以淫书斥之。

然则所谓四类之中，终以此等铺陈渲染型为最下乘。盖因此等

---

① 王骥德：《曲律》，载中国戏曲研究院编《中国古典戏曲论著集成·四》，中国戏剧出版社，1959年，第172页。

②《肉蒲团》著者是否为李渔，学界仍有歧义。刘廷玑《在园杂志》卷一云：“李笠翁渔一代词客也，著述甚夥，有传奇十种、《闲情偶寄》《无声戏》《肉蒲团》各书，造意创词，皆极尖新。”余从其说。

书徒有挑动人性之动物生理本能，满足男性性占有欲之形下功用，绝少引人发见男女性爱于生命之意义与夫形而上之美学特质。

四、世情暴露型

此一类书，昉自《金瓶梅词话》，率皆以暴露世情浇薄，揭橥人性险恶为大旨，因环境多限于家庭市井，人物常刻画商贾帮闲，擅写里巷琐事，每杂淫猥之笔。然则唐人柳宗元之《河间传》，实不妨视为已著先鞭。子厚著此文，固有借妇人之先贞后淫讥刺士人操守难持之深意在，而其写河间妇人之淫行似染狂疾，甚乃设计杀其夫，“又为酒垆西南隅，已居楼上微观之。凿小门，以女侍饵焉。凡来饮酒大鼻者，少且壮者，美颜色者，善为戏酒者，皆上与合，且合且窥，恐失一男子也。犹日申呼懵懵，以为不足”①。此段，似为《野叟曝言》第六十七回《碎石台冤魂出世，看雪屏伟物招殃》述李又全一节所剽袭。然《河间传》行文尚能谨饬，不若后世白话小说之大肆描写淫媾细节也。

《金瓶梅词话》之性描写未尝游离于小说情节与人物关系，亦并非毫无节制。其写西门庆与吴月娘、与孟玉楼之性事于百回书中皆仅一见，而于情节之发展至关重要。盖西门与月娘事前曾反目，夫妻不交一语。月娘慑于西门庆之淫威，复忧虑己身嫡妻之地位，乃处心积虑，设计“扫雪烹茶”一幕，使西门庆回心转意，夫妻始得鱼水同欢。期间，即连带引出西门庆大闹丽春院，怒绝李桂姐之事。并见月娘之态度“你躧不躧，不在于我，我是不管你傻材料。你拿响金白银包着他，你不去，可知他另接了别的汉子。养汉老婆的营生，你拴住他身，拴不住他心，你长拿封皮封

① 柳宗元：《河间传》，载王弇洲编辑《艳异编》卷二五，春风文艺出版社，1988年，第353页。

着他也怎的！”[①]是写闺阃而兼及娼肆，叙家事而关联外情。鲁迅所谓“《金瓶梅》作者能文，故虽间杂猥词，而其他佳处自在”[②]。正在此等处。

西门庆与孟玉楼之性事见于第七十五回《春梅毁骂申二姐，玉箫愬言潘金莲》：

> 于是走到玉楼房中，只见妇人已脱了衣裳，摘去首饰，浑衣儿歪在炕上，正倒着身子呕吐。兰香便热煤炭在地。西门庆见他呻吟不止，慌问道：“我的儿，你心里怎么的来？对我说，明日请人来看。”妇人一声不言，只顾呕吐。被西门庆一面扶起他来，与他坐的。见他两只手只揉胸前，便问：“我的心肝，你心里怎么？你告诉我。”妇人道：“我害心凄的慌，你问他怎的？你干你那营生去！”西门庆道：“我不知道，刚才上房对我说，我才晓的。”妇人道：“可知你晓的，俺每不是你老婆，你疼心爱的去了。”西门庆于是搂过粉项来，就亲个嘴，说道：“怪油嘴，就奚落我起来！”便叫兰香：“快顿好苦艳茶儿来与你娘吃。”兰香道：“有茶伺候着哩。”一面捧茶上来。西门庆亲手拿在他口儿边吃。妇人道：“拏来等我自家吃。会那等乔劬劳旋蒸热卖儿的，谁这里争你哩！今日日头打西出来，稀罕往俺这屋里来走一走儿。也有这大娘，平白你说他，争出来，糊包气。”西门庆道：“你不知，我这两日七事八事，心不得个闲。”妇人道：“可知你心不得闲，可不了一了心爱的扯落着你哩！把俺每这僻时的货儿，都打到揣字号听题去了。后十年挂在你那心里！”见西门庆嘴揾着他香腮，便道：“吃的那烂酒气，还不与我过一边去。人一日黄汤辣水儿谁尝尝着来？那里

① 兰陵笑笑生：《金瓶梅词话》第二十一回，人民文学出版社，2000 年，第 261 页。

② 鲁迅：《中国小说史略》，上海古籍出版社，1998 年，第 129 页。

有甚么神思且和你两个缠！”西门庆道：“你没吃甚么儿，叫丫头拿饭来咱每吃，我也还没吃饭哩。”妇人道：“你没的说。人这里凄疼的了不得，且吃饭？你要吃，你自家吃去。”西门庆道：“你不吃，我敢不吃了。咱两个收拾睡去罢，明日早使小厮请任医官来看你。”……西门庆因令兰香：“趁着酒，你筛一钟儿来，我也吃了药罢。”被玉楼瞅了一眼，说道：“就休那汗邪，你要吃药，往别人房里去吃。你这里且做甚么哩！却这等胡作做。你见我不死来，揝掇上路儿来了，紧教人疼的鬼儿也没了，还要那等掇弄人，亏你也下般的，谁耐烦和你两个只顾涎缠！”西门庆笑道：“罢罢，我的儿，我不吃药了，咱两个睡罢。”那妇人一面吃毕药，与西门庆两个解衣上床同寝。西门庆在被窝内，替他手扑撒着酥胸，揣摸香乳，一手搂其粉项，问道：“我的亲亲，你心口这回吃下药觉好些？”妇人道：“疼便止了，还有些嘈杂。”西门庆道：“不打紧，消一回也好了。”因说道：“你不在家，我今日兑了五十两银子与来兴儿，后日宋御史摆酒；初一烧纸还愿心；到初三日再破两日工夫，把人都请了罢。受了人家多少人情礼物，只顾挨着，也不是事。”妇人道：“你请也不在我，不请也不在我。明日三十日，我叫小厮来攒帐交与你，随你交付与六姐，教他管去。也该教他管管儿。却是他昨日说的，甚么打紧处，雕佛眼儿便难，等我管。”西门庆道：“你听那小淫妇儿，他勉强，着紧处他就慌了。亦发摆过这几席酒儿，你交与他就是了。”玉楼道：“我的哥哥，谁养的你恁乖？还说你不护他，这些事儿就见出你那心里来了。摆过酒儿交与他，俺每是合死的？像这清早辰得梳了头，小厮你来我去，秤银子换钱，把气也掏干了。饶费了心，那个道个是也怎的！”西门庆搂着道：“我的儿，常言道：当家三年狗也嫌。”说着，一面慢慢掬起这一只腿儿，跨在胳膊上，搂抱在怀里，揝着他白生生的小腿儿，穿着大红绫子的绣

> 鞋儿，说道："我的儿，你达不爱你别，只爱你这两只白腿儿。就是普天下妇人选遍了，也没你这两只腿儿柔嫩可爱。"妇人道："好个说嘴的货！谁信那绵花嘴儿！可可儿的就是普天下妇人，选遍了没有来？愁好的没有，也要千取万。不说俺每皮肉儿粗糙，你拿左话儿来右说着哩！"西门庆道："我的心肝，我有句谎就死了我！"妇人道："怪行货子，没要紧赌什么誓。"这西门庆说着，把那话带上银托子，插放入他牝中。妇人道："我说你行行就下道儿来了。"便道："且住，贼小肉儿，不知替我拿下了不曾……没有？"遂伸手向床褥子底下摸出绢子来，预备着抹搭。因摸见银托子，说道："从多咱三不知就带上这行货子了，还不趁早除下来哩。"那西门庆那里肯依，抱定他一只腿在怀里，只顾没棱露脑，浅抽深送，须臾淫水浸出，往来有声，如狗嗏锹子一般。妇人一面用绢子抹之，随抹随出，口里内不住的作柔颤声，叫他："达达，你省可往里去，奴这两日好不腰酸，下边流白浆子出来！"①

此段引文甚长，然不如此不足以见《金瓶梅》之妙处。盖西门庆之来，本因月娘不忿潘金莲专房之宠，又值玉楼有恙，乃强逼西门看视。其间玉楼之妒意，西门之愧疚，夫妇床笫之私情密语，乃至家庭之主账出纳，皆娓娓道来，如指诸掌。此种性描写，其意义尤在暗示月娘与玉楼亦有正常女子之性欲求，而雨露不能均霑，遂启妻妾内讧之端衅也。

书中写潘金莲之无餍足固缘于个人生理欲求之旺盛，因不足乃有报仆攘婿之丑行。而固宠专房，则实由形势所迫，以西门庆求新逐异之性格，绝难专注于一人，观李瓶儿之后来居上可知一斑，此亦新兴商人占有欲之一端。笑笑生写金莲之性，虽着墨最多，渲染

① 兰陵笑笑生：《金瓶梅词话》，人民文学出版社，2000 年，第 1123–1125 页。

最甚，屈身忍辱，无所不至，而靡艳之中，实寓有一掬悲悯之情，与描绘李瓶儿之性事，多见西门庆之爱欲不无差异。

西门庆与李桂姐、郑爱月、宋惠莲、如意儿、王六儿、贲四嫂之淫媾，书写别有深意，此数人或为妓女、仆妇，或为伙计妻孥，身份地位俱远逊于西门，不过其性欲发泄之偏门而已，故交合之际，屡涉银钱之取予；调谑之余，常及同道之相倾。而嘴脸不同，神态各异，若郑爱月之黠慧善媚、李桂姐之尖刻寡情、宋惠莲之轻浮亢直、王六儿之下作无耻，皆刻露尽相，栩栩如生。细节描写亦能因人设笔，各副其人。至其写西门庆与林太太两段淫情，颇着重于对社会上层窳败现实之揭露，身为招宣府遗孀之林太太，外庄内邪，端穆其表，淫嬻其里，其秽媟之行，有过于娼妓者。西门庆与其通，实不过市井发迹之徒向慕高门，欲证自己长袖善舞，无所不能而已。故笑笑生描述二人交媾，颇有讽刺阳秋之笔，一面铺陈招宣府之烜赫庄严，礼数繁多，一面畅写林太太之淫情如炽，丑态百出。对比昭然，反差凸显。

后之说部，凡演世情，多杂秽笔，若《梼杌闲评》《醋葫芦》《十二楼》《连城璧》《绿野仙踪》《蜃楼志》等，“三言”“二拍”一类拟话本亦有数篇类此。然属词命意，设事描情，亦有高下妍媸之判。梳理中国古代性文学沿革递嬗之脉络而分别四类，或显牵强。如《欢喜冤家》实属世情；《杂事秘辛》未能论列。遗漏之书，不当之语，必不在少数。

第二节
明代文人心态与性爱观

一、晚明文人的真情与风流

晚明成为学界的热点，已延续多年。这段不足百年的历史确有许多异于以往和后来帝制时代的独特之处，诸如官僚体制的腐朽低效、商品市场的畸形繁荣、享乐观念的无孔不入、左派王学的深入人心、党社胜流的矍然蔚起、士商之间的角色互动乃至秦淮一曲的绮艳风流，诸方面的研究成果早已篇帙腾涌，不假笔者一二谈也。这里只拟从“了解之同情”的立场谈谈那一时代文人之间的生活趣尚，冀能通过几个有代表性的人物对那一群体“微窥而知之”（钱穆语）。

晚明的文人大抵都会因为同年、同乡、同好、同气建立自己的朋友圈，进而再由朋友的揄扬荐引扩大这个朋友圈，而后结社会盟、诗酒唱和、尺牍互通、友情递进，甚而发展到一同去干预政治。阅读这些人的尺牍书信，首先可以感受到情意的真切，惺惺相惜、肝胆相照。每一次诗会社盟，或是友人的远道来访，都会激发澎湃的诗情，而临歧依依、难舍难分的友情也着实令人感动。而深一层阅读其中的细节，还可读出才性、人品、情趣、志节，于是便显出了高低真伪。且看几个例子：

臧懋循，现代人知道他主要是因为其人曾纂辑过《元曲选》，流传至今。其实，他在晚明的文坛享有大名，为“苕溪四子”之一，在当时颇具影响。懋循，浙江长兴县人，生长于太湖之滨顾渚的官宦世家，他的高祖、伯祖、父亲都是进士出身。懋循自幼聪明绝顶，三岁能诵《孝经》、古诗，九岁就会写文章，连塾师都自愧不如。万历八年（1580）三十一岁中进士，授荆州府学教授。明代的一个府学教授只是从九品的官，薪水低得可怜，是不够养家的。好在能考中进士的一般都有些家底儿，更不用说像臧氏这样的世家子弟了。所以懋循得以一面做个闲官，一面结社交友，任诞风流。他的座师是内阁首相申时行，他女儿是当时已退休的首相徐阶的孙媳妇。万历十年，他升任夷陵知县，成了正七品的官。次年，迁南京国子监博士。根据现在能看到的史料，他在每一任上，都能尽心职守，薄有政绩。为人则性情疏放，诗名远播，还是个大玩家，围棋、蹴鞠都很精通，又有男风之好。这在当时的士大夫间，也算一种时尚。不过身为儒学博士，公然带着自己的男宠招摇过市，总不免有玷黉宫。校长（祭酒）黄凤翔看不过去，参了一本，懋循遂被罢官。钱谦益的《列朝诗集小传》说：

> 懋循，字晋叔，长兴人，万历庚辰进士。风流任诞，官南国子博士。每出必以棋局、蹴毬，系于车后。又与所欢小史衣红衣，并马出凤台门。中白简罢官。①

还有讲得更详细的：

> 今上乙酉岁，有浙东人项四郎名一元者，挟赀游太学，年

① 钱谦益：《列朝诗集小传》丁集上，上海古籍出版社，1983年，第465页。

少美丰标。时吴兴臧顾渚懋循为南监博士，与之狎。同里兵部郎吴涌澜仕诠亦朝夕过从，欢谑无间。臧早登第，负隽声。每入成均署，至悬毬子于舆后，或时潜入曲中宴饮。时黄仪庭凤翔为祭酒，闻其事大怒，露章弹之，并及吴兵部。得旨俱外贬。又一年丁亥内计，俱坐不谨罢斥。南中人为之语曰：诱童亦不妨，但莫近项郎。一坏兵部吴，再废国博臧。馀不能悉记。臧多才艺，为先人乡试同年，与屠礼部俱浙名流，同时因风流罪过，一弃不收，二公在林下与予修通门谊，其韵致固晋宋间人也。①

综计臧懋循的一生，其实只做了五年官，就是这区区的五年中，他似乎也从没感觉到荣耀，而是抱怨连连，在《负苞堂集》的《与吴载伯书》中有云：

不肖入楚来，悠悠无足述者。但一斋萧条，如枯叶蜩承之而已。生平惰气，每见长安中冠冕，不啻炙手，乃今令日事此耶！顾此物不可流湎，不可不染指。郈曼容须官至六百石，陶弘景须五十岁始作拂衣计，似犹恋恋。终不若柴桑处士一决也。②

同书同卷《与吴允兆书》又云："不佞宦兴冷于江水，其萧条之状，参谒之烦，前书具是矣。间登庾信楼，俯瞰江沚，见芰荷芙蓉，离离西风中，不能不动纫衣之想。若勉强与世浮沉，迟我十年，亦或可觊二千石。顾仕路刺促，荆棘眼底，以不佞跅弛之性，即无论牺牛之畏将无虑马，则吾马而齿加长哉！故曰弃隶者如

① 沈德符：《万历野获编》卷二六，中华书局，1959年，第676页。

② 臧懋循：《负苞堂文选》，载《臧懋循集》，浙江古籍出版社，2012年，第128页。

弃途，附则身贵于隶也。”同卷《与许孝廉书》复云：“不佞入楚以来，亡论萧然苜盘，动资家庾；即逢迎刺探，其劳苦亦甚不减簿书。而鄙性迂狂，不能仰人鼻息，往往获罪。”其《与茅康伯书》自诉：“允兆辈但见不佞里居时往往有豪举事，不知入官以来，其卑疵纤趋，胸臆约结，盖嗒焉尽丧吾故吾矣。此所谓知臣少壮不知臣精已销亡者也。”[①]其迁升南京国子监博士时，又有《答钱司理书》云：“乃今知宦路若逃雨，无之而不濡。顾安得弃其畛挈，返其淑静，与鸱夷子皮狎，称五湖长也。”[②]菲薄的俸禄、繁冗的公务、无奈的趋奉、渺茫的前程，这是当时低级官员的普遍境遇，并非臧懋循个人的牢骚。这里其实存在着一个悖论：考中进士，是彼时读书人个人价值被皇权承认的最重要标志，既可光宗耀祖，又可跻身社会上层。若仕途顺利，为方面大员，为卿为相，为帝师，都有可能。因此只要是春闱得第的士人，绝大多数会抱有这样的梦想。但明代的现实（尤其中晚明）却是“朝政失驭，群狡并兴。背天常而逆人纪。于是有强藩，有逆竖，有乱贼，有奸党，有叛将，有梗化之夷焉”[③]。皇帝昏愦，阉祸绵延，党争酷烈，官不聊生。像宋代官员那样优渥的待遇、体面的生活是明代官员不敢想象的。从辞章方面看，明代的官员似可以分为两类。一类是才子型的，中第之前就已诗名远播，得官以后，随着阅历的增进，愈发汪洋恣肆。另一类是应试型的，只擅长八股文，经义帖括都滚瓜烂熟，只为了考试。有的终生不会作诗，个别的做了官以后从头学起，也能中规中矩。臧懋循、公安三袁、屠隆、汤显祖等显然属于前者。

懋循自诩甚高，“若勉强与世浮沉，迟我十年，亦或可觊二千石”。二千石是汉代官员最高的秩禄，可见其人本非自甘碌碌之辈。

① 臧懋循：《负苞堂文选》，载《臧懋循集》，浙江古籍出版社，2012年，第131页。
② 同上，第133页。
③ 谢蕡：《后鉴录·自序》，明代抄本残卷。

但主观与客观、个人与社会、理想与现实的巨大反差让他对仕途心怀厌倦，希望回归自己文人名士的本色。前面引录的数通尺牍文笔洒落，而且真情流露，它很容易让人联想到袁宏道在吴县令任上写的一封信："弟作令备极丑态，不可名状。大约遇上官则奴，候过客则妓，治钱谷则仓老人，谕百姓则保山婆。一日之间，百暖百寒，乍阴乍阳，人间恶趣，令一身尝尽矣。苦哉，毒哉！"①

袁宏道，字中郎，二十四岁中进士，四十三岁病逝，曾任吴县令、顺天府教授、国子监助教、礼部主事，仕至吏部稽勋司郎中。不过从中进士到去世的十九年中，中郎做官的时间才不过五六年。只要在任上，他都是宵旰尽责，清廉自守，政声极佳。他在吴县知县任尚不足一年，就连写了七道请求退职的公函给上司，或托言祖母病亟，或备述自己病笃，反正就是不想继续做公务员了。

中郎的朋友屠隆，浙江鄞县（今宁波鄞州区）人，出身寒素，三十五岁中进士，任颍上（今属安徽）、青浦（今属上海）知县，迁礼部主事。他做官的时间也不长，是因为被人参劾与西宁侯宋世恩淫乱而遭罢免，与臧懋循下场相似。他在两任知县任上也做过不少好事，如兴修水利，为民请命。为官也很清廉，试看他在《白榆集·倾盖亭记》一文中自述做县令的种种不堪：

> 不佞起布衣，窃五斗，有四方之役。尘劳外扰，忧喜内煎，垢不及沐，饥不及餐，据堂皇扪腹枵然，神识疲耗，而吏犹抱牍前。夜漏且尽，甫就蓐，两睫未及下，而门者传柝，揽衣起矣。溽暑扶服，汗流至踵，而仆仆不得休。时而车中遗溺至不可忍，而无奈车何。此时而思箕谷诸君，天人矣。②

---

① 袁宏道：《锦帆集·丘长孺》，载《袁宏道集笺校》，钱伯城笺校，上海古籍出版社，1981 年，第 208 页。

② 屠隆：《屠隆集》第 3 册，浙江古籍出版社，2012 年，第 278 页。

由此可见，这类文人对官场的厌倦是发自内心的，“自作一官，五脏俱俗”[①]。而像屠隆这样家底单薄的官员其实是没有退路的。他在万历十一年（1583）秋天升任礼部主事，在北京的一年多时间里，他目睹了京城达官贵人的穷奢极侈、声色犬马、从而诱发了心底的种种欲望，于是也开始狎妓冶游，蓄养男宠，频繁地参与各种宴会，且一发而不可收，终于遭人算计，被劾罢官。

上文引沈德符《万历野获编》说臧懋循“与屠礼部俱浙名流，同时因风流罪过，一弃不收。二公在林下与予修通门谊，其韵致固晋宋间人也”。所言屠礼部，就是屠隆。说他们俩“韵致故晋宋间人也”，不免皮相之见。表面上看，晚明的许多文人在生活情趣上确与晋宋间人颇多相似，如鄙薄俗物、任情适性、追慕山水、学道佞佛。但若仔细考察两个时代在社会思潮、物质环境、学术风气、士人品行等方面的诸多不同，就会发现臧懋循、屠隆等晚明文人与晋宋间人的巨大差异。晋宋间的士人群体主要是由南迁的北方贵族和南方土著士族构成，在思想上承继正始玄风，又融入了方兴未艾的佛学与道教思维。他们生活优裕，崇尚高情远韵，潇洒风流，在精神上追求清静闲雅，与山水自然冥会融通，妙悟生命的哲理。这种生活态度当然离不开江南的地理环境、山水佳胜，同时也与社会上层偏安一隅的心态息息相关。

晚明的文人则除了具有传统士人的习性之外，身心或多或少都添加了心学尤其是泰州学派的印记。心学强调的是“吾性自足”，“心外无物”。自信本心，不假外求。通过自心的体悟，而达到圣人的境界。心学发展到王心斋、李卓吾，融入了许多平民化的思想，增加了狂禅的因素。王艮说：“良知天性，人人具足，人伦日用之间举而措之耳。”[②]这话其实只是王阳明“满街都是圣人”的演绎。

① 屠隆：《与冯开之书》，载《由拳集》第二三卷，明万历刻本，第143页。

② 王艮：《王心斋全集》，江苏教育出版社，2001年，第47页。

李卓吾则讲纵心适意，一切按自己的内心需要施行，“身心俱泰，手足轻安，既无两头照管之患，又无掩盖表扬之丑，故可称也”[①]。这种哲学思潮直接引导了晚明文人对自我的发现，并与当时的市民意识、消费观念、享乐主义一拍即合。袁宏道提出“兴之所安，殆不可强。率性而行，是谓真人”[②]。汤显祖则倡扬“性乎天机，情乎物际”[③]。强调的都是任情适性，跟着感觉走，怎么舒服怎么来。心学关于人有没有情欲，应当如何对待自己的私欲始终语焉不详，却格外强调个体的主观能动性。似乎只要心与道通，适情纵欲都没什么了不起。这就给晚明文人放纵自我，追求现世的享乐提供了理论上的支撑。臧懋循就和心学渊源不浅，他的伯祖臧应奎即师从大儒湛若水，探究心性之学。其父臧继芳复问学于心学巨擘欧阳德，懋循本人亦于心学颇有造诣，曾大力呼吁光大文成（王阳明）致良知之学。袁中郎兄弟则近于师事李卓吾。屠隆学问庞杂，佛禅儒道，无所不有，亦有心学根底。中郎于万历二十三年吴县知县任上第一次见到屠隆，时屠氏已罢官。中郎对其印象极佳，“游客中可语者，屠长卿一人，轩轩霞举，略无些子酸俗气，余碌碌耳。夫吴中诗画如林，山人如蚊，冠盖如云，而无一人解语。一袁中郎，能堪几许煎烁？油入面中，当无出理，虽欲不堕落，不可得矣”[④]。气质情趣上的契合，让他们倾盖如故，成了终生的挚友。

读书人一旦失了安邦济民、致君尧舜的宏大志向，往往不免随世俯仰，放纵情欲。这种生活态度发展到极致，便是任性，乃至以癖为美。袁中郎曾道：“余观世上语言无味面目可憎之人，皆无癖

---

① 李贽：《复焦弱侯》，载《焚书》，中华书局，1975 年，第 46 页。

② 袁宏道：《锦帆集・识张幼于箴铭后》，载《袁宏道集笺校》，钱伯城笺校，上海古籍出版社，1981 年，第 193 页。

③ 汤显祖：《答马仲良》，载《汤显祖诗文集》，上海古籍出版社，1982 年，第 1421 页。

④ 袁宏道：《锦帆集・王以明》，载《袁宏道集笺校》，钱伯城笺校，上海古籍出版社，1981 年，第 223 页。

之人耳。若真有所癖，将沉湎酣溺，性命死生以之，何暇及钱奴宦贾之事？”[①]张岱《陶庵梦忆·祁止祥癖》云：“人无癖不可交，以其无真情也；人无疵不可交，以其无真气也。”[②]这话其实有一定道理，喜欢一件事成了癖，必然专心致志，必然忘却许多别的念头，于是就可能单纯的可爱。但癖有好有坏，围棋、蹴鞠还不算坏，男风则尽管时尚，究竟不是好癖。再一味去夸大这种癖，好像不如此便做不得名士，像臧懋循、屠隆的狎养娈童，招摇过市，终不免令人齿冷。

二、晚明文人的矫情与放纵

晚明文人在倡扬真情的同时，也纷纷做出了许多矫情的事。袁宏道在《识张幼于惠泉诗后》中讲了件有趣的事：

> 余友麻城丘长孺，东游吴会，载惠山泉三十坛之团风（在湖北黄冈）。长孺先归，命仆辈担回。仆辈恶其重也，随倾于江。至倒灌河（在麻城市西），始取山泉水盈之。长孺不知，矜重甚。次日，即邀城中诸好事尝水。诸好事如期皆来，团坐斋中，甚有喜色。出尊取瓷瓯，盛少许，递相议，然后饮之。嗅玩经时，始细嚼咽下，喉中汩汩有声。乃相视而叹曰：“美哉水也！非长孺高兴，吾辈此生何缘得饮此水！”皆叹羡不置而去。半月后，诸仆相争，互发其私事。长孺大恚，逐其仆。诸好事之饮水者，闻之愧叹而已。[③]

① 袁宏道《瓶史·十好事》，载《袁宏道集笺校》，钱伯城笺校，上海古籍出版社，1981年，第826页。

② 张岱：《陶庵梦忆》，上海古籍出版社，2001年，第72页。

③ 袁宏道：《袁宏道集笺校》，钱伯城笺校，上海古籍出版社，1981年，第194页。

这其实只是件小事，但丘长孺连同饮了假惠山泉的雅人名士的嘴脸却历历如在目前。由此可以得到两个启示：一是晚明的雅，许多并非骨子里就有，而是做出来的。二是迷信与从众。丘长孺名坦，湖北麻城人，中武举，仕至海州参将。当时只是个诸生，工诗，是公认的雅人，凤目美髯，长身魁梧，具有相当的影响力，没有人会怀疑他弄来的惠山泉会是假的，那些人也从没品尝过惠山泉。大家都要做雅人，即使喝着没什么特别，一个人说好，众人便会异口同声地附和，因为谁也不想做俗人。

再看臧懋循，此人的无行已见前述，他被罢官以后，常常凭借自己的才望，游走于同年契友之门，每每得到馈赠，以补其山水赏玩、吟哦笑傲之资。用句俗话说，就是到处打秋风。这在晚明的文人中也是极普遍的事，职务丢了，名声还在，甚至可能更响亮，那些居官的朋友、同年也愿意延纳这类名士来提振自己的雅誉。以当时的士林风气衡之，两方面都不算失德。但如果再看臧懋循的一篇序“士所不耻于清议者三：曰墨、曰忍、曰奔竞。而三者之弊，奔竞为甚。繇夫始进者轻，即终身之事业系之也”①。何其正大庄严，洞察微细。拿这段话对照他的行为，难免令人生出两面人的感觉。嘉靖以降，士人之言行不一，已非个例。口谈心性，标榜气节，人前恂恂若君子，人后投刺钻营，奔竞趋附者比比皆是。比起这些人来，懋循还算不得尽丧良知，不齿于世。

放纵情欲，佯狂悖理，是当时文人群体的普遍现象。他们狎妓冶游，分桃断袖，买吴姬，醉山水。且总能为这种放浪找到各种各样的理由。袁中道（中郎弟）有一段话可以概括这类文人的心态：

> 才人必有冶情。有所为而束之则近正，否则近衺。丈夫心

---

①臧懋循：《代送陈驾部视学两浙序》，载《臧懋循集》，浙江古籍出版社，2012年，第91页。

> 力强盛时，既无所短长于世，不得已逃之游冶，以消磊块不平之气，古之文人皆然。近日杨用修云：“一措大何所畏，特是壮心不堪牢落，故耗磨之耳。”亦情语也。近有一文人酷爱声妓赏适，予规之，其人大笑曰：“吾辈不得志于时，既不同缙绅先生享安富尊荣之乐，止此一缕闲适之趣，复塞其路，而欲与之同守官箴，岂不苦哉！”其语卑卑，益可怜矣。[①]

文中所说的杨用修，名慎，是正德六年的状元，嘉靖时任经筵讲官，因为大礼议案，被削籍，遣戍云南永昌卫。面对世宗皇帝的政治迫害，杨慎在云南不得不佯狂避祸，做出一副纵情声妓的假象，甚至“胡粉敷面，作双丫髻插花，诸妓拥之游行街市”[②]。杨慎的纵酒狎妓，自有其不得已的苦衷，后来的文人既无他的学问，又无他的遭遇，却偏要将他的佯狂当作放纵自我的榜样，实际也是一种矫情。

放纵之余，他们又往往会深自忏悔。袁中郎早就认识到“品愈卑故所求愈下，或为酒肉，或为声妓，率心而行，无所忌惮”[③]。因此他决心割断各种欲望，“近日渐学断肉，此亦是学隐居之一端，将欲并禁诸欲，未免为血肉所使。尝自谛观宦情不断之根，实在于此”[④]。他茹素三年，结果因为口馋，又动了荤。屠隆也是每每在纵欲之后，悔恨不已，感叹“名障欲根，苦不肯断。世上万缘，独此二物为难除。隆自学道以来，凡可以去此二贼者，真惟力是视，隐而不发，直以经岁。隆方私自憙念已遂降此魔。偶有所感，瞥然动

① 袁中道：《珂雪斋集》，上海古籍出版社，1989 年，第 472 页。

② 钱谦益：《列朝诗集小传》丙集，上海古籍出版社，1983 年，第 354 页。

③ 袁宏道：《解脱集·叙陈正甫会心集》，载《袁宏道集笺校》，钱伯城笺校，上海古籍出版社，1981 年，第 463 页。

④ 袁宏道：《瓶花斋集·答顾秀才绍芾》，载《袁宏道集笺校》，钱伯城笺校，上海古籍出版社，1981 年，第 788 页。

念，乃知病根尚在，特潜隐不发尔”[①]。为此，他慕道学佛，但又经不住物欲的诱惑，整个后半生都徘徊在禁欲与纵欲之间。

以上所举的数人几乎都是进士出身，都曾步入仕途，同时又都是著名的文人。他们与后来的知识分子有个根本的不同，即这些人都脱胎于儒学，饱读经书，于仁于礼有天然的认同。即便后来又学道佞佛，也很难撼动儒士的根基。这也可以解释他们为何一面厌弃为官的俗冗，一面却又恪尽职守，与民同休戚。但是他们又都在不同程度上悖礼纵欲，违背了儒家做人的准则。如何解释这种矛盾纠结的现象呢？我想有内外两种因由：内的一面，是这些人皆自负才名，悬鹄甚高，视青紫如拾芥。而现实官场的阘茸低效与他们的期望呈现巨大的反差，于是产生厌倦。泰州学派对个性的张扬适时地为他们的任情放纵提供了理论的支撑。外的一面，政府自上而下的全面腐败让他们这些具有正义感的官员无从施展，进而绝望。而畸形繁荣的商品市场、消费文化则对这些社会精英施以无所不在的诱惑，让他们难以抗拒。饮食男女，本是人类最基本的生存需要。但儒家强调的是在食色上，要保持适当的度。程颐说：“人之为不善，欲诱之也。诱之而不知，则至于天理灭而不知反。”[②]林逋说：“人性如水，水一倾则不可复，性一纵则不可返。制水者必以堤防，制性者必以礼法。”[③]以上数人深知此理，所以才在快乐的纵欲之后痛苦的自省。自省之后又经不住快乐的诱惑，再放纵，再自省。循环往复，真情与矫情交织，无法真正解脱。

---

① 屠隆：《白榆集·与王元美先生》，载《明别集丛刊》第三辑，黄山书社，2015年，第216页。

② 程颢、程颐：《二程全书》，上海古籍出版社，2000年，第376页。

③ 林逋：《省心诠要》，载陶宗仪著《说郛》卷三十五，中国书店，1986年，第12–13页。

第二章

性别视角之下的明代青楼文化

第一节

明代青楼文化概述

明初都南京，朝廷在京城内外开设妓院，委派专人管理。刘辰《国初事迹》云："太祖立富乐院于乾道桥，男子令戴绿巾，腰带红搭膊，足穿带毛猪皮靴。不容街道中走，止于道旁左右行。或令作匠穿甲，妓妇皂冠，身穿皂褙子，出入不许华丽衣服。专令礼房典吏王迪管领，此人熟知音律，又能作乐府。禁文武官及舍人不许入院，止容商贾出入院内。"①刘辰曾仕洪武、建文、永乐三朝，所记多亲历之事，清人《四库全书总目》说其"所见旧事皆真确，而其文质直，无所隐讳"。然则明初亦沿唐代教坊体制，所异者官妓未隶教坊而直属礼房。后富乐院失火焚毁，乃于武定桥等处重见十六楼以处官妓。十六楼，遍布于京师各处的通衢闹市，其名曰南市、北市、鹤鸣、醉仙、轻烟、淡粉、翠柳、梅妍、讴歌、鼓腹、来宾、重译、集贤、乐民、清江、石城。分别见于谢肇淛《五杂组》卷三、胡应麟《艺林学山》卷三、顾起元《客座赘语》卷六、沈德符《万历野获编》补遗卷三、余怀《板桥杂记》及周晖的《金陵琐事》诸书。考诸楼之命名，如重译、来宾、鼓腹、讴歌，实多取自

① 刘辰：《国初事迹》，明泰氏绣石书堂抄本。

明初朝会宴飨乐章。而十六楼之隶属，亦移于教坊司。诸书所记不尽相同[①]，而以顾起元的《客座赘语》考证最详，他认为刘辰《国初事迹》中所说的富乐院旧址就是十六楼中的北市楼。当时吏议虽严，对官吏招妓侑酒尚无禁制，朱元璋就曾诏赐文武百官宴饮于醉仙楼。[②]身为国之宰辅的三杨——杨士奇、杨浦、杨荣也有狎妓的经历。[③]可见明初官营妓院只是等级较为森严，有专为商贾市民服务的富乐院，亦有为缙绅士夫侍宴佐觞的十六楼，不许"文武百官及舍人"降格与商贾为伍去富乐院宿娼而已。

永乐十九年（1421）迁都以后，南北二京遂皆有教坊。北京教坊司处东城黄华坊。《京师坊巷志稿》引《析津日记》："京师黄华坊，有东院，有本司胡同，所谓本司者，盖即教坊司也。"[④]本司胡同至今尚在，位居朝阳门内灯市东口以北，东西向，距今地安门东南之钟鼓司故址不远。宣德三年，大学士杨士奇、杨荣举荐通政使顾佐公廉有威，宣宗乃擢顾佐为右都御史，主持风宪，禁官吏狎妓宿娼。[⑤]于是两京教坊的官妓受到抑制，而民间的青楼以及地方的乐户正自方兴未艾。特别是武宗正德以来，佞幸宦官进用，于宫内建"豹房"，从民间及教坊搜罗美女处其中，日夜宣淫。佞臣江彬盛称宣府妓女美貌，武宗便三次临幸大同作狭邪游，乐而忘返，称宣府为"家里"。甚至霸占乐工的妻子还朝淫乐。此外，又到扬州、西安、太原等地狎游，这在客观上也刺激了地方妓业的发展。

明朝中期以后，随着城市工商业的长足发展，在南北方都出现

① 或云十四楼、十五楼者，参见《艺林学山》及《万历野获编》等书。

② 沈德符：《万历野获编・补遗》卷三"建酒楼"条，中华书局，1959年，第900页。

③ 褚人获：《坚瓠辛集》卷三引《尧山堂外记》"江斗奴"条，浙江人民出版社，1986年。复见李诩：《戒庵老人漫笔》卷一"妓巧慧"条，中华书局，1982年，第11页。

④ 朱一新：《京师坊巷志稿》卷上"勾栏胡同"条，北京古籍出版社，1982年，第104页。

⑤ 大学士杨士奇、杨荣举荐通政使顾佐公廉有威，宣宗乃擢顾佐为右都御史，主持风宪，禁官吏狎妓宿娼，当即在此时。

了很多商业重镇，各地的盐商、布商、丝绸商、茶商以及诸色经纪人或由水道，或经陆路聚集到这些通都大邑进行贸易。在正常买卖购销活动之余，狎妓征歌就成了这些行商坐贾的重要消遣。为适应这种需求，各地的青楼业也愈来愈兴盛起来，到万历年间，已是“今时娼妓布满天下，其大都会之地动以千百计，其他穷州僻邑，在在有之，终日倚门献笑，卖淫为活。生计至此，亦可怜矣。两京教坊，官收其税，谓之脂粉钱。隶郡县者则为乐户，听使令而已。唐、宋皆以官妓佐酒，国初犹然，至宣德初始有禁，而缙绅家居者不论也。故虽绝迹公庭，而常充牣里衎。又有不隶于官，家居而卖奸者。谓之土妓，俗谓之私窠子，盖不胜数矣。”[①]值得注意的是，原来专为宫廷贵族承应歌舞的两京教坊这时已面向社会，服务于各色人等，朝廷从中课税，体现出一种与私营的青楼合流的趋势。

嘉靖、隆庆以来，整个社会奢靡淫纵，拟饰娼妓的风气更为猖炽。南京旧院“南曲衣裳妆束，四方取以为式……巧制新裁，出于假母，以其余物，自取用之。故假母虽高年，亦盛装艳服，光彩动人。衫之短长、袖之大小，随时变易，见者谓是时世妆也”[②]。

晚明的青楼文化，受到商品经济之世潮、王学左派之思潮以及结党连社之政潮的影响，显露出新的趋向。一代诗文宗匠钱谦益曾把南都文酒声妓的繁华分为三期，他说：

> 海宇承平，陪京佳丽，仕宦者夸为仙都，游谈者指为乐土。弘、正之间，顾华玉、王钦佩以文章立墠，陈大声、徐子仁以词曲擅场，江山妍淑，士女清华，才俊翕集，风流弘长。嘉靖中年，朱子价、何元朗为寓公，金在衡、盛仲交为地主，皇甫子循、黄淳父之流为旅人，相与授简分题，征歌选胜。秦

① 谢肇淛：《五杂组》卷八“人部”四，上海书店出版社，2001年，第157页。

② 余怀：《板桥杂记》，李金堂校注，上海古籍出版社，2000年，第13页。

> 淮一曲，烟水兢其风华；桃叶诸姬，梅柳滋其妍翠。此金陵之初盛也。万历初年，陈宁乡芹，解组石城，卜居笛步，置驿邀宾，复修青溪之社。于是在衡、仲交以旧老而莅盟，幼子、百谷以胜流而至止。厥后轩车纷沓，唱和频繁，虽词章未娴大雅，而盘游无已太康。此金陵之再盛也。其后二十余年，闽人曹学佺能始回翔棘寺，游宴冶城，宾朋过从，名胜延眺，缙绅则臧晋叔、陈德远为眉目，布衣则吴飞熊、吴允兆、柳陈父、盛太古为领袖。台城怀古，爰为凭吊之篇；新亭送客，亦有伤离之作。笔墨横飞，篇帙腾涌。此金陵之极盛也。①

一个文人群落的形成，一种诗文社团的兴起，往往便能烘托造就出一班名妓，这是晚明江南一带的风气。万历中年以后，无锡的东林书院声誉日隆。“帝廿年不视朝，国是每求诸野，故东林讲堂，奔走天下……入则名高，出则影媿。”②东林党人的讽议朝政、裁量人物、彪炳气节，不但耸动了朝廷上下，而且赢得了市民阶层的敬重。“虽黄童白叟、妇人女子亦知东林为贤。贩夫竖子或相诮让，辄曰：“汝东林贤者耶？何其清白如是耶？”③任何一名妓女，只要得到东林人士的推许，便会身价陡增，车骑盈门。

逮至崇祯践祚，诛除阉党，魏珰逆案，终毅宗朝，遂成定谳。于时东林复社，意气舒张，声势较万历后期有增无已。“四方噉名者争走其门……交游日广，声气通朝右，所品题甲乙，颇能为荣辱。”④应试干谒之辈，亦多依附于复社，其时南都贡院与城中的风流薮泽——旧院仅一水之隔，有武定桥可通。每“逢秋风桂子之

---

① 钱谦益：《列朝诗集小传》丁集“金陵社集诸诗人”条，上海古籍出版社，1959年，第462页。

② 花村看行侍者：《花村谈往》卷一“拆毁东林”条，民国适园丛书。

③ 陈鼎：《东林列传》卷二，文渊阁四库全书。

④ 张廷玉等：《明史》列传第一百七十六《张溥传》，中华书局，1974年，第7404页。

年，四方应试者毕集，结驷连骑，选色征歌。转车子之喉，按阳阿之舞，院本之笙歌合奏，迴舟之一水皆香。或邀旬日之欢，或订百年之约。蒲桃架下，戏掷金钱；芍药栏边，闲抛玉马，此平康之盛事，乃文战之外篇”[①]。曲中佳丽，耳闻目睹东林党人的气节，于是更倾心结纳清流。复社、几社的文酒之会，率有大量的妓女参与。《板桥杂记》下卷“轶事”门载：“嘉兴姚北若，用十二楼船于秦淮。招集四方应试知名之士百余人，每船邀名妓四人侑酒，梨园一部，灯火笙歌，为一时之盛事。”[②]姚北若名澣，监生，浙之秀水人，由他发起的这次集会，耗去大量的质库私钱，所邀集的无非复社中人与秦淮名妓，人数接近两千，时人叹为观止。

由是而论，崇祯一朝正是江南声妓回光返照的时期，其酣歌醉舞、沉溺流连之状，视万历间，殆又过之，实已肇败亡之端，起鼎革之衅矣。总之，明代种种政治、人文、社会气候都或彰或隐地在青楼文学中得到反映，后者也便呈现出大异于前朝的精神风貌。

---

① 余怀：《板桥杂记》，李金堂校注，上海古籍出版社，2000年，第13页。

② 同上，第54页。

第二节
晚明社会与士妓关系

一、晚明社会的男权松动

作为男权制社会，明代的政治、经济、文化、伦理纲常等所有社会元素都由男性掌控。儒家思想体系中的男性气质与政治理想密切相关。当他们“具有高远的眼光，把握着现实生活努力”和“投笔从戎、立身海外的壮志”，他们就能拥有自信，“抒写伟大的怀抱”[①]，进而才能保证礼教、法制、经济等其他社会元素的稳定性。然而，晚明的王朝政治危机四伏、虚弱不堪，政治方面的迫害令士子们紧张而焦虑，面对国家危机的无能为力进一步打击到他们的自信。“心理意志”和“信仰”在政治形势长期的“摧毁”之下，终于让文人陷入“巨大的生命卑微感”之中。[②]在士人集体失落的情况下，男性气质变得萎靡，而男性话语权建构的“儒学道德的精神规范”亦无法坚守。折射到女性的生存空间中，伴随着士人群体男性气质的衰微，他们的女性观念变得柔软起来，男性权利对于女性世界的掌

① 宗白华：《美学与意境》，江苏文艺出版社，2008 年，第 102 页。

② 费振钟：《堕落时代》，东方出版中心，2004 年，第 94–97 页。

控有所松动，宗法体制内的礼教伦常对女性的约束力有所降低。

对于闺秀来说，尽管传统儒家女性观念是贵德轻才，并严禁牝鸡司晨。如《大明仁孝皇后内训》有言：

> 妇人德性幽闲，言非所商，多言多失，不如寡言，故书斥牝鸡司晨，诗有厉喈之斥，礼严出梱之戒，善于支持者，必于此而加甚焉，庶乎其可也。[①]

但是，婚前家庭的父权松动依然催生出大批“博通经史，能诗文，善书札”[②]、能跟丈夫进行政治话题沟通的闺阁才女。同时，婚后家庭的夫权松动赋予了女性纲纪家族的权利，一些闺秀在掌管家族大小事务的时候彰显出优秀的管理才能。例如杨慎的妻子黄峨曾负责“藁葬父事”和“藁葬夫事”，这两件事情通常是由家族中威望较高的男性主持。黄峨的妥善处理为她赢得了“春秋大义”[③]的美誉。此外，夫权松动还扩大了闺秀的活动空间，她们被允许走出闺门游览山水，并被丈夫带到诗酒集会等以往女性不允许进入的公共文化空间。甚至有的闺秀还外出谋生担任起“闺塾师”的工作，这些都违背了传统的女性道德教条。

较之闺秀才女，男权松动对青楼才媛带来的影响更为巨大。青楼妓业立足的根基是男子的色欲和情欲，因此，没有宗族庇佑的妓女需要完全依附于男性而存活。当士子有着建功立业的理想并且这个理想有可能被实现时，政治抱负会决定他们的价值取向和婚姻理想，他们会自动维护社会礼法秩序，自发地阻止妓女进入宗法体制

① 故宫博物院编：《大明仁孝皇后内训》，载《故宫珍本丛刊》第344册，海南出版社，2001年，第411页。

② 王文才：《杨慎词曲集》，四川人民出版社，1981年，第349页。

③ 曹慧敏：《女性主义视角下的黄峨研究新论》，《宁夏大学学报（人文社会科学版）》，2017年第39卷第3期。

内。就像唐代的举子一样，他们享受妓女的美色以及妓女为他们带来的感官乐趣，如果这个妓女恰好有些才华，他们会更乐于与之交往，并以之为荣。但是他们并不在意与妓女是否有更深层次的交流，他们漠视妓女的生存状况，鲜少投之以爱情，即使对某位绝色女子由衷喜爱，也不会放任自己耽溺其中。这种情况下，无论妓女多么优秀，实现自己的婚姻理想、进入宗法体制内也几乎不可能。例如唐代女诗人薛涛，虽然她艳名远播，交游甚广，颇受当时文坛名人的喜爱，与元稹、白居易、杜牧、刘禹锡等文坛名流都有诗文往来，并且这些才华出众的男子都对她表达出欣赏之情，但唐代举子的婚姻观念决定了她很难实现“双栖绿池上，朝去暮飞还。更忆将雏日，同心莲叶间”的婚姻理想。历史上她与元稹的情感纠葛是一桩公案，笔者以为，即使元稹真的对她有过爱情，从其“忍情”[①]言论看来，他也不可能助薛涛落籍从良。薛涛晚年迁居成都碧鸡坊，修建吟诗楼，终身未字。在男权社会中，婚姻几乎是衡量女性人生意义的唯一标准，从这个角度考量，薛涛的下场无疑是悲剧。然而，从女性主义视角观照薛涛的一生，或许薛涛是在清楚的自我认知下主动选择孤独终老，一则“自矜才识，不愿降格以求”，二则“对社会作一种无声的抗议”[②]。

然而，当一个朝代走向末路的时候，士子有着壮志难酬的宿命。晚明文士便是如此。加之晚明社会充斥着享乐拜金的风气，有志之士难免会遭到“怀才不遇的难堪”，甚至为人耻笑。例如被陈子龙称赞“负气不屈”的宋懋澄，在理想破灭后，发出“举世无英雄，谁与言奇事？举世无任侠，谁与言情死？”的慨叹。宋懋澄欲

---

① 李剑国辑校：《唐五代传奇集》，中华书局，2015 年，第 729–730 页。元稹《莺莺传》：“大凡天之所命尤物也，不妖其身，必妖于人。使崔氏子遇合富贵，承宠娇，不为云为雨，则为蛟为螭，吾不知其变化矣。昔殷之辛，周之幽，据百万之国，其势甚厚。然而一女子败之。溃其众，屠其身，至今为天下僇笑。予之德不足以胜妖孽，是用忍情。”

② 陶慕宁：《青楼文学与中国文化》，东方出版社，1993 年，第 40 页。

投奔明主却不被理解、欲实现理想抱负却受金钱所累，这种处境与名妓欲择良人而事、却被金钱出卖的遭遇有着相似的悲剧色彩，于是他将满腔悲愤运于笔尖，写下《负情侬传》，成为后来《杜十娘怒沉百宝箱》的蓝本。中国古代文人惯有将自己之“才”比喻成女子之“色”的书写传统，每当他们“政治失恋”[①]的时候，就会将仕途蹭蹬的落寞，假托妓女之口宣泄出来：他们将自己的政治失意、怀才不遇、缺乏知己，比作妓女的沦落风尘、美人迟暮、无人怜惜。因此，文士向来对妓女抱有“同是天涯沦落人”的“共生”心理。晚明文士与妓女的交往中不乏宋懋澄的“共生”心态，这种心态往往会导致士人将妓女视作一种心理安慰剂，就像谭元春在寄给宋懋澄的书信中提到的一样：“感慨万事不肯言，向我但言官妓好。”[②]

对于有着满腔“入世之心”和“用世之意”的晚明士子，现实境况带给他们的打击不言而喻。他们压抑而苦闷，迫切需要释放压力、找寻生命的意义和生存的方式。他们找到的出路就是以“至情”打破思想的礼教枷锁，以“纵欲”重置自己的生存场合。而最能让士子交换真情、释放欲望的地方，莫过于秦楼楚馆了：

> 那里有最自然和最开放也最动人的女性——妓女，没有任何其他阶层的女性可以像她们那样，与文人缔结自由的情爱关系……现实中非婚姻的情爱，绝大多数在风尘女子。因之，只有这样的女性，才使晚明文人在实现个体自由时有了最完美的对象，而教坊青楼在他们心目中差不多也就成为领受自由的天堂。[③]

---

① 张晓梅：《男子作闺音：中国古典文学中的男扮女装现象》，人民出版社，2008 年。

② 士妓“共生”及宋懋澄相关分析参见费振钟：《堕落时代》，东方出版中心，2004 年，第 101–108 页。

③ 同上，第 118 页。

可以说，是青楼才媛提供的温柔乡接纳了失落文人的生存理想。当文士对妓女天然的好感、同情、共生等多种情绪与复杂的思潮发生碰撞，晚明文士对青楼才媛的态度、士妓关系都呈现出不同以往的亲近，因而大大提高了妓女进入宗法体制内的可能，青楼才媛的命运由此发生巨大变化——柳如是、董小宛、顾横波等秦淮名姬纷纷嫁与东林、复社名士，她们从“卑贱”的妓女成功蜕变成上流闺秀，另有寇白门、薛素素、王修微等名姬，她们虽然从良不到头，却也有嫁入名门的经历。“家家夫婿是东林”的说法由此产生，虽然夸张，但反映出青楼才媛大量涌入宗法体制内的事实。

二、晚明文士的妓女观念

士妓交往的历史中，情痴妓女并不罕见。女性的性别特质、附庸地位、生存空间决定了婚姻爱情对于她们的重要性，历代都有为情而死的痴心女子，如唐代爱慕裴敬中相思而死的崔徽、钟情杜牧以死相随的张好好、宋代爱慕秦观为其殉情的长沙妓等。及至晚明，青楼才媛的自我意识渐渐浮出地表，加之受到至情思想浸润，她们面对爱情更加勇敢、专一，晚明涌现出大批至情至性的才媛名妓。呼文如、马湘兰、卞玉京、董小宛、齐景云、杨玉香等很多青楼才媛都有一往而深的浪漫故事。但是，晚明以前男子对妓女用情至深的现象却并不常见，大多以个例的形式零星出现在历代笔记杂谈中，且多数不被主流价值观念接受，当士子对妓女付出真情时，甚至会被人看轻。如唐代杜牧之子杜晦辞有一次路过常州，与当地官妓朱良交好，分别时杜晦辞伤心不已“掩袂大哭”，一同为他送行的郡守李詹不屑地说道：“此风声贱人，员外何必如此？”[①]又如唐代举子欧阳詹薄游太原时与某妓交好，二人相约待欧阳詹回京都

① 周勋初：《唐语林校证》卷七，中华书局，1987年，第623页。

后将她一同接去。未等到欧阳詹回来，太原妓相思成疾，留下一缕头发和一首诗，绝笔而逝。欧阳詹回来后，一恸而卒。士子对妓女钟情若此，却遭到时人的嘲讽。孟简《咏欧阳行周事序》将欧阳詹之死归咎于耽溺女色不能自拔，成为为情而死的反面典型："悲夫，生于单贫，以徇名故，心专勤俭，不识声色。及兹筮仕，未知洞房纤腰之为蛊惑。"①

晚明士人的价值观念发生了变化，他们主张释放人性、崇尚真情，将"情"置于生命之上，诚如汤显祖在《牡丹亭》题辞中所言："情不知所起，一往而深。生者可以死，死可以生。生而不可与死，死而不可复生者，皆非情之至也。"②这种至"情"观念投射到士妓之间的交往，以往妓女对士人单方向的专情、执着转变为士妓双方的用情至深，士妓之间拥有了些现代意义上的爱情。欧阳詹等为情而死的士人成为晚明文士的推崇对象，他们甚至为殉情男子赋予"节烈"的意义。如孟称舜在《娇红记》的题词中，将申纯与王娇娘为情而死的故事题为《节义鸳鸯塚娇红记》，将"从一而终"和"没身不悔"的殉情等同儒家传统价值观念中的"孝"和"义"：

> 传中所载王娇申生事，殆有类狂童淫女所为，而予题之节义，以两人皆从一而终，至于没身而不悔者也。两人始若不正，卒归于正，亦犹孝己之孝，尾生之信，豫让之烈。揆诸理义之文不必尽合，然而圣人均有取焉，且世所难得者。③

---

① 孟简：《咏欧阳行周事并序》，《全唐诗》卷四百七十三，中华书局，1960 年，第 5369 页。

② 汤显祖：《牡丹亭》，徐朔方、杨笑梅校注，人民文学出版社，1963 年，第 1 页。

③ 孟称舜：《娇红记》，欧阳光注，上海古籍出版社，1988 年，第 271 页。

孟称舜的题词中出现了两个为男女之情正名的关键词："从一而终"和"卒归于正"。这两个词为世间各种礼教不容的男女情爱提供了正名的机会，只要做到"从一而终"和"卒归于正"，都可以达到"圣人均有取焉"的高度，这自然包括士妓之间的感情。同时，只要做到"卒归于正"，妓女职业带来的"失贞"缺憾也得到了弥补。除了孟称舜以外，还有不少文人将为情而死等同于忠臣孝子、烈妇贞女之死。如吴从先在《顿子真小传》中将无名妓女之死比喻成屈原、曹娥之死："屈原死忠、曹娥死孝，子真死痴。夫人得其情则生，不得其情则死。至于情死，情而性，痴而真，死忠死孝，同念也。"[①]

在至情思想的浸润下，晚明士人对待妓女的态度发生了很大变化。他们不再将妓女视为玩物，而是视为知己，甚至将义妓、侠妓视为巾帼英雄。由此，士人为妓女殉情也成为情义之举，如陈继儒在《范牧之外传》中记述了士妓双双为情而死的事件。

妓女杜生爱上了文人范牧之，并表达出可以为了他赴死的决心，"吾两人得死所矣。君胜情拔俗，余亦侠气笼霄，他日枕骨而葬太湖之滨，誓令墓中紫气，射为长虹。羞作腼腆女儿，下指鸳鸯，上陈双鹄。"范牧之听到后，有感于杜生的深情，表示唯有一死方能报答。但是杜范二人之事在当地太守眼中"类狂童淫女所为"，自然不能容忍，所以将杜生卖给商人为妇。范牧之辗转救下了她，却不到三个月感染肺病死去，在送牧之遗骸回家的途中，杜生跳江殉情。太守作为礼教的捍卫者对士妓恋情加以阻挠，而杜范二人则用生命突破了传统道德规范和社会秩序的桎梏。陈眉公叹杜、范之恋，道："天下有情人，尽解相思死，世无真英雄，则不特不及情，亦不敢情

① 吴从先：《顿子真小传》，载虫天子辑《香艳丛书》五集卷三，国学扶轮社，1909年。

也，牧之者，得无老氏所谓勇于敢则杀者欤？”[①]

文士视“情”高于生死的思潮，使他们主动疏离了传统礼教，亲手打破了传统男权话语体系下伦理纲常的壁垒。而正是传统礼教和伦理纲常导致了妓女进入宗法体制内的重重困难。文士重情轻礼的价值取向重构了士妓关系，并以“情”重新定义了妓女的节行，为妓女进入宗法体制内削弱了阻力、提供了情感保障。一方面，文士感念妓女给他们带来的蕴藉和愉悦，倘若文士交好的妓女是有学识、有眼界、与他们审美一致、又志趣相投的才媛，他们还可以得到精神层面的享受。另一方面，妓女是情、欲的载体，又是被礼教见弃的“卑贱”之人，一直生存于社会的低端，处于被压抑的状态，因此，她们还成为文人用来对抗礼教、宣扬至情思想、解放个性的有力武器。多重元素的催化下，文士与青楼才媛的交往愈发亲密而深入，甚至在青楼等公共活动场域内实现了性别平等。士人怜惜她们，将她们视为知己，愿意帮她们解决困境、改善她们的生存环境。例如，余怀、刘海门、刘梦锡、姚冀侯等人极力拯救落难的青楼才媛，奔走斡旋于官府之间。又如，当钱谦益得知董小宛坚决追随冒辟疆遭遇困难时，主动帮董小宛解除债务，玉成董、冒之事。[②]再如，程孟阳“一穷酸之山人”，为了款待“来游嘉定”的青年柳如是，“竭尽精力财力，相与周旋”，以至于困窘到要吊过时之丧谋取资财、落人讥笑的地步：

三月无（河东）君之后，困窘至极，故不能不以七十二岁

① 陈继儒：《白石樵真稿》卷九，载四库禁毁书丛刊编纂委员会《四库禁毁书丛刊》第六十六册，北京出版社，2005年。

② 冒襄：《影梅庵忆语》，载朱剑芒编《美化文学名著丛刊》，国学整理社，1936年。刘海门、刘梦锡、姚冀侯等人之事参见余怀《板桥杂记》下卷《轶事》“旧院大街顾三之妻李三娘”部分。

> 之残年，触六月之酷暑，远赴浙东，以吊过时之丧。舍求贷于富而多金之谢太仆，恐无其他理由。[①]

陈寅恪感念程孟阳之遭遇，玩笑道："河东君害人之深也"，足见晚明文士爱慕青楼才媛之心。《板桥杂记》中还记载了士人在危急关头不顾自己安危，保全青楼才媛的趣事：

> 莱阳姜如须，游于李十娘家，渔于色，匿不出户。方密之、孙克咸并能屏风上行，漏下三刻，星河皎然，连袂间行，经过赵、李，垂帘闭户，夜人定矣。两君一跃登屋，直至卧房，排闼哄张，势如盗贼。如须下床，跪称："大王乞命！毋伤十娘！"两君掷刀大笑，曰："三郎郎当！三郎郎当！"复呼酒极饮，尽醉而散。盖如须行三，郎当者，畏辞也。[②]

三郎郎当的典故出自罗大经《鹤林玉露》卷二："（唐）明皇自蜀还京，以驼马载珍玩自随，明皇闻驼马所带铃声，谓黄幡绰曰：'铃声颇似人言语。'幡绰对曰：'似言三郎郎当！三郎郎当也。'明皇愧且笑。"[③] 三郎意指玄宗，郎当意为潦倒。虽然盗贼一事是误会，但这则逸事反映了晚明文人爱惜名妓，甚至置妓女安危高于自身，为此沦为笑柄也不以为意。

三、宗法体制的包容

由于晚明的士妓交往是建立在以情为主、重情轻礼的基础之上

---

① 陈寅恪：《柳如是别传》，上海古籍出版社，1980 年，第 228–229 页。
② 余怀：《板桥杂记》，上海古籍出版社，2000 年，第 63 页。
③ 罗大经：《鹤林玉露》，中华书局，1983 年，第 27 页。

的，青楼才媛在士人情感世界中占据重要位置，因此，她们进入宗法体制内得到了男性群体情感上的鼓励。例如，王百谷惋惜郑玉姬误入风尘、鼓励她从良：

（王百谷）慕（郑）玉姬才色双美，特命楫师泛棹维扬，与姬盘桓数日，临别……百谷曰："子尝为白门客，获交于马湘兰，其才足以及子，其貌平平，远出子下。夫以希世之容，年才二八，宜于此时，觅一有情郎，以为归足之地。岂可留连旦暮，作风中柳絮乎！"玉姬听毕，唏嘘泣对曰："儿命薄，不幸早失怙恃，以致堕落火坑。愚鄙之私，窃欲如君所谕，其如笼中鹦鹉，莫能遂愿何。"百谷复慰之曰："此地乃人文渊薮，子苟有心，何患无一佳士。况媚姬虽悍，岂能锢子终身。子且自爱，予之此归，游踪未决。倘遇其人，愿当为子作黄衫客也。"①

王百谷走后兑现了"作黄衫客"的诺言，主动帮她物色优秀少年，最后促成郑玉姬与吕隽生的良缘。又如，陈则梁为顾横波倾倒，得知她遭伧父一劫之后，力劝她从良："陈则梁人奇文奇，举体皆奇。尝致书眉楼，劝其早脱风尘，速寻道伴，言词激切。眉楼遂择主而事。诚以惊弓之鸟，遽为透网之鳞也。"②从他写给冒辟疆的信中可以看到他情感的真挚与热切：

我力劝彼出风尘，寻道伴，为结果计。辟疆想见，亦以此语劝之。邀眉可解彼怒，当面禁其此后弗出，以消彼招致之

① 鸳湖烟水散人：《美人书》卷二，王松真校点，中州古籍出版社，1994年，第148–149页。

② 余怀：《板桥杂记》，上海古籍出版社，2000年，第64页。

心。何如？[①]

孟森爬梳陈则梁与亲友的诸多书信往来，叹道："以上各书，皆有一横波在内。以则梁之奇才高节，当时倾倒横波如此。"[②]

当青楼才媛委婉提出委身的条件后，一些摆脱不了礼教局限性的儒士，或者风流成性的山人会以礼法为由婉拒她们，如吴梅村与王百谷，但也有一些文士毫无顾忌地欣然接受，如龚鼎孳以"亚妻"之名专宠顾横波、钱谦益以匹嫡之礼迎娶柳如是。当青楼才媛陷入险境飘零困顿时，一些文士会主动接纳、供养她们，并对她们以礼相待。如郑保御收留卞玉京、为她另筑别室并悉心照拂，又如许誉卿收留王修微，免她受乱离之苦。

当然，妓女进入宗法体制内，只有士人的接受是不够的，还需要家族内部的允准。同时，婚后青楼才媛的生存领域就从秦楼楚馆、湖光山色、诗文雅集等公共场域转入了较为私密的、礼教气息较为浓厚的家族内部场域，受到阻碍在所难免。大家长、肃穆闺门、传统闺秀等都可以成为她们从良路上和家庭生活中的阻碍。从良未必是她们的最终结局，但士人的心态在她们从良的实践中起着至关重要的作用。当士人的男性气质受到打击的时候，他们就更容易接纳妓女。在明末清初的青楼才媛群体中，与士人结成婚姻关系的大约十有其一，如果将有婚约而未果的算进去，比例会更大一些。因此，在社会男性气质与青楼才媛进入宗法体制内的可能性之间存在一种张力，以图示之：

① 冒襄辑：《同人集·陈梁致辟疆书》，载孟森著《心史丛刊》，中华书局，2006年，第128页。

② 孟森：《心史丛刊》，中华书局，2006年，第131页。

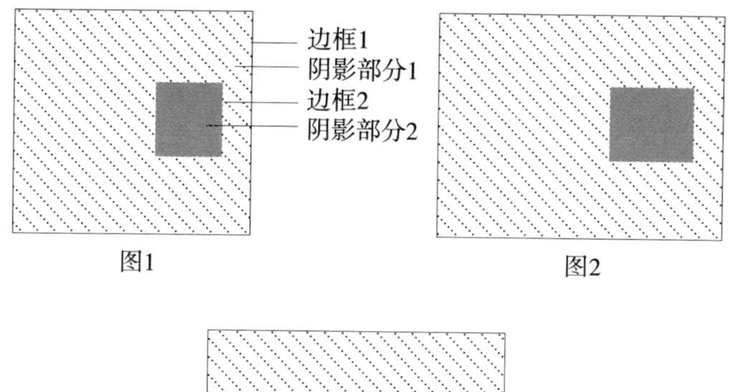

图1　　图2

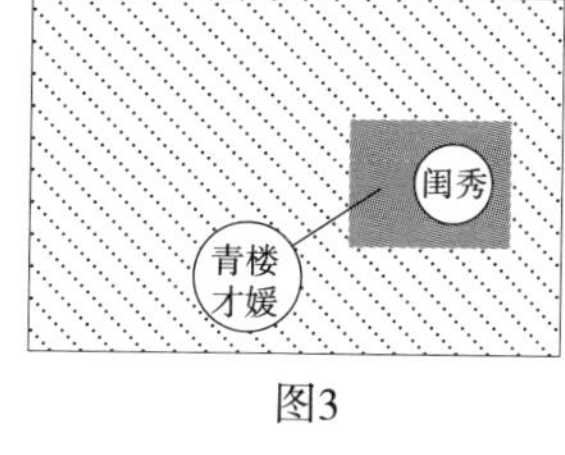

图3

其中，边框 1 表示男性话语权，阴影部分 1 表示包括经济、政治、文化、制度等各种社会构成元素，边框 2 表示男权话语体系下的宗法体制，阴影部分 2 表示宗法体制内的伦理纲常。

图 1 表明，在男权社会中，男性气质越显著，男性话语权越稳固，各种社会制度的壁垒越分明，被壁垒隔离开的群体发生交互的可能性就越低。图 2 表明，一旦男性气质衰颓，男性话语权就会松动，社会各种元素的界限随之模糊。图 3 表明，妓女与闺秀本是宗法体制隔绝开的两大女性群体，但随着男性话语权松动，宗法体制的边界变得模糊，加之妓女本身素质的提高和其他社会元素的催化，青楼才媛进入宗法体制内成为可能。进入宗法体制内以后，她们与其余良家女子并无二致，一方面要遵守传统妇德的各项道德规范，除非得到丈夫允许，否则不能像以前一样自由，另一方面，她们无须直面政治、经济等各种社会元素带来的风险，宗法体制为她们提供了家庭伦理保障，她们融入了主流价值观念，不再是见弃于礼教的“卑贱”之人。

第三节
文人对青楼才媛生存风貌的书写

文人笔下的妓女书写大约可以分为两类，一类是文学作品中的妓女形象，包括戏曲、小说中丰满的妓女形象，以及题咏妓女的诗词中模糊的妓女形象等，例如小说《卖油郎独占花魁》中的莘瑶琴、《杜十娘怒沉百宝箱》中的杜十娘、传奇《绣襦记》中的李亚仙、《双烈记》中的妓女赛多娇等。另一类是以《板桥杂记》《亘史钞》《青楼韵语》《奁史》等笔记杂著，和《明诗综》卷九十八“妓女门”、《列朝诗集·闰集》“香奁下”、《名媛诗纬初编》“正集附”“艳集”等诗词集为代表的，对青楼才媛及其文学作品的相关著录和记载。值得注意的是，在前一类作品中，既有“身堕风尘节义全”的正面形象，又有无情狠毒的劣妓形象。而在后一种书写中，被记录的都是秦楼楚馆、湖光山色中色艺双绝、气韵优雅的才媛名姝，以及她们与文人名士之间的风流韵事，几乎见不到对她们的负面描写，甚至与“妓”相关的性欲信息也被隐藏起来，同时，很难找到她们出身、下场等真实生存信息。学界对文学作品中的妓女形象研究成果颇丰，本章不拟重复，而主要通过考察文人笔记和妓女小传中书相关材料，参酌文人对青楼才媛详略分明的著录情况，来觇视文人青楼书写的心态和青楼才媛真实的生存面貌。

一、被美化的青楼冶游

中国文人有着“仙妓合流”的书写传统。[①]陈寅恪先生提出，“六朝人已侈谈仙女杜兰香萼绿华之世缘，流传至于唐代，仙（女性）之一名，遂多用作妖艳妇人，或风流放诞之女道士之代称，亦竟有以之目倡伎者”[②]，指明唐代文人笔下的“仙女”已有风流放诞的妓女之意。康正果在《重审风月鉴》中指出，南朝刘义庆《幽明录》刘晨、阮肇入天台山的故事中，仙桃、仙境、仙女都被赋予了艳情的意味。“她们不再是昔日的神游者在六合之外苦苦追求的仙女，如今仙凡之间的距离已被男女之间的情缘大大地缩短，欢乐就在河的对岸，一旦越过眼前的界限，你就可以进入性爱与不朽的世界。”[③]经过唐代张鷟《游仙窟》等作品的渲染，“仙女”成为艳遇的象征，她们风流艳丽，是文人士子理想之中、礼教之外的性爱对象。将这种性幻想投射到现实中，妓女便成为仙女的化身。

观察明前的历代诸姬，她们大多擅长谐谑、风流放诞[④]、靓妆迎门，争妍卖笑[⑤]、脂粉浓艳，这一时期的青楼妓馆，则多是华丽豪奢、珠围翠绕、富丽堂皇，例如宋代歌馆竞尚“鲜华”[⑥]，名妓处所“堂馆曲折华丽，亭榭园池，无不具。至以锦缬为地衣，乾红四

① 学界关于“妓女仙化”或“仙女妓化”多有探讨。如詹丹有“仙妓合流现象”系列论文，包括《仙妓合流的文化意蕴》和《仙妓合流现象探因——唐代爱情传奇片论之二》；又如北京师范大学徐龙飞博士论文《晚明清初才子佳人文学类型研究》第四章第三节“神怪与艳情成分的掺杂”等。

② 陈寅恪：《元白诗笺证稿·附·读莺莺传》，生活·读书·新知三联书店，2001年，第111页。

③ 康正果：《重审风月鉴：性与中国古典文学》，辽宁教育出版社，1998年，第144页。

④ 孙棨《北里志》言教坊名妓如楚润娘、杨迎儿、俞洛真等皆“风流放诞”。郑举举、天水仙哥等则擅长谐谑。

⑤ 四水潜夫：《武林旧事》，浙江人民出版社，1984年，第95页。

⑥ 同上，第95页。

紧纱为单衾，销金帐幔……金银宝玉器玩，名人书画，饮食受用之类，莫不精妙”[①]。这种浮艳的青楼气氛绵延数百年，直至晚明为之一变。

如果说“山水画一样远离尘世的环境”[②]在明代以前仅存在于文人富有诗意的幻想中，那么中晚明的秦楼楚馆则将这种幻想变为现实。居室方面，主张“修洁便是胜场，繁华当属后乘”：

> 美人所居，如种花之槛，插枝之瓶。沉香亭北，百宝栏中，自是天葩故居。儒生寒士，纵无金屋以贮，亦须为美人营一靓妆地。或高楼，或曲房，或别馆村庄，清楚一室，屏去一切俗物，中置精雅器具及与闺房相宜书画。室外须有曲栏纤径，名花掩映。如无隙地，盆盎景玩，断不可少。盖美人是花真身，花是美人小影。解语索笑，情致两饶，不惟供月，且以助妆。[③]

美人居住的地方并不以金玉豪华为佳，而是要以雅致取胜。如果银钱富裕，院落最好配有精致而高级的沉香亭，室外曲栏幽径，名花掩映其中，不胜清幽。即使是院落窄小，也要有盆景点缀，以增添意趣。室内必备鲜花，与美人互相映衬，方能情致两饶。总之，要摒弃一切俗物。

室内家具陈列也要以淡洁精雅为上。器具要富有禅意、艺术情调和文人气息。银钱富裕者，室内要摆放酒器、茶具、各类书画、乐器等雅器，至于女主人的绣盒、妆台、被褥、寝具也要尽数精雅、陈列有致。即使资财不足，做不到如此精妙，纸张、布帘、兰

① 周密：《癸辛杂识·续集》卷下“吴妓徐兰”条，中华书局，1988年，第168页。

② 康正果：《重审风月鉴》，辽宁教育出版社，1998年，第144页。

③ 卫泳：《悦容编》“葺居”条，载虫天子辑《香艳丛书》一集卷二，国学扶轮社，1909年。

花、甘露等象征清幽高洁的物品也必不可少。总之要极富文人气息，且极尽精巧清雅。

秦淮河畔的妓家“比屋而居，屋宇精洁，花木萧疏，迥非尘境”，毫无尘俗之气。顾横波的“眉楼”虽然被余怀戏称为隋炀帝之“迷楼”，但却毫无“迷楼”的金玉之气①，而是“绮窗绣帘，牙签玉轴，堆列几案；瑶琴锦瑟，陈设左右。香烟缭绕，檐马丁当”②。李十娘“所居曲房秘室，帷帐尊彝，楚楚有致。中构长轩，轩左种老梅一树，花时香雪霏拂几榻；轩右种梧桐二株，巨竹十数竿。晨夕洗桐拭竹，翠色可餐，入其室者，疑非人境”③。范珏的居所尤为寡淡廉静，“一切衣饰、歌管艳靡纷华之物，皆屏弃之。惟阖户焚香瀹茗，相对药炉、经卷而已”④。

在文人追求精致、崇尚高雅的审美旨趣下，传统的狎妓冶游尽去香艳、狭邪的风貌，而呈现出“仙境”雅游的气象。翻检此时期被文士竞相追捧的青楼才媛，她们大多呈现出高洁脱俗、清幽雅致的气质风貌，尤其是引领妓女风尚的江南诸姬，更是毫无俗韵。爬梳《板桥杂记》《妇人集》《列朝诗集小传》等文人书写，可以看出青楼才媛的衣着装饰“四方取以为式，大约以淡雅、朴素为主，不以鲜华绮丽为工也”⑤，姿容体态以清丽娴静为重。如马娇“姿首清丽，濯濯如春月柳，滟滟如出水芙蓉”；葛嫩“眉如远山，瞳仁点漆”；卞敏“颀白如玉，风情绰约”；寇白门“娟娟静美”；陈圆圆“淡秀天然”。有些容貌不出众的青楼才媛，也可以凭着超然不

① 陆楫等辑：《古今说海》“说纂五”，巴蜀书社，1988 年，第 640 页。《炀帝迷楼记》载：……千门万牖，上下金碧。金虬伏于栋下，玉兽蹲于户旁。壁砌生光，锁窗射日……费用金玉，帑库为之一虚……

② 余怀：《板桥杂记》，李金堂校注，上海古籍出版社，2000 年，第 29 页。

③ 同上，第 23 页。

④ 同上，第 39 页。

⑤ 同上，第 13 页。

俗的品格和良家女子的风韵受到士人欢迎。如名妓朱楚生，“色不甚美，虽绝世佳人无其风韵。楚楚谡谡，其孤意在眉，其深情在睫，其解意在烟视媚行”[①]。空谷幽兰般的气质，孤芳自赏、雅好诗文、品茗抚琴，毫无烟火气息，仿若出尘仙子。

与唐代“仙妓”合流浓郁的艳情色彩不同，晚明的士妓交往真正实现了绝尘脱俗的仙境雅游。风度超群的名妓与名士酬和往来，研习书画，摒弃了“性”“欲”信息，如果不是妓女的性别和身份，俨然就是文人雅士的诗酒集会。而她们高贵优雅的风貌、富有艺术气息的生活品位，则堪比名门闺秀。

总之，文人笔下的青楼才媛“蜕尘祛汶”、卓尔不群。但是，如果把青楼才媛作为研究对象，则需要了解她们的出身、生卒年、家世、人生遭际，而这些信息在文人的青楼书写中几乎找不到。这并不符合文人为他人作传的书写习惯。对比同一诗集中的闺秀诗人与妓女诗人，可以发现文人对闺秀的著录更为客观、正式。读者可以在多数传记中找到闺秀的生平信息，包括出生、成长经历、家族成员、教育程度、婚姻状况、书写成果、文学风格等，并且可以根据她家族中重要男性的信息考证其生卒年月。而妓女诗人被记录的更多是姿容风貌、歌舞技艺、交往情况、风流韵事，其中后两者尤为具体。在著录士妓情事的信息中，甚至可以重现某次宴饮场景和人物对白。只有当她嫁给某位名士并且从一而终，才有可能根据其夫君或族人的年谱考订出她的大约生卒年代，至于她成为名妓之前的生存状况，则大抵阙如。

对比《宫闺氏籍艺文考略》所载闺秀才女徐媛和青楼才女朱泰玉，可见作者着眼点之差异：

① 张岱：《陶庵梦忆 西湖梦寻》卷五“朱楚生”条，马兴荣校注，上海古籍出版社，1982年，第50页。

徐媛字小淑，苏州人，范副使允临妻。所著有《络纬吟》十二卷，初名《金荃草》。董斯张云，其为绝也，盖贤乎其为近体也。项鼎铉呼桓日记云：徐氏能诗，工古文词，法学黄庭，小弱有极致者。所书内景经及十三行镌石行于世。[①]

朱无瑕，字泰玉，小字馪，桃叶妓。淹通文史，工诗善画。万历乙酉，秦淮有社会，集天下名士，无瑕诗出，人皆自废。所著有《绣佛斋集》一卷。[②]

两位才女均有作品集传世，从文人钱希言为徐媛作《络纬吟》“序”中，可以大略看出她的活动年表[③]；而在潘之恒为朱泰玉作《绣佛斋集》“序”中，则看到的还是对她才气、风貌等“公共空间”内名妓特征的夸赞：

潘之恒《绣佛斋诗序》曰：夫水至清则无凝，香至馪则无气，色至美则无艳，知其至而可语泰玉之色，因其色可品其诗。诗也者，心之声而色之呈露者乎！泰玉之为色也，澹虚沉静，飘忽流光，遥而望之魂飞，即而见之意销，望面不见想结。故其为诗也，如水空而镜彻，其沁神也无所不融，如烟蜚而象玄，其幻游也无所不适。验诸中泠，澄流一道，汲以素绠，注之瑶罂，不必深味而溟涬已通；验诸旃檀，信手所然，方隅尽染，发于一缕，充满太虚，不必灰烬而氤氲已布。故美者自美，不知其美，令艳者见之，亦失其所为艳矣。诗可易言哉！……[④]

---

① 胡文楷编著：《历代妇女著作考》（增订本），张宏生等增订，上海古籍出版社，2008 年，第 144 页。

② 同上，第 97 页。

③ 林宁：《徐媛研究》，南京师范大学硕士学位论文，2012 年。

④ 胡文楷编著：《历代妇女著作考》（增订本），张宏生等增订，第 97–98 页。

在《宫闺氏籍艺文考略》中可以看出文人对女性作家的著录程式。闺秀作家大多遵循：姓名、籍贯、家庭信息、婚恋状况、诗文特色，如果是恭谨的闺秀，还会对其妇德进行褒奖。青楼才媛的著录大多遵循：姓名、活动年份、风貌特色、风流韵事。文人为女性作家作品作序时，对闺秀会有较多生平事迹的书写，而对青楼才媛则是品、貌、才、韵等多种层面的赞誉。比起前文对闺秀的书写，文人对青楼才媛的书写要更为夸张，行文也更加恣肆。这种记载更像是作者在书写爱情故事，有些书写爱情理想的意味。

二、书写心态

文人对闺秀和妓女的书写差异反映了他们内心对闺秀、妓女两大才女群体壁垒分明的女性观念，这种差异导致了后世学人很难考察出青楼才媛真实的生存状态，而文人对青楼才媛美化到失真的书写现象，其背后心态值得探究。

其一，美化书写或出于名士对名妓的共情之心。前文论述士人妓女观念时提到，晚明的青楼文化中，文人士子与青楼才媛存在“共生”之关系。一方面，青楼才媛出现的根本原因是服务于文士群体，她们的服饰、才艺、气质、风貌完全符合文人审美、迎合文士需要。“一个文人群落的形成，一种诗文社团的兴起，往往便能烘托造就出一班名妓，这是晚明江南一带的风气”①，因此，青楼才媛可以从传统娼妓中脱颖而出、形成一种文化现象，这要得益于文人名士的需求和栽培。另一方面，士妓命运的相似之处将他们的关系进一步拉近。尤侗为李渔《闲情偶寄》作序时说道：“声色者，才人之寄。”尤侗道出了晚明文人怀才不遇的苦闷，在他们没有出路的时候，是青楼才媛以知己的形象出现，排解了他们的抑郁，因

① 陶慕宁：《青楼文学与中国文化》，东方出版社，2006 年，第 173–174 页。

此，秦楼楚馆成为他们避世、避难的温柔之乡。与此同时，青楼才媛多聪明灵秀，趣尚高雅，却不得不被束缚在风尘中，过着倚门卖笑的日子。这样的生活令她们痛苦却难以排解，此时，文人对她们才华、气韵的认同重塑了她们的自尊心。这种相似的命运和互为知己的惺惺相惜令名士对名妓产生了共情之心，加之青楼才媛本身就是文人名士用心栽培的产物，一定程度上，她们成为文人名士的兴寄所在，美化名妓即美化了文士自身，美化狭邪冶游即美化了他们自己的人生面貌，并且掩盖了他们的政治失意、逃避现实和纵情声色的事实。

晚明文士的很多言行都有托意于妓、与妓共生的影子。例如傅山曾有名妓名士皆赍志而没、命运无异的感慨：

> 妓有名秀云者，晋府乐长也，声容冠一时……淹殡积岁，傅青主闻而怜之，言："名妓失路，与名士落魄，赍志没齿无异也，吾何惜埋香一抔土乎？"于是设旛旐，陈冥器，张鼓乐，召僧尼，导引郊外与所知词客数辈酹之酒而葬之。[①]

傅山怜惜这位遇人不淑，却仍然从一而终，最终抑郁而死的妓女，颇有些"同是天涯沦落人"的意味。政治环境黑暗对晚明名士带来的伤害，如轻薄子辜负秀云一般，而晚明士子依然对朝廷抱有希望，就如同秀云明知轻薄子辜负了自己，却依然倾囊相委身。因此，傅山不由感慨道："名妓失路，与名士落魄，赍志没齿无异也。"又如曹大章组织的莲台仙会，是首次以科举名目品评歌姬的盛会，吸引了众多风流名士的参与品鉴，取得了轰动效应，并且对后世的品花品藻等士妓活动有极大影响，"一时之盛，嗣后绝响"，潘之恒四十年后回想起来，"犹艳而称之"。曹大章等人用心且正式

① 李中馥：《原李耳载》卷上"怜才豪举"条，中华书局，1987 年，第 126 页。

地组织、筹备了这场盛大的娱乐活动——他们于集会之前作《速启》以广征文士，活动结束后还做《谢启》进行总结和酬谢。这次盛会的品花方案参考明代科举制度，统一标准且严肃公平。组织者将主宰文士命运的科举考试投射到妓女身上，用品花以喻科举，它既是一场寓庄于谐的士妓游戏，又是一次士人以妓自比、借妓讽喻的狂欢。鼎革后，士人回忆起终日沉溺于秦楼楚馆的日子，青楼才媛是他们家国记忆中重要的一部分。吴伟业回忆晚明旧梦时曾说："青溪白石之盛，名姬骏马之游，百万缠头，十千置酒，自豪习破除，依稀昔梦。彼美人兮不见，折茗华以自思，未尝不流连而三叹也。"[①]这段话中不仅包含了吴伟业的去国之殇、黍离之痛，还说明在吴伟业对晚明生活的回忆中，美人与故国密不可分，如果没有秦淮河畔名姬骏马的豪逸生活，也就没有令他"流连三叹"的旧梦了。

其二，文人的美化书写还出于他们"为妓代言"的意愿。在解放天性、崇尚真情等社会风气的推动下，部分士人开始重新审视男女关系，初步产生了性别平等之心态，加之他们本身对妓女就有认同感和关怀心，因此渐渐萌生了为妓女代言的想法。

晚明文人梅鼎祚以"女史氏"的身份，爬梳了自汉魏迄晚明的近二百位出淤泥而不染的妓女事迹，汇总成"专以娼论"的《青泥莲花记》。《青泥莲花记》有正、外两编共计十三卷，其中，前八卷为正编，分别为"记禅""记玄""记忠""记义""记孝""记节""记从"，后五卷为外编，分别为"记藻""记用""记豪""记遇""记戒"。对于如此编纂的理由，梅鼎祚解释道：

> 记凡若干卷，首以禅、玄，经以节义，要以皈从；若忠若

① 吴伟业：《冒辟疆五十寿序》，载《吴梅村全集》卷三十六，李学颖点校，上海古籍出版社，1990年，第774页。

孝，则君臣父子之道备矣。外编非是记本指，即参女士之目，摭彤管之遗，弗贵也。其命名受于鸠摩，其取义假诸女史。盖因权显实，即众生兼摄；缘机逗药，庶诸苦易瘳。故谈言可以解纷，无关庄论；神道由之设教，旁赞圣谟。观者毋堇以录烟花于南部、志狎游于北里而已。①

《青泥莲花记》书名以莲花喻娼妓，有肯定妓女本性圣洁的用意。开篇又列禅、玄，则有教化妓女皈依（从良）以涅槃重生的寓意。他在禅、玄卷末说道："盖一净念，则茶坊酒肆，即是道林；一回头，但脱械放刀，立成正果。"陆林在为《青泥莲花记》书写《花落莲成一净念》时注意到梅鼎祚"一净念、一回头"的说法，认为梅鼎祚以禅、玄思想结合当时流行的心性学说，是为妓女的存在和归处找寻宗教依据：

鼎祚并由此推衍，认为娼妓在本质上亦与众生、大德平等，且由于终日浮沉于风尘欲海，反而成为最接近佛法真谛的群体，就如同《妙法莲花经》所喻妙法如莲花，花果同时，而"因权显实"、花落莲成，也是其当然的结果。这应该是其所谓"命名受于鸠摩"的含义。②

正编除了禅、玄之外的其他辑录，则是从儒家思想和传统妇德的角度重构了妓女的品格德行。梅鼎祚按图索骥地将历代妓女中的道德典范汇入"忠、义、孝、节、从"的儒家传统道德体系中，以彰显妓女优秀的品格，并证明她们高洁的天性。书中有的妓女胸怀

① 梅鼎祚辑：《青泥莲花记》，陆林点校，人民文学出版社，2013 年，第 4 页。

② 同上，第 38 页。

家国、深明大义，有着“刚烈不二心”[①]，无愧巾帼之名，例如梁红玉、李师师等。有的妓女从容殉节、视死如归，如高三和刘玉川娼等。据《刘玉川娼》载，士子刘玉川与某妓交好，刘及第后，妓想一同赴任，刘玉川嫌弃她，就骗她说一起赴死。结果娼妓毫不犹豫地饮下毒酒身亡，刘玉川独自赴任。此处妓女的天真勇敢与士子的薄情偷生形成了鲜明对比，梅鼎祚又在《刘玉川娼》后面附上文天祥以刘玉川典故戏谑群臣的故事，以士子薄情反衬妓女英勇。

在梅鼎祚的书写中，他数次强调妓女的天性气质与妓女身份并无关联，强调妓女的洁净本质——即使她们为了谋取银钱倚门卖笑，也是职业使然，与其“皎然”[②]之志并不矛盾。如“记孝”：

> 女史氏曰：孝，百行之首也。故女自有《孝经》。倡虽失行乎，其孺慕固有天性焉，而不少概见，则以多祝而似者耳。[③]

在上文中，梅鼎祚提出虽然妓女失行，但她们仍然有着孝敬父母的天性，这与寻常遵守妇德的女性并无二致。又如“记节”：

> 女史氏曰：倡以色为职而主利者也。见金夫则不有躬，遘璧人则争萦手，盖自昔为然。至其阴阳捭阖，术险于山川；憎爱冤亲，情危于泡露。故过而不存，庶超蹊径之外；往而不反，必堕云雾之中矣……而皎然不欺其志者，顾代不乏人焉。[④]

再如“记从”：

---

① 梅鼎祚辑：《青泥莲花记》，陆林点校，人民文学出版社，2003 年，第 45 页。

② 同上，第 146 页。

③ 同上，第 61 页。

④ 同上，第 146 页。

> 女史氏曰：凡倡，其初不必淫佚焉。或托根非所，习惯自然；或失足不伦，沦胥及溺。人之无良，一至此耳。[①]

在表彰德行的“正编”中，“记节”有三卷之多。对于妓女来说，失贞已是不可避免的事实。梅鼎祚的“代言”策略是，认同妓女失贞的事实，但强调这是她们的职业使然，并非出于天性。为了证明这一论点，梅鼎祚列举了大量守节娼妓，意在表明她们失去贞洁的身不由己和精神上的高洁刚烈。《青泥莲花记》凡例中指明了梅鼎祚“尚名行而略声色”的编纂原则，书中处处强调妓女心灵和精神上对儒家道德规范的忠诚，因此“正编”具有很强的教化意味，其中丝毫找不到晚明士妓狂狎纵欲的影子。可以说完全压制了妓女身上的色欲元素，掩盖了妓女的卑贱出身，以期待重写妓女的道德身份。但是这种以儒家道德规范重构妓女道德体系的做法本身就存在悖谬，妓女是见弃于儒家道德规范之外的群体，她们“失贞”的事实在儒家道德规范中是不可以被弥补的。在“正编”书写中，娼妓的真实世界被梅鼎祚否定，他苦心孤诣地从宗教、节行、品性、儒家道德规范等诸多方面对妓女进行美化和“正名”，却并没有达到想要的结果，反而使他的书写有了欲盖弥彰的味道。而事实上，后世学人早就发现了《青泥莲花记》“劝百讽一”的尴尬处境：

> 自谓寓维风于谐末，奏大雅于曲终。然狭斜之游，人情易溺，惩戒尚不可挽回，鼎祚乃捃摭琐闻，谓冶荡之中亦有节行，使倚门者得以借口，狎邪者弥为倾心。虽意主善善从长，实则劝百而讽一矣。[②]

---

① 梅鼎祚辑：《青泥莲花记》，陆林点校，人民文学出版社，2003年，第205页。

② 永瑢等：《四库全书总目》卷一四四，中华书局，1965年，第1235页。

梅鼎祚这种以传统道德规范为纲，为妓女“正名”的书写方式并不常见于文人的青楼书写，然而在他们的书写中却不乏对妓女美德的激赏。例如潘之恒在《亘史钞》中对李歌、杜韦、朱芗等妓女的编录，就寄托着他对妓女品格的推奖和看重。潘之恒《亘史钞》分为“内纪”“内篇”“外纪”“外篇”“杂记”“杂篇”六部分，其中“内纪”收录的是德行嘉善的良家女子，而妓女相关书写则集中在“外纪”之“妓品”“金陵”“江南艳”“吴艳”等篇目中。但是在对历代妓女的著录中，潘之恒有感于侠娼义妓的节烈品性，并未将她归入“妓品”，而是将她们列入“内纪·烈余”部，附于“内记”之后，与一众以德行留名的贞洁烈妇编录在一起。以李歌为例：李歌自幼成长在娼门中，对自己的妓女身世心有戚戚，一心想踏出风尘。但是鸨母劝她说，身为妓女不得不如此，否则生活将陷入困顿。李歌被迫接受了现实，但是要求鸨母同意她不浓妆艳抹、不食荤腥，否则就以死明志，鸨母允准。从此她身穿素衣不饰环佩，朴素的着装更为她增添了冰清玉洁的气质。每当有人召李歌侍宴时，她都要确定宴会之人没有浮浪子弟才肯去。即使到了宴席上，她也只是略唱道家游仙辞，之后便默然端坐。席间若有人行为不轨，她便拂袖而去，一刻也不多留，再也不赴此人之宴。有位少年县令看中了李歌，便贿赂鸨母企图霸占她，李歌知道后，提刀入房，用木头抵住房门，对县令破口大骂，并表示如果他敢冒犯，她就会杀了他，县令只好作罢。霸州通判听说了李歌的事迹，觉得她品行贤良，就替子下聘，迎娶她做了儿媳。新婚时李歌仍保持处子之身。几年后国家遭乱，李歌与夫君逃走时被强盗抓住，强盗见李歌貌美就想杀死她的丈夫再霸占她为妻，李歌誓死不从，夫妻一起被杀。潘之恒叹曰：“李歌者，吾不忍列之妓品中矣。”

李歌的两个行为成了她跳出“妓品”的关键，一是她遭乱之际以死明志，这是传统儒家道德规范中经典的女性节烈行为，毋庸赘述。另一个潘之恒花费大量笔墨铺陈的，则是她身为娼妓，却于新婚之夜仍保持处子之身的特殊。《亘史钞》中同样坚守处子之身的还有与林景清交好的杨玉香。不同的是，杨玉香并没有将处子之身留到新婚之时，而是在与林景清目成之后交付给他。虽然此后她对林景清矢志不渝，未见他人，并且苦等林景清至死，但是潘之恒仍然将她列入“外纪”之“金陵”卷，与其他明代妓女编录在一起。可见，在潘之恒的品评策略中，杨玉香的忠贞并不足以让她摆脱“妓”的身份，因为她失身的地点仍然是在青楼，她失身后对林景清的守节属于“至情”的范畴，而非儒家道德规范下、保留处子之身至新婚之夜的正统贞洁，即使她后来忠贞于林景清，并因此失去性命，也不能弥补这一缺憾。

潘之恒科场蹭蹬后寄情青楼，与秦淮诸姬交往甚密。他在《金陵妓品》中对妓女的品评标准分为“品、韵、才、色”，分别强调“典、丰仪、调度、颖秀”，在他的妓女书写中，罕见《青泥莲花记》中以道德为品评标准的礼教气息。即使如此，他仍然被德行出众的李歌感动，并发出“不忍列之妓品”中的感慨。“不忍”二字说明在潘之恒的女性观念中，“妓品”并非上品，可见潘之恒潜意识中仍然有对“妓”之贞洁、品德的要求，除非妓女能像闺阁女子一样坚守处子贞操，或者有机会证明自己的家国大义，否则，这种品德缺憾是无法弥补的。

传统妇德不但要求婚前守贞，还要求对婚姻从一而终，但是妓女常有从良不到头的现象。如果文人对某位青楼才媛有所偏爱，但她却没能从一而终，他在书写过程中会对这一事实有所掩饰。钱谦益《列朝诗集》中对王修微的书写就存在“本末多所隐饰”，“不言其曾适茅元仪及后适许誉卿复不终之事实”[①]。钱谦益对王修微两嫁不终的事情有隐讳，因为他潜意识中认为这有悖女性的德行，所以

① 陈寅恪：《柳如是别传》，生活 · 读书 · 新知三联书店，2001 年，第 144–145 页。

“为挚友名姝讳”[①]。

在文人的妓女书写中，无论是表彰还是掩饰，所记录的都是文人关心的、与自身紧密关联的交游生活，所“代言”的也是他们心中的妓女形象。他们会不由自主地对妓女和青楼进行美化，以掩盖妓女德行有亏的事实和冶游的钱色交易本质。总之，在文人书写中很难重构青楼才媛真实的生存状态。

① 陈寅恪：《柳如是别传》，生活·读书·新知三联书店，2001 年，第 145 页。

第四节

被忽视的真实信息

“妇女的社会标志很少是终身的”[①]，妓女并不是天生的，妓女的身份也不一定伴随她们一生，“通过生命中的许多阶段，女性从一种身份行进到另一种身份，特别是在改朝换代的动荡年代里”[②]。很多青楼才媛的文学造诣与名门闺秀不相上下，在她们成为妓女之前，和她们远离风月场之后，除非嫁与名士、变身为闺秀，否则相关资料既不丰富，也不详尽。在男性作者著录的《板桥杂记》《青楼韵语》《青楼小名录》《亘史钞》等笔记资料中，虽然可以看到近三百名明代娼妓的姓名字号、隶籍情况、姿色才艺、跟名士的交往情况，甚至她们常住居室的风雅名称，但是，她们中大部分人的生卒年代、坠入风尘的原因、下场归宿等现实境况却语焉不详，或者被男性作者一笔带过。近人缪荃孙爬罗剔抉之《秦淮广纪》中《纪丽》一部分共四百零四条计七百二十人[③]，除柳如是、董小宛、王修

① [美] 高彦颐：《闺塾师——明末清初江南的才女文化》，李志生译，江苏人民出版社，2005 年，第 265 页。

② 同上，第 265 页。

③《纪丽》共八卷，以人（妓女）为纲。每人一条，偶尔有二三人同一条，一人为主，其他附见。

微等绝世名妓之外，其余娼妓无论多么“名喧旧院”[①]，皆无从考证其身世等真实信息。笔墨所至，大多是体貌特征、才艺特色、名士品题、文人赞誉、风流韵致、逸闻佳话。如《纪丽一》“齐瑞春”条：

> 女榜眼齐瑞春，小字爱儿，名淑芳，行五。旧院长板桥住。品云：六宫独倾国，一笑可留春。
>
> 东方生曰：瑞春者，齐氏第五女也。甫十五，怯帏羞户，少迎客，以故客少知名。客有饮蒋四绮霞阁者，曰：“无双矣。”……
>
> 爱春有姊女张胜为余言：爱春瘦长娉婷，清扬妩媚。自词翰、书画、歌舞、箫管、蹴鞠、走马、六博，靡不擅场，而尤喜围棋、弹琴，至忘寝食。能解人意，无所不靡。破瓜五岁而亡，年十九耳。所遗奁笥之积累千金。[②]

上述近五百字的资料中，涉及齐瑞春身世的仅有五个字：“齐氏第五女”。至于她是家道中落还是掠夺买卖至青楼无从得知。而妓女多随假母姓，“齐”姓真实性尚且存疑。相较之下，关于冶游少年与蒋某讨论齐瑞春“无双”与否的对话则显得“绘声传神”“设身处地”，仿若“喉舌”[③]。对于她华丽的出场、精致的容貌、仙子般的气度等，作者进行了浓墨重彩的描写，极尽细致、一气呵成地展现出恩客乃至作者对“仙子”的爱慕，和他们对“仙境”的享受。终于，在目睹了她令人目眩心动的神采之后，两人对她“无双”之品达成共识，并认同“宜第为榜之眼”。然而《亘史钞》的后两句

① 缪荃孙：《秦淮广纪》，南京出版社，2017 年，第 70 页。

② 缪荃孙：《秦淮广纪》卷二“纪丽”一，南京出版社，2017 年，第 85、86 页。

③ 钱钟书有言：“古史记言，太半出于想当然。马善设身处地、代作喉舌而已。”见《管锥编》(一)《史记会注考证・五 项羽本纪》，生活・读书・新知三联书店，2015 年，第 452 页。

却令这则记录陡然从仙境堕入现实："破瓜五岁而亡，年十九耳。"由于这十个字紧跟在爱春各类才艺之后，又在"千金"遗物之前，很难体察出作者的同情，却能感受到来自男性的遗憾：第一，破瓜仅五年的十九岁娼妓正是黄金时期，她的亡故造成了令名士们非常遗憾的后果——在需要遣怀的时候少了一位举世无双的"倾国"佳人。第二，她十九岁就已"积累千金"，足以体现她的商业价值，如果不死，或许可以牟取更多价值，令人不无遗憾。这种情绪大概如同打碎了一件名贵的古董，让时常把玩这件古董的人感到非常遗憾。

随着妓业日渐兴盛，类似"二乔""二赵"的双璧姐妹花成为男性群体喜闻乐见的追捧对象。如呼祖与呼举、马娇与马嫩、王琐与王寿、徐翩翩与徐亭亭、卞赛与卞敏、崔景文与崔重文、沙才与沙嫩等。士人对她们不吝赞美，争相与之交游，但是文人才子对她们的书写情况与上文类似，即她们才色以外的信息仍然不被重视。甚至在不同文献中，姐妹花连姓名字号都存在模糊不清的现象，且这种现象较为普遍。下文以资料中的沙姓诸姬"沙飘飘、沙才、沙嫩、沙宛在"为例进行阐释。

潘之恒《亘史钞·沙飘飘传》载：

> 飘飘，沙氏之娇女也。万历癸卯秋，新都谢氏《季汉书》成，其友徒醵金贺之，席设齐王孙高第，集七省士百人，而选六院佳丽为侑，几半之，车辚辚来。飘飘首及门，马姬挟之行，真若天女散花至也。一坐望之，魂尽消，谓二十年仅得一见。时尚未破瓜，俄以觐白岳，留蓝溪，小冯君从牡丹花下瞥见，以为绝代，相传《花下美人诗》所由咏也。已而以病亟归，里人方元贞嬖之，居金陵西园，十年不复出。人言飘飘若扬州蕃厘观琼花无两树，亦不再见，共惋惜之。有同母妹曰嫩哥，颜色与之齐，而慧性相仿佛，定是唐昌玉蕊，岂

必无玉蜂期哉？①

从潘之恒的著录看来，沙飘飘隶属六院，是教坊官妓，活动范围在南京。万历癸卯（1603）年尚未破瓜，即不足十六岁。以盛世美颜著称。有妹妹名叫嫩哥，容貌智慧都与姐姐相似。潘之恒连用三种旷世无两的罕见美物——蕃篱观的琼花树、唐昌观的玉蕊花以及“千中难遇实难逢”的“玉蜂”②——来形容姐妹花非比寻常的珍贵。同时，《亘史钞》还记录了姐姐沙飘飘离开妓业的原因——生病并被金陵里人方元贞收为爱妾，十年不复出。至于妹妹嫩哥，除了容色、聪慧不减姐姐之外，并未过多描述。至于姐妹花的姓名字号，仅提到姐姐唤作沙飘飘，妹妹唤作嫩哥。

余怀《板桥杂记》中卷载：

沙才美而艳，丰而逸，骨体皆媚，天生尤物也。善弈棋、吹箫、度曲。长指爪，修容貌，留仙裙，石华广袖，衣被灿然。后携其妹曰嫩者，游吴郡，卜居半塘，一时名噪，人以二赵、二乔目之。惜也才以疮发，剜其半面；嫩归咤利，郁郁死。③

从余怀著录可以看出，沙才貌美无方，才艺甚多。没有提到妹妹容色。但是提到二者同时游苏州，名噪一时。与“二乔”“二赵”相类，则才、嫩姐妹应当是“颜色”“慧性”相仿佛，年龄差别亦

① 潘之恒：《亘史钞》金陵卷六，浙江图书馆藏明刻本。见于缪荃孙《秦淮广纪》，南京出版社，2017 年，第 175 页。《亘史钞》影印版漫漶不清，故凡《秦淮广纪》有录者，不用《亘史钞》。此处用《秦淮广纪》。

② 参见贾似道（宋）《论玉蜂形》一诗：“尖翅名呼是玉蜂，千中难遇实难逢。如君遇着须不避，不比寻常是毒虫。”此处潘之恒化用三典，意在描摹姐妹之姿容。

③ 余怀：《板桥杂记》，李金堂校注，上海古籍出版社，2000 年，第 41 页。复见于缪荃孙《秦淮广纪》。

不大。

较之《亘史钞》，《板桥杂记》较为详细地交代了姐妹二人的下场。《亘史钞》只说姐姐沙才“以病亟归”，具体病症语焉不详，余怀则指明是因“疮发”而“剜半面”。明末清初俞南史“香奁社集分咏诸姬”之“沙才”有诗曰：“晚寒强病出来迟，微笑灯前影半欹。只为愁多长独坐，翻嫌情重易相思。琼花不是人间种，桃叶还从江上期。若有好花兼好月，携来酒畔总相宜。”[①]首联就提出沙才是“强病”，与余怀所记“疮发，剜其半面”相符，又“琼花不是人间种”与潘之恒“琼花无两树”相合，缪荃孙《秦淮广纪》注意到沙氏姐妹的姓名问题，曾指出“《亘史钞》云嫩为飘飘之妹，《板桥杂记》云沙才之妹，疑才即飘飘之名。”至此，可以确认沙才即姐姐沙飘飘。《亘史钞》“嫩哥”即妹妹沙嫩。妹妹下场亦惨淡，“嫩归咤利，郁郁死”[②]。缪荃孙还注意到了一个问题：“《史》论一事，《记》则志其终始也。”[③]《亘史钞》卷首有万历壬子（1612）年顾起元序，则潘之恒著录沙飘飘应早于1612年。如果万历癸卯（1603）年沙飘飘不足16岁，那么万历壬子（1612）年沙飘飘不足25岁。从她与俞南史、余怀等遗民的交往中可以看出，沙飘飘很可能活到了鼎革以后。此外，余怀提到沙飘飘郁郁而终，却没有交代沙才的亡故，说明姐姐很有可能是归方元贞后，自然死亡。以潘之恒“尊微惜贱”[④]的女性观、对沙飘飘容色的欣赏，和他在娼妓中受欢迎的程度，他不可能对两姐妹的情况知而不述，所以《亘史钞》“论

① 徐釚：《本事诗》卷九，清光绪十四年徐氏刻本。复见于缪荃孙《秦淮广纪》。

② “咤利”即“沙吒利”。见唐许尧佐《柳氏传》，述肃宗时，韩翃美姬柳氏为蕃将沙吒利所劫，后得虞候许俊相助，与柳复合。后以“佳人已属沙咤利”喻女子或妻妾被有力者所夺。结合余怀托于《板桥杂记》中的移民情怀，和鼎革之际清军对女性的迫害，笔者猜测沙嫩或被清军将领掠夺，“咤利”采纳“沙吒利”本意，隐晦指“蕃人”。

③ 缪荃孙：《秦淮广纪》，南京出版社，2017年，第176页。

④ 郑志良：《潘之恒生平考述》，《文献》，2000年第3期。

一事”而不“志终始”的原因，很有可能是当时沙飘飘虽已患病十年，却并不至“剜半面”，妹妹也还没有被掠走。

值得注意的是，虽然《亘史钞》夸赞姐妹“颜色”,《板桥杂记》两则相关记述亦均未提及姐妹的文学素养、诗词造诣，这不但与彼时文人崇尚“德才色”的女性审美观念相悖，也不符合青楼笔记对妓女“有才必录”的惯例。涉及沙氏姐妹文学造诣的多为女性作家的诗词集，并以“沙宛在”的名字收录。如钱谦益《列朝诗集小传·闰集·香奁下》“沙宛在”条载：

> 沙宛在，字嫩儿，自称桃叶女郎。有《蝶香集闺情绝句》一百首。[①]

《列朝诗集》收录了五首沙宛在的闺情绝句，在作者小传中指出，沙宛在擅弦管且能诗。又王士祯《秦淮杂诗》有“傅寿清歌沙嫩箫，红牙紫玉夜相邀”句，指明沙嫩擅长吹箫，与著名歌妓傅寿齐名。后世文人有的因袭了《列朝》的说法，认为沙嫩就是沙宛在，如徐釚《本事诗》：“沙嫩，名宛在，字嫩儿，善吹箫，为曲中第一。”有的注意到沙嫩与沙嫩儿有一个“儿”字的区别，且晚明娼妓小字的重名混淆者甚多因此仍较为严谨地将“沙嫩儿”（即沙宛在）与“沙嫩”分开收录。如王端淑《名媛诗纬初编》“沙宛在”收录于《卷十九·正集附下》：“沙宛在，字嫩儿，自称桃叶女郎，有蝶香集闺情绝句一百首”，而将“沙嫩”收录于《卷三十六·诗馀集下》“沙嫩，南京旧院名妓也，颜色与姐飘飘齐名，慧甚。”本文采纳王端淑的观点，认为沙嫩、沙才是才貌出众的姐妹花，而颇具诗才的沙宛在另有其人。

早有学者对沙嫩的诗才持有怀疑态度：

---

① 钱谦益：《列朝诗集小传》闰集，上海古籍出版社，1959 年，第 769 页。

玉镜阳秋云：嫩闺情百余首，多无端之想。虽时有佳作，颇疑泛设，故疑有捉刀人在。[①]

《众香词》“沙宛在”前后矛盾的著录印证了沙嫩儿与沙嫩或许并非同一人：

沙宛在字嫩儿。姊名才，美而艳，丰而柔，骨体皆媚，天生尤物也。善弈棋，吹箫度曲，长指爪，修容貌，留仙裙，石华广袖，衣被粲然。粗晓文理，不能精。携其妹宛在，游苏台，卜居半塘，名噪一时，人皆以二赵二乔目之。惜也后才以疮废，剜其半面，嫩归咤利，郁郁而死。其词不多见，有蝶香阁闺情绝句百首。[②]

不难看出中间一段“姊名才……郁郁而死”与《板桥杂记》所述几无不同。学界普遍认为《板桥杂记》最早可见版本为康熙三十二年（1693），而《众香词》有康熙二十九年（1690）宝翰楼刊本，虽然从时间上看《众香词》比《板桥杂记》早三年，但笔者以为《众香词》因袭《板桥杂记》的可能性更大。《板桥杂记》中诸妓多为余怀所亲见，且在当时声名煊赫。另外明人有边写边刊的惯例，潘之恒《亘史钞》就是边写边刊最后成书的。且《众香词》作为一部女性词集，在词人“沙宛在”的条目下，叙述话语围绕其“姊”展开，“携妹”二字尤为突兀，内容上有拼凑的痕迹。较之《板桥杂记》，《众香词》在指出妹妹“词不多见，有蝶香阁闺情绝句百首”的同时，还指出了姐姐“粗通文理，不能精”。这与晚明

① 胡文楷编著：《历代妇女著作考》（增订本），张洪生等增订，上海古籍出版社，2008年，第111页。

② 徐树敏、钱岳辑：《众香词》，台湾富之江出版社，1998年，第14页。

青楼“姐妹花”特质相悖。晚明青楼才媛中有多对姐妹花出现，她们有着相似的特征：首先，她们有相似或对仗工整的姓名字号，如呼祖与呼举、卞赛与卞敏、董白与董年等。其次，她们有同样的成长环境、学艺经历、生存空间、活动空间，有的甚至是由生母带领的亲生姐妹。因此她们通常才艺、姿色相当，以珠联璧合的姿态示人，即使是各具特色，也不至于一个“粗通文理”一个通晓诗词。何况，“飘飘”与“宛在”名字亦是一俗一雅，不似“嫣然”与“倩然”或“惊鸿”与“若鸿”等“双璧”色彩明显。

通常姐妹成对出现时，编者著录都会提及，但是有些文献中沙宛在的著录完全没有提到姐姐，姓名字号、活动范围也有所改变。

汪砢玉《珊瑚网》：

> 宛在，字未央，又名彩姝，擅临《兰亭》。①

王士禄《宫闺氏籍艺文考略》：

> 沙宛在字未央，小字嫩，自称桃叶女郎。一云名淑，字宛在，工楷法解诗，所著有蝶香集闺情百首。②

由《众香词》和《板桥杂记》可以看出，沙才沙嫩姐妹名噪于半塘（苏州），才艺是音乐，而沙宛在自称桃叶女郎，称号上看来名噪于南京的可能性更大，才艺是诗书，《珊瑚网》和《宫闺氏籍艺文考略》著录的“宛在”似为同一人。

综上，沙才、沙嫩是以容色和弦管闻名的姐妹花，而擅长书法

①汪砢玉：《珊瑚网》卷十八，载缪荃孙著《秦淮广纪》，南京出版社，2017年，第176页。

② 胡文楷编著：《历代妇女著作考》（增订本），张宏生等增订，上海古籍出版社，2008年，第111页。

和诗词的沙宛在则另有其人。如果说沙氏姐妹只是秦淮河畔桨声灯影中小有名气的歌妓，才华尚不足以激起文人认真书写的欲望，由此造成了资料模糊难以辨别，那么秦淮名姬真实信息的混沌则成为文人漠视青楼才媛生存境况的有力证据。

晚明士人品花风气大盛，如“金陵十二钗”“华林七桂”[①]“秦淮四美”等。明代冯梦龙《情史·情痴类》曾经提到“金陵十二钗”：“嘉靖间，海宇清谧，金陵最称饶富，而平康亦极盛。诸姬著名者，前则刘、董、罗、葛、段、赵；后则何、蒋、王、杨、马、褚，青楼所称十二钗也。”但是十二钗的确切信息却无从考证，只能从被文士推奖的名姬中猜测姓名。现将“十二钗”小考如下。

“前六钗”中，“刘”姬难以确定。“刘”姓才媛较多，《然脂集》中有嘉靖年间刘丽华，金陵富乐院妓，可以口述古本《西厢》[②]；及刘桂红，南京教坊妓，见《女才子四部集》[③]。另有珠市名妓刘元、旧院妓刘月香等[④]。嘉靖间“董”姓名姬未见。晚明名声最盛的“董”妓当属董月生，《亘史钞》载，“旧院琵琶巷故有‘楼子董’之名，以文华（行五）、秀华（行七）、文英（行九）竞爽鹊起”，以月生为最佳：“一时同生诸公雅相贻赠，谓月生真从王母班中来，下谪人世。”月生倍受名士推奖，与知名诗妓朱无瑕有诗歌往来。林古度、钟惺、吴兆、冯任、吴明翼、冒愈昌、朱无瑕等人

① 潘之恒择七位名妓评为“华林七桂”，参见缪荃孙《秦淮广纪》“宇嫩”条。

② 王骥德：《古本西厢记》卷六，万历四十一年香雪居刻本。“按刘丽华，字桂红，金陵富乐院妓也。刻有口传古本西厢记，此其题辞。范子虚跋，称丽华光艳尢匹，性聪敏端慎。尝称说崔氏心慕效之，又怪不能终始于张，每诵其书，未尝不抚卷流涕也。范不知何许人，所云长君，则吴人张姓，盖雅与丽华狎者。题辞中谓崔氏所适之郑无讳字，及作传奇不及实甫，皆未的然。第言崔氏盖深于怨，非果忘情张生者。其词淋漓悲怆，有女侠之致。又，嘉靖辛丑抵今七十余年，想像其人，不无美人尘土之感。故采附末简。”

③ 王端淑：《名媛诗纬初编》卷二十五“艳集下”，清康熙间清音堂刻本。

④ 刘元，见余怀《板桥杂记》。刘月香，见王端淑《名媛诗纬初编》卷二十五“艳集”下。

有《董月生催妆诗》。另有名姬董宛玉，“字赵卿……袅袅亭亭……有萧散林下风”，但潘之恒《亘史钞》言其“居后来之秀，人以（董）月生方之”[①]，可以看出，月生较宛玉早，且更有才名。董月生与十二钗声望相符，但从交往情况来看，其活动时间在万历中后期，与“十二钗”先后顺序不符，因此存疑。“罗”“葛”应为罗桂林、葛凤竹。《亘史钞》“苏桂亭传”载“金陵教坊司，当肃宗皇帝末年为全盛”，此一时期，苏桂亭、王小奕、罗桂林、葛凤竹四君“皆负才任侠，居然名流，大家贵介，豪俊之士，或屡烦蹇修而不获结褵，或终岁攀窥而莫觌半面。”[②]二人活动时间和品行名声与“十二钗”相符。嘉靖间“段”姓名姬未见，有万历年间段鸿，“字翩若，茅元仪谓其秦淮社集诗风致当居才人第一”[③]。茅元仪曾于初入金陵时结“午日秦淮大社”，有《秦淮大社集序》：“其人则自卿公大夫以至有道、都讲、隐流、游士、禅伯、女彦，其地则自吴、越、闽、楚以至土著之俊，其年则自八十、九十以至八岁之神童，靡不操牍而至，其命题则以五日秦淮社集而兼赋投诗赠汨罗，其限体则以五字，而曰古曰律曰长律，兼举分举者，听。”[④]据李玉栓考，茅元仪举秦淮大社应于万历戊申年（1608）之后[⑤]，这与“十二钗”先后顺序不符，因此存疑。“赵”，可确认为赵今燕。“赵彩姬，字今燕，南曲中与马湘君齐名”，冒伯麐云：“余从十二名姬中，见今燕诗。顷游秦淮，知其尚在，屏居谢客。”[⑥]又《静志居诗话》载：“赵彩姬，字今燕，名冠北里，时曲中有刘、董、罗、葛、段、赵、

---

① 潘之恒：《亘史钞》，载缪荃孙著《秦淮广纪》，南京出版社，2017年，第158–162页。

② 同上，第99页。

③ 王世禄：《然脂集》，载缪荃孙著《秦淮广纪》，南京出版社，2017年，第163页。

④ 茅元仪：《石民四十集合》卷一三，明崇祯刻本。

⑤ 李玉栓：《明代文人结社考》，中华书局，2013年，第451页。

⑥ 缪荃孙：《秦淮广纪》，南京出版社，2017年，第134页。

何、蒋、王、杨、马、褚，先后其名，所谓‘十二钗’也。”[①]

“后六钗”中，“何”姓才媛不能确定。万历中后期“何”姓名妓仅见何玉鸾一人，载于《名媛诗纬初编》。南京旧院人，端淑赞其诗“大雅可观”，未见涉及“十二钗”著录。“蒋”应为蒋兰玉。《亘史钞·士女品目》列其为“女状元”：“蒋兰玉，小字双双，名淑芳，行四”，又载金门东方生为兰玉作传，言“兰玉幼嬉于门，有皇冠人指之曰‘此瑶台侍香儿，前身隶仙品，今凡矣。’乃兰玉固不凡，含英毓华，蜕尘祛汶，谈谑竟岁月，不涉一烟火语。”兰玉为蒋氏诸女中翘楚，时人叹其如仙子下凡。另，潘之恒尝于庚午之次年见过蒋兰玉：“庚午之明年，兰玉过金坛，为太史称四十寿，遂留不归。太史携之，祈嗣白岳，从歙浦登防，见者惊如洛神、湘妃，真一代佳人也。”[②]庚午为隆庆四年（1570），与“十二钗”先后顺序相符。另有名姬蒋彩屏，《士女品目》列其为女经魁，与张如英并举，似不如兰玉“品”高，因此“蒋”或为蒋兰玉。“王”疑为王赛玉，小字儒卿，名玉儿。隆庆至万历年间有数名“王”姓名姬，王赛玉、王蕊梅、王寿、王曼容、王小奕、王玉娟等，《亘史钞》言：王姓诸妓中，赛玉最蒙文士推奖。何元郎尝于“袖中带王赛玉鞋一只，醉中出以行酒”。《士女品目》评其为“女学士”，品云“嬴楼国色原名玉，瑶岛天仙旧是王”，《曲中志》言“品会莲台王学士，名喧桃叶顾夫人”，《亘史钞》言“古称绝代佳人钟间气一生，今观玉儿，信然。玉儿于群美中最著且久，例之士籍，若既首胪唱、陟崇阶者”[③]。其余诸姬声名似略低于赛玉，如王蕊梅，在《士女品目》中被列为“储材”。“杨”“马”二人分别为杨璆姬、马湘兰，《亘史钞》有明确说明。“杨姬者，名新匀，字似真，故平康

① 朱彝尊：《静志居诗话》卷二十三“教坊”，黄君坦校点，人民文学出版社，1990年，第763页。

② 潘之恒：《亘史钞》，载缪荃孙著《秦淮广纪》，南京出版社，2017年，第83–85页。

③ 同上，第78–80页。

才人……又称璆姬……客与诸姬为十二钗会，人各有传，语在诸传叙中。一时声动白下，为都人士称赏云。”[①]又载王稚登评马湘兰云：“平康诸姬，先后若而人风流艳冶、鹊黑鸦黄，倾人城国者何限。在马姬先者，刘、董、罗、葛、段、赵，与姬同时者，何、蒋、王、杨、马、褚，青楼所称十二钗也。”[②]“褚”姓名姬疑为褚茜英。《亘史钞》载，潘之恒与友人为名姬杨筠卿定品时曾提及褚茜英。“广微询余：‘筠卿方之前艳，定居何等流？’以余目之，当在褚茜英、杨蕣华之间。茜英妩而润，蕣华佻而佚，筠卿绰有馀情，美无不足，都知佳丽者，必在此子矣。”[③]要之，“十二钗”中，前六钗可确认者仅赵今燕一人，后六钗可确认者有杨璆姬、马湘兰二人。

又如万历年间，冒伯麟将郑妥娘、马湘兰、赵今燕、朱泰玉四人的诗画作品编纂成书，名为《秦淮四美人选稿》（即前文提及的“秦淮四美”），其中，除了马湘兰的生卒年可以依据王百谷《马姬传》和马湘兰的诗歌进行推算，其余诸姬皆无从考证。以郑妥娘为例，况周颐《蕙风词话》卷五中汇总了郑如英的相关信息，所涉及的晚明文人书写中，均查证不到郑妥娘的个人信息，仅能找到文人对她诗词的辑录和点评：

> 郑如英，字无美，小字妥娘。工诗、词，与卞赛、寇湄相颉颃也。《桃花扇》传奇《眠香》《选优》等出，以阿丑之诙谐，作无盐之刻画。肆笔打诨，若瓦巷陋姝，一丁不识者然，殆未深考。虞山《金陵杂题》：“旧曲新诗压教坊。缕衣垂白感湖湘。闲开闰集教孙女，身是前朝郑妥娘。”《板桥杂记》谓：“顿老琵琶，妥娘词曲，只应天上，难得人间。”渔洋《秋

① 潘之恒：《亘史钞》，载缪荃孙著《秦淮广纪》，南京出版社，2017 年，第 82 页。

② 同上，第 117 页。

③ 同上，第 196 页。

柳诗》，唐葆年云："为妥娘作。"风调可想。妥娘诗载《列朝诗选闰集》。所著《红豆词》，《众香集》录五阕。《长相思·寄期莲生》云……《杨柳枝·游玉隐园》云……《临江仙·芙蓉亭怀郑奇逢》云……《小传》云："无美南曲妙姬，丰姿清丽，神采秀发，而气度潇洒，无脂粉态。独处静室，未尝衔容谐俗。其《咏梅诗》……得比兴之旨。"[①]

可以看出，冒伯麟、钱谦益、王渔阳、余澹心、朱彝尊等人都对郑妥娘的文学造诣颇为赞赏，并对她的诗作进行了详细的编录。遗憾的是，文人并不关注她除了秦淮名妓以外的价值，因此对她的生平信息不予采集。至于为今人知晓的"秦淮八艳"，则连是否都隶属秦淮也难以确定。"秦淮八艳"之称出自清人叶衍兰《秦淮八艳图咏》，"八艳"分为马守真、卞赛、李香、柳是、董白、顾媚、寇湄、陈沅。[②]其中，陈沅（即陈圆圆）是否归属秦淮存疑。

陈维崧《妇人集》载："姑苏女子圆圆，字畹芬。"[③]钮琇《觚剩》"圆圆"载："方极声色之娱，吴门尤盛。有名妓陈圆圆者，容辞闲雅，额秀颐丰，有林下风致。年十八，隶籍梨园。每一登场，花明雪艳，独出冠时，观者魂断。"[④]陆次云《圆圆传》载："圆圆，陈姓，玉峰歌妓也。"[⑤]邹枢《十美词纪》载："陈圆者，女优也。少聪慧，色娟秀，好梳倭堕髻，纤柔婉转，就之如啼。演《西厢》……常在

① 况周颐：《蕙风词话》卷五"郑如英词"，孙克强辑考，中州古籍出版社，2003年，第91–92页。

② 叶衍兰：《叶衍兰集》，上海古籍出版社，2015年，第370–379页。

③ 陈维崧：《妇人集》，载王英志主编《清代闺秀诗话丛刊》第一册，凤凰出版社，2010年，第10页。

④ 钮琇：《觚剩》，载薛福成、钮琇著《庸盦笔记·觚剩》，傅一、陈迹标点，重庆出版社，1999年，第80页。

⑤ 陆次云：《圆圆传》，载虫天子辑《香艳丛书》九集卷一，国学扶轮社，1909年。

予家演剧，留连不去。”[1]以上著录中，姑苏、吴门、玉峰三处地名、皆指明陈圆圆是苏州人，其中，邹枢声称陈圆圆曾流连于邹家属意于他，邹枢为吴江人，因此邹枢的著录中也指向陈圆圆是苏州人。

但是，据李介《天香阁随笔》卷二“陈圆圆”中的载录，陈圆圆应是常州武进人：“平西王次妃陈氏，名元。武进奔牛人。父好歌曲，倾赀招善歌者与居。家常十数人，日夜讴歌不辍，以此破其家。由是讴者不来。家居无聊，有一子，甚戆。顾其女倩而慧，恒教之歌，盖以自乐也。父死，失身为妓。”[2]又，乾隆间名士赵怀玉《亦有生斋集·云溪乐府》载：“圆圆，金牛里人。姓陈氏，父业惊闺，俗呼陈货郎。”[3]《光绪武进阳湖县志》卷三十之“杂事摭遗”亦载：“圆圆，金牛里人。陈姓。其父曰陈货郎。”其中，李介的著录中，还记录了同乡曾将陈圆圆赎回家，为正室不容，又纵其离开的事情：

> 予邑金衢道贡二山之子若甫，往金华省父，道出浒关，见之悦，输三百金赎之归。室人不容，二山见之曰：“此贵人。”纵之去，不责赎金。

如果李介所言同乡之事为真，那么对陈圆圆的相关著录则可以相信，但是“三百金”似乎有些与陈圆圆的身价名气不符。因此，陈圆圆到底是苏州人，还是隶属常州，后去苏州为妓，已经无从得知。事实上，虽然文人跟某些名姬狎昵甚密，但是他们对所狎才媛的个人信息亦十分模糊。如《然脂集》曾更正《女才子四部集》将“郝赛”“郝文珠”混淆的讹误。综上，文人对青楼才媛真实信息的漠视，可见一斑。

---

① 邹枢：《十美词纪》，载虫天子辑《香艳丛书》一集卷一，国学扶轮社，1909 年。

② 李介：《天香阁随笔》卷二，粤雅堂丛书本。

③ 赵怀玉：《亦有生斋集》乐府卷一“云溪乐府”，道光元年刻本。

第五节
被隐藏的“性”描写

一、从高罗佩“逃避性爱”说看文人青楼书写中对性欲的隐藏

荷兰汉学家高罗佩《中国古代房内考》注意到文人的青楼书写中只谈风月不提性爱的现象，说道：

> 那些能够结交艺妓的人至少属于中上阶层，因此在家中也有妻妾多人。既然如前所述，他们有义务给妻妾以性满足，那就很难期望一个正常的男人竟是因性欲的驱动而与外面的女人发生性交。当然人们会有调换口味的愿望，但这只能算是偶然的胡来，并不足以说明他们与职业艺妓整天厮混的动机……男人常与艺妓往来，多半是为了逃避性爱，但愿能够摆脱家里的沉闷空气和出于义务的性关系。换句话说，原因其实在于他们渴望与女人建立一种无拘无束、朋友般的关系，而并不一定非得发生性关系。一个男人可以与艺妓日益亲昵，但并不一定非导致性交不可……很多男人对艺妓的这种超然态度常常使人联想到，为什么在名妓的传记中总是对她们的社会成就格外重视。她们的歌舞技艺和善于应对总是被首先提到，而动人的姿

> 色总是放在第二位。甚至颇有一些著名的艺妓姿色并不出众。这也说明了，在中国诗文中，作者对他们与艺妓的关系的描写为什么总是充满伤感的情调。这部分文学作品给人的印象是这种关系常常带有柏拉图式的味道。它还进一步说明了，为什么大多数崇拜者总是热衷于长期而复杂的求爱。显然他们的目的与其说是与意中人同床共寝（未能做到这一点，往往既不会使求爱者怨恨，也不会招人耻笑），还不如说是追求一种优雅的娱乐和在风月场中扬名。①

晚明士妓关系的确有一些“柏拉图式”爱情的意味。相较姿色而言，他们的确更为看重妓女的气韵和才华，但这并不意味着文士与青楼才媛的交往摆脱了容色和肉欲，他们所谓的姿色并不出众的艺妓，也是指相较于其他色艺俱佳的名妓略显逊色，并非毫无姿色可言。在文人的品藻顺序中，风貌气韵是排在第一位的，姿色包含在其中。一个姿首如常的女子，其不出众的容貌会被首先指出。例如“尹春，字子春。姿态不甚丽，而举止风韵，绰似大家”②。又如“马姬名守真，小字玄儿，又字月娇，以善画兰，故湘兰之名独著。姿首如常人，而神情开涤，濯濯如春柳早莺，吐辞流盼，巧伺人意，见之者无不人人自失也”③。这样的品评，在一众“娉婷娟好，肌肤玉雪”“鬓发如云，桃花满面”“颀而白，如玉肪，风情绰约”④的美姬中，显得与众不同。文人这样书写的目的，并不在于传达容色不重要的信息，而是为了彰显这位名姬的才艺或品格尤为出色。事实上，当文人与姿首如常人的名妓交往时，逊色的容貌会让他感到遗憾。例如王百谷与马湘兰交好，却在其他貌美名姬面前如此评

① ［荷兰］高罗佩：《中国古代房内考》，李零等译，商务印书馆，2010 年，第 239 页。

② 余怀：《板桥杂记》，李金堂校注，上海古籍出版社，2000 年，第 22 页。

③ 钱谦益：《列朝诗集小传》闰集，上海古籍出版社，1959 年，第 765 页。

④ “李十娘”参见余怀《板桥杂记》第 23 页，“顾媚”第 29 页，“卞敏”第 38 页。

价马湘兰：

> 予尝为白门客，获交于马湘兰，其才足以及子（郑玉姬），其貌平平，远出子下。夫以希世之容，年才二八，宜于此时，觅一有情郎，以为归足之地。岂可留连旦暮，作风中柳絮乎！

王百谷在提及马湘兰以前，曾赠郑玉姬绝句二首盛赞其美貌：

> 其一：新月如眉雪作肌，澹妆浓束总相宜。扬州向号胭脂窟，迥出胭脂是玉姬。
>
> 其二：自怜娇小会吹箫，花比丰姿柳比腰。二十四桥春独艳，何人不觅郑妖娆。①

在王百谷的言辞中，郑玉姬的稀世容颜远比马湘兰更具吸引力，虽然马湘兰的才华足以超越郑玉姬，但“其貌平平”，就沦入“远出子下”的品第。明代闺秀沈宜修的丈夫叶绍袁曾经提出女性“三不朽”，主张将“德、才、色”作为品评女性的标准。虽然叶绍袁提出“三不朽”的动机是反驳传统妇德中对闺秀“女子无才便是德”的要求，但是这三点对于青楼才媛同样适用，“三不朽”欠缺任何一点，都会令文人感到遗憾。除了高罗佩文中涉及的“才”“色”之外，文人对于妓女之“德”亦有要求。杨宛嫁给茅止生以后“多外遇，心叛止生”，茅元仪死后，杨宛追随田宏遇，田宏遇死后，又奔刘东平，最后遇乱被“盗杀之于野”。杨宛本是青楼女子，其职业属性天然地排斥专一的爱情，风流放诞无可厚非，并且茅元仪也并非只有她一个妾室。钱谦益将杨宛与茅止生另一个妾室王修微做了比较，说：“宛与草衣道人（王修微）为女兄弟，

① 鸳湖烟水散人：《美人书》，王松真校点，中州古籍出版社，1994 年，第 149 页。

道人屡规切之，宛不能从。道人皎洁如青莲花，亭亭出尘，而宛终堕落淤泥，为人所姗笑，不亦伤乎！”①

高罗佩阐释士妓关系时，提出“逃避性爱”“朋友一般的关系”“不一定非得发生性关系”等观点，将士妓情感划入“唯精神论”②的范畴，认为士妓之间的交往摒弃了肉体的快感，追求纯粹的精神享受。但是，这群追求精神享受的文人士子，正处在晚明纵欲的狂潮中，加之根植于他们思想中的“饮食男女，人之大欲存焉”③等儒家经典理论，和充斥于全社会的解放天性、反对礼教的思潮，让他们放弃青楼中的性爱几乎没有可能。较之文人书写中被隐藏的性欲，“妓女本人的声音”④或许更能证明士妓交往中性爱的普遍。明代《青楼韵语》(原《嫖经》) 中有不少妓女书写的富有“性”意味的诗，其中有的对性的描写十分露骨。例如徐惊鸿揶揄恩客性能力的《嘲友》一诗：

> 春风何处觅王孙，日日鸣镳到市门。不是司空频见惯，蛾眉才遇便消魂。⑤

《嫖经》的作者朱元亮对“蛾眉才遇便消魂”的男性表示理解，他说“此道原无惯家，初耽者更需斟酌”，并借此提醒初耽花柳的人士：“初耽花柳，最要老成。久历风尘，岂宜熟稔”。与《青泥莲花记》等文人书写不同，《嫖经》的编写初衷是为广大嫖客提供狎妓指南，因此，当文人的书写目的不是为才媛名姬作传，或者歌颂青楼雅游和士妓爱情时，性爱描写就不再被规避或忽略。

---

① 钱谦益：《列朝诗集小传》闰集，上海古籍出版社，1959 年，第 774 页。

② 吴鲁平：《爱情的本质及其意义》，《中国青年政治学院学报》，1988 年第 1 期。

③ 孙希旦：《礼记集解》卷二十二“礼运第九之二”，中华书局，1989 年，第 607 页。

④［美］贺萧：《危险的愉悦》，韩敏中、盛宁译，江苏人民出版社，2010 年，第 4 页。

⑤ 周铭辑：《林下词选》卷九《名词》，清康熙十年刻本。

晚明士妓之间的感情更像是现代意义上的爱情，如黑格尔所说，“爱情里确实有一种高尚的品质，因为它不只停留在性欲上，而是显出一种本身丰富的高尚优美的心灵，要求以生动活泼、勇敢和牺牲的精神和另一个人达到统一”[①]。但是在《青泥莲花记》《板桥杂记》《亘史钞》“吴艳”“金陵艳”等为青楼才媛立传的正面书写中，文人不得不规避性欲书写。因为妓女职业的天然属性包含色情和肉欲，一旦文人对其稍加描摹书写，就难免令士妓关系沦为等而下之的肌肤滥淫，亦违背了他们为妓代言的创作初衷。高罗佩考察了大量文人的青楼书写，得出士妓交往“逃避性爱”等结论，亦能从跨文化视角证明文人青楼书写中对性欲的隐藏。

二、沙才之“疮”病与《霉疮秘录》

余怀《板桥杂记》对沙飘飘的记录中提到，“惜也，才以疮发，剜半面”的著录。爬梳明末清初二百余位青楼才媛之生平，有“疮”记录在册的仅沙才一人，且“疮发”之后“剜半面”，可谓“强病”。潘之恒《亘史钞》中又提到沙才“以病亟归”“十年不复出”，却并没有提及她是何种病症。《亘史钞》卷首有万历壬子年（1612）顾起元序，则潘之恒为沙飘飘作传应早于一六一二年，文中沙才已病十年，则最迟一六〇二年患病；潘之恒又说万历癸卯年（1603）沙才尚未破瓜，那么沙才患病之时不足十六岁，并且一六一二年仍未愈，病程不可谓不长。又，《亘史钞》并未提及沙飘飘患何种病症，或因为潘之恒对待妓女“尊微惜贱”的心理不忍书写，或因为此病实乃隐疾不便书写。综合看来，此沙才之“疮”是一种病程长、病症重、经年难以治愈、又不便公之于众的强病顽疾，结合晚明社会“人情以放荡为快”的世风、晚明风流文士的

① [德]黑格尔:《美学》第二卷，朱光潜译，商务印书馆，1997 年，第 332 页。

狎妓之盛以及晚明社会梅毒的流行程度，笔者推测此“疮”或为梅毒。

梅毒又称唐疮、杨梅疮、广疮、砂仁疮等，明代有一位梅毒学家叫陈司成，著有《霉疮秘录》一书，是现存第一本梅毒专著。在书中作者指出，虽然感染梅毒的方式并非只有性交一种，但产生梅毒的主要原因是性生活感染：“交媾斗精，气相传染，一感其毒，酷烈匪常，入髓肌，流经走络，或中于阴，或中于阳，或伏于内，或见于外，或攻脏腑，或巡孔窍；有始终只在一经者，有越经而传者，有间经而传者，有毒伏本经者，形证多端，而治各异。”[①]传入日本的版本中，有数位江户时期东都医生作序，序中亦指明不洁性交是感染梅毒的主要原因“大抵淫邪嗜欲之人，病之者多”，“男女淫猥，湿热之邪，蓄积既深，发为毒疮，遂互胥传染”[②]。可见，通过性交感染梅毒已是当时人们的共识。

在《霉疮治验》一节中，陈司成共记录了二十九位感染梅毒并被治愈的患者，以男性患者居多，其中女性患者六名，包括三名被丈夫传染的良家妇女、一名由婢女交叉感染的室女和两名妓女。在男性患者中，有庠生、官吏、词客、道士、富商、太学、士人等，其中士人染于“好采补”，采补即为男女交媾、采阴补阳房中术，其余男性没有明确自己的感染原因。在这些病患中，有病症反复、日益严重、病程很长，而后被治愈的案例：

> 一太学，年三十，染霉疮，饮食禁忌甚善，并不服药，至两载而痊。不及数月，两腿起小块，月余而破，但不深溃。自用膏丹敷贴，一伏一起，蔓延胸腹、颈项、头面、耳目。一病二十余年，访治于予。予曰：乃阳霉蛀也，毒留肌肉之间，失

① 陈司成：《霉疮秘录》，学苑出版社，1994年，第49页。

② 同上，第48页。

于汗下耳。遂用防风通圣散，加人参连进五服，以其蓄毒，兼用化毒戊字丸。早晚服之，至盈月而愈。耳目无恙，才止前丸，更用八味丸，服至三斤，精神旧。后取妾，复生嗣焉。①

通过这位太学的病案，可以看出，感染梅毒后如不治疗，病情可以绵延二十余年，并且确实会病发于头面部。除上述太学“蔓延头面”以外，另有“一贾，年四十余，患疮贻毒有年……右腮破溃”，“一孝廉，年近三十，眼角内溃，痛引鼻梁，脓水无度，脆骨将脱”等。并且，在民间治疗手段上，确实有剜掉受伤组织的方法：“一贵介，年三十余，染疮日久，妄用克伐，大肉已削，止存皮骨，且咽喉腐烂，外疮冰伏，形势危甚。余懒治。”②

又，在描述症状时，陈司成以“疮标某处”表示梅毒病发时的各个器官，如“毒中肝经……疮标耳项胁肋，形如砂仁，俗以砂仁疮名之”，“毒中心经，疮标肩臂两手，紫黑酷似杨梅，俗以杨梅疮名之”③等，可见医书中有以“疮”指代梅毒的习惯。因此，在疾病名称、病症、病程、治疗手段上，沙才之“疮”病均与梅毒一致。为避免“荡妇羞耻”（slut shaming）④之嫌，笔者不欲从其娼妓身份角度探讨沙才之“疮”即性病的可能，仅将《霉疮秘录》相关内容

① 陈司成：《霉疮秘录》，学苑出版社，1994年，第60页。

② 同上，第59页。

③ 同上，第49-50页。

④“荡妇羞耻”（slut shaming）概念常被用于法学或社会学范畴，大意为当一些女性违反公认的女性道德准则行为时——例如她穿着暴露、举止轻佻，那么她就会更容易遭到强奸或其他性侵犯，而因为她是荡妇，所以她活该被羞辱，羞辱她的人不需要承担法律责任。在西方女性主义理论中，“荡妇羞辱行为”被看作社会性别歧视的一个方面，也存在于同性之间。笔者此处引用这一概念，表示人们默认妓女容易患上性病，具体表现在，当一个妓女得病，而且病灶仿佛与性行为相关时，人们就会默认她得的是性病。西方关于“荡妇羞耻”的文献较多，但当前对这一概念并没有确切定义，此处定义参见Brian N. Sweeney (2017). “Slut Shaming” . The SAGE Encyclopedia of Psychology and Gender. Sage Publications. Retrieved April 22，2018.

列举如下。书中有《霉疮或问》一节，数次问答均以妓女为例：

> 或问：其疮传染不已，何也？余曰：昔人染此症，亲戚不同居，饮食不同器，置身静室，以俟愈；故传染亦少。迩来世人妄沉匿花柳者，众忽于避忌。一犯有毒之妓，淫火交炽，真元弱者，毒气乘虚而袭，初不知觉，或传于妻妾，或传于姣童。上世鲜有方书可正，故有传染不已之意。
>
> 或问：老幼之人，不近妓女，突染此疮，竟有结毒者，何也？余曰：不独交媾斗精，或中患者，毒气熏蒸而成；或祖父遗毒相传，此又非形接之比也。
>
> 或问：有人与患者同寝共食，不传染者，何也？余曰：此繇先天充固，邪气无间而入。所以有终身为妓，半世作风流客者，竟无此恙。[①]

上文中，陈司成设问时“不近妓女，突染此疮……何也”，和答疑时“沉匿花柳者……犯有毒之妓”“有终身为妓……无恙”等言辞，或暗指当时人们默认妓女是梅毒的主要传染源。

三、晚明文人与性病

《青泥莲花记》《板桥杂记》《亘史钞》的写作动机是为青楼名妓立传，进而再现青楼文化的优雅，不经意间会透露少许阴暗面，性病书写包含其中。虽然被标注有“疮”的名妓仅沙才一位，但在小说中，杨梅疮却常常出现，其症状常常发生在面部，患病之人或“须鬓俱无”，或“缉瞎了眼”“蚀掉了鼻子”[②]，有些甚至因此丧

① 陈司成：《霉疮秘录》，学苑出版社，1994 年，第 52 页。

② 西周生：《醒世姻缘传》，黄肃秋校注，上海古籍出版社，2005 年，第 540、1350 页。

命。此外，小说中人物将梅毒视为羞耻的隐疾。如《醒世姻缘传》第九十三回香岩寺诚庵和尚“天泡疮已是生起，他却讳疾忌医，狠命要得遮盖，一顿轻粉……杨梅疯毒一齐举发，可煞作怪，只偏偏的往一个面部上钻，钻来钻去，应了他《心经》上的谶语，先没了眼，后没了鼻，再又没了舌，不久又没了身”[①]。此外，在《醒世姻缘传》中，出现了以“疮”代指梅毒的说法，如第四十回狄婆子责骂狄希陈嫖娼：“多大的羔子？就这等可恶……万一长出一身疮来，这辈子还成个人哩！”[②]

除了小说，现实中的风流才子确有患梅毒之人。徐朔方在《汤显祖和梅毒》一文中论证了汤显祖死于梅毒的可能性，文章一出即在学界引起轩然大波，至今余波尚存。大约没有确凿证据而说一代才子死于花柳，难免有些唐突古人。但是，若非汤显祖《长卿苦情寄之疡，筋骨段坏，号痛不可忍。教令阖舍念观世音稍定，戏寄十绝》为证，屠隆死于梅毒一事恐怕也被宗谱中的记载掩盖起来，不会被后人知晓了。据徐朔方《汤显祖和梅毒》考，屠隆宗谱只说他是病死，而编写宗谱的“张应文和胡文学可能目击屠隆的死状，却几乎把他写成白日飞升的成仙证道的形象”[③]。另一位感染梅毒的是王百谷。据沈德符《万历野获编》卷二十三“王百谷诗”载：

> 时汪太函介弟仲淹（道贯）偕兄至吴，亦效其体，作赠百谷诗“身上杨梅疮作果，眼中萝卜翳为花”。时王正患梅疮遍体，而其目微带障，故云。然语虽切中，微伤雅厚矣。[④]

---

① 同上，第1325、1350页。

② 同上，第584页。

③ 徐朔方：《汤显祖和梅毒》，《文学遗产》，2000年第1期。

④ 沈德符：《万历野获编》卷二十三“王百谷诗”，中华书局，1959年，第586页。

据陈司成《霉疮秘录》："毒发阴阳二窍，传于心，发大疮"；"毒注瞳仁，似乎内障"，与王百谷症状相符。据徐朔方考，汪道昆、道贯兄弟做客苏州有两次：一在万历十一年（1583），一在万历十四年（1586），则王百谷最迟于1586年就已感染梅毒。另据沈德符《万历野获编》"白练裙"载：

> 顷岁丁酉……时吴下王百谷亦在留都，其少时曾眷名妓马湘兰名守真者，马年已将耳顺，王则望七矣，两人尚讲衿裯之好。[①]

衿裯之好即男女性爱之意。万历丁酉是1597年，此时王百谷感染梅毒已至少九年，马湘兰一生痴恋王百谷，是否感染梅毒已无无从得知。但至少可以觇知，青楼才媛感染梅毒的概率还是很大的。至于文献中很少披露的原因，大约出于"梅毒因不洁性交而传染的事实似乎已经模糊地为人所认识"[②]。沈德符在《万历野获编》中多次记载王百谷丑事，如卷二十三"山人"中表达了对山人行径的不屑，其中数条提及王百谷，又卷二十八"守土吏狎妓"载：

> 今上辛巳壬午间，聊城傅金沙（光宅）令吴县，以文采风流为政，守亦廉洁，与吴士王百谷厚善，时过其斋中小饮。王因匿名妓于曲室，酒酣出以荐枕，遂以为恒。王因是居间请托，橐为之充牣。[③]

据上文，吴县县令傅金沙本为官清廉，却因与王百谷交好，陷

① 沈德符：《万历野获编》卷二十六"白练裙"，中华书局，1959年，第676页。
② 徐朔方：《汤显祖和梅毒》，《文学遗产》，2000年第1期。
③ 沈德符：《万历野获编》卷二十八"守土吏狎妓"，中华书局，1959年，第713页。

入其名娼美色彀中，不能自拔。只得一再满足王的请托，王百谷遂因之大富。沈德符于王之人品深为不屑[①]，故对王百谷染性病一事津津乐道。

事实上，时人的确是羞于向人提及自己感染梅毒的。《霉疮秘录》载：“一梨园，染棉花疮，恐亲友知觉，求医速痊，误服隐药而愈。期月之后，遍身流注作痛，身体振掉，不能自持，甚至著床不起”[②]，是为例证。另外，《霉疮秘录》中记录的男性患者，多数私下求医，待到病情危急性命了才辗转找到梅毒专家陈司成医治，亦能证明时人知晓“梅毒因不洁性交而传染的事实”。

总之，妓女出于职业原因，应当是性病的传染源，但是在文人士子笔下的青楼笔记中，却几乎没有提到过这一点。相反，文人意在为青楼才媛营造沉静高洁、皎然不俗的优雅形象，书写时自然将违背优雅的现实隐匿起来。晚明文人“迥非尘境”的青楼书写，就像《危险的愉悦》所说的那样：

> 其实这都是作者脑子里的妓女，作者耳朵里的妓女，你问他她们吃的究竟是什么，穿的究竟是什么，她们过这生活究竟情愿或不情愿，他就答不出来了。[③]

---

①一说因为薛素素、沈德符、王百谷之间的三角关系，沈、王二人交恶所致。

②陈司成：《霉疮秘录》，学苑出版社，1994年，第62页。

③［美］贺萧：《危险的愉悦——20世纪上海的娼妓问题与现代性》，韩敏中、盛宁译，江苏人民出版社，2010年，第4页。

第六节
晚明男风的兴盛

一、晚明男风的性别关系

近年围绕晚明男风的研究可谓篇帙腾涌，方兴未艾，究其所指大体不外三种：一是京师之小唱；二是江浙之小官；三是闽南之契弟、契儿。然京师之小唱、江浙之小官与闽南之契儿实属男妓，而非同性恋之一方。国内研究者大多把以上数者混同于同性恋，那么其研究势必会南辕北辙，不得所获。同性恋指的是恋爱双方感情、地位对等，由互相爱慕而形成的一种稳定的情感结合体。恋爱双方在感情上没有主动与被动的胁迫关系，亦无某种实质的物质与情色交易。而男妓则是类比女妓来说的，他们与主顾之间维持的是一种物质与情色的交易关系。男妓靠出卖性服务来获得主顾所偿付的报酬，男妓与主顾之间没有一种稳定的情感基础，他们之间是一种商业契约关系，当契约关系失效时，双方则处于自由状态。

由以上定义推断的话，除闽南之契弟外，京师之小唱、江浙之小官与闽南之契儿实属男妓。闽南之契兄弟与契父子关系有着实质的区别。契兄弟是在闽南特殊风俗下形成的一种稳定的情感关系，他们之间有着共同的情感基础，不是根据物质与情色利益而建立的契约关系。沈德符《万历野获编》之“契兄弟”条记载：

> 闽人酷重男色，无论贵贱妍媸，各以其类相结，长者为契兄，少者为契弟。其兄入弟家，弟之父母抚爱之如婿，弟后日生计及娶妻诸费，俱取办于契兄。其相爱者，年过而立，尚寝处如伉俪，至有他淫而告讦者，名曰要奸。要字不见韵书，盖闽人所自撰。其昵厚不得遂意者，或相抱系溺波中，亦时时有之，此不过年貌相若者耳。近乃有称“契儿”者，则壮夫好淫，辄以多赀聚姿首韶秀者，与讲衾裯之好，以父自居，列诸少年于子舍，最为逆乱之尤。①

由上观之，闽南之契兄弟重视情感关系的完美协调，双方地位是对等的。而契父子关系不同，契父与契儿之间的关系更倾向于家妓关系，强调一种淫赂维系。因此应该把二者分别对待才能更好地理解晚明之两性关系。

宋代已经出现“小唱”，其最早指的是吟唱小曲的艺人，不分男女，其职业是在饮宴时吟唱小曲增添欢娱气氛。明宣德年间，自顾佐疏后，朝廷严禁官妓，遂有小唱伴酒之说，此时小唱乃始由歌童充任。谢肇淛《五杂组》卷八记载，“今京师有‘小唱’专供缙绅酒席，盖官妓既禁，不得不用之耳”②。《万历野获编》卷二十四之“小唱”条亦载，“京师自宣德顾佐疏后，严禁官妓，缙绅无以为娱。于是小唱盛行，至今日几如西晋太康矣”③。后来小唱渐渐不再吟唱小曲，而专以侍酒侑觞、洞察耳目为任。史玄《旧京遗事》载：“唐宋有官妓侑觞，本朝惟许歌童答应，名为小唱，而京师又

---

①沈德符：《万历野获编》补遗卷三“契兄弟”条，中华书局，1959年，第902页。

②谢肇淛：《五杂组》卷八，上海书店出版社，2001年，第146页。

③沈德符：《万历野获编》卷二十四“小唱”条，中华书局，1959年，第621页。

有‘小唱不唱曲’之谚，每一行酒止，传唱上盏及诸菜，小唱伎俩尽此焉。”[①]再以后，小唱则沦落至与男宠无异，进而遭到世人的舆论谴责。“然诇察时情，传布秘语，至缉事衙门，亦借以为耳目，则起于近年，人始畏恶之，其艳而慧者，类为要津所据，断袖分桃之际，赍以酒赀仕牒。即充功曹，加纳候选，突而弁兮，旋拜丞薄而辞所欢矣。”[②]《旧京遗事》云：“小唱在莲子胡同，门与娼无异，其姝好者，或乃过于娼，有耽之者，往往与托合欢梦矣。”[③]

明初实行官妓制度，宣德年间朝廷始有官妓之禁，“大明律犯奸内有官吏宿娼之条，则是太祖时已有禁矣，及顾佐掌院时奏娼女止容供应公燕，禁其奸宿，盖恐末流人情易犯耳”[④]。笔者认为，朝廷禁止娼女侑觞佐酒后，必有一部分乐户因生计所困而另谋生路，特点是仍保留乐籍而实际沦落为蓬门娼妓。而官妓侑酒侍觞之职必有他人佐代，很有可能是同出自乐籍的男性优伶。其初大部分为浙之宁绍人，盖被朱元璋籍入乐籍的宁波、绍兴人之后裔，其后小唱渐有临清人充入，“其初皆浙之宁绍人，近日则半属临清矣，故有南北小唱之分”[⑤]。由此大约可考小唱最初是由出身乐籍的江浙人充任，在朝廷禁止娼女进行私宴供侍、罚淫戒乱之后，便逐渐替代娼女而发展为供侍私宴、陪宿解欲的女妓替代品了。后因男风滋漫，乐户男妓有限，京师附近便有许多男童冒充浙之宁绍籍乐户而进行交易买卖，“近日，又有临清、汴城以至真定、保定儿童，无聊赖亦承乏充歌儿，然必伪称浙人”[⑥]。

小唱亦可随官上任行走，所谓“朝士有提挈之者，或至州县佐

---

① 史玄：《旧京遗事》，北京古籍出版社，1986 年，第 25 页。

② 沈德符：《万历野获编》卷二十四“小唱”条，中华书局，1959 年，第 621 页。

③ 史玄：《旧京遗事》，北京古籍出版社，1986 年，第 25 页。

④ 陈建：《皇明通纪法传全录》，上海古籍出版社，1986 年。

⑤ 谢肇淛：《五杂组》卷八，上海书店出版社，2001 年，第 146 页。

⑥ 沈德符：《万历野获编》卷二十四“小唱”条，中华书局，1959 年，第 621 页。

贰，次则为伶”[①]，此或为门子之雏形。然小唱与门子地位仍高于戏子伶人，盖男妓亦有等级之分之明证。门子，散见于说部，其最早指的是看门的奴役，后渐延指官府中亲侍之仆从。宣德后有娼妓之禁，官僚外出不能嫖宿娼妓，门子遂有男妓之性质，并逐渐成为官僚男妓之专称，所谓“外之仕者，设有门子以侍左右，亦所以代便辟也，而官亦多惑之，往往形诸白简”[②]。在刊刻于天启年间的小说《童婉争奇》中，妓女骂小官时说，“你狗苟蝇营，何不去官府当一名打扇的门子？”此即明证。

小官，是对江浙一带男妓的统称。与服务于上层权势男性的小唱、门子不同，小官则服务于底层社会。明中叶以后，男风滋炽，遍及南北。江浙一带商品经济发达，便最早出现了取悦于“老官”市场的男性卖淫者。男妓市场最初只是零散的个体经营，多有牵头为之撮合，后市场扩大，遂渐有从事男妓集体卖淫活动的专业组织者。《龙阳逸史》第二回所叙，男妓小翠经由牵头罗海鳅介绍给大老官邵囊，后因波折，离而复合，遂有约书之契：

> 三面看定，每岁邵奉李家用三十金，身衣春夏套，外有零星用广，不入原议之中。此系两家情愿，各无异说。如有翻覆等情，原议人自持公论。恐后无凭，立此议单。各执一纸存证。[③]

这张具有商业性质的契约，实为男妓早期个体经营之例证。此行为实际上是一种自发性质的商业买卖，卖方主要是穷苦人家的男童，相貌较为清新可爱，以身体为资本向卖主提供性服务。相较而

---

① 史玄：《旧京遗事》，北京古籍出版社，1986年，第25页。

② 谢肇淛：《五杂组》卷八，上海书店出版社，2001年，第146页。

③ 京江醉竹居士：《龙阳逸史》，载陈庆浩、王秋桂主编《思无邪汇宝》，台湾大英百科股份有限公司，2000年，第115页。

言，买家则较为分散，主要是指家庭条件较为优越的富商与地主，也有少量的秀才文士。

除此之外，还有一种家奴型男妓，这种男妓一般指的是富户中的契约家奴，或是被穷苦人家或人贩子卖与富户的男童。《龙阳逸史》第八回的马天姿，即是因无父无母辗转被卖到陈员外之家的，其实质是半家奴、半男妓性质的富户奴隶。《金瓶梅》中亦有这种性质的家童，正是这种男妓的代表。这种男妓与门子性质相似，只是服务的买家阶层不同罢了。这些男童一般没有人身自由，其实质与奴隶相似，马天姿因陈员外夫人嫉妒，便被投入河中欲将其溺死。其被人救起后也不敢投诉官府。另外也有自举招牌进行兜售的自行营业者，形式与女妓之“私窠子”较为相似。《龙阳逸史》第十八回，葛妙儿便是自主经营的男性卖淫者，其请人为自己画了一张像挂在了门前当作招牌。

二、晚明男风的行业运行

如果说小唱、门子属于以个体存在的男妓的话，那么《龙阳逸史》中所叙述的小官榻房则是男妓集中运行的先例。男妓举体鬻色之业，在宋代已初具规模。据陶穀《清异录》所载，“四方指南海为烟月作坊，以言风俗尚淫。今京所鬻色户将及万计，至于男子举体自货，进退怡然，遂成蜂窠，又不只风月作坊也”[①]。周密《武林旧事》言：“吴俗此风尤甚。新门外乃其巢穴，皆敷脂粉，盛装饰，善针指，呼谓亦如妇人。”[②]晚明时期，商品经济发达，物欲横流，男风行业亦随势拓展。南北两京、苏杭地区等繁华市肆，皆有行淫鬻色之固定场所。说部所言之“榻坊”“南院”“帘子胡同”等，可

① 陶穀：《清异录》卷一，宝颜堂秘笈本。

② 丁丙：《武林坊巷志》，浙江人民出版社，1987年，第245页。

称实录。《弁而钗·情奇记》载之，“此南院乃众小官养汉之所……故曰南院”[①]。《龙阳逸史》卷八云：“南林刘松衖，于某月某日换主，新开小官榻房，知会。”[②]“明代‘律’有‘鸡奸’之条，然而有‘莲子胡同’之承应。”[③] 史玄《旧京遗事》亦说“在莲子胡同，门与倡无异”[④]。“莲子胡同”在《梼杌闲评》中又作“帘子胡同”，“（从西江米巷）一直往西去，到大街上北转，西边有两条小胡同，唤作新帘子胡同、旧帘子胡同，都是子弟们寓所”。

榻坊之建构多仿于明代兴盛之行院，然而却无行院的完整体系，亦无高等妓院的精致典雅，其规模略与下等妓院或“私窠子”相埒。榻坊一般由一个主谋经营，其先于市肆建盖或租赁房屋，然后再雇佣或收购一些无籍男童，即可草草营业。《龙阳逸史》第八回部分还原了榻坊形成的历史情境。金州甫林县刘松巷原是一条经营妓业的花柳小街，房屋共有三百间。后因经营者刘松死于狱中，娼妓生意遂无人料理，后被官府封押赁票儿。其后，商人鲁春兑合银子买了五十多间，又购进许多小官，乃成初步的小官榻坊。这种榻坊结构较为简单，设施亦粗鄙不堪，仅是为性交易所提供的一种场所，相较于提供题画品茗、度曲调丝的高级妓院相差远矣。

榻坊中的男妓亦设有花色品阶，与妓女之级别体制相类。《龙阳逸史》多次提到小官的优劣级别。《龙阳逸史》第五回载：“后来那些小官，见是一日一日，越多□将出来，便分做三等。把那十四五岁初蓄发的，做了上等；十六七岁发披肩的，做了中等；十八九岁掳起发的，做了下等。”其第十四回亦有提及，“（卞若

① 醉西湖心月主人：《弁而钗》，载陈庆浩、王秋桂主编《思无邪汇宝》，台湾大英百科股份有限公司，2000 年，第 273 页。

② 京江醉竹居士：《龙阳逸史》，陈庆浩、王秋桂主编《思无邪汇宝》，台湾大英百科股份有限公司，2000 年，第 205 页。

③ 吕种玉《言鲭》卷上《比顽童》，上海有正书局，1916 年，第 12 页。

④ 史玄：《旧京遗事》，北京古籍出版社，1986 年，第 25 页。

源）专一收了些各处小官，开了个发兑男货的铺子，好的歹的，共有三四十个，把来派了四个字号：天字上上号、地字上中号、人字中下号、和字下下号。这四个字号倒也派得有些意思。他把初蓄发的派了天字，发披肩的派了地字，初掳头的派了人字，老扒头派了和字”。

《龙阳逸史》第十五回，写到人贩子华思桥递予童勇巴一小官名单，上亦有四等级：

天字号　何小美　夏娟娟

地字　杨伯五　周小圣　范巧姿

人字　段秀儿

和字　陈天仙①

从上述两则材料中，可以大致推断：楊坊中男妓品评简单、标准单一，与花样繁多、标准苛刻的女妓品评不啻天壤之别。

男妓品评大致遵循两大标准：其一为年龄，年龄是制约男妓品级的最重要标准。实质而论，男妓乃是女妓的变相代体。十四岁左右的男妓，男性生理特征尚不明显，其皮肤色泽亦如处子细腻滑润，所以评为一等；而年龄稍大者，男性生理特征较为明显，所居次等。依此类推，二十四五岁则达到男妓的生理极限，而列为末等。在《龙阳逸史》中，年龄是以发型的样式来体现的，从十四五岁的“初蓄发”、逐次分为“披肩”“初掳头”与“老扒头”四个等级，直至戴“网巾”则表示脱离男妓行列了。

其二，是男妓的色艺，这是以高级女妓的标准来评定的。从宋代至晚明，对男妓的品鉴皆是比拟女性的。宋代亦有对男妓的品

① 陈庆浩、王秋桂编《思无邪汇宝》，台湾大英百科股份有限公司，2000年，第330页。

评，“傅脂粉，盛装饰，善针指，称谓亦如妇人”[①]。降及晚明，其标准未有大变。《龙阳逸史》第一回对裴幼娘之评论可为例证，“这裴幼娘虽是个男儿，倒晓得了一身女人的技艺。除了他日常间所长的琴棋书画外，那些刺凤挑鸾，拈红纳绣，一应女工针指，般般精谙”。《弁而钗》所叙男风亦如此，如其对赵王孙的描绘：“眉秀而长，眼光而溜。发甫垂肩，黑如漆润。面如傅粉，唇若涂朱，齿白肌莹……丰神色泽，虽藐姑仙子不是过也”，又李又仙：“星星含情笑兮，芊芊把臂柔荑。檀口欲语又还迟，新月眉儿更异。面似芙蓉映月，神如秋水湛珠。威仪出洛自稀奇，藐姑仙子降世。”不仅如此，男妓之服色亦如女妓，“内穿女服，外罩男衣，酒后留宿，便去了罩服，内衣红紫，一如妓女也”。

榻坊之外亦有依靠其生活的一干人色，如为老官与小官帮嫖牵合的“牵头”，其角色大致与宋笔记之“厮波”、明说部之“架儿”相似。吴自牧《梦粱录》卷十九“闲人”条载，“更有一等不本色业艺，专为探听妓家宾客，赶趁唱喏，买物供过，及游湖酒楼饮宴所在，以献香送欢为由，乞觅赡家财之‘厮波’”。《金瓶梅词话》第十五回亦有对“架儿”的描绘，“这家子打和，那家子撮合。他的本分少虚头大。一些儿不巧人腾挪，绕院里都踅过。席面上帮闲，把牙儿闲磕。攘一回才散火，转钱又不多。歪厮缠怎么？他在虎口里求津唾”。《龙阳逸史》里“乔打合”“老白相刘瑞园”等人即属此类。其第三回“乔打合巧诱旧相知　小黄花初识真滋味”中，即有此类人物的描述：

> 平日间并不作些经营，只是东奔西撞。见了个标致小官，毕竟要访了他的姓名住处，就牢牢放在肚里。不料他在这小官行中，混了两三年，倒行起一步好时运来，就结交了几个

① 周密：《癸辛杂识》，中华书局，1988 年，第 109 页。

> 大老官。后来一日兴了一日，要买货的也来寻他，要卖的也来寻他。地方上人遂把他以桥为姓，去了木旁取个混名叫做乔打合。[①]

另有拐卖小官的人贩之流，《龙阳逸史》第十五回之小官贩子“华思桥”，做的即是“别路贩了些小官回到汴京出脱”的勾当。人贩子拐携小官到州郡指定地点后，亦有接应之人前来商兑。如与华思桥接头之童勇巴，便是购买小官之商人。他只兑了五十两银子便轻易从华思桥处购得七个小官，约合七两一个。晚明人口拐卖之恶劣、小官生命之卑贱亦可见一斑。被卖之小官再由童勇巴之流转手卖于大老官或小官塌坊。此回中崔英便被华思桥骗卖于童勇巴，而后再由童勇巴转手卖于大买家。甚者，穷酸腐鲁之人亦可决定小官之命运。《龙阳逸史》第十七回，贫困市民唐穷偶然救起小官马天姿后，因受金钱诱惑，便把马天姿转卖于汤监生家，因此获银百二十余两。《大明律》对人口拐卖之惩处相当严厉，其“略人略卖人条例”规定拐骗他人或他人子女者，依犯罪程度而定，会受到发边充军甚至殃及子孙的严惩。然而，在此背景下明中后期人口拐卖却更肆猖獗，晚明朝纲之败坏、政治之失序可窥一斑。

中国古代诸行业皆有溯源祖师、飨供神祀之传统，行院娼女供养“白眉神”，《枣林杂俎》引《花锁志》云：“教坊供白眉神，朔望用手帕针线刺神面，祷之甚谨，谓撒帕着人面。则惑溺，不复他去。白眉神即古洪崖先生也。”[②]男妓群体亦有其神祇供奉，袁枚《子不语》之“兔儿神”条载：“‘今阴官封我为兔儿神，专司人间男悦男之事，可为我立庙招香火。’闽俗原有聘男子为契弟之说，

① 陈庆浩、王秋桂编《思无邪汇宝》，台湾大英百科股份有限公司，2000 年，第 118 页。

② 谈迁：《枣林杂俎》和集“白眉神”条，中华书局，2006 年，第 508 页。

闻里人述梦中语，争醵钱立庙。果灵验如响。凡偷期密约，有所求而不得者，咸往祷焉。”[①]男妓香火供奉之事，在《龙阳逸史》第三回亦有叙述，“唐半琼笑了一声道：‘难道你不晓得，这是我们做小官的年年旧例。一到新正来，是本境住的小官，每一个要出五分银子，都在这土地庙里会齐，祈许五夜灯宵天晴的愿心。’”此外，《龙阳逸史》第十回有小官精的描绘，“头如巴斗，身似木墩。卷罗发披在两边，大鼻头长来三寸。髭须根黑黑丛丛，却像的未冠祖宗。眼珠子活活突突，谁识是小官头目。”中国古代向来有巫神淫祠的习俗，无论是“兔儿神”，抑或是“小官精”，均脱胎于民间传说，并为世人递相传衍神化，然后修像设祠以供香火。

在《龙阳逸史》《童婉争奇》等小说的描述中，男妓与女妓相比，总是占据绝对的优势，当然其中充斥了太多的作者主观臆想。在现实生活中，与传统行院妓女相较，小官群体非但不具有任何优势，还会受到一些不公待遇。《龙阳逸史》第八回，以范六郎为首的小官在受到妓女肆意污蔑后，把妓女告上县衙，但是官府却明显偏袒妓女一方。县令不仅注销了原状，还一纸禁令取消了小官在当地的衣食营生。究其实质，在于官府与妓女的传统附属关系。有明一朝，妓女俱归教坊司管辖，亦有入乐籍出科应官身一说，盖不过经济、政治两方面原因。妓女不仅应承宫廷宴饮游乐，其“花捐”亦是一种财政补贴。《板桥杂记》载：“乐户统于教坊司，司有一官主之。”[②]《万历野获编》亦载，“礼部到任、升转诸公费，俱出教坊司……南京礼部堂属，俱轮教坊直茶。无论私寓游宴，日日皆然”[③]。宫廷官妓如此，省郡州县亦有行效，“终日倚门卖笑，卖淫为活，生计至此亦可怜矣。两京教坊，官收其税，谓之脂粉钱。隶

①袁枚：《袁枚全集》第四册，王英志点校，江苏古籍出版社，1993年，第362页。

②余怀：《板桥杂记》上卷“雅游”，李金堂校注，上海古籍出版社，2000年，第8页。

③沈德符：《万历野获编》，中华书局，1959年，第354页。

郡县者则为乐户，听使令而已”[①]。祝允明《猥谈》：“奉化有所谓丐户……皆官给衣粮……官谷之而征其淫贿，以迄今也。金陵教坊十八家亦然。”[②] 历史上女妓文化源远流长，其鲜明的文化特质也导致人们对男妓有着不同的理解。

晚明小说《宜春香质》以赞美同性恋为主题，但其序则表达了对男妓的另一种体悟：

> 博观情书，广罗情海，独无解于龙阳一道。男专女淫，阳柄阴政，红颜少妇，起谁施为容之悲；白面郎君，甘我见犹怜之丑。倒男儿之纲，并紊女真之纪；颓阳明之气，并乱阴顺之节。归之人类，恐乱人纪，列之畜群。人而狐，狐而人。非人非畜之间，此辈之姻缘在耶？否耶？敢以质之高明。

在这种历史背景下，可见晚明小官的悲惨生存境况。《龙阳逸史》所述之小官其结局尤为悲惨，其人强半不得善终，终逃不脱被抛弃、自甘沦落的地步，此亦是世代之佐证。

总体而论，晚明男妓现象是由“南风”好尚引起，经由朝廷政策的推波助澜，并在晚明发达的商品经济刺激下而逐渐形成的一种性交易服务。以小唱、小官与契儿为主体的男妓以出卖色相而获得相应的报酬；而以官员士夫、富贾绅商、庶民百姓为主体的服务对象，则以提供相应的价值补偿而获得男妓所给予的性服务。由于历史文化、社会习俗、民间认同等原因，男妓的生存境况远比女娼更为艰难，这也是一种畸形商品形态在晚明社会的独特写照。

---

① 谢肇淛：《五杂组》卷八，上海书店出版社，2001 年，第 157 页。

② 祝允明：《猥谈》，《说郛续》卷四十六，上海古籍出版社，1988 年，第 2100 页。

第三章

明代戏曲的两性书写及其心理蕴涵

第一节
《牡丹亭》《霞笺记》《西楼记》的两性观念

一、从汤玉茗《还魂记》到青春版《牡丹亭》

汤显祖《牡丹亭还魂记》自万历中期问世以后，在明末清初半个世纪的剧坛享誉不衰，搬演不辍。沈德符《万历野获编》卷二十五云："汤义仍《牡丹亭梦》一出，家传户诵，几令《西厢》减价。奈不谙曲谱，用韵多任意处，乃才情自足不朽也。"[①]同时及稍后的曲家词客也异口同声地盛赞汤氏的天纵之才，又不无遗憾地訾病其曲词不谐音律。个中意见最为中肯的当推会稽王骥德，他在《曲律》中多次论及汤氏"四梦"。卷四云："《还魂》、'二梦'如新出小旦，妖冶风流，令人魂销肠断，第未免有误字错步。"同卷又云："临川尚趣，直是横行，组织之工，几与天孙争巧，而屈曲聱牙，多令歌者齚舌。"[②]其后论者大抵沿袭这一评价尺度，值得注意的是生活在明之季世的凌濛初的一段评骘，他的《谭曲杂劄》说：

① 沈德符：《万历野获编》，中华书局，1959 年，第 643 页。

② 王骥德：《曲律》，中国戏剧出版社，1959 年，第 159、165 页。

> 近世作家如汤义仍，颇能模仿元人运以俏思，尽有酷肖处，而尾声尤佳，惜其使才自造，句脚、韵脚所限，便尔随心胡凑，尚乖大雅。至于填调不谐，用韵庞杂，而又忽用乡音，如“子”与“宰”叶之类，则乃拘于方土，不足深论，止作文字观，犹胜依样画葫芦而类书填满者也。义仍自云：“骀荡淫夷，转在笔墨之外，佳处在此，病处亦在此。”彼未尝不自知。祇以才足以逞而律实未谙，不耐检核，悍然为之，未免护前，况江西弋阳土曲，句调长短，声音高下，可以随心入腔，故总不必合调，而终不悟矣。而一时改手，又未免有斲小巨木、规圆方竹之意，宜乎不足以服其心也。[①]

凌濛初的这段话固然对汤氏不无回护，但亦透露出汤氏作品多江西土音，与魏良辅所创、沈璟所厘定之昆腔音律不尽相合。盖汤氏祖籍临川，明属抚州，语言学界定其地为赣方言区。其地在明中叶以后流行弋阳腔与海盐腔之支脉宜黄腔，汤氏中年以前虽曾游学南京，但并未久离故乡，其不谙吴语可以推知，其所作传奇不以源于吴语方音之昆山腔音律为绳矩可以断言。然则，所谓“不谐音律”“多令歌者齚舌”，实乃自居雅正之音的昆腔改革家如沈宁庵、吕玉绳、王伯良等的一隅之见，其“斲小巨木、规圆方竹”，欲使天下戏曲声腔尽入“水磨调”轨范的意图令汤氏深为不屑也就不难索解了。但平心而论，《牡丹亭》的意蕴品格、文心诗眼与流丽悠远，婉折清柔的昆山腔最为匹配，这也是昆曲《牡丹亭》数百年来能够在曲坛独擅胜场的根本原因。

《还魂记》完成以后，试图将它纳入吴语系统、昆山腔音律的改编努力从未停止。这一方面可以说明晚明吴越曲家对于昆腔音律

① 凌濛初：《谭曲杂劄》，载中国戏曲研究院编校《中国古典戏曲论著集成·四》，中国戏剧出版社，1959 年，第 254 页。

的执着，另一方面也可以觇见昆曲的影响日益增大的事实。要而言之，明末清初数十年间剧坛对《牡丹亭》的修订改编主要集中在音律平仄方面，对于其结构内容则几乎是众口一词的褒扬。

近世以来，时移境迁。观剧者的身份地位既大不同于往昔，剧场演出的审美观念亦发生极大变化。《牡丹亭》的结构内容开始受到质疑。较早对该剧结构排场提出批评的是青木正儿，他在《中国近世戏曲史》第九章“昆曲极盛时代（前期）之戏曲”一节中谈道：

> 此记曲词清新，逸出蹊径之外，秾丽淡白，随境变化手法，不独自由自在驱使笔端显示入神妙技，且科白亦用意周到，善于描写人物性格，尽其委曲。至若结构，针线绵密，事件展开，绝无不自然处，“静场”与“闹场”，“愁场”与“欢场”布置得宜。惟稍可非难者，下卷丽娘再生以后事，关目往往有冗漫处。[①]

应当承认，青木是颇有见地的。丽娘还魂以后，关目导入了一般才子佳人剧的窠臼。虽间有波澜，终嫌游离枝蔓。盖剧情气脉已弱，纵汤氏如椽之笔亦难乎为继。以今人的眼光来看，不仅是《牡丹亭》，全部的明清传奇，结构都嫌冗长。事实上，在明清两代的歌馆舞榭，或是金张门第的红氍毹上，《牡丹亭》的演出也常常是限于“闺塾”“惊梦”“寻梦”“写真”“闹殇”“冥判”“拾画”“玩真”“幽媾”“冥誓”等十几出脍炙人口的折子。缩减原作、凝练剧情，以求让这部古典杰作重新赢得现代观众，也是“五四”以来的剧作家不懈努力的首要动因。然而，无论是一九四六年梅兰芳、

① [日] 青木正儿：《中国近世戏曲史》，王吉庐译，台湾商务印书馆，1965 年，第 241 页。

俞振飞合作的《游园惊梦》，还是一九五九年俞平伯、华粹深二先生改编的《牡丹亭》，抑或一九八一年马少波指导“北昆”改编的《牡丹亭》，还有“上昆”“苏昆”乃至弋阳腔、采茶戏的《牡丹亭》，都不同程度地存在着或局促、或呆板、或取一斑而遗全豹、或求形似而致失神的不足。在当今社会，如何焕发《牡丹亭》这部昆曲经典之作的全部魅力，“酌奇而不失其真，玩华而不坠其实”，让她所蕴涵的古典艺术之美陶冶当代青年知识分子的精神，从而使这一文化遗产得以薪火相传，应是每一个钟情于民族传统的知识人的使命。白先勇先生的青春版《牡丹亭》可以说最大限度地再现了汤显祖《还魂记》的古典之美。

白先勇先生以小说名世，是小说家，同时又是有着深厚古典修养的小说家。他的小说结构严谨精致，语言含蓄凝练，境界空灵飘逸，颇有“曲终人不见，江上数峰青”的隽永。其积二十年对昆曲艺术的痴迷探索，和对古典艺术的深刻理解，加之与昆曲艺人的倾心结纳，以其裁云擎月之手，推出的青春版《牡丹亭》，让海内外的观众饱享了一餐古典艺术的盛宴。从结构看，青春版《牡丹亭》以“梦中情”“人鬼情”“人间情”统摄全局，最大程度地凸显出汤显祖原剧以情反理的冲突主线。具体而言，原剧第一出本系“言怀”，由生行柳梦梅先行登场，自报家门，言其梦晤美人，有姻缘之分，“俏魂儿未卜先知”。这本是戏文故事，例由生旦先行登场，展开剧情，固无可厚非。但具体到《牡丹亭》，这种带有宿命姻缘色彩的处理无疑会削弱作品解放人性的主题。青春版《牡丹亭》则将“言怀”移至“寻梦”之后，看似简单的次序调整，却凝结着改编者卓荦的匠心。由此调整，“惊梦”才成就了杜丽娘“性乎天机，情乎物际”的纯天然的春心萌动。既使情节发展更加通贯流畅，也使张扬人性的戏剧主题更加明晰，不愧是既忠实于原著，又升华了原著的增辉妙笔。

美国的浦安迪教授认为：

> 一般人对这部杰作的印象，主要来自其中流传至今的几场强烈抒情的戏码，夸张了多情善感的情绪，实在不无偏颇之处。事实上，此剧架构于雅与俗、优美爱情与低级猥亵、抒情境界与强烈行动等对立性质的交替表现上；甚至情节的变化，也能引出古今文化或南北生活的对照……我认为，明清传奇剧中场与场的连贯，全由对立性质的交错所支配，显然对偶结构是出于作者的构思。比方说，在第十出和第十二出‘惊梦’与‘寻梦’之间（该二出戏，长久以来被人们视为是中国戏曲中最动人的色情戏之一），插入表现儒家道德热情的‘慈戒’。同样的突兀插曲，不久又出现在第十七出‘道觋’中。此外，第十四出‘写真’以强烈的抒情性对第十五出‘虏谍’的暴乱的蛮族生活，都只是许多例子中的一二配。至少有一个征兆显示，汤显祖刻意使这些极端的对比 成为一个均衡整体中互补的两部分——他在一篇序文里含蓄地表示，剧中的两种深奥的价值观‘情’与‘理’，须视为一个大整体内互补的两面。①

之所以不厌其详地引述浦安迪的这段话，乃是因为他从西方叙事学的角度准确地揭橥了中国传奇剧，当然也包括《牡丹亭》的结构要素。白先勇既有深厚的中国古典文学修养，又有西方教育的背景，他对于叙事艺术的结构肌理的重视早已表现在他的小说创作中，这也使得他对《牡丹亭》的删繁就简能够最大限度地保留原作中雅与俗、美与丑、静与动之间所形成的戏剧张力。譬如“虏谍”“道觋”“牝贼”“淮警”等出的保留，便体现出编者对原作结构艺术的深刻理解与同情。而相对枝蔓的场次，如“怅眺”“诊祟”“缮备”等则一概芟削。二十七出的规模，紧扣“情不知所起，一往而深。生者可以死，死可以生。生而不可与死，死而不可复生

① [美] 浦安迪：《中国叙事学》，北京大学出版社，1996 年，第 52 页。

者，皆非情之至也”的主题，达到了删汰繁芜，凸显主线，忠实原著，推陈出新的效果。

从布景、音乐、服装、化妆的角度看，青春版《牡丹亭》也体现出诗情与画意、古典与现代的完美结合。“空舞台”的设置最大限度地拓展了昆曲载歌载舞的虚拟空间，“砌末”的极有节制的使用为演员的表演提供了自由流转的余地。生旦服装、化妆的素雅清丽与胡判、李全等净丑的浓艳诡异构成鲜明的视觉对比，并且生旦本身的服饰亦由剧情的推衍有所变化，而杜丽娘死后身披的那一袭无限长的红绸则极度夸张地彰显了生命的无价，象征了灵魂的飞升。在音乐伴奏方面，既有传统的丝竹婉丽之美，又融入了大提琴的沉郁忧伤之味。所有这些手段，又都和谐地统一于《牡丹亭》的古典诗意之中。

二、《牡丹亭》与性

毋庸讳言，《牡丹亭》浓墨重彩地描绘了一个青春少女的白日性梦，它感动了包括俞二娘等一大批女性读者的奥秘端在于此。女性也有性欲，当然与宋明理学的说教背道而驰。这种女性的性的萌动竟还要在舞台上具象地展示出来，自然会有石破天惊的效果。不过，它却与明代后期掀起的那一股澎湃的个性解放思潮桴鼓相应，是时代精神的鲜明体现。特别是作者的天才创造使这出戏呈现出熠耀的光彩，情借文词以宣，戏凭歌舞以丽。因此在明清两代长盛不衰。

中国的叙事文学在性描写的问题上是有传统可循的。早在初唐，“青钱学士”张鷟的《游仙窟》便似乎开启了一种写法：以大量的双关、隐喻影射性事。波俏慧黠，谑浪淫巧，而又不着一字，尽得风流。如“下官咏刀子：‘自怜胶漆重，相思意不穷；可惜尖头物，终日在皮中。’十娘咏鞘曰：‘数捺皮应缓，频磨快转多；渠今拔出后，空鞘欲如何。’……下官因咏笔砚曰：‘摧毛任便点，爱色转须磨。所以研难竟，良由水太多。’十娘因见鸭头铛子，因咏曰：‘嘴长非为嘲，项曲不由攀。但令脚直上，他自眼双翻。’”亦有铺陈实写处，如“插手红褌，交脚翠被。两唇对口，一臂枕头，拍搦奶房间，摩挲髀子上，一吃一意快，一勒一伤心……”①则与后来柳宗元《河间传》略同，惟韵散之异而已。晚明之色情小说，已颇有着眼于女子之性欲者，若《如意君传》《金瓶梅词话》，于妇人之无餍足极力描写，《痴婆子传》甚且以女性第一人称叙事，大肆铺张上官氏历十二夫之淫行。戏曲与小说同发轫于市井，为迎合市民趣味，亦不避调情媟狎、逾垣隙牖之事。《西厢记》第四本第一折即有：

【上马娇】我将这纽扣儿松，把履带儿解；兰麝散幽斋。不良会把人禁害，咍，怎不肯回过脸儿来？

【胜葫芦】我这里软玉温香抱满怀。呀，阮肇到天台，春至人间花弄色。将柳腰款摆，花心轻折，露滴牡丹开。②

这样直接表现性交合的秾艳旖旎的文字。性描写本是文学创作的题中应有之意。但具体的描写手段一直存在雅俗之别，或由俗入雅，或脱雅入俗。当日《牡丹亭》的男性读者、观众绝大多数熟悉《三字经》《百家姓》《千字文》，故汤显祖信手拈来，在“道觋“一出化用《千字文》，极尽谐谑地调侃了残疾人石道姑新婚之夜的尴尬，品位固然不高，但在明清两代的观众群里，必有心领神会的接受效果。上者可以激赏其文字的熨帖，下者则可饱

①张鷟：《游仙窟》，载李剑国辑校《唐五代传奇集》卷六，中华书局，2015年，第181、184、188页。

②王实甫：《西厢记》第四本第一折，载王季思主编《全元戏曲》第二卷，人民文学出版社，1990年，第286页。

饫内容的怪诞。这才真是淫亵的文字，它与“惊梦”一出的浪漫迷离的性描写恰好形成鲜明的对照。或许汤显祖本有美丑对应的构思，但不管是“惊梦”，还是“道觋”，对于今天的观众来讲，文字都显得艰深，在一知半解、似懂非懂的接受状态下，原本形而下的描写反而具有了某种象征寓意，这种现象对当今写性的文学创作也许不无启发意义。

三、《霞笺记》与《西楼记》的两性观念

《霞笺记》[①]不署撰人，今所见最早刊本出于万历间金陵广庆堂。吕天成《曲品》、焦循《曲考》、黄文旸《曲海目》、姚燮《今乐考证》、王国维《曲录》并见著录，其本事取自明人陶辅《花影集》卷三之《心坚金石传》[②]，叙元朝后期松江府学生员李彦直与乐籍女张丽容才色相慕，以霞笺投诗定情，将成六礼。会当路参政阿鲁台任满赴京，须行贿于右丞相伯颜，而以赀财不足，乃欲拘刷当地官妓色艺俱佳者二人盛饰献之。丽容恰在其选，因笺寄彦直，以死许之。彦直闻讯，一路餐风饮露，徒步追随，跋涉三千余里，于临清泊舟处得见丽容，一恸而绝。丽容是夕自缢殉之。阿鲁台愤而焚尸，然尸尽而心不灭，成一人形小物，色如金，坚如玉，衣冠眉发，纤悉毕具，宛然一李彦直。既发彦直尸焚之，心中之物亦与前物相等，其像则张丽容也。阿鲁台以为至宝，题曰“心坚金石之宝”，函之至京献于伯颜。顾启视之际，已化为败血。阿鲁台竟坐死。

《花影集》书前有正德丙子（1516）年浙江安吉州学正事三山

---

① 本文所引《霞笺记》文字皆据中华书局 1958 年用开明书店《六十种曲》原版重印本第七册。

② 陶辅所著《花影集》，中土不传，写本曾为高丽使臣购回刊刻，现藏日本早稻田大学。吉林大学出版社 1995 年《明清稀见珍本小说名著文库》据此排印。

张孟敬序，并嘉靖二年（1523）作者八十三岁时所撰《花影集引》，盖其儿辈将欲以之付梓时所作也。以是知书之刊行约在嘉靖初。《心坚金石传》因其事甚奇，富于浪漫色彩，较之《古诗为焦仲卿妻作》及梁祝故事毫不逊色，故流传颇广。嘉、隆以降，《百家公案》《燕居笔记》《绣谷春容》《情史》纷纷迻录，但文字或繁或简，不尽相同。《花影集·心坚金石传》开篇即云事出“元至元间”。《情史》卷十一“情化类”载其事，云出“至元年间”。《绣谷春容》则云“元朝至正年间”。考《元史》卷一三八，伯颜蔑儿吉觯氏卒于至元六年，以是知《绣谷春容》误。据《元史·伯颜传》，其元统二年（1334）进太师、奎章阁大学士。十一月晋封秦王，独秉国钧，专权自恣，势焰熏灼，虐害天下。又据叶子奇《草木子》卷四上《谈薮篇》载：“太师秦王伯颜专权变法，谋为不轨……出令北人殴打南人，不许还报。刷马欲又刷子女，天下骚动。”[①]观此，则《心坚金石》之故事梗概或有所本，并非凭空杜撰。

《霞笺记》始以传奇剧体制敷演其事。其最大改动在于结局——易悲剧为喜剧大团圆。吕天成《曲品》云：“《霞笺》此即《心坚金石传》。死者生之，分者合之，是传奇体。搬出甚激切，想见钟情之苦。但觉草草，以才不长故。”[②]“才不长”，确是此剧的弱点。本事中最具震撼力也最富于象征寓意的情节在于张、李二人死后的“心坚金石”。至《霞笺》，改为李彦直状元及第，兀都驸马、花花公主成人之美，生旦重圆，夫荣妻贵，已落传奇故套。关目虽整，伤平淡而少戏；律吕虽谐，有波澜而不惊。大凡传奇体，以灾祸兵燹、乱离之世设为背景，使生旦颠簸竭蹶，备尝忧戚，每能调剂冷热，感动人心。此《荆钗记》《白兔记》《拜月亭》《琵琶记》

① 叶子奇：《草木子》卷四上“谈薮篇”，中华书局，1959年，第73页。

② 吕天成：《曲品》，载中国戏曲研究院编校《中国古典戏曲论著集成·六》，中国戏剧出版社，1959年，第249页。

之所以感人者也。而《霞笺》之生旦，虽历分离之痛，相思之苦，然离不甚久，哀不至伤，又无汤玉茗《还魂记》出生入死之奇，故吕天成《曲品》列其入“中中”，颇觉惬当。

但《霞笺记》亦自有佳处，首先，全剧三十出，主脑突出，关目紧凑，避免了传奇常有的冗长枝蔓之病。其次，繁简得宜，曲律谐畅。各出有话则长，无话则短，长可达十数支曲，过场则仅二三支。第十七出“追逐飞航”，连用十二支曲，而以旦歌南曲，生唱【北新水令】一套。疾徐有致，声情并显，十分准确地传达出张丽容柔肠寸断，李彦直急切激越的感情基调。也即吕天成所云“搬出甚激切，想见钟情之苦”之处。又如第二十二出“驿亭奇遇”，全出生旦以【香柳娘】一曲回环迭唱达十遍，恰到好处地烘托出两人情深意长，万言难尽的心理氛围。复次，《霞笺记》命笔之时，古典诗词、小说戏曲诸种文体已十分成熟，才子佳人离合悲欢之事典亦铢积寸累，指不胜屈，作者可以信手拈来，为我所用，融入曲词，以炫博雅。《霞笺记》之曲白用事甚多，几可视为古人男女遇合事典之类书，楚襄高唐、巫山洛浦、乐昌分镜、韩寿偷香、双渐苏卿、申纯娇娘、御水流红、天台遇仙、西施范蠡、元和亚仙，应有尽有，不厌其烦。在当日虽不免“失本色”之毁，“掉书袋”之讥，而于今日之读者（观众），则不啻传统文化之形象课堂，有裨于古典文学修养之提升。

自青木正儿《中国近世戏曲史》以来，诸种戏曲史罕有论及《霞笺记》者。殆因作者姓字不详，声名不彰，或为沉抑下僚、志不获展之下层文人。作品本身亦未臻上乘，故问世以后，反响平平，难成轰动。但在当日失意文人、穷途士子眼中，《霞笺》一类离而后合，始困终亨之传奇，实不失为一种心灵安慰剂。此种剧目不断敷演，对读书人而言，有强化记忆之功能。才子佳人，投诗赠扇，金榜题名，如花美眷，本是读书士子共有之梦。梦借传奇以具象，志缘生旦以重申，这应是此类传奇剧的重要接受美学价值。除此以外，值得一提的是，《霞笺记》在清代又被改编为四卷十二回的白话小说，又名《情楼迷史》[①]。以戏曲改编小说之例甚少，似此由文言小说改编为传奇剧再因传奇改为白话小说者更为罕见，足见其事影响不凡。

祁彪佳《远山堂曲品》论《霞笺》："传青楼者，唯此委婉得趣。至《西楼》[②]更大畅，此外无余地容人站脚矣。"[③]当日以《霞笺》与《西楼》并称者，似仅此而已。然两者虽皆取境于青楼，作者身世却大相径庭。《霞笺》作者之不显已如前述，《西楼》作者袁于令则系吴中名士，在明清之际曲坛享有盛誉，其曲学师出槲园居士叶宪祖，所交游若方以智、钱谦益、祁彪佳、龚鼎孳、冯梦龙、张岱、王士禛等，或为一时显宦，或为一代名流。袁氏人品之佻薄少气节，见诸载记，固不足深论。其《西楼》一剧，或有所本，或出自叙。剧中于鹃二字反切为袁，即箨庵化身。穆素徽或为苏松名妓周文，字绮生，其事载于钱谦益《列朝诗集小传》、朱彝尊《静志居诗话》、施少莘《花影集》等书，又焦循《剧说》卷三载："穆素徽相传姓木，本名白美，有故址在吴门秀野园旁。貌不甚美，特工于韵语。"[④]剧中之池公子、赵伯将、胥长公或皆有所指。近百年前，孟森先生《心史丛刊》二集《西楼记传奇考》一文于袁于令生平考证甚详，可为参证。

但无论如何影射，如何比附，即成传奇戏曲，便自有其独立的艺术价值。以剧艺而论，《西楼》正是使作者享誉剧坛的名著。盖

---

①《情楼迷史》不署撰人，又名《霞笺记》，四卷十二回，清醉月楼刊本，藏北京大学图书馆。上海古籍出版社《古本小说集成》据此影印。

② 本节所论《西楼记》及相关引文，皆据中华书局 1958 年《六十种曲》本。

③ 祁彪佳：《远山堂曲品》，载中国戏曲研究院编校《中国古典戏曲论著集成·六》，中国戏剧出版社，1959 年，第 10 页。

④ 焦循：《剧说》，载中国戏曲研究院编校《中国古典戏曲论著集成·八》，中国戏剧出版社，1959 年，第 131 页。

袁氏虽隶属看重声律本色的吴江一派曲家，却并不拘泥于吴江三尺，转能借镜玉茗一类文采斐然的风格，结合排场演出，注重曲意的表情畅达，又能根据不同人物性格，使曲白各具特点，雅俗互见，贴合身份。若其“拆书”“玩笺”“错梦”等出，均甚当行，且有举重若轻，趣味盎然之感。诚如明人张琦《衡曲麈谭》所云：“袁凫公奉谱严整，辞韵恬和。《西楼》一帙，即能引用谱书以畅己所言，笔端之有慧识者。《九宫词谱》为声音滞义，借作者流通之，凫公与有力焉。”①

亦有截然相反的诋诃之评，徐复祚《三家村老委谈》即云：“近日袁晋公作为《西楼记》，调唇弄舌，骤听之亦堪解颐，一过而嚼然矣。音韵宫商，当行本色，了不知为何物矣。”②徐氏亦当行曲家，细味此论，疑徐氏自矜于所著《红梨记》关目紧凑，沧桑沉郁，不屑于《西楼》之调谑轻浮，故并其音律，一概贬斥。按之《西楼》，不免失之偏激。又，李调元《雨村曲话》曰：“作曲最忌出情理之外。王舜耕所撰《西楼记》，于撮合不来时，拖出一胥长公，杀无罪之妾以劫人之妾为友妻，结构至此，可谓自堕苦海。”③李调元以《西楼记》为王舜耕作，虽误；所指《西楼》之情理不合，则颇具只眼。实则，《西楼》针线粗疏，不能自圆之处尚多，揆之以理，每有缺憾。第十二出“缄误”、第十三出“疑谜”、第十四出“空泊”，叙赵伯将挑唆于父逼迫穆素徽移家钱塘，素徽修书相约于鹃舟次话别，慌乱之际，交付空函，致使于鹃错会其

① 张琦：《衡曲麈谭》，载中国戏曲研究院编校《中国古典戏曲论著集成·四》，中国戏剧出版社，1959年，第270页。

② 徐复祚：《曲论》，载中国戏曲研究院编校《中国古典戏曲论著集成·四》，中国戏剧出版社，1959年，第240页。

③ 李调元：《雨村曲话》，载中国戏曲研究院编校《中国古典戏曲论著集成·八》，第20页。李调元谓《西楼记》作者为王舜耕，误。近人严敦易辨之甚明，文见严氏《元明清戏曲论集》，中州书画社，1982年，第169页。

意。素徽空泊一宵。原信落入池同之手，乃有杭州买宅计赚素徽入门之举。依传奇体制，“空函”之事，剧末应有交代，使真相大白。不然，生旦团圆之际，情有不通，理有滞障，观者有不明，岂无尴尬。而令池同与赵伯将骈死于胥表之手，遂使“空函”之谜石沉大海，永无揭橥之望。又，剧中池同，虽属纨绔粗俗之辈，其待素徽，实未越礼，纵有不情，罪不至死。即令剧中之赵伯将，亦不过拨弄是非，心怀妒忌之小人，绝无必死之恶，而使胥表一并诛之，且置无辜之轻鸿于死地，于情于理，皆有未合。以李笠翁“结构第一”衡之，《西楼》不能无憾。

《霞笺》《西楼》皆写宦门士子与青楼女子之离合悲欢，其故事虽不免许多传奇套路，如男才女貌，投诗赠笺，小人拨弄，两地相思，状元及第，奉旨完婚之类，但从中亦可窥见明代后期江南士人两性观念的一些微妙变化。要而言之，约有三点。其一，士人择配门第观念弱化，剧中李彦直与于鹃最终均娶妓女为嫡妻，且感情皆甚专一。此种结局在现实中当然难以想象，但戏剧的感染教化之力亦不容低估，这种鲜明的导向对于江南士人的婚恋观念当有潜移默化的影响。联系晚明大量江南名士纷纷纳秦淮名妓为妾的事实，似可领略一二。其二，士人的主体意识有所强化，对所中意之女子不仅重色，亦兼重才，看重两情的投合浃恰。剧中张丽容与穆素徽皆擅诗文，能与士人唱和酬答，具备文化审美上的共同取向，故能赢得士人的尊重爱慕。《西楼记》第二十六出，于鹃甚至有如此表白：“若得穆素徽为妻，即终身乞丐，亦所甘心；不得穆素徽为妻，虽指日公卿，非吾愿也。”其后来得知穆素徽死讯，确也无意科场，哀毁逾度。这种表现实与明代后期左派王学所倡扬的个性解放思潮和文坛上的主情思潮有一脉相通之处。其三，对贞洁的强调。两剧中张丽容与穆素徽皆风尘妓女，本来无从计较贞洁，但剧中刻意强化两人的贞烈，一旦心有所属，与士人定盟，便能守身如玉，威武不屈，富贵不淫，其意志之坚、品质之纯、行止之端、守贞之烈，有良家女子所不能及者。此种贞洁观念，又不仅施之于剧中之旦，且曼衍及于剧中之生。李彦直与于鹃亦能坚守盟约，百折不挠，痴情不改，始终如一。此种观念似亦可视为晚明社会的一点新气象。

第二节

《李娃传》到《绣襦记》的两性观念

一、《李娃传》之流播

白行简《李娃传》初载于《太平广记》卷四八四《杂传记》，其描绘娼家谲诈，刻镂穷形，直指人心；铺陈市井风俗，委曲尽相，如在目前。故谓之世情小说之滥觞，似无不可；而就李娃与郑生始离终合、郑生之始困终亨观之，目为才子佳人小说、青楼狭斜小说，似均无不可。唐以后，文士才人取材《太平广记》中志怪传奇，敷演为话本戏曲、说唱院么者不胜枚举。《李娃传》既为唐人说部中佼佼者，故颇受后人关注，自宋讫明，数百年间，翻改评辑者不绝，今人李剑国氏尝考述其源流甚详。[①]要而言之，《李娃传》之流变形态可厘为三类：其一为收入总集、汇编、杂编、丛书者。入杂编、总集、汇编者如《类说》《虞初志》《艳异编》《青泥莲花记》《情史》；入丛书者如《绿窗女史》、重编《说郛》《无一是斋丛钞》《唐人说荟》《龙威秘书》等。值得注意者乃在其中之评注，可据以觇知不同时代评点家之审美取向与价值判断，甚且可由此寻弋

① 李剑国：《唐五代志怪传奇叙录》，南开大学出版社，1993年，第276-285页。

不同时代、不同地域之好尚风习。而各本文字之异同，又可供校勘考镜之资。其二为改篡增饰，翻成话本，以快下里俗众之耳目者。宋末罗烨《醉翁谈录》甲集卷一《小说开辟》列小说话本名目，“传奇”类中有《李亚仙》一目，同书癸集卷一“不负心类”收《李亚仙不负郑元和》文，盖从《类说》中抄出。李剑国云：“内容全本白传，而文句与《类说》删节本几同，惟首云：‘李娃，长安倡女也，字亚仙，旧名一枝花。有荥阳郑生字元和者，应举之长安。’多有增饰，‘旧名一枝花’。乃本《类说》注文。”[①] 又南宋皇都风月主人《绿窗新话》下卷有《李娃使郑子登科》一文，文极简略，仅粗具梗概，系《类说》本之缩写。二者大抵为说话艺人敷演故事之据。[②] 至明，余公仁刊《燕居笔记》，卷七收《郑元和嫖遇李亚仙》话本一篇，内容略同《李娃传》，惟附会元和之父为郑畋。又万历末年《小说传奇》合刊本辑有《李亚仙》一篇，疑即晁瑮《宝文堂书目》卷中“子杂”类著录之《李亚仙记》。首二页阙，文字颇类明人拟话本。其三为改编成戏曲，搬演于勾栏戏场者。周密《武林旧事》卷十“官本杂剧段数”载《病郑逍遥乐》一目，陶宗仪《辍耕录》卷二五“院本名目·和曲院本”亦载《病郑逍遥乐》。谭正璧《话本与古剧》疑二者皆演郑元和病中得李娃救助事。[③] 惜原本不存，无从考订。元人高文秀有《郑元和风雪打瓦罐》杂剧，佚。石君宝有《李亚仙花酒曲江池》杂剧，今存《元曲选》本。明初，朱有燉复有同名杂剧，今存《杂剧十段锦》《古名家杂剧》《奢摩他室曲丛》（二集）本。又钱南扬《宋元戏文辑佚》录残曲九支，据

---

① 李剑国：《唐五代志怪传奇叙录》，南开大学出版社，1993 年，第 284 页。

② 参见胡士莹：《话本小说概论》第八章第一节“《醉翁谈录》著录的宋人‘说话’名目”，中华书局，1980 年，第 235–236 页。复见程毅中：《宋元小说研究》第六章《南宋小说的多元化发展》，江苏古籍出版社，1999 年，第 184–188 页。

③ 谭正璧：《话本与古剧》下卷“宋官本杂剧段数内容考”二十《病郑逍遥乐》，上海古籍出版社，1985 年，第 178 页。

清人徐于室《汇纂元谱南曲九宫正始》引注，出元传奇《李亚仙》。王季思主编之《全元戏曲》据《寒山堂曲谱》甲种本题名《李亚仙诗酒曲江池》。九支残曲次第为【南吕引子】【惜春慢】【道宫近词】【解红序】【前腔换头】（三支）、【南吕过曲】【梁州序换头】【本宫赚】【前腔】【仙吕引子】【小蓬莱】。观其内容，前八支甚连贯，系亚仙与其假母对唱之词，各道心曲。末支则显系别一出，殆郑元和辞别亚仙进京赴考时所唱也。此曲为《荆钗记》戏文第四十一出所窃，已经钱南扬氏指出。[①]至明中叶，乃有《绣襦记》传奇统摄其事，推陈出新，以四十一出之规模，搬之场上，兹事可视为李娃故事流变七百年后之总结。然《绣襦记》之作者，向有薛近兖、徐霖二说，一出朱彝尊《静志居诗话》卷十四“郑若庸”条，一出周晖《金陵琐事》。薛、徐二人时代相去较远，或以为民间先有戏文《绣襦记》，二人皆曾据以改编。[②]传于今者，实仅一种，观其曲调文字，颇类明前期南戏，故一九三五年开明书店翻刻《六十种曲》时，取郑振铎说，定为徐霖作。

后世据《绣襦记》改编为地方戏者，《富连成戏目单》有同名京剧（一名《烟花镜》）；二十世纪二十年代，陈墨香编同名京剧，荀慧生演出；川剧、秦腔、同州梆子有《刺目劝学》《曲江打子》；梨园戏有《郑元和》；河北梆子有《刺目》；滇剧有《白天院》。[③]又据学者调查，“至今尚流存于浙江温州、金华一带的‘永昆’与‘金昆’，在剧目与唱腔风格上，也仍保持着宋元以来民间南戏中‘草昆’的特色，其音乐风格明显不同于‘正昆’。温州的两位学者唐湜、海岚先生对温州的‘永昆’做了调查后指出：‘我们调查了

① 王季思主编：《全元戏曲》第十二卷，人民文学出版社，1999年，第396页。

② 关于《绣襦记》作者，已故邓长风先生与徐朔方教授皆考证甚详。前者见邓著《明清戏曲家考略·徐霖研究》，上海古籍出版社，1994年，第40–59页；后者见徐著《晚明曲家年谱》第一卷《徐霖年谱》，浙江古籍出版社1993年，第1–10页。

③ 陶君起：《京剧剧目初探》，中国戏剧出版社，1963年，第208页。

温州昆班演出的南戏，如《琵琶记》《荆钗记》《白兔记》《连环记》《金印记》《绣襦记》等，发觉其声调与苏州昆班的唱法不同。这些古剧的声调自成一个体系，朴质无华，明快粗犷，行腔的速度比苏州的正统昆曲快了两三倍。'"[①] 由此可知，"绣襦"一记，自弘治间问世，辗转翻新，流布于山之左右，江之南北，复历五百年而不衰，亦足见李娃故事之感人至深，有不能已于言者。

二、情节之改动

宋以降，取材唐人传奇志怪敷演为说部戏曲者甚多，然每每对原传关键情节大肆改动，以至易悲为喜，易离为合，平添枝叶，面目全非。此观《会真记》初变为《弦索西厢》再变为《王西厢》复成《南西厢》，《霍小玉》初改为《紫箫记》，再变为《紫钗记》，可知大概。

惟《李娃》一传，虽千变万化，基本情节、文心戏眼则未有大变，所变者皆在枝节细部。窃以为殆因白传所叙已臻完美，后之撰者势难更新出奇，故仅能于枝节末叶逞其才智，根本架构则无敢撼动者也。然就其枝节末叶以观，亦足可见不同时代之趣尚，不同体裁之特点与不同伦理观念之强调。

南宋说话人讲说李娃故事，具体内容已无从考见，惟据《醉翁谈录》，可知李娃已作李亚仙，郑生则字元和。盖夤缘附会，便于演说也。翻为戏曲者，若宋杂剧、金院本及元高文秀所作《郑元和风雪打瓦罐》，皆仅存目。今可见李娃故事最早之戏剧文本为元石君宝之《李亚仙花酒曲江池》，然二本一存顾曲斋刻《元人杂剧选》，一存臧懋循《元曲选》，俱为万历间刊本，其中当有明人之增补润饰，未可视为原璧。石君宝《曲江池》杂剧属旦本，四折皆正

---

① 俞为民：《宋元南戏考论续编》，中华书局，2004 年，第 30 页。

旦李亚仙主唱，惟第二折【南吕·一枝花】套中插入末（郑元和）、净（赵牛筋）唱【商调·尚京马】一曲。此属特例，元剧中偶一为之，非习见也。剧中改变白传情节而值得注意者有四：一是郑元和与亚仙邂逅于曲江池，一见倾心。增陪衬之赵牛筋（净扮）与刘桃花（外旦）。白传则写郑生访友经平康里鸣珂巷娃宅，惊艳坠鞭。此点改变意在增加脚色以形成雅俗对应，活跃剧场气氛。而其深意则在淡化白传之狭斜色彩，突出才子佳人意绪。使元和、亚仙初见即互相爱慕，堕入情网，为以后情节发展张本。二是郑元和金尽被逐，沦为乞丐，唱挽歌为生，俱以虚笔带过，由亲随张千转述于郑父。倒宅计亦仅于第三折亚仙【耍孩儿】唱词中一见。白传于此写娼家嘴脸、机谋谲诈则淋漓尽致，曲尽其狡。三是郑父痛殴元和至气绝，亚仙亲往救视，为假母逼去；亚仙旋遣婢女寻到元和，析居供读。白传处置此节，李娃不在场。后郑生于冬日大雪中乞食至安邑坊李氏之第，娃辨其音，意有所感，乃收留之。二、三两点之改动，意在将所有恶行归咎于鸨母，掩饰白传中李娃态度之暧昧而凸显亚仙之节操始终如一也。元剧写妓女与士人之离合，妓女必钟情于落难书生，矢志不渝；书生必始困终亨，奉旨完娶。观《杜蕊娘智赏金线池》《江州司马青山泪》《李素兰风月玉壶春》等剧可知大概。此类作品适足以反映现实中士人之落魄，亦可见戏剧艺术之心理补偿功能。四是元和一举登第，授洛阳县令，娶亚仙为妻。元和父公溯官洛阳府尹，父子重会，元和拒不相认。郑父私谒亚仙，求其转圜。亚仙以死相胁，元和不得已认父，阖家团聚。白传叙李娃送郑生至剑门，父子巧遇于邮亭，相认，“抚背痛哭移时”[①]。郑生具

① 白传郑氏父子皆隐名讳，荥阳公初官常州刺史，后迁成都尹兼剑南采访使。生登第后授成都府参军，皆甚合唐人官制。石君宝，《录鬼簿》著录“平阳人”，入“前辈已死名公才人有所编传奇行于世者”列。据《元史·地理志》，平阳，元初为路，大德九年改晋宁路。治约当于今临汾辖区及侯马一带。石君宝或一生未至江南，故将原传人物任官之地皆改为距荥阳不远之洛阳。

陈本末，欲令李娃还京。父阻之，遣媒纳聘，以六礼迎归。两相比较，可见白传以阳秋之笔，隐刺荥阳公之势利，微讽郑生之孱懦。而李娃命运，实系于荥阳公之一念，本人则无能为力也。元杂剧中元和、亚仙不待父母之命，私相结缡。元和且于除官之后，拒不认父。其自述理由，有云：

> 吾闻父子之亲，出自天性，子虽不孝，为父者未尝失其顾复之恩；父虽不慈，为子者岂敢废其晨昏之礼。是以虎狼至恶，不食其子，亦性然也。我元和当挽歌送殡之时，被父亲打死，这本自取其辱，有何仇恨？但已失手，岂无悔心？也该着人照觑，希图再活。纵然死了，也该备些衣棺，埋葬骸骨。岂可委之荒野，任凭暴露，全无一点休戚相关之意？…… 我想元和此身，岂不是父亲生的？然父亲杀之矣。从今以后皆托天地之蔽佑，仗夫人之余生，与父亲有何干属，而欲相认乎？恩已断矣，义已绝矣，请夫人勿复再言。[①]

此段议论义正词严，于情于理似皆无懈可击，然与儒家之孝道礼法实有一间之隔。依儒教之伦理，父纵不慈，子亦不可不孝。“子曰：五刑之属三千，而罪莫大于不孝。”“不爱其亲而爱他人者，谓之悖德。不敬其亲而敬他人者，谓之悖礼。”[②]元和所持之理及此前之不告而娶实已浸染游牧民族之伦理观念与元代社会独有之朴野风习，固不能以儒道之是非论长短也。

明初周宪王朱有燉所撰同名杂剧，或云乃据高文秀《郑元和风

---

① 石君宝：《李亚仙花酒曲江池》，载王季思主编《全元戏曲》第三卷，人民文学出版社，1999 年，第 522–523 页。

② 邢昺：《孝经注疏》，载阮元校刻《十三经注疏》，中华书局，1980 年，第 2554–2556 页。

雪打瓦罐》与石君宝所作掺合而成[1]，然并无实据。周宪王本《曲江池》较之石君宝本体制大异，今所见《奢摩他室曲丛》校印宣德宪藩本未标折，以宫调套数而论，全本共计五套曲：依次为正旦唱【仙吕·点绛唇】一套，末唱【正宫·端正好】一套，正旦唱【黄钟·醉花阴】一套，末唱【商调·集贤宾】一套，正旦唱【双调·新水令】一套，中间亦偶插入他色所唱，如【商调】套曲中加入末与四净合唱【莲花落】春夏秋冬四曲。[2]祁彪佳《远山堂剧品》所云："才胆横铁，犹不及石君宝剧；而推敲点染，已极精工，是法胜于才者。一曲两唱，一折两调，自此始。"[3]甚允当。此剧另一特点在谐谑关目之大增。石君宝剧始增净色赵牛筋，此剧再加入一净钱马力，二人狼狈为奸，帮闲钻刺。增外色刘员外，先与亚仙盘桓，其人富而俗，为亚仙所不喜，用以陪衬元和之风流儒雅，与亚仙恰堪匹配也。后元和与赵、钱俱沦为乞丐，剧中再增王大、靳老虎二净，与元和同唱【莲花落】，复有正净骗面，五人扭打之喜剧情节。至若后来亚仙重晤元和，欲留养助学，遭鸨儿拒绝，元和竟持刀要挟，道出"我左右是个乞儿，活也活不成，死也不怕死。将这老虔婆杀了，拐将大姐去了吧"之语，则显然弄巧成拙，甚乖人物之性格。盖宪王有燉居藩时，颇受其弟有爋攻讦，几不自白。且明初于藩王皆防嫌甚严，恐不利于朝廷。故诸藩多有以耽溺笙歌伎乐而示其无与于政治者，观周藩所撰诸剧多述升仙贺节可知也。此剧乃增益诸多喜剧场景以化解元剧《曲江池》所暴露之父子勃豀、娼家谲诈，而易之以轻松诙谐之轻喜剧格调，亦有不得不如是之

---

① 持此说者如庄一拂《古典戏曲存目汇考》。因朱诚斋《曲江池》杂剧题目正名为"郑元和风雪打瓦罐，李亚仙花酒曲江池"而揣测。朱或曾得睹高、石之作，然捏合之说，并无实据。

② 宪藩此剧，于打破杂剧演出之僵化体制，推陈出新功不可没。

③ 祁彪佳：《远山堂剧品》，载中国戏曲研究院编校《中国古典戏曲论著集成·六》，中国戏剧出版社，1959 年，第 142 页。

缘由。

元代戏文本有《曲江池》，今存佚曲九支，或云明人《绣襦记》即据戏文改编。[①]然比勘佚曲与《绣襦》传奇，实无因袭痕迹。且九支佚曲，亦无从窥知原豹，故改编一说，实乏证据。前人论《绣襦记》，多赞许第二十八出“襦护郎寒”（鹅雪）中【莲花落】曲，沈德符即云：“《月亭》之外，余最爱《绣襦记》中“鹅毛雪”一折，皆乞儿家常口头话，熔铸浑成，不见斧錾痕迹，可与古诗《孔雀东南飞》《唧唧复唧唧》并驱。”[②]青目正儿亦云：“此剧实为李娃剧之完成者，如‘襦护郎寒’——‘鹅雪’一出，采入【莲花落】于曲中，似野鄙而饶诗趣，别具一种风味。此处插入【莲花落】，盖为仿周宪王《曲江池》杂剧者，然周宪王之作，【莲花落】与曲分离独立，不及《绣襦记》融合于曲词中发挥浑然之妙趣。”[③]此说固然持之有故，犹未道出《绣襦记》真正佳处。余谓徐霖所作《绣襦记》，为李娃故事流变七百年后之总结，盖以《绣襦》既能演绎白传，不失原旨，复能博采众长，去芜存菁。其剪裁弥缝、穿针引线之功，实有他剧所不能及者。邓长风先生尝撰文论其成就：

> 徐霖《绣襦记》的成功，首先是在忠于原著、吸取前人成果的基础上，增饰或调整了部分情节，使这个缠绵悱恻的爱情故事更合理、更完整、更动人。一是第四出叙亚仙绣罗襦，既与后面的“襦护郎寒”呼应，又是点题之笔。二是第十一出交代乐道德逋逃之前遍贴招子，借来兴之名诬称郑元和“遇盗所杀”，这就使原著中郑父没来由的一句“吾子以多财为盗所害”

① 王季思主编：《全元戏曲》第十二卷，人民文学出版社，1999 年，第 394–396 页。

② 沈德符：《万历野获编》卷二十五“词曲”，中华书局，1959 年，第 642 页。

③［日］青木正儿：《中国近世戏曲史》，王吉庐译，商务印书馆，1965 年，第 128 页。

有了着落。三是将原著中写郑元和“囊中尽空，乃鬻骏乘，及其家僮”，改为“杀马”以示富取媚，“卖兴”则已穷途末路，形成一组对比。四是第二十五出郑儋打子，将原著中仆人找到郑生，“相持而泣，遂载以归”，然后才遭父毒打，改为就在凶肆之上当场毒打。这样不仅显得紧凑，也更合乎人物性格。五是增加了郑元和死而复苏以后，学唱莲花，以及雪天行乞歌唱大段莲花落的情节（第二十八、三十一出）。这不仅补上了原著中对郑生窘况的描写过于简略的不足，而且提高了李亚仙闻声而出加以救护的合理性。总之，《绣襦记》在情节的铺排上，是颇费经营的。作者新增或赋予姓名的来兴、乐道德、贾二妈等人，也都起到了各自的应有作用。①

邓文且对剧中亚仙、元和形象之改塑颇多赞誉，说诚有据。凡白传语焉不详或有意忽略之处，《绣襦》皆为补苴，即使贾二妈所施倒宅计暂租之崔尚书宅，亦不肯如原传一笔带过。而令崔尚书于第四出先行登场，与曾学士至亚仙家赏海棠。第十六出乃将来兴鬻卖于崔尚书家，再于第二十一出写元和中计，返叩崔尚书宅，重见来兴。来兴赠衣赠钱，尽显忠义。复于第三十二出，叙元和状元及第，曾学士托崔尚书执柯，欲与郑氏联姻。崔挈来兴见元和，元和“却婚受仆”。针线之细密，照应之周到，堪称斫轮老手。惟邓文所赞第三十三出“剔目劝学”为“神来之笔”，余实不敢苟同。兹先引《绣襦记》第三十三出曲文：

【玉交枝】（旦）你文章不看，口支离一划乱言。读书有三到。（生）那三到？（旦）心到眼到口到。你书到不读。为何频顾残妆面，不思继美承前。（生）见你秋波玉溜使我怜，一

① 邓长风：《明清戏曲家考略》，上海古籍出版社，1994年，第57页。

双俊俏含情眼。（旦）你不用心玩索圣贤，却为妾又垂青盼。（生）我的娘，谁教你生得这般样好。

【前腔】（旦）且把书来收捲，罢罢，为妾一身，捐君百行。何以生为。我拼一命先归九泉。（生）大姐何出此言？（旦）你喜我这一双眼么？（生）端的一双俏眼。（旦）我把鸾钗剔损丹凤眼，羞见不肖迍邅。（生）呀，不好了。涓涓血流如涌泉，潸潸却把衣沾染。今始信望眼果穿。却教人感伤肠断。呀，大姐苏醒。

【玉胞肚】（旦）我在冥途回转，尚兀自心头火燃。你还只想凤友鸾交，焉得造鹭序鹓班。我好痴，这般不习上的，管他则甚。我向空门落发，伊家休得再胡缠，纸帐梅花独自眠。（旦）罢罢，我不免自去落发为尼。你若有志读书，做个好人，尚有相见之日；若只如此，我永不见你了。[①]

邓文论此出，有云："李亚仙基于她爱恨交织、刚柔兼具的性格，做出了剔目毁容的惊人之举，终于使郑元和猛然惊醒、笃志向学。徐霖的这一神来之笔，使《绣襦记》成为几百年来盛演不衰的好戏，而李亚仙也作为一个动人心魄的艺术典型长存在观众的脑海里。"[②]然则此举实甚矫情，乃徐霖之造作，非亚仙所当为、所能为也。盖元和与亚仙结合之基础首在才色之相慕，此即《霍小玉传》中李益所谓："小娘子爱才，鄙夫重色。两好相映，才貌相兼"[③]之

---

① 徐霖：《绣襦记》第三十三出，载毛晋：《六十种曲》，中华书局，1958 年，第 94–95 页。

② 邓长风：《明清戏曲家考略》，上海古籍出版社，1994 年，第 58 页。亚仙之剔目，确系惊人之举。剧中未详其伤至何种程度，只云"涓涓血流如涌泉"。"在冥途回转"，殆甚重也。或竟因此而眇一目，亦未可知。

③ 汪辟疆校录：《唐人小说》，上海古籍出版社，1978 年，第 93 页。本节以下引该书者不出注。

意。以元和世代宦门之公子，又富资财，其进京赴考，游冶狭斜，意在渔色，不言自明。此点无论在唐在明，皆可视为正常。而亚仙身处平康，其所恃者在色，借色谋生，因色固宠，在唐在明，其理一揆。以亚仙之敏慧，当深谙此理。纵使二人日久生情，亚仙有摽梅之愿，亦断不会以毁容之策激励元和，而失其所恃也。反观白传，此处描写甚有分寸，只云“因令生斥弃百虑以治学，俾夜作昼，孜孜矻矻。娃常偶坐，宵分乃寐。伺其疲倦，即谕之缀诗赋”。两相比较，足可见“剔目劝学”一出既乖生活之常理，亦不合艺术之逻辑。实明曲家迂腐处，乃《绣襦》之败笔。惜长风先生早逝，不能当面就教矣。

三、人物形象与批评之演进

《李娃传》篇末有撰者之评语：“嗟乎，倡荡之姬，节行如是，虽古先烈女，不能逾也。焉得不为之叹息哉！”但遍览原传，李娃之所谓节行实不无可议。郑生初至长安，其友人即云：“李氏颇赡。前与通之者多贵戚豪族，所得甚广。非累百万，不能动其志也。”此固娼家本色，不足以责备李娃，然可知李娃较之他妓并无特异之处。及遇郑生，爱其族望清华，一掷千金，遂荐枕席。如是岁余，“资财仆马荡然。迩来姥意渐怠，娃情弥笃。他日，娃谓生曰：‘与郎相知一年，尚无孕嗣。常闻竹林神者，报应如响。将致荐酹求之，可乎？’生不知其计，大喜。”以此逆推，则前所述“姥意渐怠，娃情弥笃”，殆亦俗语所谓“一唱红脸，一唱白脸”欤？观下文“生谓娃曰：‘此姨之私宅耶？’笑而不答，以他语对。”其计谋谲诈，始渐露峥嵘。明人凌性德梓《虞初志》，伪托李卓吾、袁中郎、汤若士、王百谷、屠赤水诸名家评点，其卷四收《李娃传》，于“倒宅计”一节，有托名李卓吾之眉评，曰“计出自姥则可，若说李娃合计，恐能为汧国者未必如是”[①]。已道出人物性格之前后矛盾。后詹詹外史辑《情史》，于卷十六“情报类”亦收本传，易名《荥阳郑生》，文字与《太平广记》所载白传略有出入。篇末有子犹氏（或即冯梦龙）之评语：

> 世览《李娃传》者，无不多娃之义。夫娃何义乎？方其坠鞭流盼，惟恐生之不来。及夫下榻延欢，惟恐生之不固。乃至金尽局设，与姥朋奸，反惟恐生之不去。天下有义焉如此者哉！幸生忍羞耐苦，或一旦而死于邸，死于凶肆，死于箠楚之下，死于风雪之中，娃意中已无郑生矣，肯为下一滴泪耶！绣襦之裹，盖由平康滋味，尝之已久，计所与往还，情更无如昔年郑生者，一旦惨于目而怵于心，遂有此豪举事耳。生之遇李厚，虽得此报，犹恨其晚。乃李一收拾生，而生遂以汧国花封报之。生不幸而遇李，李何幸而复遇生耶！[②]

外史此评，不啻诛心之论，然亦切中原传难以自圆之关捩。盖自郑生沦落凶肆，遭父箠楚，至雪天行乞，冻饿垂死，李娃曾无一毫节义显示。后忽发恻隐，绣襦裹生，税居别院，调护备至，前后判若两人。推原其故，或如其自白：“此良家子也。当昔驱高车，持金装，至某之室，不逾期而荡尽。且互设诡计，舍而逐之，殆非人。令其失志，不得齿于人伦。父子之道，天性也。使其情绝，杀而弃之。又困踬若此。天下之人尽知为某也。生亲戚满朝，一旦当权者熟察其本末，祸将及矣。况欺天负人，鬼神不佑，无自贻其殃也。”细味其言，固有对当日所为之忏悔，亦有实际利害之顾虑，甚且有如子犹氏所云，不无厌倦风尘之意而生从良之念。然实无节

① 陆采：《虞初志》卷四眉评，中国书店，1986 年，第 25 页。

② 冯梦龙：《情史》卷十六《荥阳郑生》，岳麓书社，1986 年，第 517 页。

义可言，是原传起始所云“汧国夫人李娃，长安之倡女也。节行瓌奇，有足称者”仍无着落。然则《李娃传》所称扬李娃之节义，实仅助生攻读，使其释褐登第一事。验之唐代社会风习，盖“承南北朝之旧俗，通以二事评量人品之高下。此二事，一曰婚。二曰宦。凡婚而不娶名家女，与仕而不由清望官，俱为社会所不齿”[①]。又，王定保《唐摭言》卷九云：“三百年来，科第之设，草泽望之起家，簪绂望之继世。孤寒失之，其族馁矣；世禄失之，其族绝矣。”[②]郑生家世正合王定保所谓“簪绂”，且为荥阳公知命之年所生独子，其身荷承世禄，振家声之任毋庸置疑。乃竟溺于平康，沦为乞丐，不啻为南北朝以降大族凌替之真实写照。李娃则能于此关键时刻，挺身而出，大施“节义”，挽狂澜于既倒，辅世胄以中兴。此举实与唐代举子入仕之愿若合符契，其“节义”与否，端视最终能否助士人登第。若唐传奇中崔莺霍玉，皆负艳色才情，而于所恋士人之科举前途毫无助益，故卒遭弃掷。此点在唐人看来，亦甚自然，绝不受道德之訾病。然士人因妓女之助而登第遂娶之为妻事，在唐人实不能想象，盖有碍其官声仕途也。白行简亦知李娃之结局荒诞不经，故巧为遮饰，以其“节义”及奇迹——“岁时伏腊，妇道甚修，治家严整，极为亲所眷。向后数岁，生父母偕殁，持孝甚至。有灵芝产于倚庐，一岁三秀。本道上闻。又有白鷰数十，巢其层甍。天子异之，宠锡加等……娃封汧国夫人。有四子，皆为大官；其卑者犹为太原尹。弟兄姻媾皆甲门，内外隆盛，莫之与京”。掩盖其出身之微贱，用心亦良苦。

五代以降，世族衰微，寒门常跻身于清显，贵胄每沦落为编氓。士之读《李娃传》者，渐不以郑、李门第不合诟病娃传，而目之为才子佳人韵事。然以才子佳人故事衡之，李娃形象实有前后割

① 陈寅恪：《元白诗笺证稿》，生活·读书·新知三联书店，2001 年，第 116 页。

② 王定保：《唐摭言》，上海古籍出版社，2012 年，第 64 页。

裂之嫌，后之“节义”与前之谲诈判若两人，甚乖此类故事撰述之传统。吾国描写男女遇合之事，一向重视人物性格之美善，于女主人公尤是，说部戏曲中罕有权诈谋骗之人而得善终之先例。以故后来之改编《李娃传》者，不约而同，极力洗刷原传中李娃形象之瑕疵，将所有无情无义、局骗诓诈之举尽委于鸨母，而使李娃自始至终冰清玉洁，钟于情、笃于义，近乎完美。《绣襦记》之得失亦可尽归于此。

第三节

明代戏曲所宣示的性爱观念

作为对社会人生的写照，明代戏曲较之诗、词、赋等作品更为全面、细致、深入地反映了明代的社会风云与时代精神。从戏曲的叙事套路到戏曲对两性关系的描写，从戏曲取材到叙事角度的选择，都可以发现明代性爱观念的烙印。明代戏曲篇目众多，本节仅结合部分比较具有代表性的戏曲作品阐发其中蕴藏的性爱观念。

一、叙事套路中蕴藏的性爱观念

学界普遍认为，元代才子佳人戏的大量产生是因为读书人怀才不遇，文人作家试图通过这种叙事模式获得一种心理安慰，那么明代才子佳人题材戏曲在数量上更为繁多，其深层的社会文化原因又是什么？

窃以为，明代对“情”的弘扬与对“性”的宽容，促成了明代戏曲中才子佳人作品的数量激增、对性爱的叙事与描写的深度均远远超过了元代的婚恋题材戏曲，在叙事模式上也形成了更为鲜明的套路。此套路正如《红楼梦》中贾母评价说书内容所云：

> 这些书都是一套子，左不过是些佳人才子，最没趣儿。把人家女儿说的这么坏，还说是“佳人”！编的连影儿也没有了。开口都是书香门第，父亲不是尚书，就是宰相。一个小姐，必是爱如珍宝。这小姐必是通文知礼，无所不晓，竟是“绝代佳人”，只见了一个清俊男人，不管是亲是友，便想起他的终身大事来，父母也忘了，书也忘了，鬼不成鬼，贼不成贼，那一点儿像个佳人？就是满腹文章，做出这样事来，也算不得是佳人了。①

这种叙事套路在戏曲中的大量使用，固然可能受到了小说的影响，也可能出于讽刺或者取乐等原因，但这都只是贾母停留在创作层面的一点推测，并不全面，也未触及孕育这种普遍的文学现象的根本原因。

首先，明代才子佳人小说、戏曲中，凡是越礼幽会的大家小姐身边往往只有一个紧跟的丫鬟，这样构思，除了受到宋元小说戏曲的影响，作家白日梦的刺激，也很有可能受到了文本篇幅、演出时间、听众（观众、读者）接受效果等因素（戏曲作家也许还考虑了戏班的演员数量）的限制。其次，以明代戏曲作家为例，很多著名的戏曲作家出生于世宦书香门第，他们自然不可能不知道世宦书香之家养育女孩的规矩。然而这些作家笔下的才子佳人戏往往只有一个丫鬟，这种普遍的、明知故犯的创作行为背后必然隐藏着较为深刻的动机，即用艺术的方式反映明代的世情。

此处所谓“世情”，最突出的特点即明代文学中普遍表现的对“真情”的大力弘扬，以及在此旗帜遮掩下对性爱的宽容态度。这种普遍的世情不仅影响了明代作家对社会的认识，也成为文学作品，尤其是俗文学兼叙事文学的代表——戏曲的重要表现对象。因

---

① 曹雪芹:《红楼梦》，上海古籍出版社，2009 年，第 419 页。

而，作家在创作才子佳人戏曲时，出于表现情感与性爱的叙事需要，佳人往往被塑造成为有违礼法的性爱参与者。这种有违礼法的事件往往见不得人，不宜广而告之，故而参与者必然是才子、佳人的一两个贴身侍从，这便走上了贾母口中的叙事套路。

只有一个紧跟的丫鬟（有的情况下是一个可以入得小姐闺房且贪图利益的尼姑、媒婆），最容易在严格保密的情况下，充当媒人、信使、策划者、站岗放哨者，并促成才子与佳人传递消息、偷期密约、私订终身。故而明代戏曲的叙事视角正如镜头聚焦一样，定格在了才子佳人及其一二随身婢仆身上。

这个丫鬟的身份与意义非常重要。她首先是“养在深闺人未识”的小姐认识闺阁外面的世界——甚至包括自家花园的一双眼睛；对外界的认识往往打破了父母对闺秀名节的严防死守，也打破了闺中待字佳人内心的平静，从而生发出对爱情的无限憧憬。比如《牡丹亭》中的春香，她发现了杜府的后花园并引着杜丽娘游园，结果激起了杜丽娘的无限春情与梦幻，继而开启了杜丽娘因情而死、因情而生的性爱历程。

在大部分戏曲中，小姐的贴身丫鬟不仅扮演了类似《西厢记》中红娘的角色，也往往是婚恋故事中仅次于才子与佳人的第三个受益者——她们多具有媵妾的命运，没有自由选择婚配的资格；身份低微，故而对名声的重视程度较弱，对封建伦理道德的遵守也不够坚牢。因而在明代戏曲中，这些贴身丫鬟在小姐遇到欣赏的才子（戏曲中贴身丫鬟们本人也往往对之持有好感）之后，即便小姐尚未生发与之婚配之心，也往往表现得极为主动，极能帮衬，哪怕她们的所作所为可能会导致小姐违反原本与他人结成的婚约，背上不守闺训的骂名。她们聪明伶俐，巧言善辩，通晓世故，可以借机游走于市井与闺阁之间，个别丫鬟还略懂诗书。这些优点使她们成为才子佳人的情感顾问，她们也可能经过与才子珠联璧合的引诱、旁敲侧击、里应外合等方法，使深闺里原本对封建伦理道德心怀敬畏、顾虑重重的小姐，情不自禁地逐步践踏着礼法或婚约，与才子走向滋养性爱的枕席或者私奔。一旦秘密泄露，父母为了掩饰丑行，或者才子高中，获得皇帝赐婚，小姐与才子终于可以成为光明正大的合法眷侣，这个“紧跟的丫鬟”的结局亦不言自明，比如《怀香记》中的春英，《灵犀锦》中的瘦红等，成为才子的侍妾（或者与才子的仆人结合）。从这个角度上说，这一个紧跟的丫鬟不仅是在帮助小姐，更是在为自己的婚姻运筹帷幄。

最典型的譬如《琴心记》中卓文君的贴身丫鬟孤红（贴扮）。青春姣好的文君未出阁而守寡，红颜憔悴，郁郁寡欢，孤红便告诉文君不值得守寡，极力怂恿其改嫁，见本剧第三出：

> （贴）小姐，那婚姻大数也。夫妇大伦也。大数固不偶，大伦容可废乎？况凤管未逢萧史，蓝桥不识裴航。既无一夜之恩，安有百年之义。窦郎无缘，一旦卷馆，小姐芳姿绝世，妙韵可人，当有名贤为配，国士成双，乌得拘拘小节，遂缺陷半生。（旦）孤红言之差矣。忠臣不易主，烈女不更夫，此古圣之言也。岂有未嫁易节、以身殉欲者乎？若老相公知道就要罪你了，今后决不可如此。[①]

此时卓文君尚抱守寡之志，未生改嫁之心。到了本剧第六出，小姐的守节之志开始动摇，其诱因就是孤红传递给她的消息：

> （贴）不瞒小姐说，闻老相公大开东阁，广设玳筵，往召都亭贵客。奴家偷觑一回，那席面好生摆得富贵齐整也……不识那人有何福分，享得我家如此款待也。（旦）孤红，那人

① 孙柚：《琴心记》，商务印书馆，1955 年，第 20–21 页。

有福没福，与你甚么相干？（贴背云）小姐不知我心中要见的……（旦扯贴介）丫头，你春心动了，决不可如此……恰才闻孤红之言，不觉为彼所动，未免靠晚些儿，悄自堂前，窥那贵客怎生人物也。①

孤红的话有两层含义，首先说明孤红本人对这个贵客已经动了春心；其次，她有意在卓文君跟前设置悬念、卖弄关子，激发了卓文君强烈的好奇心，甚至萌生了偷窥“贵客”的欲望。这是卓文君守节意志开始动摇的第一道裂缝。接下来孤红为文君、相如幽会出谋划策，在戏曲第十出，孤红大力相助文君之前，智激文君，与文君达成口头协议，将来自己嫁给相如，且要求文君“我做大时，你须尽为小之礼”。

不仅闺秀的贴身丫鬟有此套路，名妓的贴身丫鬟也有相似的命运与性爱心理，比如《四喜记》中的丫鬟春鸿向名妓董青霞云：“姐姐你嫁得宋相公成，希带春鸿做个丫鬟，早晚沾些风月。”②这种现象反映了明代媵妾习俗的盛行，且此风气已然蔓延为妓女婚恋的套路。

除了这个“紧跟的丫鬟”，才子身边的贴身男仆也往往在才子身边展示自己对两性关系的一些看法，比如司马相如身边的青囊。他得知卓王孙家要请主人做客，便私下里打听对方消息，听闻卓王孙似乎有意认主人为婿，第一反应是感叹自己“没有老婆怎生是好”，足见他心中首先考虑的是个人的性爱问题。关注并表现才子佳人身边婢仆的婚姻与性爱心理，是明代戏曲较元代戏曲在叙事视角与内容上的一大变化。这些婢仆的嫁娶往往无须三媒六聘，更不受封建伦理教条的束缚，嫁娶之事除了听从主人发落外，很多时

① 孙柚：《琴心记》，商务印书馆，1955 年，第 38–41 页。

② 谢谠：《四喜记》，商务印书馆，1955 年，第 39 页。

候也出于他们个人的筹划。）此时王老爷的仆人（净扮）提醒他："呸！这样人家，岂没有个使女？若得到他家，正是主人吃肉，剩也有骨头呀。"这是明代戏曲中，才子的仆从们一贯关心的事情，也是青囊力劝相如改变主意、赴卓家宴席的醉翁之意。只不过青囊在怂恿相如时，狡猾地摆出了一心为主思考的面孔："相公，你不去饮酒，计亦差矣。小人闻知他家有个小姐，唤名文君，容羞闭月，才擅知音，近日新寡，未曾许配，想是欲招相公为婿，故此摆下会亲酒。"相如听过，便已动心，青囊又结合自己在青楼游走的经验，献"琴挑"之策，极为卖力。

无论是贴身侍女孤红之流，还是男仆青囊之辈，都在主人性爱关系的发展过程中扮演了诱导者的角色。从这里似乎可以看出，戏曲作家们一方面不厌其烦地书写才子佳人偷期密约的故事，另一方面，又不甘于将男女越礼之过归咎于书生与闺秀，只好让奴仆充当了比父母、闺塾先生更具有说服力与诱导力的教唆者。

地位卑微的奴仆为了谋取性爱福利，承担了上述罪名，以净、丑扮演的奴仆还时不时地在戏曲中用淫词秽语插科打诨。比如《琴心记》中卓家伙夫（小净扮）刚一上场，其曲、白俱系淫秽而恶俗的玩笑：

> 【风检才】（小净）破头巾枯桑叶，补烂须条绵纱，索做乡下奔来，筋裸裸，媳妇儿极亲我，常放公公杀些火。（众）怎么吃你杀了火？（小净）难道公公会爬灰煨媳妇不著的？（众）却原来你到是一个火头。[①]

不仅如此，卓家的丫鬟们也多怀着思春的淫梦。比如《琴心记》第三出，卓文君尚未出场，就有家中的婢女山茶（净扮）与玉

① 孙柚：《琴心记》，商务印书馆，1955年，第29–30页。

兰（丑扮）先发表了很长一番对话：

> （丑）山茶姐我和你打扫已完了，倘那女娘公子到来，你却奉承那一个？（净）我喜那似娘儿斗百花，只见满宫花、满路花、一庭花、后庭花、锦上花、雨中花、一枝花、一丛花、金钱花、木兰花、蝶恋花、解语花、花开多少怀春女，难道山茶不惜春。（丑）好好，你春兴发作了……（丑）我喜那醉公子惜余春，只见锦堂春、汉宫春、月宫春、凤楼春、玉楼春、武陵春、绛都春、沁园春、塞垣春、燕台春、上林春，春来多少贪花汉，难道玉兰不是花？（净）好好，我的春兴发作，你的花心也动了。[1]

这里的各色带“花”与“春”的名词，多是性的隐喻。最后一句“你的花心也动了”，直接告诉读者，卓文君家中的女仆，对性爱中的淫词秽语非常熟悉，而且心怀春梦。未婚新寡，立志守节的卓文君就被这样一群女仆包围着，其中对她起绝对引导作用的，是同样怀着春梦的贴身丫鬟孤红。这就是卓文君所居处的性爱氛围。

《琴心记》这样的设计，颇具有性暗示的象征意义。作者似乎想要告诉世人，卓文君本质上是想守寡的，她之所以失节，罪在群仆。倘若把卓文君的家园比作整个明代社会，违礼乱性之祸起于萧墙，卓文君之辈在这个淫秽的社会中很难洁身自好，这似乎就是许多才子佳人戏曲作家对明代社会性爱风气弥漫于士夫之家的原因剖析。

言不亵不笑。《琴心记》中的净丑淫词在明代戏曲中，尚且算不得最淫秽的，对于卓文君私奔相如这一主题而言，具有一定的烘托作用。在明代大部分的戏曲中，类似的情节通常旁逸斜出于戏曲

① 孙柚：《琴心记》，商务印书馆，1955 年，第 17–18 页。

主题之外。比如《彩舟记》中吴家老婢告小丫鬟的状，说她夜间偷了胡萝卜塞在腰眼里，又说她遗尿等，隐喻小丫鬟与人幽媾，遣词恶俗。这样写作的用意，似乎也是有意暴露戏曲中才子佳人的违礼行为实际上受到了底层奴仆的影响。这些诨话的发表者多系净、丑行当，亦足以表明作者之批评态度。他们作为戏曲的配角，偶尔有淫词艳语，也合乎身份。这种角色选择大有深意，除了增强戏曲的滑稽调笑色彩，更是为了迎合市井口味而做出的即兴表演。

类似的现象在明代的戏曲中屡见不鲜，显然系明代戏曲作家有意为之。尽管这种插科打诨的套路有伤大雅、有伤风化，然而，在明人的戏曲批评、史料笔记中，很少看到有批评者（往往身兼戏曲作家、批评家，并出身于士夫阶层）专门就这种现象提出批评。这种默认与接受态度也使人嗅到明代社会弥漫的淫秽风气，这对于明代的士大夫阶层而言，似乎是见怪不怪的事情。

除了才子佳人的婚恋主题戏曲，明代还有一种普遍涉及两性恋爱问题的是度脱剧或云神仙道化剧。通常是神仙指出度脱对象尘缘未了，需要在人世间经历一番磨砺，这磨砺往往指的是两性爱恋（包括情爱与性爱）所带给他们的磨难，比如《月明和尚度柳翠》《樱桃梦》《邯郸记》《南柯记》等，他们最终尝尽世俗情爱所带给他们的痛苦滋味，在无路可走的时候突然有所觉悟，或者惊觉而醒，认为之前的做法是错的，应该舍去这些风月情感，接受度脱。另一类神仙道化剧，其故事模式多是某神仙凡心萌动，情欲烧灼，触犯天条，被贬人间，最终尝尽人间的磨砺，看破世俗红尘，最终功德圆满。康正果指出："干预风月事务的反而是一些红尘外的神秘人物。他们奉行着'导欲以惩欲'的策略，对于痴迷不悟者，更倾向于采取通过餍足以达到治疗的方法。"[①] 但是这种导欲以惩欲、欲擒故纵的手段，在很多时候并不奏效，比如《金莲记》第十一出

① 康正果：《重审风月鉴：性与中国古典文学》，辽宁教育出版社，1998 年，第 3 页。

《湖赏》中，佛印与苏轼有两句谑谈诨语："（坡）经期作合，红沾裤里光头。（佛）产后行房，血满腰间胡嘴。"[①]佛印本想借以点醒苏轼，却未能见效。

二、"色"乃性爱之媒

在明代戏曲中，对色（相貌、容貌）的关注，是才子与佳人彼此之间生发好感的第一位、最直接的原因。比如《金钿盒传奇》中，权次卿刚一上场，就感叹道："安仁悼亡，才子尽钟情良匹。宋玉高唐，子建赋洛，名士咸想倾城。鼎甲易登，佳人难得，天生我才定有良配，不知何日得谐配偶耳。"[②]这里的佳人，多指容貌绝佳的美女。除了《玉环记》等戏曲中的书生与名妓之恋，才子与良家女子的性爱亦多受美色之诱。比如《琴心记》中，司马相如本来数辞卓家之邀，听到青囊说卓女文君貌甚美，立即改了主意，决定赴宴。卓文君偷窥司马相如的第一瞬间如此赞叹他的容貌："你看他清标应物，如春月之濯柳；英气逼人，似野鹤之出群。"正是色迷心窍，将原来信誓旦旦的守节之语抛诸脑后，更忘记了自己作为闺秀、新寡的身份与应有的规矩，她非常希望自己的美貌也能得到司马相如的青睐，听到司马相如说想更衣后再来，卓文君立即感叹这简直是天赐予的机会："你看他下席更衣是天使然也。不免将声低咳，使他感意凝眸。"正巧文君听到父亲在屋里问话，吓得急忙躲避，这是司马相如见到文君的第一眼，他感叹道："呀，这是那一阵仙风？"[③]彼此被双方的容貌吸引，于是相如装醉酒，借卓家书斋等候夜间琴挑卓文君，文君也于夜间潜行到书斋围墙外偷听。总

① 陈汝元：《金莲记》，商务印书馆，1955 年，第 87 页。

② 湖隐居士编次、集艳主人校阅：《金钿盒传奇》（上），商务印书馆，1955 年，第 20 页。齐森华考证"湖隐居士"即"张楚"。

③ 孙柚：《琴心记》，商务印书馆，1955 年，第 50 页。

之彼此的相貌出众，成为幽期密约、私订终身的首要原因。

类似的作品很多，又如童养中的《胭脂记》等。即便标榜以才华定情的《诗赋盟》传奇，也未超越这种好色的世俗心理。剧中书生骆俊英自称“立有十不娶”，“大抵若不金榜题名，决不洞房花烛。这是我自己的立志了。其他人略非德色技艺兼绝，门楣母训熟娴，俱在所不娶”，信誓旦旦。可他一见了朋友的外甥女“风流绝代”，丫鬟“那般风韵”，立即惊喜道：“恰原来婵娟深锁，好向故人寻问。”显然一遇美色，之前向人吹嘘的“立志”已然动摇。随即他见了小姐留在朋友书房里的诗，极为赞赏，自言自语道：“有这才貌双绝的，我那十不娶，可尽抹杀，这相思直索害也。”[①]可见他实际的择偶标准，首重相貌，其次才是才华，这两样与常人的择偶标准比起来，显然差了许多，这更能反衬出他对色的重视。自称“十不嫁”的小姐，一见骆氏之貌，立即心中留意；看过其赋，更复钟情于他，以诗赋为姻盟。这些例子说明，在明代才子佳人婚恋戏曲中，通常引起才子与佳人相互中意，继而幽会的直接动机，首先是才，其次是色。正如李渔《肉蒲团》中赛昆仑所述：“才貌两件是偷妇人的引子……男子偷妇人，若没有些才貌，引不得身子入门。”“才”与“貌”之间，显然“貌”比“才”更具有诱惑力，更容易通过深闺的某个缺口，比如戏曲中司空见惯的闺阁窗口，传递色与情的信息。

“色”也是引起异性或同性恋性欲的一个重要媒介。比如《灵犀锦》中张善相首次登临段府，小姐的贴身丫鬟瘦红私下来会，张善相见其“意态娇柔，腰肢袅娜”，就想与之亲热。《金钿盒》传奇中，权次卿本来喜欢妫英，追求妫英的过程中，偶遇其妹妫秀，见其貌美，立即生发调戏的欲望。本剧第二十七出，权次卿看到“女鬼”求欢于己，畏由心生，想要拒绝，却又抵挡不住美色的诱惑：“我看他虽是鬼魂，月光之下，容色莹然，不觉动兴，不要怕他，

① 张楚叔：《诗赋盟》，商务印书馆，1955 年，第 29–37 页。

亲近调戏一番。妹子我与你未赴佳期，尚可冥会，不能如崔少府之幽婚，愿得似杜丽娘之冥感，不知可许之否？”[①]此段材料，亦足说明戏中才子多见色起性，色胆包天，即便是鬼魂，但凡美貌，皆能引起男子求交媾的性欲。

戏曲中的男性似乎总是很难抵御女色的诱惑，最典型的比如《邯郸记》第二十七出《极欲》，皇帝送给卢家一支乐队，引发了卢生关于女色的论调：“皓齿蛾眉，乃伐性之斧；莺声燕语，乃叫命之枭；细唾粘津，乃腐肠之药；翻床跳席，乃橛萎之机。老子曰：‘五色令人目盲，五音令人耳聋。’所以小人戒五色，须戒其足，须戒其眼。相似这等女乐，咱人再也不可近也。”卢生言语之间谓女色为利斧毒药，不可近之，事实上却甘之如饴。先是夫人听了此番言语，云：“公相可谓道学之士，何不写一奏本，送还朝廷便了。”卢生忙云：“这却有所不可。《礼》云：不敢虚君之赐。所谓却之不恭，受之惶愧了。”继而卢生与夫人及众女乐联袂游园，卢生“道学之士”的面纱暴露无遗：

> （旦）高楼良夜，相公可以尽怀。（乐争持生介）（生）听我分付：今夜便在楼中派定，此楼分为二十四房，每房上挂一盏绛纱灯为号，待我游歇一处，本房收了纱灯，余房以次收灯就寝。倘有高兴，两人三人临期听用。（乐笑应介）[②]

卢生享用女色之计，与苏童《妻妾成群》中陈佐千选择妻妾过夜的方法异曲同工，均体现了二者对女色的沉溺。

明代戏曲中的人物，腹有诗书的才子角色尚且如此，滑稽调笑

① 湖隐居士编次、集艳主人校阅：《金钿盒传奇》（下），商务印书馆，1955年，第77–78页。

② 汤显祖：《邯郸记》，载《汤显祖戏曲集》（下册），上海古籍出版社，2010年，第833页。

的净丑一类角色更是变本加厉，其性欲似乎随时都可以因为看到美色或者他人交媾而难以遏制。比如《诗赋盟》中的虞公子（丑扮），看到于家小姐“仪容娇媚，如经雨海棠；体态轻盈，似临风杨柳，绰约不可胜言”，只感到“魂飞魄散，酒也吃不下，恨不得接在怀中，亲他十七八个嘴……”①《谋娶》一出，更是以数支曲子把于小姐的面庞、眼睛、美貌、鬓发、口、手、足、音声逐一描述了一番，充分展示了虞公子之好色。类似的描写，在明代的戏曲中非常常见，暴露了明人对女色的贪欲及性想象。

更有甚者，戏曲中的“才子”之名也与美色息息相关，主要表现为两个方面。首先，才子本人须为美男子，方可能被认同为聪明智慧的有才之人。比如《寻亲记·就教》一出，瑞隆随母亲到林学士的家塾读书，教书先生云：“吾开学在此，要人才来聚会。伊令嗣貌美，想是聪明智慧的。”②显然通过瑞隆貌美而判断他是聪明智慧的“人才”。其次，男性必须占有美丽的女子才堪称“才子”。比如汤显祖《紫钗记·春日言怀》【珍珠帘】李益云：“年过弱冠，未有妻房。不遇佳人，何名才子。”③才子必须有佳人相配才堪称才子，充分说明了世人在才与色面前首重美色的肤浅与浮夸，也是男性读书人性意识的流露。在这种情况下，所谓的“才情”，只不过是作家借文雅、浪漫而堂皇的字眼，遮掩、粉饰戏曲中男女对色与性的狂热追求。

总而言之，无论是彬彬才子，还是鲁莽之士，重色轻才、见色思淫，在戏曲中是普遍的现象。它揭櫫了明代后期男女在两性问题上的躁动与浮夸，以及社会各个阶层对色的痴迷与对性欲的放纵。

---

① 张楚叔：《诗赋盟》，商务印书馆，1955 年，第 77–78 页。

② 王錂：《寻亲记》，商务印书馆，1955 年，第 79 页。

③ 汤显祖：《紫钗记》，载《汤显祖戏曲集》（上册），上海古籍出版社，2010 年，第 11 页。

当然，这种痴迷与放纵主要是针对男性而言。男性与女性，在色与性这两个问题上，始终处于不对等的地位。对于某一男性而言，他所喜好之“色”是好是坏，是阶段性的、相对的。比如《浣纱记》中的西施之美，对于未曾婚娶的范蠡而言自然是好的，但对于敌国而言，却又成了红颜祸水。《寻亲记》中的郭氏生得貌美，对丈夫周羽而言，实为赏心乐事；但郭氏美貌被富户张敏看中，张敏百般陷害周羽，希望能够赚取郭氏为妾，郭氏的美色又因此而被视为断送丈夫的罪魁：“临鸾任取红脸消，管甚么粉悴脂憔。断送我儿夫，只为奴一貌。配千里，只为秋水多娇。魂消梦杳，隔万山只为眉山生得恁巧。人去远，眼中人，只为镜中人好。”她只好自毁娇容，断了张敏娶妾的念想：“若得容颜破，节义高，身体发肤何足道。奴若要青史名标，少不得血污钢刀，便做受之父母难全孝，自知早被婵娟误，却不道承恩不在貌。”[①]可见女色的价值，在于以何种方式、何种性质点缀或影响男性的生活、名声、身份；评价女色的话语权，始终掌握在男性手中，即便由女性自我评价，其出发点还是基于男性的利益。

也正是因为如此，尽管“红颜祸水”产生的原因不是因为男性沉迷美色就是由于其他男子的觊觎、侵犯，戏曲中解除祸事的手段，往往不是惩戒恶人恶念，而是使女子首先对其美色进行自我破坏。无论是为了使郑元和一心读书的妓女李亚仙，还是为了抵制恶霸的侵扰、守卫自己贞节的郭氏，最终都选择了把美好的事物破坏给人看的悲剧，而这种悲剧与自我牺牲，在戏曲内外深受男性肯定与赞赏——他们习惯并且乐于做“美色”的欣赏者与诅咒者，却从未认真进行过自我反思，在美色引起的祸事面前，明代戏曲中的男性普遍丧失了明辨是非的能力，更自私地放弃了责任与担当。《浣纱记》中的西施算是以美色还击敌国的功臣，功成之后，她在世人

① 王錂：《寻亲记》，商务印书馆，1955年，第79页。

眼中仍然难以摆脱“红颜祸水”的标签。范蠡云：“载去西施岂无意，恐留倾国更迷君。”[①]西施虽无须自毁美貌，却被范蠡携游五湖，毕竟属于出世之举，似乎也有不被主流价值观容纳的嫌疑。

对女色最恶俗的评价方式之一，莫过于以动物之名称妓女。《玉玦记》中，帮闲（丑）称娟奴“好个猱儿”，惹了鸨母（占）一顿大骂：

> （占）呸！好不识羞！猱儿是你叫的？（丑）北方人都叫大姐是猱儿，我怎么叫不得？（占）说你惯嫖，你且解猱儿两个字。（丑）猱是山中小兽，善能与虎挠痒。那虎因他猱得快活，伏地爬在虎头上，猱破顶头，吃了脑髓，虎尚然不知。比似你大姐，把俺子弟们猱死多多少少，终是迷而不悟。[②]

对美色甘之如饴，视美女秀色可餐，既以“饿”眼视之，更以“恶”眼视之。这就是明代戏曲中普遍流露的、以男性的利益为核心的价值观念与性别观念之一种。

三、闺阁之中的性信息

《紫钗记·佳期议允》中，霍小玉的母亲说：“婚姻事须问女儿情愿。”[③]很是开明，但在大部分的情况下，女子婚姻不由自主，父母对女子之教非常严格，正如《牡丹亭》中的杜家一样，严防死守着闺中女儿的名节，并对其精神进行严格的监管与束缚。尽管如此，在一些明代戏曲中，闺阁女子依然容易接触到关于两性的种种

① 梁辰鱼：《浣纱记校注》，张枕石等校注，中华书局，1994 年，第 248 页。

② 郑若庸：《玉玦记》，黄仕忠评注，吉林人民出版社，2001 年，第 53 页。

③ 汤显祖：《紫钗记》，载《汤显祖戏曲集》（上册），上海古籍出版社，2010 年，第 38 页。

信息，这些信息的传播途径主要有以下几方面：

（一）性教育

在明代戏曲中，闺秀也有接受性教育的经历，尤其是她们在出阁之际，可能从媒婆或是自己的母亲那里接收到关于性爱的直接信息。比如《紫钗记·妆台巧絮》一出，媒婆鲍四娘就向霍小玉进行了性启蒙：

> （鲍）一天新喜教儿家。（旦）何喜见教？（鲍）教你个“喜”字来，新婚那也呵。
>
> 【玉交枝】烛花无赖，背银缸暗擘瑶钗。待玉郎回抱相偎揣，颦蛾掩袖低迴。到花月三更笑一回，春宵一刻千金浼。挽流苏罗帏颤开，结连环红襦懊解。
>
> 【前腔】鸾惊凤骇，误春纤搵着檀腮。护丁香怕折新蓓蕾，道得个豆蔻含胎。他犯玉侵香怎放开，你凝云觉雨堪潇洒。吃紧处花香这回，断送人腰肢几摆。
>
> 洞房中所事堪停当也……①

上述描写，显然是鲍四娘在向霍小玉讲新婚之夜会遇到的情景，属于典型的性教育。这只反映了明代闺阁女子接触性教育的一种方式，并不意味着闺阁女子在母亲和媒婆等人的性教育之前就接触不到关于异性之恋或者性爱的信息。

（二）书籍图册

首先，女子阅读的书中，蕴藏了关于性爱或者两性关系的内容。比如《墨憨斋新定洒雪堂传奇》第六折《宋婆课女》，月娥十三岁，就被宋婆严格要求：“要他勤习女工，涉猎书史，休得虚

① 汤显祖：《紫钗记》，载《汤显祖戏曲集》（上册），上海古籍出版社，2010年，第50–51页。

度青春，闲消白昼。”“书史”范围极广，其中有大量关于两性爱恋的篇章。本剧第十六折《私情剪袂》，魏生与小姐幽会，小姐的初衷本是“妾知兄天涯孤寂，愁思萦怀，故与兄一叙耳”，“心知，何必在云期雨会？当思百岁盟誓。还怕我五夜更筹，说不尽万种凄其。休催一腔心事诉，教伊舍不了这月明风细”[①]。魏生尚未言“云雨”，小姐就已先声明不愿意“云期雨会”，这亦说明在真正的性爱开始之前，大家闺秀已经接触到了关于性爱的信息，受到了间接的性教育。

又如《牡丹亭》中，陈最良最早教授杜丽娘的是《诗经》之《关雎》，本欲以此阐后妃之德，不想“关关雎鸠，在河之洲；窈窕淑女，君子好逑”，一组比兴引发了春香与杜丽娘关于男女之情的关注。将《诗经》纳入闺秀的读书目录，无疑也使她们接触到了其中的两性问题，其间被儒家斥为淫风的郑卫之音，自然成为杜丽娘探寻两性关系的窗口之一。杜丽娘的涉猎范围还远不止于此，尝云：“春色恼人，信有之乎？常观诗词乐府，古之女子，因春感情，遇秋成恨，诚不谬矣。吾今年已二八，未逢折桂之夫；忽慕春情，怎得蟾宫之客？昔日韩夫人得遇于郎，张生偶逢崔氏，曾有《题红记》《崔徽传》二书。此佳人才子，前以密约偷期，后皆得成秦晋。”[②]《惊梦》一出，柳梦梅又指出杜丽娘“淹通书史”，显然，诗词乐府、小说戏曲，无论雅俗，无论书史，悉在杜丽娘的阅读范围之内，其间的两性关系、两性观念，包括少女伤春的文化传统，都可能对她产生潜移默化的影响，这就是她在忽然发现后花园中朝气蓬勃的春色之后，立即陷入伤春状态不能自拔，继而梦中与人密约偷期、行云布雨的心理原因与文化背景。除此之外，戏曲中的婚恋

① 冯梦龙：《墨憨斋新定洒雪堂传奇》，载《冯梦龙全集》第十一册，凤凰出版社，2007 年，第 867 页。

② 汤显祖：《牡丹亭》，载《汤显祖戏曲集》（上册），上海古籍出版社，2010 年，第 268 页。

观念与性爱行为，也在她的内心获得了一种情感认同，这也是她梦中遇到柳梦梅求欢而不加阻的内在引力。花神说她与柳梦梅的梦中幽媾恰是“景上缘，想内成”[①]，这正说明了这些承载了婚恋观念、性爱观念的雅俗文学作品远比闺塾先生陈最良所阐释给她的那一套儒家妇德观念更有说服力与引导力。

从明代才女数量大爆发的事实[②]可以看出，尽管明代社会中的女子的活动空间受到诸多限制，但她们的精神世界却空前开阔而丰富，至少她们才华的造就必然与类似于杜丽娘式的博观通读有关。博观诗书，广涉经史，雅俗兼顾，这样的阅读对女子情感与智慧的培养和挖掘，使她们即便在父母的严防死守下足不出户，也能受书本的影响而形成一套自我的婚恋观念。“女子无才便是德”的封建教条在这种闺秀普遍阅读的风气下备受践踏，这也许就是明代才子佳人戏曲中所反映的闺秀世界与闺秀文化的现实背景。在这种情况下，才子与佳人相见之后，佳人长期被压制的情感与性欲突然爆发，眉来目往、诗书传情、幽期密约、行云布雨的行为亦显得水到渠成。

（三）说唱表演

闺阁中说唱表演宣扬的两性观念也有可能对闺秀产生影响。比如《蕉帕记》第八出，小姐弱妹晚上要到花园里烧香为母亲祈祷，丫鬟小英提前到花园里摆设香案，口中又不住地喃喃自语：“你看这牡丹亭、芍药阑、荼蘼架、木香棚、太湖石、金鱼池，好不齐整。我小英原是个船帮中的女儿，被那短命的拐来卖做个丫头。记得小时会唱吴歌，从到胡家，怕生疏了。园中没人，不免见景生情，信口诌一个儿如何？……【吴歌】我里今夜小阿姐，好像莺莺

① 汤显祖：《牡丹亭》，载《汤显祖戏曲集》（上册），上海古籍出版社，2010年，第271页。

② 参见胡文楷：《历代妇女著作考》（增订本），张宏生等增订，上海古籍出版社，2008年。

出烧香。身边有我里介一个小红娘，若再有介会跳墙个张生来孛相，大家里昆腔昆板做介一支北西厢。”① 小英从小就熟悉戏曲，夜晚在花园里摆香案，她自然地联想到《西厢记》的情形，不自觉地期待有一个“张生”来跳墙。（她关于胡家花园景物布置的描述，似乎也是有意暗示这里即将发生一场类似《牡丹亭·惊梦》的幽期密约。）从两性观念形成的角度讲，小英的性爱观念很大程度上来自于《西厢记》《牡丹亭》等以婚恋为题材的戏曲。尽管她在胡家非常收敛，但作为小姐的随身丫鬟，她的性爱观念也可能影响到小姐。

此外，类似于春宫图一类的图画也是闺秀接触性信息的一种途径，比如《紫钗记》中，李益与霍小玉分别时，霍小玉唱道：“俺待把钗敲侧唤鹦哥语，被叠慵窥素女图。”② 明人茅玉《闺情》云：“宛转花荫解绣襦，柔情一片未能无。小姑渐长应防觉，潜劝郎收素女图。”这里的“素女图”即是春宫图之类、教授性技巧的图画，在明代闺阁之中非常流行。

（四）婢仆调笑

上文已经谈起，戏曲中闺秀们的两性观念很容易受到婢仆的影响，在戏曲叙事中，还可以发现，婢仆们在闺房中关于性的调笑也是闺秀们接收性信息的一种渠道。比如《彩舟记·答笺》一出，吴家丫鬟素娥替江情传诗笺给吴小姐，小姐一看信中是艳情诗（“空复清吟托枭烟，樊姬春思漫江船。相逢何必蓝桥路，休负沧波好月天”），便批评江情“何得以艳句撩之，待我持与老相公老夫人去，看打死你这贱才”。她责骂丫鬟，还声称要将此诗告知父母，责江情、素娥撩拨之罪，恰被吴家老婢女遇见，趁机在小姐跟前告素娥

---

① 单本：《蕉帕记》，载毛晋编《六十种曲》第九册，中华书局，1958年，第24页。

② 汤显祖：《紫钗记》，载《汤显祖戏曲集》（上册），上海古籍出版社，2010年，第97页。

的状，说素娥“昨夜遗尿”，“想是昨日偷嘴的事发作了……我昨日见他偷了一尺长的胡萝卜，怕人看见，他插在腰眼儿里”，并且教育素娥“夜间若再遗尿，我定将胡萝卜塞了你的水道”。吴小姐听后批评老婢女“这事多管没有”，“休得胡说”。老婢女却依旧道：“一碗能消渴，金茎露不如。”[①]老婢女的调笑，显然是一种性幻想，相比江情“艳句撩之”，老婢女的言语更为“撩人”，而且其遣词用语远远比男性自述的交媾更为大胆露骨。然而在这一出，吴小姐听到老婢女的诨话，非但没有嚷嚷着要将之送往父母处批评，更没有大惊小怪或生气。从这种情形可以看出，作为官宦之家、书香门第的闺秀吴小姐，她本人其实很习惯于在闺房之内聆听类似的淫词艳语，之前所谓的告状，只是为了在身份卑微的同性仆人面前，表露女子对于爱情的羞涩、矜持、尊贵、恪守闺阁之道。事实上，她对于两性爱恋的渴望却在这种掩饰下欲盖弥彰。从另一个角度说，在不牵涉具体的异性时，戏剧中闺阁女子对性幻想性质的言论并不排斥，当性幻想中的异性一旦明确，女子的表现就难免带有矜持的色彩，像剧中江情说的“真情难与旁人道”，或如《种玉记》中的“假意卖清”[②]，这种现象形成的根本原因还是社会伦理、正统道德对女子的束缚。

四、性别转换与同性恋现象

明代戏曲如《赠书记》《双雄记》《女丈夫》等，剧中的主人公出于求生或求偶目的，存在男扮女装或女扮男装的现象，这也折射出作者或者当时的社会对两性相貌、心理等方面的一些认识。比如《赠书记》第九出，为避免缉捕，奚奴向谈尘提出建议：“你年

① 汪廷讷：《彩舟记》，商务印书馆，1955 年，第 67–68 页。

② 汪廷讷：《种玉记》，商务印书馆，1955 年，第 55 页。

纪尚小，须髯不曾见影，况且容貌娇嫩，又像个处子，不如扮作女人行径。他如今只在男子队里寻你，哪个把你做女人物色？你随便投在尼姑庵里，权住几时，有何不可？”[①]奚奴之语表明，通常情况下，少年男性与女性的生理表征并不十分明显；须髯不生、容貌娇嫩，更偏向于女性的生理特征。谈尘在尼姑庵中因得罪乡民，被举报给负责选宫女的太监费有，并被费有收为义女，这就意味着奚奴对两性的生理认识也代表了当时人对男女相貌判断的常识。在这种常识的影响下，贾巫云为了避免选入宫中，女扮男装而逃，后被傅子虚收为义子。继而错上加错，假男假女结为夫妻，新婚之夜尴尬非常，他们并未像《乔太守乱点鸳鸯谱》中的假姑嫂那样在洞房里假戏真做，直到奚奴与保姆证实之后，一切才真相大白。此剧应属闹剧，兼有讽刺重外貌而轻本质（性别）的两性观念。

在戏曲中讲真正的两性变换的，如明代李雯的《破梦鹃》中第三部戏曲《破青鹃化女梦》，讲述阳用久之子阳至，貌极美，不好女色，从不进青楼吃喝嫖。春日游西湖，偶然听到嵇康的歌咏，为其才华吸引，后与嵇康四目相对时，不禁“心神俱往”；嵇康则也感叹阳至如“杜弘治”“好教人逸兴遄飞”，与阳至眉目传情，两相爱慕。这个开头类似于戏曲中描写异性恋的常套，似乎寓意人们见到优秀的同性，也会产生类似于异性之间的爱慕。本剧的独特之处在于，阳至自从见过嵇康之后，一心想做女子，他对琴童说：“恨不得今生做一个女子，待为他举案齐眉。附骥攀虬，变做个鸾交凤俦。”[②]从这种心理可以看出，在阳至心中，异性间的情爱是表达爱慕情感的最高境界，故而他一心想做女子的心理，只不过是出于对同性的极度爱慕而已。他终于在仙女许飞琼的帮助下梦想成真，变

① 佚名：《赠书记》，《六十种曲》第九册，中华书局，1958 年，第 26 页。

② 李雯：《破梦鹃》，载黄仕忠主编《明清孤本稀见戏曲汇刊》（下册），广西师范大学出版社，2014 年，第 626 页。本节所引此剧皆出此本，下不出注。

成女身，与嵇康成为鸾交凤俦。

在《破梦鹃》第四部戏曲《破梦鹃改弁梦》中，锦夫人与花蕊夫人相互扶持，共御外敌。锦夫人在战场因为精忠有余而阳气不足，被阳羡书生化为男身，并传授胜虏之术，一举破敌之后，回到寨中与花蕊夫人结为夫妻。剧中的锦夫人与花蕊夫人同在蜀宫冷宫，三年之间未蒙恩幸，戏曲中性别变化与结婚的情节设计，一面折射出现实中宫廷内大量女性的性苦闷与性期待，一面也寄托了世俗社会对女同性恋的同情与包容。变性情节的设置是对她们在异性恋关系中情感压抑、得不到满足的一种补偿。

此外，这两个戏剧中对变性者还有一种相貌上的暗示。阳至貌比潘安，貌若杜弘治，嵇康还赞其"有美一人兮，总角蛾眉"。锦夫人"英风翻出粉丛中"，花蕊夫人说她"穿了戎衣，相似天神一般，世间有此美男子，你妹子也肯奉他箕帚了"，锦夫人则认为"就嫁我一个女丈夫，也不亏了"。这似乎也表明了在作者的性别观念中，长相具有异性特征的人，在性取向上更容易向异性靠拢，在情感上容易成为同性恋中的主动方。

剧本还从多个方面透露了他人对同性恋的看法。首先，当时社会对同性恋的道德束缚远比对女性的婚恋约束宽松得多，尤其是男男之恋，似乎在地位低下、年轻的琴童眼中并不算是有辱门庭之事。比如用久听仆人说阳至被同性嵇康"串走了"，忧愤难耐，大发雷霆，骂阳至"不肖那知羞，贻我家门丑"。琴童却宽慰道："老员外差矣，相公是个男子，就有这事，也不会玷辱家门。"似乎可以借此推测，当时社会对男风采取了一种相对宽松的态度。

剧本还反映出，同性恋之间一旦建立起类似于异性恋之间的角色与情感关系，扮演异性角色的一方也会按照异性的道德与礼仪规范自己的行为。比如阳至变身为女性后，她难以遏制内心对嵇康的思慕，想要私奔，内心先后有两次矛盾：第一次是她决定离开仆人，去寻找嵇康："我既是女身，婚嫁皆由父母，恐不能与嵇生谐百年之好，岂不辜负此心也？……正喜童子睡着，趁此更阑夜静，月色清辉，不免效卓文君的故事，乘月私奔，有何不可？只是女无美恶，自媒则丑，无奈终身倚托，所关非轻，不能顾此小节了。”第二次是她来到嵇康放鹤亭，准备投怀送抱：“我半疑半羞，雎鸠自好逑，也顾不得多般丑。”她的性格深处依然保留了男性的优点，她的性别意识以及伦理观念，尽管融入了女性的矜持，但占主导地位的还是男性的奔放、自主、大行不顾细谨。

从以上阳至（莲娘）的心理活动可以看出，男同性恋中扮演女性角色的一方具有男性、女性的双重心理与性格特质，也具有男性、女性在面对社会伦理道德观念时的双重心理。这种组合使得莲娘在爱情、婚姻与自己的实际利益发生变化时，能够更为务实地选择自己最渴望的生活。“我虽则是换珠围女士纤腰，仍然是辨英雄男子奇眸。”性别变化是他的幻想，也是对他幻想兼具男女之优点于一身的补偿。

无论是性别转换还是同性恋现象，都反映出在世人眼中，男性与女性无论是生理上还是心理上，天生具有明显的差异性。一旦一个人身兼两种性别的生理或性格特点，他就会在世人面前获得与异性相似的评价。最直接明了的证据，比如冯梦龙《女丈夫序》谓“红拂之能识英雄而从之，故以为女中丈夫也”①，又如本剧第二十一折《红拂投主》中柴郡主称赞红拂“闻得你有识英雄的俊眼，是个女中丈夫”②，等等。

相比较之下，男同性恋中扮演男性角色的一方，对同性恋对象的喜爱与追求并不纯粹建立在二人之间的情感之上，比如《破梦鹃》中的嵇康，他对同性阳至之恋，一方面是出于对对方身上所

---

① 冯梦龙：《女丈夫序》，俞为民、孙蓉蓉编《历代曲话汇编·明代编》第三集，黄山书社，2009 年，第 34 页。

② 冯梦龙：《墨憨斋重定女丈夫传奇》，《冯梦龙全集》第十一册，凤凰出版社，2007 年，第 251 页。

带有的阴柔美，比如嵇康在本剧第三折所说："我想昨日在西湖堤上，偶遇阳生，见他肤如凝脂，眼如点漆，真不数卫玠冰清，王衍玉洁。"另一方面则是出于增加个人风流名望的考虑，比如嵇康云："嵇康若得与之交好，竹林未始不为增重。"由此可以看出，在李雯所处的明代，男同性恋所处的道德伦理环境相对宽松，并且是男性彰显风流、提高影响力的一种途径或表征。

《破梦鹃》中宣扬的还是明代兴盛的主情观念。《破青鹃化女梦》第二折题名《情化》，第三折中，阳至所化的莲娘对嵇康说："天下只有一个情耳，有甚么道理在那处？故情之所至，贤女可化为贞石，亡君可化为杜鹃，怎么不会变呢？"有"情"是她由男化女的前提，也是作者试图证明其合理性的依据。

第四节
明清戏曲性描写的多重视角与意义

在明代戏曲的叙事套路中，几乎所有的生旦于幽会、婚礼之后，都会体验枕席之欢；生旦净丑所饰的众多人物都有性欲的流露。但是不同角色、不同身份者口中所述的性爱又各有特点。结合明代戏曲各式各样的性描写，可以总结出不同性别、不同地位的人的两性观念。

一、男性视角下的性爱

相对而言，戏曲中的青年男子在两性关系中表现得更为主动、热情。比如《金钿盒·传诗》中，权次卿“指望日与小姐会面，虽未得调琴弄瑟，亦可以窃玉偷香”[①]。汪廷讷《彩舟记》中的江生，见到吴小姐，思慕难耐，见到他的丫鬟独自浣纱，就开门见山地打听吴小姐“多少青春，曾受聘否”[②]。吴炳《西园记》中的才子张继

① 湖隐居士编次、集艳主人校阅：《金钿盒传奇》（上），商务印书馆，1955 年，第 86 页。

② 汪廷讷：《彩舟记》，商务印书馆，1955 年，第 49 页。

华，偶然瞥见玉真美貌，误以为玉英，穷追不舍，直至玉英病亡。不仅如此，他们也有着强烈的性欲，比如《墨憨斋新定洒雪堂传奇》中，魏生与小姐终于幽会了，但随即又产生了意见分歧。小姐认为，月明风清，正宜谈心，不愿做云雨之事；而魏生看来，“幸然欢遂，短时光那堪等闲花费”，“这月明风细值甚么紧？话已都讲了，也是说不尽的”[①]。既然好不容易得到幽会的机会，就应当有交欢之举。这种分歧反映在两性关系中，女性（主要是闺秀）相对更注重精神层面的交流，因而在性爱中处于矜持、随从的状态；男性往往处于步步紧逼的主动状态。

戏曲中的男性还希望能够在性活动中扮演主导者的角色，为了拥有这种主导的地位和快感，他们非常注重自己的男根及其性能力。这种心理可以从《蕉帕记》中窥见一斑，该剧穿插有市井之中卖春药春画的场景：“（贴旦扮货郎持伞挂汗巾香袋扇并春画春药托盘上）列位相公买春药春画。（生）胡兄替他买些，可为济嫖之具。（净）妙妙，你有什么药？【北寄生草】（贴旦）新做兴阳带。（净）好发兴。（贴旦）才干药煮虾。（净）是坚大之物……还有什么久战的药么？（贴旦）更有蟾酥一味抹龟头，通宵弄得婆娘怕。”[②]将性用品挑到街市中卖，足见明人世风之颓堕。而这类商品之出售，并非出于作者杜撰。检明人所著《如梦录》，即有开封街市公然开设淫店，出售广东人事、房中技术之记载[③]，且书中记“淫店”即有七处之多，皆开设于巡抚、布政、按察诸官署左右，足见兴隆。波伏瓦《第二性》认为，男子“阴茎的长度，小便喷射、勃

① 冯梦龙：《墨憨斋新定洒雪堂传奇》，载《冯梦龙全集》第十一册，凤凰出版社，2007 年，第 867 页。

② 单本：《蕉帕记》，载毛晋编《六十种曲》第九册，中华书局，1958 年，第 7 页。

③ 孔宪易校注：《如梦录》，中州古籍出版社，1984 年，第 38 页。

起、射精有力与否，对他来说变成衡量自身价值的尺度”[①]。货郎的物品有助于他们在性面前展示其精力与价值，这种购买行为也显示了他们对性爱的操纵欲。

这种价值展现方式还表现为男性对男根的自豪。比如《邯郸记》第二十出，崔氏与卢生酒，卢生云：“夫人，这是酒泻金茎露涓滴。”崔氏笑云：“相公，你的茎长是涓的。”[②]“茎”在古代房中书中是对“男根”的一种比喻，对茎的长与大的夸奖，在一定程度上满足了男性强烈的价值感与骄傲。这种炫耀价值感的方式也常见于丑、净一类角色，比如《墨憨斋重定双雄记传奇》第六折，船夫胡船（小净）受刘双托付，递话给黄素娘，胡船一到黄素娘处，就试图与之调情：“论起我调情□□，随风使舵，湾湾顺人人欢喜。还有一件，若肯搭我船头相凑，此物像篙子能介一根来哩。”胡船的调情遭到了黄素娥骂之“蠢材”，胡船更加激动：“蠢才么？惹我财主性发作，横撑船起来个呢！”[③]这一段诨语，更加意味着在明代社会底层男性的性别观念中，阴茎的大小与性能力绝不容许冒犯。

在明代戏曲中，男子多处于主动求欢的地位，闺秀则处于被动地位，也表现在两性交欢的场景通常由男子叙述。他们惯于以“阳台行雨”“云收雨散”比喻交媾；用欣赏的态度与眼光，饶有兴味地描述交欢时的场景与快感。比如《牡丹亭》第三十出《欢扰》中，借柳梦梅之口，对柳与杜丽娘魂灵的性爱有了具体而毫不隐晦的描写：“娇娥，似前宵雨云羞怯颤声讹，敢今夜翠颦轻可？睡则

---

① [法] 西蒙娜·德·波伏瓦著，郑克鲁译《第二性》，上海译文出版社，2011 年，第 71 页。

② 汤显祖：《邯郸记》，载《汤显祖戏曲集》（下册），上海古籍出版社，2010 年，第 793 页。

③ 冯梦龙：《墨憨斋重定双雄记传奇》，载《冯梦龙全集》第十一册，凤凰出版社，2007 年，第 497–498 页。

那，把腻乳微搓，酥胸汗帖，细腰春锁。”[①] 他们还喜欢将海棠、桃花、牡丹、丁香[②]、豆蔻等没有自主行动能力的花木意象比喻女性姣好的容貌甚至性器官，如“桃花流水”“桃源”“露滴牡丹”“豆蔻含胎”“丁香蓓蕾”等，以柳树喻女子柔软婀娜的腰肢，以“金莲”喻女子之纤纤小足。比如《彩舟记》中江情评价吴小姐：“脸儿似芙蓉出水多娇茜，他把腰肢倚着栏杆，似春风杨柳欲三眠。向他博山添得水沉烟，似淡云笼却嫦娥面，可惜看不见他脚踪，料潘妃步步绽金莲，我想他声音儿多管似新莺呖呖林中啭。”[③] 陈汝元的《红莲债》，以“红莲”为题、为女子名，亦不乏性爱意义上的隐喻。

在男性描述交媾情形时，又在上述基础上以“花心”喻女子阴部，以具备自主行动能力的“蜂”“蝶”“虫儿”喻自己。比如《灵犀锦·狎红》，张善相对丫鬟瘦红云：“今与小娘子重谐鸳侣，再续鸾俦。花须密护，那胥略许蜂窥；萼粉未零，此际恣容蝶采……我和你效绸缪顷刻销魂。”[④]《牡丹亭·惊梦》中，花神如此描述杜丽娘与柳梦梅的交欢：“单则是混阳蒸变，看他似虫儿般蠢动把风情扇，一般儿娇凝翠绽魂儿颤。”[⑤]《蕉帕记》中，龙骧与假小姐的花园幽会性描写也很简单。“（小旦）我是朵喷喷鲜花你须慢慢揉。（生抱小旦颈介）小姐何劳分付，汉家自有制度。”[⑥]《彩舟记》中：“（向

---

① 汤显祖：《牡丹亭》，载《汤显祖戏曲集》（上册），上海古籍出版社，2010 年，第 370 页。

② “丁香”常见于性描写中，比如单本所著《蕉帕记》中龙骧云：“摘花喜得丁香蕊。”“丁香”其实是对女子衣裳的借喻，冯梦龙所著《墨憨斋新定洒雪堂传奇》第十折，魏生偷窥小姐穿衣服，穿了一层又一层，谓之“重掩丁香扣”。盖以丁香暗喻古代女子服饰上的纽扣，戏曲中的“丁香结”亦多指女子衣服上的扣子。

③ 汪廷讷：《彩舟记》，商务印书馆，1955 年，第 41 页。

④ 张琦：《灵犀锦》（下册），商务印书馆，1955 年，第 118 页。

⑤ 汤显祖：《牡丹亭》，载《汤显祖戏曲集》（上册），上海古籍出版社，2010 年，第 271 页。

⑥ 单本：《蕉帕记》，载毛晋编《六十种曲》第九册，中华书局，1958 年，第 27 页。

前搂旦唱）我刚才搂玉肩，他似风摆动花枝颤。（旦背身唱）他脸儿涎，越把风流擅。嫩蕊娇香蝶虽恋，我只怕新红落处花容变，这愁怀怎遣，那冤家怎免？”①《四艳记》中，石中英与任夭桃初次交媾的唱词云：“相携入翠裀，桃源亲作采花人。”②叙事者和喻体的选择，充分证明了男性对于性生活的操控欲望，这也是作者本人的性别观念。

康正果在《重审风月鉴：性与中国古典文学》一书中，结合《素女经》以及中国古典文学中关于性的描写，指出在古代男性“采阴补阳”的修炼方法中，女性被视为男子修行的“鼎炉”，判断鼎炉是否良好的一项重要标准就是女性是否在性活动中无欲无求、积极配合且没有操控欲。窃以为“鼎炉”的比喻本身，就是男权的表现方式之一，在整个父系社会的发展史中，男性始终具有强烈的控制两性关系及性活动的欲望，即便在戏曲作品中，男性与女性的魂魄幽媾在大部分情况下，这种控制欲也未曾减弱。

汤显祖《南柯记》中的淳于棼，可视为戏曲中狂热于两性交欢的典型。梦境中的淳于棼丧妻后，感叹“许多时不见女人，使人形神枯槁”。此后其生活极度骄奢淫逸，在两性关系方面乱伦不羁，曾与琼英郡主、上真道姑、灵芝夫人夜宴后同入纱橱枕帐，剧中【拗芝麻】曲云：“怕争夫体势忙，敬色心情嚷。蝶戏香，鱼穿浪，逗的人多饷。则见香肌褪，望夫石都衬迭床儿上。以后尽情随欢畅，今宵试做团圞相。”③殢酒宣淫，使淳于棼终致诟病，被遣送出境，惊觉而醒，方知是梦。契玄禅师告知梦中所历皆因情所致，借“情”以掩饰淳于棼强烈的性欲。戏剧末尾，天门大开，公主即将升天，与淳于棼有一段关乎两性爱恋的对话：

① 汪廷讷：《彩舟记》，商务印书馆，1955 年，第 85 页。

② 叶宪祖：《四艳记》，商务印书馆，1955 年，第 21 页。

③ 汤显祖：《南柯记》，载《汤显祖戏曲集》（下册），上海古籍出版社，2010 年，第 665 页。

（旦）淳郎，你既有此心，我则在忉利天依旧等你为夫，则要你加意修行。（生）天上夫妻交会，可似人间？（旦）忉利天夫妻就是人间，则是空来，并无云雨。若到以上几层天去，那夫妻都不交体了，情起之时，或是抱一抱儿，或笑一笑儿，或嗅一嗅儿。夫呵，此外便只是离恨天了。[①]

淳于棼之问，象征着男性对于性爱无限的追求与向往。

男性强烈的性欲，使两性交欢成为他们的首要追求。正是基于此种普遍的性爱观念，新婚之夜，龙骧于洞房之内的第一支曲子，首先是关于性爱的幻想："鸳帏共，咫尺百花芳丛。朦胧点勘春光，又早漏泄东风一种。惺憁，软款在被窝中，重把丽情摩弄。"[②]而弱妹的第一支曲子则是关于婚后生活的自我约束，以及关于女性价值的宏观思考："如梦，幸配梁鸿，喜齐眉燕尔，自干提瓮。些闲空，索自剪彩铺绒，从容，洗手调羹。没个小姑前来尝奉，还同，嫁鸡且逐鸡飞，生得女儿何用。"[③]这代表了男性与女性在婚姻与性的问题上具有不同的认识、也反映了剧作者对男女在婚姻中所扮演的角色、所具有的价值与责任的一种思考。

二、女性视角下的性爱

戏曲中也描写过不同阶层女性的性欲望。比如《南柯记》中的公主感觉生活沉闷，是因为淳于棼走后"风月暗消磨"[④]。汪廷讷

① 汤显祖：《南柯记》，载《汤显祖戏曲集》（下册），上海古籍出版社，2010年，第695页。

② 单本：《蕉帕记》，载毛晋编《六十种曲》第九册，中华书局，1958年，第56页。

③ 同上。

④ 汤显祖：《南柯记》，载《汤显祖戏曲集》（下册），上海古籍出版社，2010年，第610–611页。

《种玉记》中写了平阳府侍女对性爱的向往："我每生长侯门，侯门，可惜年纪青春，青春，命中应是犯孤辰。云和雨，枉劳魂。花共柳，正宜人……"[①] 除此之外，也有为了体面与性欲一举两得，假称亡魂与心仪男子私通者，如《金钿盒》传奇中的妫秀。婢女之流如《女丈夫·公门纵妓》一出中，丑（杨府老管家婆）听说杨越重贤轻色，对红拂私奔李靖之事不予追究，也幻想与其他男子风流欢会。她与杨府老院公（末）有一段插科打诨：

> （丑）不瞒院公说，老娘住在府中不耐烦了，也想寻个风流浪子，随着他去。只怕老爷着恼，既老爷这等重贤轻色，老娘讨了这个消息，也好觅个出头。（末）呸，好嘴脸！又是许多年纪，那个要你！（丑）熟油苦菜，各人心爱。待老娘说几桩故事你听。（唱介）
>
> 【随心歌】君不见，君不见，东村有个李老娘，五十八岁养头生。又不见，又不见，西村有个张阿妈，七十二岁不守寡。老娘今才六十四，年纪虽然有一把，风月场中走过来，能舞能歌能笑耍。昨宵走到越公前，被他抱住咱腰胯。扯开裆裤要求欢。（末）你那时便怎么？（丑）只好装聋并做哑。他说红拂丫头我胜他，隔年老酒他乡鲊。一时高兴奉承咱，未必此言真共假。（末）不信有这等事。（丑）……你若不嗔嫌，便去门房权入马。[②]

这段说辞，或许是对明代底层社会性欲泛滥的揭橥和讽刺。《墨憨斋重定双雄记传奇·青楼忆旧》中老旦云：

---

① 汪廷讷：《种玉记》，商务印书馆，1955 年，第 44 页。

② 冯梦龙：《墨憨斋重定女丈夫传奇》，载《冯梦龙全集》第十一册，凤凰出版社，2007 年，第 225–226 页。

（贴）奴家身子不快，两位姐姐去罢……真个身子不快。（老旦）不快，不快，见了拽得长、扳不倒的两件东西忒爱。（净）娘，是甚么东西？（老旦）我儿，你不晓得，那拽得长，是细丝银子；那扳不倒，是男子汉的硬东西了。[①]

以上是青楼女子对性的迷恋。

类似的例子很多，但这些女性在戏曲中的身份往往是奴仆或其他身居社会底层者，并往往由净、丑之类的行当扮演。这种脚色安排，显然说明作者本人对有性欲的女子持抵触态度，在他们的意识中，只有社会底层的女性才可能热衷于性。

个别原系闺秀的女性也有主动求欢者，比如《牡丹亭》中杜丽娘的魂魄，《桃符记》中的女鬼门东娘与门西娘，《西园记》中假冒玉真、与继华幽会的玉英亡魂，《蕉帕记》中幻化为弱妹的狐狸等，她们不受现实社会伦理道德的束缚。《蕉帕记》中，西施转世为白牝狐，“但属阴类，终缺真阳，必得交媾男精，那时九九丹成，方登正果”[②]。这种借女子鬼魂来描写女性对性的需求，显然说明了在作家的观念中，女性在性爱中应当是矜持的、恪守女德的。她们的性欲处于被压抑的状态，一旦时过境迁（入梦，或死后化为鬼魂），获得性欲爆发的机会，便可能化被动为主动。这种现象，也是现代性学中所说的“性张力”的一种表现。

戏曲中通过女性的口吻描述两性交媾的情况较少，她们也因袭了男子描述交媾的套语，这一点，可以从《四艳记》中得到依据。本剧《碧莲绣符》一出，在碧莲婚礼上，秦公子让侍女宠儿（小旦）任掌礼并致辞：

---

① 冯梦龙：《墨憨斋重定双雄记传奇》，载《冯梦龙全集》第十一册，凤凰出版社，2007年，第495页。

② 单本：《蕉帕记》，载毛晋编《六十种曲》第九册，中华书局，1958年，第10页。

（小旦）……才子佳人信有之，前程似锦，新婚燕尔，安排定好事从天，孔官人潘安般貌，子建般才，却好为人在客。碧莲姐千般嫋娜，万般旖旎，果然行步堪怜……文魔秀士，怎当他倾国倾城；潇洒书斋，准备着行云行雨。扣儿松，带儿解，越显温香软玉；腿相压，脸相偎，休嫌败柳残花。（净）少说些。（小旦）烈火干柴好煞人无，干净枕头上做一个并头莲。颠鸾倒凤，可不害半星羞，被窝中出几点风流汗……①

宠儿的致辞中有诸多关于男女交媾的描述，这些语句皆化用自男性作家创作的戏曲。明代戏曲作家尝试以女性视角展开的性描写，大都仍将女性置于被动的位置。比如《锦笺记》中，中秋节时，淑娘到尼姑庵做道场，梅玉在媒婆何媪与尼姑的帮助下来到庵中欲与淑娘私通，却被淑娘引诱于芳春处并将他反锁于屋内。待梅玉与淑娘的丫鬟芳春交媾时，芳春云“我虽是借春花蕊，解馋滋味，也须知未曾惯风和雨”。后来梅玉与淑娘交媾时，尼姑特意叮嘱生云：“须知云云雨雨，可怜他嫩蕊娇枝，必索用轻轻软软款款徐徐。”② 这些话语同样将女性置于了被动承欢的位置。《彩舟记》【秋夜月】“（旦）他脸儿涎，越把风流擅。嫩蕊娇香蝶虽恋，我只怕新红落处花容变，这愁怀怎遣，那冤家怎免。”③不仅因袭了男性语辞，更表达了女性内心对交媾的疑虑。在遣词用语上，尽管曾受到书籍图册中男性视角的影响，相对而言，闺秀们更倾向于使用“风月”代替男性惯用的“云雨”，其效果更隐晦；用“鸳鸯”“双燕”“凤俦鸾侣”之类的意象，折射出女性与男性共享交媾之乐的

① 叶宪祖：《四艳记》，商务印书馆，1955 年，第 96 页。
② 周履靖：《锦笺记》，商务印书馆，1955 年，第 93 页。
③ 汪廷讷：《彩舟记》，商务印书馆，1955 年，第 85 页。

性心理，正如卓文君所述："愿荐枕席之欢，以效于飞之乐。"[①]当然，这种心理在有些男性口中也有存在，如《彩舟记》中："芙蓉帐底文衾展，似鱼水深投，愿春情荡漾悄无言。鸳枕共留连。"《彩舟记·目成》中，江情【掉角儿序】云："仅今生再恋云缠，受用些香娇玉软。做花房并宿游蜂，效雕梁双栖紫燕。我与你金屋中、银缸下，黼帐褰，纹衾展，结成仙眷。"[②]

《玉钿盒》传奇中，小姐嫁时，净、末上场，唱云："帽儿光做新郎，一双饿眼待娇娘。"[③]净、丑的唱词不讲究文雅的字眼，但也可以看出，他们预期的两性关系中，男性处于主动地位，女性处于被动地位。而"饿眼"所采用的通感手法，非常生动形象，犀利地解剖了在婚姻这一帷幕的遮照下，男性内心的好色与性欲的积蓄，以及女子在交媾之中的柔弱与顺从。

一般情况下，明代戏曲中的闺秀对两性关系持比较严谨的态度，她们多像《寻亲记》中的郭氏一样，一女不嫁二夫，坚守自己的贞节。（不像剧中的才子那样，尽管钟情于某位小姐，也时常在姻缘未遂时偷香窃玉，一遇到小姐的丫鬟，便急欲与之相狎。）这种贞节观念也还间接地表现在她们日常生活的某些方面，比如《紫钗记》第四十四出，水月观音庵尼姑和西王母观道姑争执观音和西王母应先拜谁的问题："（尼）请先拜了观世音。（道恼介）我西王母娘娘有丈夫，绝会保得夫妻相见。你观世音一个赤脚老寡妇，有甚神通。（尼恼介）呸！你西王母有了东王公，又搭上个周穆王老头儿，这等做神道不识羞，拜他怎的。（旦）一样西方美人，还让

① 朱权：《卓文君私奔相如》，载赵琦美辑《脉望馆钞校本古今杂剧》，商务印书馆，1955年，第75页。

② 王廷讷：《彩舟记》，商务印书馆，1955年，第44页。

③ 湖隐居士编次、集艳主人校阅：《金钿盒传奇》（下），《古本戏曲丛刊》二集，商务印书馆，1955年，第30页。

观音居长。"[①]作者借西王母的性爱插科打诨，是对明代社会靡乱的性爱风气的一种嘲笑。霍小玉选择先拜观音的原因，自然出于她对贞节的重视和对观音守寡的肯定。

三、对贞女的隐喻与重视

在明代戏曲中，与贞女结缘也是才子的性理想。如冯梦龙《墨憨斋新定洒雪堂传奇》第十一折《坠帕挑情》，魏生在鲛绡帕上题诗云："鲛绡元自出龙宫，长在佳人玉手中。留待洞房花烛夜，海棠枝上拭新红。"[②]此诗后两句实际上是魏生向小姐表达心曲并打探小姐情意态度的计谋，也表达了他对小姐系贞女的性期待。

上述戏曲中的手帕，一物两用，其一用于传情。它被小姐有意或无意中遗落，又被书生拾得，然后书生锦帕题诗，小姐唱和，侍女传递消息，在手帕的一丢一还中，男女逐渐定情。这是明代很多戏曲的叙事套路。其二用于鉴定女子是否为贞洁处女，除了上述的"海棠枝上拭新红"，又如《韩夫人题红记》中，丫鬟听过小姐洞房花烛夜的动静，说道："明日起来，我待问小姐借个帕儿，看看鲛绡沁处胭脂几点。"[③]以上"新红""胭脂"，皆指新娘破身后的落红，世人以此判断女子结婚时是否为贞节处女。戏曲中类似的描述较多。又如《紫钗记·妆台巧絮》中，鲍四娘也提醒霍小玉，翌日起来，会有丫鬟们来看新娘破身后的"余红"："带朝阳下了楚台，

① 汤显祖：《紫钗记》，载《汤显祖戏曲集》（上册），上海古籍出版社，2010年，第170页。

② 冯梦龙：《墨憨斋新定洒雪堂传奇》，载《冯梦龙全集》第十一册，凤凰出版社，2007年，第851页。

③ 王骥德：《韩夫人题红记》，商务印书馆，1955年，第172页。

起窥妆照人无奈……把余红偷窥还猜，防人见待侍儿们拾在。”[①]从以上数例可以看出，不仅男性关心配偶是否是处女，即便是女性身边的侍女，也对其女主人出嫁前是否处女这一私密问题非常好奇。这意味着在明代，女性的贞节问题意义重大，尤其是初嫁女的贞节，成为两性话题中备受俗世男女好奇与评论的热点。人们还创造了许多隐晦的色情词语来隐喻处女，除了上文提及的豆蔻含胎、丁香蓓蕾，陈与郊《樱桃梦》中的“花儿待开”[②]等，这些多出自戏曲中书生之口，遣词文雅含蓄。《墨憨斋订定万事足传奇》中，生活困窘到变卖女儿的窦母（净扮）得知女儿未与陈循同房，便道：“这等说，我女儿还是个生蛤蜊哩。”[③]“生蛤蜊”指窦女“缝也不曾开的”私处。这足反映了市井底层的普通人对处女也充满关注，并制造了充满市井气的隐喻。

这种重视贞节的文化背景也可以从明代戏曲反映的民间祭祀中管窥。比如《投梭记》中，庐山下的乡民祭祀伊尼大王，除了猪、羊之外，还必备一位美童女。《魔见》一出，伊尼大王自白“要一童身美女，名曰侑觞，实以备幸”，“正该秋祭，某将打点饮喜酒，做新郎也”[④]。据第二十出的内容可知此“童身美女”即美处女。又如《墨憨斋订定万事足传奇·诛妖救女》一折云，安庆城西永丰乡有福神号独脚大王（剧中实为山魈），每年秋社祭祀除了置办牺牲，乡民必选一童女进献给大王成亲，方能保佑风调雨顺、岁稔民安。这些现象带有生殖崇拜的色彩，更反映了对女性贞节的无比重视。

① 汤显祖：《紫钗记》，载《汤显祖戏曲集》（上册），上海古籍出版社，2010年，第51页。

② 陈与郊：《樱桃梦》，商务印书馆，1955年，第50–51页。

③ 冯梦龙：《墨憨斋订定万事足传奇》，载《冯梦龙全集》第十一册，凤凰出版社，2007年，第609页。

④ 徐复祚：《投梭记》，载毛晋编《六十种曲》第八册，中华书局，1958年，第78页。

四、性戏谑中的两性观念

在明代戏曲中，有婚礼的关目大都有关于性的描写，除了当事人口中的描述，比较突出的是傧相与婢仆的戏谑之辞。

《韩夫人题红记》第三十三出《洞房会业》中，前后有三次涉及交媾的调谑。第一次是傧相（净扮）在婚礼上的“撒帐之词”：“撒帐东，新人请入绣帷中，夜半不知因个甚，起来满地落花红。撒帐西，洞房今夜事跷蹊，床上不生连理树，声声听得夜乌啼。撒帐南，王郎亲为解红衫，可是夜来橙影恶，帐中忽露绣鞋尖。撒帐北，春色恼人眠不得，横雨狂风几度来，那管柳腰无气力。撒帐上，两朵芙蓉笑相向，一枕春风睡正浓，惊觉红窗日三丈。撒帐下，晓起含羞梳洗罚。怪底花房露水多，湿透床头白绫帕。”[①]撒帐词以幽默调笑的口吻和充满譬喻的语言，围绕着洞房中即将发生的一切，凭借个人想象，从视觉、听觉、触觉等多种层次，东、西、南、北、上、下等多个方位次第、全面而又含蓄地预报了新婚之夜即将发生的性爱情形。上文所举《四艳记》中碧莲婚礼中宠儿的致辞，套用了《西厢记》中的内容，也涉及了男女婚媾时的诸种情状。以描述两性交媾作为婚礼致辞的核心话题，是明代戏曲剧本婚礼中的普遍现象。这种一人宣讲、众人笑乐的情形，意味着性戏谑对世俗男女的诱惑，即便是出世者也难以摆脱这种世俗的吸引。比如《金莲记》第十三出《小星》中，苏轼娶王朝云为妾，央琴操为赞礼。琴操云：“最怕怜新弃旧，惟愿若妻若妾，各厌云雨；为正为偏，平分风月。”[②]琴操本来已经被佛印度脱，却极为关心苏轼与妻妾的性爱关系，她内心充满世俗与超脱的矛盾，既希望三人能够看破红尘，又希望妻妾能够雨露均沾。

---

① 王骥德：《韩夫人题红记》，商务印书馆，1955 年，第 162–163 页。

② 陈汝元：《金莲记》，商务印书馆，1955 年，第 98–99 页。

第二次是仆人关于新婚之夜新人亲昵情状的预告（小丑扮）："珍珠帘下鹊桥仙，昼锦堂中人月圆。玉漏迟时好事近，趁人心处解连环。状元小姐，此间是洞房了，今日趁个团圆夜，和合利时，你两个做一头儿好好的，安置了罢。状元除下刘泼帽，卸却皂罗袍，抱着好姐姐，须要惜奴娇。小姐下了女冠子，解开绣带儿、请入销金帐，做个玉交枝。"[①]这种化用曲牌进行叙述的手法，在戏曲中非常寻常，但是用于性爱描写，且使用得如此贴切，尚属罕例，由此可以看出该剧的作者对于性爱描写采用了一种满怀热情的游戏态度。

第三次是仆人奉老夫人之命入新人卧房看小姐情况时，隔着帘幕对新人动静的描述与想象，见本出戏末尾【锦衣香】曲："照罗帏，银釭灿。触牙床，金钩颤。听鸳枕声声，娇莺低啭。可怜豆蔻破春纤，猩红愁展，碎玉羞淹。怕花枝娇软，不禁他蜂揉蝶恋。"以上三次性描写，均借身份卑微者之口，将士大夫讳言之事，堂而皇之告诉观众。

在才子佳人戏曲中，净丑参与的插科打诨也多与性有关，比如《四艳记》中，石中英与朋友到南院找任夭桃饮酒，以曲牌名行顶真令，石中英、任夭桃先后以"赏宫花""花心动"为令，赖三接云"洞仙歌"，夭桃纠正他说"说差了，不是这个'动'"，赖三笑道："不知大姐有两个洞。"石中英、任夭桃依次以"绛都春""春从天上来"为令，赖三云："天下乐。"夭桃又纠正他应该顶最后个字，而不应"顶了腰"，赖三笑云："顶在大姐腰间才快活哩。"[②]这些诨语多从性的视角对其中某个对话者进行调笑，其效果除了博观众或读者一笑外，也在一定程度上满足了他们的意淫。

---

① 王骥德：《韩夫人题红记》，商务印书馆，1955 年，第 165 页。

② 叶宪祖：《四艳记》，商务印书馆，1955 年，第 19 页。

五、戏曲中的性窥视

“性窥视”行为在戏曲中存在，首先是因为性行为难以在舞台上表演，当出于对舞台效果的考虑，当事人不方便自述时，就需要选择一个描述者为其代言，这就产生了戏曲中的性窥视。

“关关雎鸠，在河之洲。窈窕淑女，君子好逑。”不仅动物之间的求偶行为会引发人对异性的渴望，明代的戏曲作家们似乎也意识到了他人的性行为会给偷窥者带来一种性心理上的刺激，更可以激发他们的性冲动，即便是同性恋者也不例外。比如冯梦龙《墨憨斋重定双雄记传奇》中，丫鬟彩云（丑扮）偷听陈循与窦玉儿洞房动静后迫不及待地抱住窦母求欢。[①]《灵犀锦》“狎红”一出，张善相与瘦红云雨的情形被躲在一旁的又一女仆（丑）看到，她仔细地记下了瘦红的“作怪意思”，“下眼急得偏痒，好不自在”[②]。《樱桃梦》中，樱桃原本对卢秀才并无爱慕之情，卢秀才曾向郑樱桃发出性挑逗，遭到了她的拒绝，但当她偷听到了卢秀才与郑小姐洞房之夜的情形——“东墙左侧，凤吹鸾吟”，孤独、羡慕、遗憾、不满与性嫉妒油然而生：“那一晚啊，搁纱窗翠炉香烬，银蜡下鸳交凤滚，闪得我牙儿裹着衫儿衬……只是我不合替他做媒来，今日里，李代桃僵翻误身。”[③]

这种偷窥效应在剧本与读者之间、表演者与观众之间同样存在。当戏曲中的性活动假借第三人之口描述出时，也很容易“挑动读者的幻想，使他得到代替性的满足”[④]，或言之，实现读者或观众的意淫，也有可能满足他们搜奇猎艳的心理。从这个角度上说，在

---

① 冯梦龙：《墨憨斋重定双雄记传奇》，载《冯梦龙全集》第十一册，凤凰出版社，2007年，第611页。

② 张琦：《灵犀锦》（下），商务印书馆，1955年，第120页。

③ 陈与郊：《樱桃梦》，商务印书馆，1955年，第80–81页。

④ 康正果：《重审风月鉴：性与中国古典文学》，辽宁教育出版社，1998年，第28页。

戏曲中插入性窥视情节，相当于为戏曲添设了一种吸引世俗观众或读者的营销策略。

明人郑元勋《鸳鸯棒题词》云：“人情百端俱假闺房之爱。”[①]性窥视者描述的性行为及其遣词用语，往往反映了当事人或窥视者对性爱活动的关注角度与性爱观念。比如《蕉帕记》第三出，胡家仆人揭露胡连曾经“嫖吴山上的歪货”：“只见前日在梓树下，独扇门里，做鸳鸯一般，伸着颈子，看得四下没人，一钻就进去。”[②]胡家仆人并没有兴趣具体描绘胡连嫖妓的具体情形，但他以“吴山上的歪货”形容胡连嫖的对象，流露出他对妓女身份、对胡连好色行为的鄙夷与讽刺态度。《墨憨斋新定洒雪堂传奇》中，魏生与小姐闺房幽会，老婢守在窗外，对两人之性爱半描半猜：“小姐同魏相公去睡了，你看烛笼翡翠，香度芙蓉，一个儿银缸带笑吹，一个儿金扣含羞解。似这等娇姣怯怯，须是要款款轻轻，却怎当他蝶乱蜂狂？怕禁不得云斟雨殢。正是娇姿未惯风和雨，分付东君好护持。”[③]相似地，《韩夫人题红记》中的侍者玉英，怀着和《洒雪堂》中老婢一样的心思，对自己的小姐心怀怜惜：“可怜豆蔻，破春纤猩红愁，展碎玉羞淹，怕花枝娇软，不禁他蜂揉蝶恋。”[④]

性窥视过后所产生的心理活动也往往可以折射窥视者的性别观念。比如上述《双雄记》中丫鬟彩云偷听了主人与新娶妾的洞房之夜：“只听得语低低，声细细，帐儿摇，床儿响，一会癫狂。借车

① 郑元勋《鸳鸯棒题词》,《古本戏曲丛刊》三集。

② 单本:《蕉帕记》，载毛晋编《六十种曲》第九册，中华书局，1958年，第6页。

③ 冯梦龙:《墨憨斋新定洒雪堂传奇》，载《冯梦龙全集》第十一册，凤凰出版社，2007年，第868页。

④ 王骥德:《韩夫人题红记》，商务印书馆，1955年，第172页。

过水，美不可量。又谁知纱窗之外，熬杀梅香。”[1]同是婢仆，她并不像老婢或者玉英那样，由衷生发对小姐的恋爱，她关注并肯定的对象是性活动的激烈程度，并将其视为“美不可量”的体验，这与她女同性恋的性取向相一致。

---

① 冯梦龙：《墨憨斋订定万事足传奇》，载《冯梦龙全集》第十一册，凤凰出版社，2007 年，第 611 页。

第四章

明清小说中的两性刻画与人性深度

第一节
从《金瓶梅》看晚明社会伦理

一、《金瓶梅》中的妓女形象

《金瓶梅词话》言及妓女凡三十八人，若将名妓出身后嫁与西门庆为妾的李娇儿以及本为西门婢妾后沦落为娼的孙雪娥纳入其中，则尚不止此数。“词话”之叙事重点固然在清河西门宅内，所涉及之妓女亦多为陪衬或过渡性人物，但如李桂姐、吴银儿、郑爱月、韩金钏、董娇儿等，皆情节发展之关键人物，其与西门庆之过从关碍，纠结牵系，万缕千丝，足可连带当日官场商界、社会家庭，亦足以觇见社会伦理之迁变。

据《明史·刘观传》：“时未有官妓之禁。宣德初，臣僚宴乐，以奢相尚，歌妓满前。”以至“诸司每朝退，相率饮于妓楼……解带盘薄，牙牌累累悬于窗槅。竟日喧呶，政多废弛”[①]。宣德三年，大学士杨士奇、杨荣荐通政使顾佐“公廉有威，历官并著风采”。玄宗乃擢佐为右都御史，主持风宪[②]。明代开始禁止职官狎妓宿娼即

① 侯甸：《西樵野记》第十五帙，上海文艺出版社，1990年，第1页。

② 张廷玉等：《明史·顾佐传》，中华书局，1974年，第4311页。

在此时。

《金瓶梅词话》所叙故事虽去宣德已逾百年之久，然此禁令余威尚在，并未全失效力，此由小说人物之活动可知。第三十回前，西门庆虽交接官府，包揽词讼，终究有势无权，仅只一市井恶霸而已，故狂嫖滥淫，肆无忌惮，梳栊李桂姐，大闹丽春院，十足流氓嘴脸。后来他夤缘请托，贿买到山东提刑按察司清河左卫理刑副千户的职位，碍于官箴，乃重新调整自己的社会关系，交结权贵，疏远旧朋，戢迹敛踪于青楼，陈仓暗度于宅内。正如李桂姐所云："爹如今做了官，比不得那咱常往里边走。我情愿只做干女儿罢，图亲戚来往，宅内好走动。"[①]自此至其暴卒，数年间，西门庆确只涉足郑家妓院三次，且均行踪隐秘。第六十八回，郑爱月欲其留宿，西门庆道："我还去。今日一者银儿在这里，不好意思；二者我居着官，今年考察在迩，恐惹是非，只是白日来和你坐坐罢了。"

综上所述，可知西门庆除官以后，于官声禁制亦颇留意，不敢怠忽。但对此构成深刻反讽意味的却是李桂姐、吴银儿后来"拜娘认女"，先后做了吴月娘与李瓶儿的干女儿，且在这种亲情的掩盖之下，仍与西门庆保持着性关系，只是将淫媾的地点由丽春院移至藏春坞而已。

（一）妓女进入家庭与家庭妾婢的妓女化

明初对倡优妓女的行为服饰亦约束綦严，顾起元《客座赘语》卷六"立院"条载：

> 太祖立富乐院于乾道桥。男子令带绿巾，腰系红搭膊，足穿带毛猪皮靴，不许街道中走，止于道边左右行。或令作匠穿

① 兰陵笑笑生：《金瓶梅词话》，人民文学出版社，2000年，第408页。

甲，妓妇带皂冠，身穿皂褙子，出入不许穿华丽衣服。[①]

沈德符《万历野获编》卷十四亦载："按祖制，乐工俱带青卍字巾，系红绿搭膊。常服则绿头巾，以别于士庶。此会典所载也。"[②]

但到了《金瓶梅》所描写的时代，官绅士庶的服饰早已普遍僭越祖制。妓女的服饰更是巧样新裁，极尽靡丽。"词话本"第十五回述李桂姐"家常挽着一窝丝杭州攒，金縲丝钗，翠梅花钿，珠子箍儿，金龙坠子；上穿白绫对襟袄儿，妆花眉子，绿遍地金掏袖；下着红罗裙子，打扮的粉妆玉琢"。第六十八回写吴银儿应邀来郑家妓院，"头上戴着白绉纱鬏髻，珠子箍儿，翠云钿儿，周围撇一溜小簪儿，耳边戴着金丁香儿；上穿白绫对襟袄儿，妆花眉子；下着纱绿潞绸裙，羊皮金滚边；脚上墨青素缎云头鞋儿"。这样的装束在成、弘以前是难以想象的。更有甚者，乃在此时的倡优妓女已经可以不时地出入缙绅市民内宅，与士庶毫无间别了。第三十一回，西门庆得官生子，"院中李桂姐、吴银儿见西门庆做了提刑所千户，家中又生了子，亦送大礼，坐轿子来庆贺。"吴月娘宴请众堂客，也"叫了四个妓女弹唱"。"到后边，有李桂姐、吴银儿两个拜辞要家去。西门庆道：'你每两个再住一日儿，到二十八日，我请你帅府周老爹，和提刑夏老爹……教你二位只专递酒'。"则是李、吴二妓不仅得以出入其家，且能连续数日停眠整宿于其内宅。除西门庆宅外，王皇亲亦常唤妓女优人到其宅内弹唱。

而尤其值得注意者，是不仅男客可以招妓入宅，女眷亦得叫妓女入家门供唱。第九十六回，吴月娘邀春梅重游旧家池馆，即叫了韩玉钏、郑娇儿二妓弹筝拨阮，供唱侑觞。第九十七回，月娘来守

① 顾起元：《客座赘语》，上海古籍出版社，2012 年，第 126 页。

② 沈德符：《万历野获编》，中华书局，1959 年，第 367 页。

备府内宅为春梅庆贺生日，春梅亦叫了两名妓女弹唱。

与此相应的是西门庆自娶李瓶儿入门，财势大增，于是“把金莲房中春梅、上房玉箫、李瓶儿房中迎春、玉楼房中兰香，一般儿四个丫鬟，衣服首饰妆束出来，在前厅西厢房，叫李娇儿兄弟乐工李铭来家，教演习学弹唱”，成为家乐，以自娱娱人。由此可知，明后期之市井大户，其声色犬马之享用，已不输钟鸣鼎食阀阅之家。又第二十七回，叙西门庆与孟玉楼、潘金莲、李瓶儿于翡翠轩饮酒纳凉：

> 须臾，酒过三巡，西门庆叫春梅取月琴来，教玉楼取琵琶教金莲弹，“你两个唱一套‘赤帝当权耀太虚’我听”。金莲不肯，说道：“我儿，谁养的你恁乖！俺每唱，你两个是会受用快活，我不也！教李大姐也拿了庄乐器儿。”西门庆道：“他不会弹甚么。”金莲道：“他不会，教他在傍边代板。”西门庆笑道：“这小淫妇，单管咬蛆儿。”一面令春梅旋取了一副红牙象板来，教李瓶儿拿着。他两个方才轻舒玉指，款跨鲛绡，合着声唱《雁过声》。①

此段《雁过声》见于正德十二年刊本《盛世新声·南曲》，描述富贵家夫妻盛夏消暑纳凉情趣。本应由妓女倡优弹唱以娱宾遣兴，这里西门庆却指定金莲与玉楼弹唱，并称金莲“小淫妇”，虽系游戏，却显然寓有以娼妓目爱妾的幽隐心理指向，而诸妾的欣然响应，也说明她们本身对这种身份的偶尔转移并无抵触。然则，西门之内眷——妾婢、家人媳妇、养娘乃至宅外之伙计妻子率皆以娼妓之道事西门庆，可无疑义矣。此由书中之称谓亦可印证：清河县城内之官妓，如李桂卿、李桂姐、吴银儿、郑爱月、韩金钏、董娇

① 兰陵笑笑生：《金瓶梅词话》，人民文学出版社，2000 年，第 345 页。

儿等，皆称西门庆为爹，称其妻妾为娘；西门宅内之妾妇婢仆，亦以爹娘称西门夫妇。在层层亲情的包裹之下，内外良贱的差别已消弭殆尽。唯一的不同是宅内的女性（除西门大姐）在法律上只能侍奉西门庆一人，而妓女一旦离宅，可不受此限制。

（二）妓女介入了家庭中的妻妾之争

《金瓶梅》中的妓妾之争与妻妾交恶是从西门庆梳栊李桂姐开其衅端，自第十一回“西门庆在院中贪恋住李桂姐姿色，约半月不曾来家”。这就意味着李桂姐姑母——西门庆妾李娇儿地位的提高和新过门的妾潘金莲专房之宠的失去，因此它首先引发了金莲对李桂姐的仇视并迁怒于李娇儿。不过，这场较量线索单一，且因稍后李桂姐的利令智昏，暗接杭州贩绸绢的丁双桥，致西门庆大闹一场，发誓“再不踏院门了”而告一段落。

妓女真正的介入妻妾之争是在西门庆除授提刑官以后。李桂姐为改善与西门庆的关系，赢得权势的庇护，想出了“拜娘认女”的妙策，用儿女之情、孝顺之礼去拨动吴月娘的心弦，从而与西门庆建立起一种微妙的新型关系，并借此凌驾于诸妓之上。吴银儿则采取了旁进侧击的方略，拜李瓶儿为干娘，得以跻身西门内宅，与桂姐分庭抗礼。结果是西门庆的妻妾间俨然形成营垒，由暗斗逐渐演变为明争。而这种趋势的造成，吴月娘是难辞其咎的。

在西门庆的妻妾中，仅吴月娘出身官宦，亦仅吴月娘从一而终，恪守贞洁。《闺艳秦声》说：

> 《金瓶梅》一书，凡男女之私，类皆极力描写，独至月娘者，胡僧药、淫器包，曾未沾身。非为冷落月娘，实要抬高月娘。彼众妇者，皆淫娼贱婢，而月娘则良家淑女也；彼众妇者，皆鹑奔相就，而月娘则结发齐眉也，作者特用淤泥莲花之法，写得月娘竟是一部书中第一人物，盖作者胸中装着“正经

夫妻”四字，故下笔遂尔大雅绝伦。[①]

这种看法自然不无偏颇，如，孟玉楼之嫁西门庆，即不能说是“鹑奔相就”；胡僧药与淫器包，亦不曾用于李娇儿与孙雪娥。但“正经夫妻”四字是有见地的，吴月娘在西门庆的妻妾中确是自觉遵守妇道的唯一一人，在主持中冓、从一而终、守护家财、维护夫权方面她恪尽妻职，只是在孟玉楼、潘金莲、李瓶儿相继入门之后，她在性方面的不足与潘金莲的“屈身忍辱”“无所不至”和李瓶儿的温润柔媚形成了太大的反差，遂由枕席上的失意导致心理上的失衡。她所恪守的妇德以及西门庆的脾性又使她难于像一般的市井泼妇那样大逞其妒，因此她转而借助于娼妓，谋求以妓女的蛊惑来分散丈夫对爱妾的专注之情。当西门庆赌咒发誓与李桂姐断绝来往，“再不踏院门了”时，吴月娘的态度实甚暧昧，她答道“你踹不踹不在于我。我是不管你。傻才料，你拿响金白银包着他，你不去，可知他另接了别的汉子。养汉老婆的营生，你拴住他身，拴不住他心，你长拿封皮封着他也怎的？”[②]单纯地解读这段话，很明显带有纵容之意。无论怎样宽泛地界定为妻不妒的美德，都难以包含纵夫嫖妓的内容。因此，吴月娘的用心可谓深矣。明乎此，也就不难理解李桂姐拜娘认女之际，吴月娘为什么竟会“满心欢喜”[③]，极尽礼遇。

李桂姐、吴银儿都是仗恃月娘的纵容进入西门宅内，参与其中的明争暗斗的。然而利欲熏心、精明过人的李桂姐却另有自己的打算，起初的献媚是为赚取西门庆的缠头，如今的巴结则主要是为博得西门庆权势的庇护。在她的心中，西门庆始终是个嫖客。这种立

① 古高阳西山樵子：《闺艳秦声》，载台湾版《中国古艳稀品丛刊》第一辑，出版年代、出版社、页码缺载。此据北京大学图书馆藏本。

② 兰陵笑笑生：《金瓶梅词话》，人民文学出版社，2000 年，第 261 页。

③ 同上，第 408 页。

场使她只会把吴银儿、郑爱月、董娇儿等视为竞争对手而无意过多介入宅内的妻妾之争。这也就是吴月娘后来对她颇为失望转而抬举吴银儿的内在原因。但干女儿的名分既已得到确认，就不可能全然置身事外。“拜娘认女”的本身已经意味着李娇儿地位的改善，同时又预伏下日后潘金莲与吴月娘反目的隐线。后来的“李桂姐央留夏花儿”，“西门庆私通林太太”直至“李娇儿盗财归院”都是妓女的势力介入西门家庭的实证。自“拜娘认女”始，发生在西门庆家中的妻妾角逐也就开始表现为多头绪、更隐晦的复杂趋势。其间有妻与妾的暗中较量，有妾与妾的萁豆相煎，有妓与妾的朋党比周，还有妓与妓的彼此倾轧。正如第七十四回李桂姐同潘金莲、吴月娘的一段对话所云：“俺每这里边，一个气不愤一个，好不生分。”吴月娘接过来道：“你每里边与外边怎的打偏别，也是一般，一个不愤一个。那一个有些时道儿，就要躐下去。”带有女性特点的智计、狡黠、刻毒、乖戾，在这场争斗中得到了淋漓尽致的发挥。但暗地里的无情倾轧却被一层东方式的伦理外衣所遮盖，在表面上雍熙和睦的家庭氛围中，明代初期由上层统治者筑起的区别士庶良贱的高墙已悄然化解。

联系到晚明文人，如钱谦益、冒襄、龚鼎孳、许誉卿、茅元仪、申绍芳、杨文骢等，皆乐于自江南青楼中物色姝丽以充中冓，且逾礼越制之举不一而足，亦可觇见晚明社会家庭伦理至此时已发生本质的变异。

（三）妓女成为西门庆政治与商业的间接投资

西门庆惯于以金钱声色结纳各地职官，对于朝廷钦差大员尤不吝使费。新科状元蔡蕴路经清河，西门庆始以金缎一端、领绢二端、合香三百、白金一百两结识了这位高贵却清寒的士子。旋于第四十九回，大张筵席，迎请山东巡按监察御史宋乔年与新任两淮巡盐御史蔡蕴，阖府轰动。光是跟从的下人，就“每位五十瓶酒，五百点心，一百斤熟肉”。当日这席酒，“也费够千两金银”。席间，西门庆叫来玳安附耳低言，吩咐："即去院中，坐名叫了董娇儿、韩金钏儿两个，打后门里用轿子抬了来，休交一人知道。"至晚，西门庆厚馈送出宋乔年，独留蔡御史至花园卷棚内饮酒，使二妓出见：

> 蔡御史看见，欲进不能，欲退不可，便说道："四泉，你如何这等爱厚？恐使不得。"西门庆笑道："与昔日东山之游，又何别乎？"蔡御史道："恐我不如安石之才，而君有王右军之高致矣。"于是月下与二妓携手，不啻恍若刘、阮之入天台。①

"欲进不能，欲退不可"，正是蔡御史的尴尬之处。明代的监察御史，秩不过正七品，但职司风宪，权重而俸低，故其送与西门庆的见面礼仅有"两匹湖绸、一部文集、四袋芽茶、一方砚台"，送与董娇儿的侍寝的报酬亦仅银一两，寒酸而菲薄，与西门庆的一掷千金适成鲜明对照。他又深知风宪官狎妓宿娼属执法犯法，故"欲进不能"。但西门庆此前的美食美酿、美视美听早已打开了他的欲望之闸，多种欲望的撩拨已使他难于抗拒，再见到娉娉袅袅、仪态万方的美色，自然"欲退不可"。

然而，西门庆由此得到的是较其他商户提前掣取淮盐三万引的报偿。事后，他的家人、伙计通过贩卖这批淮盐，从湖州、南京带回了价值三万两银的缎绢货物。妓女的色艺充当了西门庆的政治投资和商业投资。

要而言之，所谓资本主义萌芽大概更应由人性与人际关系的微细变化中寻求渊源，也许市井家庭中尊卑秩序的微细变化更能有力地证明资本势力的无远弗届。

---

① 兰陵笑笑生：《金瓶梅词话》，人民文学出版社，2000年，第646页。

二、《金瓶梅》的称谓与两性叙事

作为中国世情小说的开山之作，《金瓶梅词话》的叙事理念较之前此的长篇小说已有很大的改变。它不再把叙事的兴趣寄托于历史兴亡的悲壮深沉之感，也不诉诸英雄豪杰的快意恩仇、风云聚会，更不假手神魔妖魅的奇踪幻境、道术仙槎，而是将视点完全投注于市井生活的声色犬马，以一种接近生活原生态的叙事理念充分展示市井生活的琐碎、无序。鲁迅所谓“《金瓶梅》作者能文”[①]，实即指其叙事能于平易中见突兀，琐碎中见深刻。

“词话”描述的是中国近古社会商品经济繁荣时期的市井生活，小说中的主要人物——西门庆与他的妻妾、家人、伙计连同仰赖他生存的帮闲篾片构成了一种有别于传统的人际关系。鉴于西门庆本人的“破落户浮浪子弟”的出身，缺乏传统道德文化的教养熏陶，刁横狡诈，却又不乏财势，这就使得依附于他生存的各色人等与他之间形成的关系呈现出卑俗无文、寡廉鲜耻、势利纠结、情欲外露的特点，这种特点在同时期的阀阅大族和本分的耕读之家都是不可能出现的。“词话”中人彼此间的称谓十分微妙地展示了这种新型的人际关系。笔者尝校注此书，于书中人彼此称谓之丰富多彩、变化无穷颇留意焉，然征之《礼记·曲礼》《尔雅·释亲》《方言》《释名》《广雅》诸书，则多有羚羊挂角，无迹可求者。即使验之晚出的号称“无珍不备”的清人梁章钜之《称谓录》，亦颇有阙如失载之例；或虽有名目相同者，但按之“词话”，则意义两歧，无助于此书之义训。窃意此固由于《金瓶梅》多采俚语方言、世俗常谈，不为博雅君子属意所致，然实亦不妨看作小说叙述人一种有意识的叙事尝试。《金瓶梅词话》的叙述人在讲故事的策略方面已经采

① 鲁迅：《中国小说史略》第十九篇“明之人情小说”，上海古籍出版社，1998 年，第 129 页。

用了较多的“克制”，亦即他在情节演进当中，较少像早期话本或《水浒传》那样插入作“看官听说”式的道德评价，而是让位给小说人物，通过人物的自行演出，来展示各自的性情、心思委曲以及错综复杂的关系。有学者指出：《金瓶梅》故事“接近戏剧式的叙述模式”[①]。所谓“戏剧式”显然得益于小说中大量高度生活化、世俗化、生动传神、言近旨远的人物对话，而对话的戏剧性效果又颇得益于称谓的繁复多变。

以下分条析屡，试证“词话”中称谓的多种叙事功能。

（一）一词多义，随境而迁；尽其情淫，暴其无耻

“淫妇”一词，书中屡见，然于史无证，大约滥觞自宋元时俗语，盖对悖理放荡妇人之恶谥。

容与堂本《水浒传》第二十五回回目即为“王婆计啜西门庆，淫妇药鸩武大郎”。同书第二十六回武松杀嫂一段亦有“你那淫妇听着！你把我的哥哥性命怎地谋害了？”之语。但在《金瓶梅》中，“淫妇”一词作为称谓，却有了更为复杂的内涵。它有时是对放浪妇人的詈斥，有时是对心爱女人的昵称，有时是婢妇之间的谑称，有时竟是某些女子的自称。

“词话”第十二回“潘金莲私仆受辱”，述西门庆因孙雪娥、李娇儿告发金莲私通琴童事，怒不可遏，欲严加惩戒。进门来，即“喝令：淫妇脱了衣裳跪着！”……“便问：‘贼淫妇，你休推睡里梦里，奴才我才已审问明白，他一一都供出来了。你实说，我不在家，你与他偷了几遭？’”又如第二十一回“吴月娘扫雪烹茶，应伯爵替花勾使”中孟玉楼称李家妓院为“淫妇家”，称孙雪娥为“小淫妇”；潘金莲称李娇儿为“好个奸侫的淫妇”。以上数例承《水浒传》一脉，“淫妇”皆用为恶谥或蔑称。

第二十二回“西门庆私淫来旺妇”，被金莲识破，骂道：“贼没

① 石昌渝：《中国小说源流论》，生活·读书·新知三联书店，1994 年，第 358 页。

廉耻的货，你和奴淫妇大白日里在这里端的干的勾当儿！……老娘眼里却放不过。”西门庆笑道：“怪小淫妇，悄悄儿罢，休要嚷的人知道。”此处潘金莲呼宋惠莲“奴淫妇”，为蔑称；而西门呼金莲之“怪小淫妇”，则为昵称。又第二十七回，叙西门庆分发瑞香花与众妻妾，金莲恃宠争锋，欲多要一朵，“那西门庆笑道：‘贼小淫妇儿，这上头也掐个先儿。’于是又与了他一朵。”此处之“贼小淫妇”，亦为昵称。再如第七十八回，西门庆在奶妈如意儿身上三处烧香，“妇人蹙眉啮齿，忍其疼痛……西门庆便叫道：‘章四儿，淫妇，你是谁的老婆？’”揣摩文意，此处之“淫妇”，仍为昵称。他如七十八回，时近上元，西门庆欲扎几架烟火，而擅长此道之伙计贲四适出差在外。潘金莲早知西门庆与贲四嫂有奸，故意点破其事，“在旁插口道：‘贲四去了，他娘子儿扎也是一般。’这西门庆就瞅了金莲道：‘这个小淫妇儿，三句话就说下道儿去了。’”玩其辞意，“这个小淫妇儿”实寓赞赏、忌惮及无可奈何之复杂感情，但其为昵称，则无可疑。

“淫妇”作为婢女间的谑称之例，则有第四十六回，叙上元夜，西门庆妻妾多往吴大妗家吃酒，家中仆婢遂得放任。玉箫与书童旧有私情，因互戏狎，致火盆倾倒，招致春梅呵斥。春梅“一径扬声骂玉箫：‘好个怪浪的淫妇！见了汉子，就邪的不知怎么样儿的了。’”春梅一向性情骄矜，此处骂玉箫为“淫妇”，固有轻蔑之意，但其不满，主要因火盆倾倒，“平白落了人恁一头灰”，并未真的恼火。“淫妇”为半詈半谑之称，似较恰当。

在某种特定场合——一般是西门庆与仆婢或伙计妻子私通时，“淫妇”也可以是女性的自称。如第六十一回，伙计韩道国为答谢西门庆知遇之恩，特设宴酬答，并自献妻子王六儿侍奉，韩则先行回避。西门庆与王六儿乃恣情淫媟，“淫声艳语通做成一块。良久，只听老婆说：‘我的亲达，你要烧淫妇，随你心里拣着那块，只顾烧，淫妇不敢拦你。左右淫妇的身子属了你，顾的那些了！’……

我若说一句假，把淫妇不值钱身子就烂化了”。又如上举第七十八回西门庆性虐如意儿一例，有如下之对话：

> 西门庆便叫道：“章四儿，淫妇，你是谁的老婆？”妇人道：“我是爹的老婆。”西门庆教与他：“你说是熊旺的老婆，今日属了我的亲达达了。“那妇人回应道：“淫妇原是熊旺的老婆，今日属了我的亲达达了。”

“王八”一词，始见于欧阳修《新五代史·前蜀世家》，谓蜀主王建行八，少无赖，以屠牛、盗驴、贩私盐为事，里人谓之贼王八。或以为当作“忘八”，盖詈人忘记孝弟忠信礼义廉耻也[①]。后则指夫纵妻淫者，亦可径指妓馆中龟奴。《金瓶梅》第十三回叙西门庆与李瓶儿私通，被潘金莲觑破，因醋意难遏，乃发作于西门庆：

> 好负心的贼！你昨日端的那去来？把老娘气了一夜。又说没曾楂住你，你原来干的那茧儿，我已是晓的不耐烦了……你还哄我老娘。前日他家那忘八，半夜叫了你往院里去，原来他家就是院里！[②]

此处之“王八”，盖骂花子虚之语。第十九回，西门庆恼恨李瓶儿私嫁蒋竹山，唆使鲁华、张胜痛打竹山，西门庆获悉消息，道：“想必那矮王八打重了，会胜也得半个月，出不来做买卖。”嗣后，李瓶儿过门，西门庆大施淫威，“指着妇人骂道：‘淫妇，你既然亏心，何消来我家上吊？你跟着那矮王八过去便了，谁请你

① 郎瑛《七修类稿》，上海书店出版社，2001 年，第 257 页。今本《七修类稿》卷二四“谚语始”条文字与《通俗编》有异。

② 兰陵笑笑生：《金瓶梅词话》，人民文学出版社，2000 年，第 161 页。

来？’”此两处之“矮王八”，皆骂蒋竹山之语。以上数例，义则一也，至今沿用，均指纵妻外遇，无耻无能之辈。但书中另有多处妻称夫为“王八”之例，第十九回，蒋竹山被打，“哭哭啼啼哀告李瓶儿，问他要银子，还与鲁华。又被妇人啰在脸上，骂道：‘没羞的王八！你递甚么银子在我手里，问我要银子？我早知你这王八砍了头是个债桩，就瞎了眼也不嫁你。这中看不中吃的王八！’”此为妻詈夫之语，虽罕见，尚可以情理推之。盖蒋竹山入赘李瓶儿家后，因房事不能称其意，甚为李瓶儿厌弃，故有“把你当块肉儿，原来是个中看不中吃，蜡枪头，死王八！”[①]之骂。今又招致捣子敲诈，岂能不怒，遂将数月之压抑不满发泄于一骂。又有异于此类情境者：第五十回西门庆与王六儿初试胡僧药，淫乐之时，互相交谈。

> 西门庆因对老婆说道：“等你家的来，我打发他和来保、崔本扬州支盐去。支出盐来卖了，就交他往湖州织了丝绸了，好不好？”老婆道：“好达达，随你交他那里，只顾去。闲着王八在家里做甚么！”[②]

又第六十一回，西门庆欲在王六儿身上烧香，担心其夫韩道国嗔怪，王六儿却道：“那忘八，七个头八个胆，他敢嗔！他靠着那里过日子哩？”此两处之“王八（忘八）”，皆系夫不在场而妻以第三人称称之，非如上例李瓶儿之当面詈夫。又韩道国夫妇之关系亦颇异于蒋竹山与李瓶儿夫妇之交恶，虽不必言恩爱，然狼狈为奸、沆瀣一气则无可疑，竟直称夫为“王八”，殊堪玩味。岂其特为示爱于西门庆而自贬藁砧，抑其真以为乃夫不足齿数，而故贱视

① 兰陵笑笑生：《金瓶梅词话》，人民文学出版社，2000年，第231页。

② 同上，第660页。

之？然而称夫以此，又将自身置于何地？

综上所举，已不难觇见《金瓶梅》叙事之匠心。“淫妇”“王八”虽世俗常用之詈称，然结合小说特定语境，细加揣摩，意义却颇有不同。叙述人通过不同场景的营造，辅之以称谓含意的微变暗转，客观地揭示了彼时彼地廉耻丧尽、淫欲恣盛的社会风气。较之叙述人直接出面发表议论的“说话”式叙事模式，《金瓶梅》体现出对读者的更多尊重，也显然更具美学价值。叙述人的成功“隐退”无疑是成就这种审美品位的关捩，叙述人的“隐退”并未削弱小说的批判力度，他实际上把自己的批判角色“让位”给了小说人物，《金瓶梅》人物对话中称谓的微妙变化即体现了这种皮里阳秋的叙事功能。

（二）淆乱尊卑、悖礼僭越；恶其势利、疾其乱伦

《金瓶梅》中人物彼此间的称谓具有反讽的叙事功能。表面上看，西门庆的家庭关系、社会关系都在层层的亲情包裹之下，他与妻妾仆婢间不乏儿女情长，家人仆妇率以爹娘称西门夫妇，西门夫妇亦以儿女呼唤妾婢小厮。清河县城内名妓，如李桂卿、李桂姐、吴银儿、郑爱月、韩金钏、董娇儿等，皆称西门庆为爹，称其妻妾为娘。李桂姐、吴银儿且于西门庆除官之后，分别“拜娘认女”，作了吴月娘、李瓶儿的干女儿。在一片温馨的家庭氛围之中，“干女儿”与“干爹”却不时肆行淫媾，演出乱伦的丑剧。

西门庆与爱妾潘金莲、李瓶儿戏谑调情时彼此关系常置换为父女或母子，以“我儿”或“我的儿”相称。如第十九回，潘金莲“纤手拈了一个鲜莲蓬子与他吃，西门庆道：‘涩剌剌的，吃他做甚么？’妇人道：‘我的儿，你就吊了造化了。娘手里拿的东西儿，你不吃？’”同回“李瓶儿情感西门庆”，“西门庆欢喜无尽，即丢了鞭子，用手把妇人拉将起来，穿上衣裳，搂在怀里，说道：‘我的儿，你说的是。果然这厮他见甚么碟儿天来大！’”西门庆与仆妇伙计妻子通奸时，亦喜称对方为“我儿”，妇人则称西门庆为

“爹”或“达达”。但第二十三回，西门庆与宋惠莲在藏春坞雪洞内私通时，宋惠莲却直呼其名：

老婆笑声说：“西门庆，冷铺中舌冰，把你贼受罪不渴的老花子，就没本事寻个地方，走在这寒冰地狱里来了。口里啣着条绳子，冻死了往外拉。”①

此后，西门庆设计诬陷来旺，将来旺押送提刑院监禁用刑，欲独占其妻宋惠莲，乃封锁消息，极力蒙蔽惠莲：

西门庆哄他说道：“我儿，你放心。我看你面上，写了帖儿对官府说，也不曾打他一下儿。监他几日，耐耐他性儿，一两日还放他出来，还叫他做买卖。”妇人搂抱着西门庆脖子，说道：“我的亲达达，你好歹看奴之面，奈何他两日，放他出来。随你叫他做买卖不叫他做买卖也罢。这一出来，我叫他把酒断了，随你去近到远，使他往那去，他敢不去？再不，你若嫌不自便，替他寻上个老婆，他也罢了。我常远不是他的人了。”②

上文宋惠莲直呼西门庆姓名是初蒙主人眷顾，恃宠而骄，属称谓的“变态”；下文西门庆称其“我儿”，惠莲称西门为“我的亲达达”，则属常态。又：潘金莲与陈经济上烝下报，金莲称经济由“姐夫”至“贼短命”“怪短命”“好短命”“蠢贼奴”“好贼短命”。其与经济淫乱时，则喜自称“老娘”“小丈母”；经济则称金莲“五娘”“我的亲亲”。其寄与金莲之柬帖则书“六姐妆次”，落款“经

① 兰陵笑笑生：《金瓶梅词话》，人民文学出版社，2000年，第291页。

② 同上，第328页。

济百拜上”。

此类称谓，皆有自乱伦中寻求刺激之性心理潜意识成分，然则西门宅中人物早已视夫纲家纪、阃范妇德为蔑如，由此亦可推知传统伦理道德在当日金钱色欲排荡冲击之下，实已徒具形骸，大失维系人心、敦睦家族、安定社会之效。《金瓶梅》称谓的反讽效果正是在强调血缘亲情的同时却表现乱伦的巨大落差中得以凸显。

社会道德的沦丧，礼义廉耻的阙失在《金瓶梅》的称谓中得到全面的反映：第五十八回“怀妒忌金莲打秋菊”，叙金莲妒忌李瓶儿生子得宠，痛打丫鬟秋菊，故意惊醒官哥以泄愤。金莲生母潘姥姥在旁劝解：

> 见金莲不依，落后又见李瓶儿使过绣春来说，又走向前夺他女儿手中鞭子，说道：“姐姐，少打他两下儿罢，惹的他那边姐姐说，只怕唬了哥哥。为驴扭棍不打紧，倒没的伤了紫荆树。”金莲紧自心里恼，又听见他娘说了这一句，越发心中撺上把火一般。须臾，紫涨了面皮，把手只一推，险些儿不把潘姥姥推了一交，便道：“怪老货，你不知道，与我过一边坐着去！不干你事，来劝甚么膫子。甚么紫荆树、驴扭棍，单管外合里差！”潘姥姥道：“贼作死的短寿命，我怎的外合里差？我来你家讨冷饭吃？教你恁顿摔我！”金莲道：“你明日与我夹着那老屄走，怕是他家不敢拿长锅煮吃了我。”①

此是女儿称生母为“怪老货”之例。第七十三回又对丫鬟玉箫称其母为“老行货子”。

西门庆与应伯爵通家，表面上两家似皆恪守《曲礼》中“男女不杂坐，不同椸枷，不同巾栉，不亲授”之矩，如应伯爵每至西门

① 兰陵笑笑生：《金瓶梅词话》，人民文学出版社，2000 年，第 795 页。

宅内，女眷皆回避；第七十五回西门妻妾赴应家看望伯爵娘子时，伯爵亦先行回避。但二人彼此戏谑时，于对方妾媵之称谓口气均极猥亵不伦。第六十七回，叙应伯爵生子，告贷于西门庆，西门庆不收借据：

道："傻孩儿，谁和你一般计较！左右我是你老爷老娘家，不然你但有事就来缠我？这孩子也不是你的孩子，自是咱两个分养的。实和你说过了，满月把春花儿那奴才叫了来，且答应我些时儿，只当利钱，不算发了眼。"伯爵道："你春姨这两日瘦的相你娘那样哩。"①

春花乃应伯爵通房之婢，亦即伯爵幼子之生母。西门庆一面慷慨的以银钱资助伯爵，一面却提出占有伯爵婢妾的身体。西门庆曾对西宾温秀才戏谑伯爵"我是他家二十年旧孤老儿"②，则是径直将伯爵家视为妓院。此于儒家朋友之道又是一重绝妙的反讽。应伯爵与西门庆交往，虽处帮闲弱势的一方，但在口舌调谑上并不示弱，而是以有分寸的猥亵赚取西门庆的欢心。第七十三回，孟玉楼生日，伯爵来饮酒：

伯爵道："也该进去与三嫂递杯酒儿才好，如何就吃酒。"西门庆道："我儿，你有孝顺之心，往后边与三嫂磕个头儿就是了，说他怎的。"伯爵道："不打紧，等我磕头去。着紧磕不成头，炕沿儿上见个意思儿出来就是了。"被西门庆向他头上尽力打了一下，骂道："你这狗才，单管恁没大小！"伯爵道：

① 兰陵笑笑生：《金瓶梅词话》，人民文学出版社，2000年，第956页。

② 同上，第948页。

“孩儿们若肯了，那个好意做大。”[①]

伯爵此语系由庄重突转亵狎，始称孟玉楼“三嫂”，颇示尊重。西门庆则将朋友关系转为父子，伯爵再以“儿子”身份“意淫”其母，人伦礼法之毁弃至此极矣，小说称谓寓意之深亦蔑以加矣。

此种乱伦悖礼之例，亦不独见于西门宅内与清河一县。试观第三十一回西门庆新得美除，宴请刘、薛二内相及阖县官员，“直饮至更馀时分，方才薛内相起身，说道：‘生等一者过蒙盛情，二者又值喜庆，不觉留连畅饮，十分扰极，学生告辞。’”又第三十三回，韩道国与开纸铺的张好问、开银铺的白汝谎闲话，每每自称“学生”。按“学生”一词，《颜氏家训》云：“元帝在江荆间，复所爱惜，召置学生，亲为讲授。”此指从师问学之辈。《词林典故》云：“故事，翰林前辈称后辈为老先生，自称学生。”又“翰林初见前辈，于名柬应称侍生者，相见自称曰学生，终身无改”[②]。此指经科举入翰苑者。然则，“学生”之称谓必与科第学校相关。薛、刘二内相身为阉宦，韩道国乃市井闲人，均与科举学校无涉，而径自称“生等”“学生”，实属无耻之尤。

第六十三回，李瓶儿病逝，西门庆要温秀才起孝帖，令写“荆妇奄逝”。到三日入棺大殓，西门庆又要题旌上写“诏封锦衣西门恭人李氏柩”。考《明史·职官志·一》：文官散阶四品命妇封恭人。西门庆本非文职，乃卫所之副千户，且秩仅从五品，李瓶儿又非命妇，用“恭人”，属越阶僭正。应伯爵尚且知道不妥，极力劝说改正。旁边曾侍奉过皇上的杜中书却道：“说曾生过子，于礼也无碍。”称谓的僭越昭示着市井社会金钱利益关系对传统人伦秩序的颠覆，在西门庆生活的领域，儒家的尊卑秩序、礼教心防，已

① 兰陵笑笑生：《金瓶梅词话》，人民文学出版社，2000年，第1069、1070页。

② 梁章钜：《称谓录》，中华书局，1996年，第503页。

经完全丧失了对人的约束力。传统的称谓被广泛地解构而赋予了新意，一种基于利益需索，不顾廉耻的新型人际关系已初露端倪。《金瓶梅》的叙述人敏锐地捕捉到了这种新的动向，并且不露声色地表示了深切的担忧。

（三）歧义迭出，倏焉上下；命运无常，冷暖难期

《金瓶梅》中人物，命运升沉反差最大者无过孙雪娥与庞春梅。雪娥本是西门庆元配陈氏的陪房丫鬟，因有几分姿色，被西门庆收用，“与他戴了鬏髻，排行第四”。是在名分上使之跻身妾行，但在待遇、称谓方面又故加损抑，使之有别于诸妾。第十四回，李瓶儿首次入西门宅为金莲过生日，拜见西门诸妻妾，见雪娥“妆饰少次于众人，便去起身来问道：‘此位是何人？奴不知，不曾请见的。’月娘道：‘此是他姑娘哩。’”稍后，酒宴初张，“孙雪娥回厨下照管，不敢久坐”。嗣后，李瓶儿家人冯妈妈亦称雪娥为“后边姑娘”。第二十三回，月娘房中丫鬟玉箫亦称雪娥为姑娘。有“前边六娘请姑娘，怎的不往那里吃酒？”之语。西门诸妾俱属娘行，仆婢家人皆按排序称“二娘”“三娘”“五娘”，唯称雪娥“姑娘”。“姑娘”，古无此称谓，盖中古以降世俗发明之语。清人俞正燮《癸巳类稿》卷七《释小补楚语笄内则总角义》云：“《列女传》云‘不妒偏房’。曰如夫人，曰如君，曰姨娘，（均言似妻）。曰姬，曰旁妻，曰庶妻，曰次妻，曰下妻，曰少妻，曰细君，曰姑娘……妾名缘于接，而义归于幼。”[1]观此，则“姑娘”亦妾之别称，但在雪娥，乃是卑之以示与诸妾不同。

春梅原是月娘房中丫鬟，金莲入门，西门庆令其转而服侍金莲。不久，金莲撺掇西门庆收用了她。“自此一力抬举他起来，不令他上锅抹灶，只叫他在房中铺床叠被，递茶水。衣服首饰拣心爱的与他。缠的两只脚小小的。原来春梅比秋菊不同，性聪慧，喜谑

---

① 俞正燮：《癸巳类稿》，辽宁教育出版社，2001 年，第 215 页。

浪，善应对，生的有几分姿色。西门庆甚是宠他。"[①]然而，西门庆虽然曾对她许愿："你到明日若有了娃儿，就替你上了头"[②]。却是终其一生，未能实现。因此，就名分而言，春梅应低于雪娥；就称谓观之，则二人相似（家人多称春梅"春梅姐"或"春梅姑娘"）；若就实际地位而论，两人之差距却不可以道里计。第十一回"潘金莲激打孙雪娥"，写春梅与雪娥口角，经金莲挑唆，西门庆"心中大怒。走到后边厨房里，不由分说，向雪娥踢了几脚，骂道：'贼歪剌骨，我使他来要饼，你如何骂他？你骂他奴才，你如何不溺胞尿，把你自家照照？'那雪娥被西门庆踢骂了一顿，敢怒而不敢言"。此事已足说明西门庆对春梅的偏袒，而吴月娘的态度亦与西门庆一致，她听说此事后，也是埋怨雪娥，而对春梅不置一词。据雪娥后来对月娘的一段诉说，她曾经虐待春梅，"我骂他秃也瞎也来！那顷这丫头在娘房里，着紧不听手，俺没曾在灶上把刀背打他？娘尚且不言语，可可今日轮他手里，便娇贵的这等的了！"然则二人结怨，由来已久。惜雪娥不能审时度势，不知西门庆早已爱屋及乌，移情于金莲与春梅，犹以奴才视春梅。自取其辱，不亦宜乎。观此，亦可觇知西门宅内人物，尊卑宠辱，不尽取决于称谓名分。得势者，下可以陵上；失宠者，妾直不如婢。端视西门庆之好恶而定。

雪娥的天资禀赋固不及春梅，且心胸狭隘，刻薄自闭，不能知机识变，又好飞短流长，遂致每况愈下。新春正月，月娘提议轮流设宴贺节，诸妾皆附和，唯雪娥冷漠应之："你每有钱的，都吃十轮酒，没的拿俺每去赤脚绊驴蹄。"以致惹恼月娘："他是恁不是才料处窝行货子，都不消理他了，又请他怎的！""不是才料处窝行货子"已足说明吴月娘心目中的雪娥尚不及身边的丫鬟小玉。此

① 兰陵笑笑生：《金瓶梅词话》，人民文学出版社，2000年，第120页。

② 同上，第374页。

后，雪娥私通家人来旺，事发，被西门庆“打了一顿”，“拘了他头面衣服，只教他伴着家人媳妇上灶，不许他见人”①。这实际意味着雪娥被褫夺了妾媵的名分，降至与“家人媳妇”同等的地位。从此，雪娥不再有外出拜客的机会，甚至不再有勉强与诸妾同列的机会。

第五十八回，叙西门庆偶因酩酊大醉，走入雪娥房中，“此前也有一年多没进他房中来”。翌日，雪娥即对来家供唱的妓女洪四儿、董娇儿自称“四娘”。招致潘金莲大加奚落：

> 潘金莲听了，望着玉楼、李瓶儿笑，问洪四儿：“谁对你说是四娘来？”董娇儿道：“他留俺每在房里吃茶来。他每问来：‘还不曾与你老人家磕头，不知娘是几娘？’他便说：‘我是你四娘哩。’”金莲道：“没廉耻的小妇人，别人称道你便好，谁家自己称是四娘来！这一家大小，谁兴你？谁数你？谁叫你是四娘？汉子在屋里睡了一夜儿，得了些颜色儿，就开起染房来了。”②

由金莲之口气，不难体察雪娥在西门家中受冷落、难出头之尴尬处境，亦不难品味雪娥不谙权变、不知进退、不能自重之弱点。叙述人借助称谓的变化，已暗示雪娥悲剧结局之必然。

与孙雪娥命运相对照的是春梅地位的扶摇直上。李瓶儿入门后，西门庆选出春梅、玉箫、迎春、兰香四个丫鬟充当家乐，雇乐工李铭教习弹唱。此举意味春梅等四人深得西门庆赏识，从此可免杂役。第二十九回“吴神仙贵贱相人”，已预言春梅“必得贵夫而生子”，“主早年必戴珠冠”；“必益夫而得禄，三九定然封赠”。尽

① 兰陵笑笑生：《金瓶梅词话》，人民文学出版社，2000年，第319页。

② 同上，第788页。

管吴月娘嗤为诞妄，春梅却别有一番见解："常言道：凡人不可貌相，海水不可斗量。从来旋的不圆砍的圆。各人裙带上衣食，怎么料得定。莫不长远只在你家做奴才罢！"此语甚可显示春梅之心高气傲。而考究西门庆与金莲对春梅之称谓，亦足堪玩味。金莲称春梅，多用"我的姐姐""小油嘴""小肉儿""俺的小肉儿""怪小肉儿"等昵称，西门庆则多称春梅"你"，抑或偶然称其"小油嘴"。春梅屡拂西门庆之意，西门庆非但不恼，且愈加纵容。第三十四回，叙金莲出城为潘姥姥过生日，至晚未归。西门庆在李瓶儿房内饮酒：

只见春梅掀帘子进来，见西门庆正和李瓶儿腿压着腿儿吃酒，说道："你每自在吃的好酒儿！这咱晚，就不想使个小厮接接娘去？只有来安儿一个跟着轿子，隔门隔户，只怕来晚了，你倒放心！"西门庆见他花冠不整，云鬓蓬松，便满脸堆笑道："小油嘴儿，我猜你睡来。"李瓶儿道："你头上挑线汗巾儿跳上去了，还不往下拉拉。"因让他："好甜金华酒，你吃钟儿。"西门庆道："你吃，我使小厮接你娘去。"那春梅一手按着桌头且兜鞋，因说道："我才睡起来，心里恶拉拉，懒待吃。"西门庆道："你看不出来，小油嘴吃好少酒儿！"李瓶儿道："左右今日你娘不在，你吃上一钟儿，怕怎的？"春梅道："六娘，你老人家自饮，我心里本不待吃，有俺娘在家不在家便怎的？就是娘在家，遇着我心不耐烦，他让我，我也不吃。"西门庆道："你不吃，呵口茶儿罢。我使迎春前头叫个小厮，接你娘去。"因把手中吃的那盏木樨芝麻薰笋泡茶递与他。那春梅似有如无，接在手里，只呷了一口，就放下了。[①]

此段对话，披露李瓶儿对春梅之极力怀柔；西门庆对金莲之怀

① 兰陵笑笑生：《金瓶梅词话》，人民文学出版社，2000 年，第 445–446 页。

疢，对李瓶儿之回护，对春梅之讨好；春梅对李瓶儿之不满；春梅之骄矜，春梅之受宠，不啻写心之妙笔。

又有值得注意者：第四十六回，贲四娘子“平昔知道春梅、玉箫、迎春、兰香四个，是西门庆贴身答应得宠的姐儿”，邀请四人来家赴席，“赶着春梅叫大姑，迎春叫二姑，玉箫是三姑，兰香是四姑”。《尔雅·释亲》言“姑”之义有二：“父之姊妹为姑。”“妇称夫之母曰姑。”《白虎通》卷八《三纲六纪》云：“称夫之父母谓之舅姑何？尊如父而非父者，舅也；尊如母而非母者，姑也。”贲四乃西门庆伙计，其妻应与西门庆丫鬟地位同等甚或略高，而竟淆乱行辈，尊之为“姑”，巴结之意不言自明。且诸“姑”之排序，并不以其主子之名分为顺序，而是按其主子实际之影响力及诸“姑”受西门庆宠爱的程度来定甲乙，由此更足以见春梅地位之特殊。

《金瓶梅》的叙述人善于利用称谓的变化揭示世风的窳败，人情的浇薄，有时候还会运用称谓的歧义制造极富戏剧性的场面，从而深化人物的内心描写。第七十五回“春梅毁骂申二姐”，述西门诸妻妾皆往应伯爵家吃满月酒，仅吴大妗、潘姥姥、三个尼姑、两个唱的及诸仆婢在家。春梅与潘姥姥、如意儿、迎春在前边饮酒，听郁大姐弹唱，因叫春鸿到后边唤申二姐来唱【挂真儿】。春鸿到上房：

> 叫道：“申二姐，你来，俺大姑娘前边叫你唱个儿与他听去哩。”这申二姐道：“你大姑娘在这里，又有个大姑娘出来了！”春鸿道：“是俺前边春梅姑娘这里叫你。”申二姐道：“你春梅姑娘他稀罕，怎的也来叫我？有郁大姐在那里，也是一般。这里唱与大妗奶奶听哩。”①

① 兰陵笑笑生：《金瓶梅词话》，人民文学出版社，2000 年，第 1115 页。

申二姐不明西门庆家中人际关系，以一般丫鬟视春梅，对仆人称春梅为“大姑娘”深为不解，以致遭到春梅破口大骂：“你怎么对着小厮说我，那里又钻出个大姑娘来了，稀罕他，也敢来叫我？你是甚么总兵官娘子，不敢叫你？俺每在那毛里夹着来，是你抬举起来，如今从新钻出来了？你无非只是个走千家门、万家户、贼狗攮的瞎淫妇！你来俺家才走了多少时儿，就敢恁量视人家？你会晓的甚么好成样的套数唱，左右是那几句东沟篱、西沟坝、油嘴狗舌、不上纸笔的那胡歌锦词，就拿班做势起来，真个就来了！俺家本司三院唱的老婆，不知见过多少，稀罕你这个儿！韩道国那淫妇兴你，俺这里不兴你。你就学那淫妇，我也不怕你。好不好，趁早儿去。贾妈妈——与我离门离户！”此段利用“姑娘”之歧义谐音，极写春梅之跋扈。盖“姑娘”一词可指侍妾，已见前述。亦可指姑母，顾秦汉以前姑不称母，此由《仪礼・丧服》可知。“姑娘”即“姑母”之俗称，亦可引申至通家间妇女之敬称，如第四十一回，乔大户娘子即“赶着月娘呼姑娘，李娇儿众人都排行叫二姑娘、三姑娘，称着吴大妗子那边称呼之礼”。观此，则知小厮春鸿称春梅为“大姑娘”，实寓抬高辈分以示尊重之意。而犹可注意者，乃在西门庆之态度。月娘归家，得知申二姐被逐，对春梅甚为不满，愬言于西门庆。西门庆非但不加惩戒，反而笑道：“谁叫他不唱与他听来。也不打紧处，到明日，使小厮送一两银子补伏他，也是一般。”赞赏庇护之情溢于言表。然西门庆之笑，尚别有深意：申二姐本系韩道国妻王六儿荐来，王六儿乃西门庆外室姘妇，金莲出于妒忌恨之入骨。此番春梅与申二姐龃龉，不妨视作双方主人隐于幕后的争战。一者西门庆乐于作壁上观，二者春梅性格之倨傲、言辞之凌厉以及对金莲之忠心，确为西门庆所激赏。有此数端，应知春梅受宠绝非偶然。

西门庆死后，春梅被月娘逐出家门，嫁与守备周秀为妾，得宠。人或称之为“小夫人”“小奶奶”，旋又扶正为“大奶奶”。至

第八十九回“清明节寡妇上新坟”重见吴月娘时，月娘已甚为恭敬，改称春梅“姐姐”矣。至第九十六回“春梅游玩旧家池馆”时，月娘请柬上则尊称为“大德周老夫人妆次”，令小玉等称“周奶奶”。凡此，皆是以阳秋幽曲之笔，写尽人情势利，冷暖无常。

《金瓶梅》中称谓初看似甚随意，然若结合背后复杂之人际关系与特定场景细加考究，则可抽绎极其丰富的潜台词。称谓在《金瓶梅》中最大限度地展现了它的叙事功能，也把小说的叙事艺术提高到新的层面。

第二节
《金瓶梅》的食色书写与人生迷失

《金瓶梅》中有大量的饮食描写，既有对食物种类、食品制作的精细描绘，亦有对日常饮食、筵宴场面的铺陈缕述。小说重点展现了西门庆一家的饮食生活，尤其突出西门庆与妻妾、妓女的日常宴饮，无论是食物描述抑或饮食场面往往与情色相关联，在食色书写之中潜隐着丰富内涵。目前学界在《金瓶梅》饮食种类、所反映的社会风俗等方面成果颇丰，但对于小说饮食与情欲这一重要表现层面尚有较大的研究空间。

一、由食传情的文字蕴意

《礼记·礼运》曰："饮食男女，人之大欲存焉。"①饮食与男女是人类的自然天性，也是人类生存繁衍的必备条件。在晚明追求享乐的文化背景中，"人情以放荡为快，世风以侈靡为高"②，富豪之家的饮食更是铺张繁富，呈现世俗文化精神的缩影。《金瓶梅》中西

① 郑玄注：《礼记正义》，孔颖达正义，上海古籍出版社，2008 年，第 916 页。
② 张瀚：《松窗梦语》，上海古籍出版社，1986 年，第 123 页。

门庆一家的吃穿住行等日常消费极尽奢华，有意僭越传统礼制，而饮食凸显了豪奢富贵与情色意味，透露出时代风貌。《金瓶梅》描写的饮食极为丰富：有荷花饼、顶皮酥果馅饼之类的糕点，有梅汤、银丝鲜汤等汤品，有金华酒、葡萄酒等酒水，有六安茶、果仁泡茶等茶品，更有蒸鲥鱼、腌螃蟹等繁多菜肴。上述饮食品类并不在于追求文人饮食的精细雅致与文化品位，而是较多展现出世俗的饮馔之丰、宴集之盛，折射出晚明时代特色与社会文化意蕴，正如学者指出《金瓶梅》如此频繁、细致、广泛地描写饮食，“这绝非是一种偶然现象，而是独特的时代氛围使然”[①]。

《金瓶梅》中的饮食书写具有鲜明的文化隐喻功能，除了权钱交易的权力指向外，其描写直指家庭生活，饱含情色意味。“食、色，性也”，食与色作为人类的两种基本需要，在中国古代文化中常具有一定的相通性，笑笑生亦将食物与情色紧密相连，惯以饮食比喻男女欢爱。

《金瓶梅》在鸡鸭鱼肉、茶汤酒品、煎炸腌煮等食物描写中反映了日常的口腹之欲，也衬托出庸俗的男女情事，有着极为丰富的情色意指和文学寓意。《金瓶梅》中的食物或以谐音、或以形象来代指身体，尤其是喻指带有色情或性欲指向的身体，从而超越食物本身的固有定义。如西门庆与应伯爵在妓女李桂姐处调笑言欢，《朝天子》一曲即借用食物传递情色意指：“这细茶的嫩芽，生长在春风下。不俅不采叶儿楂，但煮着颜色大。绝品清奇，难描难画。口儿里常时呷，醉了时想他，醒来时爱他。原来一篓儿千金价。”[②]“一篓儿”谐音“一搂儿”喻指搂抱这一暧昧动作，“嫩芽”喻指女子娇柔身体，这支曲子形象地利用谐音和事物性状引发隐喻，烘托男

① 王平：《〈金瓶梅〉饮食文化描写的当代解读》，《山东师范大学学报》（人文社会科学版），2011 年第 56 卷第 6 期。

② 兰陵笑笑生：《金瓶梅词话》第十二回，陶慕宁校注，人民文学出版社，2008 年，第 122 页。

女欢情的气氛。

《金瓶梅》的俗语中也常出现以食物喻身体、以饮食喻情色的情况，具有民间俗语惯以食物作喻的特征。如六十一回西门庆与韩道国老婆云雨后返回家中，被眼尖心细的潘金莲察知异常，可西门庆矢口否认，于是潘金莲扯开其裤子一探究竟，道："可又来，你'腊鸭子煮到锅里，身子儿烂了，嘴头儿还硬'。"①潘金莲用煮腊鸭子这一食物制作的形象幽默比喻来形容身体，有力揭穿了西门庆的谎言，使西门庆无言应对，从而为自己进一步行动争取了主动权。当宋惠莲成为西门庆姘头时，被人打趣道："我听见五娘教你腌螃蟹——说你会劈的好腿儿。"②螃蟹经盐渍时会伸展开腿，此处巧用螃蟹身形，以腌螃蟹这一食物制作来比喻宋惠莲与西门庆的偷情，呈现出以食语寄情色的表达方式。

小说中的饮食书写并非单纯物象，常具有双重寓意，能发挥故事预示效应。食物书写构建起情色弥散的氛围，推动情节发展，如潘金莲与西门庆的情事即在茶酒饮食之中展开。潘金莲偶然邂逅西门庆，而王婆则在他们眉目传情中发现端倪，遂一意撮合。王婆为前来打探消息的西门庆做了个"梅汤"，第二次又做了个"和合汤"，梅与媒同音，"梅汤"意味着做媒之意，"和合汤"亦有玉成之意。小说借助这两道汤品显现了西门庆猎取美色的意图，同时也点明王婆欲作男女私会中间人的意图，于是在此情境中食物代替语言成为一种表意媒介，发挥着语言所不能直接表明的妙意，鲜明流露出色情意味并传递故事发展的预兆。

《金瓶梅》中的食与色相互勾连，常常在饮食阶段即先行展开情色意指，具有明确的暗示意蕴。身体、饮食与情色紧密关联，鞋杯即是这一类情欲之物。鞋杯又称金莲杯，是将酒置于小脚女子的

---

① 兰陵笑笑生：《金瓶梅词话》，人民文学出版社，2000 年，第 843 页。

② 同上，第 293 页。

弓鞋之内，以代替酒具。此一物件将女子身体部位及其修饰品与饮食相结合，将杯皿酒器与女性躯体的想象视作一体。小脚是明清时衡量女性美的重要标准之一，构成一种性爱的象征，“它的产生、维持以及人们对它的狂热都是因为它与性爱紧密地联系在一起”[①]。套在小脚上的鞋也成为饱含身体意味与情欲诱惑之物，用这一物事来盛装美酒极具情欲暧昧。潘金莲的小脚是其引以为傲的资本，她的绣花鞋也成为取悦西门庆的工具，鞋杯成为情欲想象的诱引。第六回描写西门庆与潘金莲“两个殢雨尤云，调笑顽耍。少顷，西门庆又脱下他一只绣花鞋儿，擎在手内，放一小杯酒在内，吃鞋杯耍子”。在酒浓意蜜的情色氛围中，二人进入情爱交欢，在具有性爱意旨的小脚促进中，美色与饮酒交融，创造了更为情色化的欢愉场景。

《金瓶梅》善于将饮食与身体相连，借用文字间的关联暗示由身体引发的情色信息，传递出情色旨意。饮食在小说中不仅指向具体的食物层面，还被抽象、提取、赋予了更多隐晦的含义。小说通过对食物的色、味、形等特征具体而形象的描绘，使食物承载了情色意涵，将人的口腹之欲由食物引向更深层的身体欲望之中。《金瓶梅》通过食物书写将情色与性爱形象化，在若隐若现、似是而非的印象与感触中，带人进入更为形象也颇具意味的情境之中，食物也成为一种话语呈现、意向表达，展现出食物——身体——情色的旨意关联。

二、食色相通的叙事线索

食与色体现人类的原始欲望、生存需要，《金瓶梅》中频繁而又细致的食、色描写，显现出西门庆对两者的极度追求与无限欲

---

① 吴存存：《明清社会性爱风气》，人民文学出版社，2000 年，第 227 页。

望。食，早已超越裹腹需求而有着豪奢展现、权力追寻、情色调剂等更丰富的意义，形成小说外在追求的线索；色，是西门庆追逐的目标、生活的乐趣，也是其死亡的直接原因，构筑小说内在隐含的导引，因此食色相通构成小说的叙事线索。食、色是西门庆日常生活的重要构成，两者密切相关，或是先食后色、或是食色相交，食与色融汇勾连，如若离开了食之诱引与激发，《金瓶梅》中的色则少了氛围与情调。兰陵笑笑生将食与色这两个生存必需上升至欲望层面来观照，勾勒出无节制的获取欲望而终将导致家败人亡的结局。

《金瓶梅》中饮食场面常与男女调情、欢爱相结合，食与色的有机融合将饮食的物质层面导向身体的欲望层面。小说中饮食与欢爱的盛宴，并不受时间、地点限制，随时随地皆可展开。这些酒宴多有调情暗示之用，饮食并非是为了满足食欲，而是为增添色欲。食物的色香味，使人受到味觉刺激，感官刺激遂贯穿于身体，激发身体欲望的膨胀，进而在饮食的盛宴中上演一场情欲盛宴。

《金瓶梅》的饮食书写不只停留在吃的层面，在对食物色香味的精细描述后存有丰富意蕴，它将男女在饮食场景中的暧昧之意，发展到男女的欢爱，身体的交合。小说描写的很多场合中，酒食是作为礼节性接待之必需品，但酒食往往仅是前奏，饮食宴请终将走向世俗的男女欢爱。潘金莲、李瓶儿、林太太等人与西门庆暗通款曲皆是借助于酒食：男女双方会面在看似恭敬有礼的宴饮场合中展开，却又暗指情爱层面；女子往往精心准备茶点肴膳，流露出对西门庆到来的企盼与欣喜，男女最终在传杯递酒中发展至情色的缠绵。在饮宴中身体是被注视的身体，视觉冲击与味觉感受相交融，小说人物从饮食美味和秀色可餐角度达至身体的亲密接触，进而发展至云雨欢爱。

《金瓶梅》警诫人们注意“酒色财气”之害，可酒与色两者往往交融，正可谓“三杯花作合，两盏色媒人”。日常宴饮少不了酒之助兴，小说中的酒更成为色之先行与诱导。潘金莲与西门庆两相有意之时，就少不了酒这个“色媒人”。在西门庆的酒食相劝下，潘金莲早已是情欲荡漾，身体正是在酒的刺激下受到感官诱惑，从而“哄动春心”勾起自身欲望。当潘金莲因西门庆家中繁忙而被冷落，在相思煎熬中终于盼到西门庆时，“妇人教迎儿执壶，斟一杯与西门庆，花枝招飐，插烛也似磕了四个头。那西门庆连忙拖起来，两个并肩而坐，交杯换盏饮酒”①。一场情感期盼在交杯换盏中展开，进而是情欲的释放。

《金瓶梅》中的饮食盛宴表面上颇合人情往来之礼，实际的关注视角却从宴饮引向欲望，逾越礼法约束走向情欲盛宴，也将小说引向情色叙述。李瓶儿与西门庆初次偷期密约即是在一场有着冠冕堂皇的理由、讲究礼尚往来的答谢宴中展开。李瓶儿为感谢西门庆照顾其丈夫花子虚，特设酒摆宴，“看见西门庆过来，欢喜无尽，迎接进房中。掌着灯烛，早已安排一桌齐齐整整酒肴果菜，小壶内满贮香醪。妇人双手高擎玉斝……吃得酒浓时，锦帐中香熏鸳被，设放珊枕……两人上床交欢”②。这次由李瓶儿亲自操持的礼节性宴请，不过是两人进一步走向情色的借口。李瓶儿在饮食的准备与呈递中融入了对欲求的渴望，宴饮过程与情色传递相结合。西门庆初会林太太也是在躬身施礼、叙礼相还的礼仪形式中展开。林太太早已安排宴饮来盛情款待西门庆，将对西门庆的情意融入酒食之中。“须臾大盘大碗，就是十六碗热腾腾美味佳肴，熬烂下饭，煎炸鸡鱼，烹炮鹅鸭，细巧菜蔬，新奇果品。旁边绛烛高烧，下边金炉添火。交杯换盏，行令猜枚，笑雨嘲云，酒为色胆。”③二人的再次相会亦在宴饮中展开，七十八回描写林太太于房中安放酒食，“丫鬟

① 兰陵笑笑生：《金瓶梅词话》，人民文学出版社，2000年，第97页。

② 同上，第158-159页。

③ 同上，第988页。

拿酒菜上来，杯盘罗列，肴馔堆盈，酒泛金波，茶烹玉蕊。妇人锦裙绣袄，皓齿明眸，玉手传杯，秋波送意。猜枚掷骰，笑语烘春。话良久，意洽情浓；饮多时，目邪心荡……酒酣之际，两个共入里间房内。”[①] 林太太宴请西门庆的意图在于借助饮食的引导与先行，将表面出于感恩、答谢层面的礼节性交往推向更深层次，带向身体与欲望的浪潮之中，成为一种危险的逾越。《金瓶梅》虽有对食物种类、品相的描绘，但正所谓醉翁之意不在酒，在乎男女欢爱。饮食作为情欲媒介，成为性爱的前奏。酒食的色味诱发情欲与身体的多重感受，如此策略即可推进此前假意的礼仪交往，使之从一种貌似端庄的境况转至暧昧情境，直至情欲泛滥，达到超越规范、僭越伦理、突破道德等目的。

饮食不仅是男女性爱的前奏，也常常作为欢爱的曲终，小说突出始于食、行于色、终于食的叙事模式。《金瓶梅》常有身体交欢后又重整杯盘，再次享受酒食的描写。如七十七回西门庆与郑爱月云雨之后，即“整衣理鬓，丫鬟复酾美酒，重整佳肴，又饮勾几杯”。七十九回西门庆与王六儿偷欢后，也是“再添美馔，复饮香醪，满斟暖酒”，西门庆又吃了十数杯酒，乘马返家后迎接他的是另一场情欲之战，也是其人生的终结。黄霖先生指出：“在整部小说的结构中，作者有意将一些情节安排成食与色的互动：常常是一场饮食活动的结束，即是一场男女之事的开始；当一场淫戏收场，又一场酒宴即开局。周而复始，故事就在食与色的互动中拓展。结果，西门庆的生命也就在这食欲与性欲的交攻中消竭。”[②] 饮食与享用食物时暧昧亲密的情调相联结，《金瓶梅》对饮食活动反复、细致的描写显现出人们对食物、酒品的过度追求及其所传递的情色意指。情色隐含于食物准备与享用之时，在一场场饮食之中蕴含着

① 兰陵笑笑生：《金瓶梅词话》，人民文学出版社，2000 年，第 1193 页。

② 黄霖：《黄霖说金瓶梅》，中华书局，2005 年，第 173–174 页。

对情欲的贪恋，显现出欲望的膨胀。饮食与情色也形成食色相通的叙事线索贯穿于整个故事之中，推动着情节的展开，预示着人物的命运。

三、食色欲望与人生迷失

饮食是人们日常生活最重要的活动之一，《金瓶梅》将饮食背景多集中于家室之中，叙写由围绕家室所发生的一系列生活情景，以家庭视角诠释日常行为与人物心态。《金瓶梅》中的饮食不仅体现着对食色之欲的过度追求，也是妻妾争宠的工具，是一种带有鲜明男权社会特色的权力媒介。男女共同分享饮食，在饮食之中充分调动着视觉、味觉、嗅觉、触觉等各感官，其意义不重饮馔而在于其所透视出的性别与权力的深层内涵。

《金瓶梅》通过饮食关联着男女行为、情感、关系、权力，结构成一张张家庭男女、社会关系的网络。西门庆重视通过饮食结交官吏、扩展利益，其在府宅中宴请新任巡盐御史，极度铺张的一次筵宴换取了巨大的经济利益与政治特权，这是一次官商联盟与权力寻求。晚明社会好货好色，人的自然本性得到肯定与张扬，但也过度放纵了人的欲望，将人基本的两种需要——食色的追求放大到极致，表现为极端的欲望，如袁宏道《觞政》倡言："目极世间之色，耳极世间之声，身极世间之鲜，口极世间之谭。"①市井之人放纵声色、追求享受、膨胀欲望，无论是风俗节令、筵宴交往等活动中饮食极尽铺张，日常情欲追逐，体现的是权力与欲望。

饮食于西门庆而言，是其身份标志、富有地位的显现，是其在官场、商场结交的工具，也是其情色放荡的诱引，妻妾争宠的媒

① 袁宏道：《龚维长先生》，载《袁宏道集笺校》卷五，钱伯城笺校，上海古籍出版社，2008年，第205页。

介，于此可照射出他的家庭生活及整个人生。日常饮食在生活化的氛围中展开，遂为情色媒介，在西门府中演绎着一场场食色交欢的图景。女子利用饮食控制男子的口腹之欲，诱发情色暧昧，又基于家庭成员的结构因素而演变为妻妾争风吃醋、争宠夺爱的工具与手段，于是围绕家室的饮食与情色体现出欢愉与沉溺，占有与征服，暗含权力的意义。饮食不仅是情色媒介，也发挥着权力媒介的作用。

基于饮食本身具有的取悦功能，《金瓶梅》中女子所制饮食体现出女子争宠的策略与手段。小说中的女子并不经常亲手制作饮食，而一旦亲自制作便在此中寄寓了不同寻常的意义，她们将饮食作为笼络男子、捕获男子之心的工具。女子所制饮食融合食、色元素，其意义恰在于经过女子纤手调制的食物所具有的女性色彩，既承载男性的欲望，又通过染有女性温热和情色诱惑的方式，最终演变为情色与夺宠的媒介。

《金瓶梅》中女性所制饮食最有特色者当属泡螺，拣制酥油泡螺当是一个有技术含量的制作工艺，只有李瓶儿、郑爱月才有烹制这一令人百般回味美食的高超技艺。李瓶儿亲手拣制泡螺，令西门庆倾心不已。李瓶儿死后，西门庆看见酥油泡螺，道："我见此物不免又使伤我心，惟有死了的六娘，他会拣。他没了，如今家中谁会弄他！"这一奶油类甜食外形精美、入口甜香，"浑白与粉红两样，上面都沾着飞金，就先拣一个放在口内，如甘露洒心，入口而化"[①]。这一美味让人如此享受，引发与人物密切相连的美好回忆。即使李瓶儿死后，西门庆也因此睹物思人。妓女郑爱月亦将其作为争取西门庆爱宠的手段，特意让郑春给西门庆捎去一盒果馅顶皮酥，一盒酥油泡螺。经女子之手所精心制作的食物上烙有女性身体的色彩，传情达意，成为女性争取爱宠的一种策略。

---

① 兰陵笑笑生：《金瓶梅词话》，人民文学出版社，2000 年，第 790 页。

众女子亲自洗手剔甲调制日常食物以表对西门庆的心意，争宠献爱。李瓶儿曾“亲自剔甲，做了些葱花羊肉一寸的匾食儿”；潘金莲在期盼西门庆时，也曾亲手制作一笼裹馅肉角儿，等西门庆来吃。潘金莲还曾亲点茶品，“用纤手抹盏边水渍，点了一盏浓浓艳艳，芝麻、盐笋、栗丝、瓜仁、核桃仁夹春不老海青拿天鹅、木樨玫瑰泼卤六安雀舌芽茶。西门庆刚呷了一口，美味香甜，满心欣喜”[①]。出于金莲之手的泡制香茗，让西门庆获得美色诱引下的味觉享受。韩道国老婆王六儿为迎接西门庆剥下果仁，顿下好茶；奶妈如意在李瓶儿死后也亲手剥果仁，挑拣几碟精味果菜，斟酒，亲剥炒栗；郑爱月不但亲手拣制点心，还将亲口磕的瓜仁儿递呈给西门庆。

小说中烹制手艺最高者非宋惠莲莫属，其精处在于平常之中见功夫：当家手艺是会烧好猪头，火候把控极佳，“只用的一根长柴，安在灶内，用一大碗油酱，并茴香大料拌着停当，上下锡古子扣定。那消一个时辰，把个猪头烧的皮脱肉化，香喷喷五味俱全”[②]。宋惠莲卖力烹制猪头是要讨好潘金莲，希望获得潘氏允诺而继续与西门庆来往。饮食可向男子示爱，也可向女子示好，其目的仍然是为了争宠，具有指向情色的终极旨意。

女子手中的食物易博得男子欢心，而经过女子口中浸润的香饼、果仁则更具情色意味。《金瓶梅》中屡屡出现香茶饼，此物将茶叶与香料等压制而成饼状，可直接放入口中以增加唇齿香气。口递香饼传递的不仅是食物，还是一个明显的调情过程。男女在传递食物的吸吮中传情达意，展开具有性爱意指的情色探索。香饼所激发的嗅觉与口唇所激发的触觉相互作用，产生一种浓厚的情绪渲染，引发感官世界的刺激。饮食与情色结合，颇具性指向之意。《金

① 兰陵笑笑生：《金瓶梅词话》，人民文学出版社，2000 年，第 1052 页。

② 同上，第 286 页。

瓶梅》十九回描写潘金莲与西门庆“两个一递一口儿饮酒咂舌……妇人一面搂起裙子，坐在身上，噙酒哺在他口里……口中噙了一粒鲜核桃仁儿，送与他，才罢了”。宋惠莲噙酒哺与西门庆吃的食色交欢中，关心能否获取香茶、银钱等更实际的物质利益。在口传食物的亲密接触间，换取实利。郑爱月与西门庆交欢前也是亲手将细果奉与西门庆下酒，“又用舌尖噙凤香蜜饼送入他口中”[①]。女子以口噙食物获取西门庆宠爱，而男宠书童也如法炮制，“口噙香茶桂花饼，身上薰的喷鼻香”[②]，增强其举动的色情成分。

潘金莲醉闹葡萄架更极端地体现着食色纠葛，流露男性权力心理的膨胀。李子转变为情色道具，成为西门庆实施性虐待的工具，它让潘金莲在受虐中、在恐惧状态中既有享受又有刺激。醉闹葡萄架正是对潘金莲此前嫉妒李瓶儿有孕一事的惩罚，这是男性权力的一次胜利。在一夫多妻制的家庭中，妻妾争宠、家庭争斗的背后隐藏着男性权力的掌控。女子以各种手段向西门庆示爱，从而获取物质的享用及欲望的满足，巩固加强她们的地位与受宠爱的程度。女性争夺权力最有效的手段即是食色，食是色之预热，色是食之满足。女性围绕西门庆才能获得物质与欲望欢愉，这加强了男性对自身能力的炫耀及地位优越性的认可，体现出男性对女性的征服。女子的仇怨、烦闷、喜乐、欢愉，乃至对生活的态度与自我生存的肯定与追寻都在男性身上实现，凸显男性权力的权威性。

在以家庭为故事发生地的饮食活动中，弥漫着争宠的气味。孙雪娥在西门府中虽排行第四，但在家中并不得宠，遭受西门庆偏宠的丫鬟春梅之欺凌。十一回中因西门庆晨起出门等着吃荷花饼、银丝鲊汤，却被春梅一番挑唆，于是围绕早餐问题向雪娥踢了几脚，大骂起来。一场权力与地位的争斗即因饮食而上演。已是周守备夫

---

① 兰陵笑笑生：《金瓶梅词话》，人民文学出版社，2000 年，第 1174 页。

② 同上，第 442 页。

人的春梅私通陈经济，借机报复深知其偷情底细的厨娘孙雪娥。第九十四回中春梅吩咐雪娥做鸡尖汤儿，孙雪娥尽其所能，然而春梅却嫌寡淡，重做一碗后，又嫌忒咸，借此由头，把孙雪娥打了三十大棍，打得皮开肉绽，领出去办卖。春梅为达到男女偷情之目的，即将饮食作为报复的手段和工具，从而排除异己，获取情欲的满足。饮食成为一种手段与工具，成为夺取宠爱的策略，饮食背后彰显出一夫多妻制家庭中男性的权力。

《金瓶梅》食色、欲望与权力相纠葛的鲜明旨意尤为突出地体现在西门庆身上。西门庆的人生源于对食物、欲望与权力的追寻，尤其是对性欲的狂热与征服。词话本中西门庆出场与死亡皆是与食色相连，其出场是在领略潘金莲帘下风情后到王婆处吃茶，西门庆之死亦是在美食醉酒后纵欲而亡：先是与王六儿饮食之后纵欲，又连饮十数杯大醉而卧，接着被潘金莲送服过量胡僧药，纵乐直至身亡。《素女经》曾指出“醉饱而交接”的危害，西门庆恰恰死于过度饮食后纵欲，因食色而亡身。食欲和性欲是人最基本的欲望，而西门庆恰恰突破了常人所需，表现出极端的欲望追求，欲望的膨胀最终导致死亡结局，这一结尾也是作者对酒色财气而亡身的最好写照。

《金瓶梅》中食与色相纠缠，饮食及其宴饮场面中体现着男女关系及人物心理。食色也建构着小说的结构，推动情节的发展，预示人物命运走向，揭示出小说的深层主题。《金瓶梅》丰富而频繁的饮食书写所绘制的饮食与男女、饮食与欲望场景，体现着晚明社会的世态人情，此中蕴含着政治权力、经济权力、男性权力。西门庆在食色的狂欢中、在饮食的盛宴中陷入迷失，走向自我欲望的膨胀，这是一种感官的迷失，也是人生的迷失。

第三节
性别视角下的《醒世姻缘传》叙事艺术

《醒世姻缘》原名《恶姻缘》，由其题名标目可知婚姻性爱、家庭伦理实为此书所作的第一义。由性别分析入手，研究自然如持左券，而有关人物心理、叙事结构之疑冰可以涣然。本书的专题研究，昉自1931年胡适先生《考证》[①]，已颇能由男女遇合入手，甚至不乏细致精彩的心理分析，以是能够发掘《醒世姻缘传》而揄扬有加。五纪之后，吴存存教授以性爱理论烛幽显微，堪称专题研究的真正回归，提出了此书的“深层结构”[②]，新人耳目。然而前者抱定作者系蒲松龄的预设似乎太紧，以致时有扞格。后者见到了因果之后的人性本质，惜乎并未展开，遂认外层因果结构和深层人性结构不能相容。此外，等性虐于虐恋，应属早期性别研究的误区。后来浦安迪氏之作[③]立足文本，力证十七世纪中国小说之“内转”，论中

---

① 胡适：《〈醒世姻缘传〉考证》，载《胡适论学近著》第一册，上海书店出版社，1935年，第12页。

② 吴存存：《〈醒世姻缘传〉的深层结构》，《辽宁大学学报（哲学社会科学版）》，1991年第2期。

③ 参见浦安迪：《逐出乐园之后：〈醒世姻缘传〉与17世纪中国小说》，载陈珏、乐黛云编选《北美中国古典文学研究名家十年文选》，江苏人民出版社，1996年。

于此书有关问题多所廓清，唯其尚有待发之覆，拙文敢陈葑菲。

一、《醒世姻缘传》叙事的三个层次

前修立言，在两性关系、叙事手法、整体结构甚至时代背景、文体发展诸方面靡有不至，然而多属左右不能互见。要之，男女之情、因果之报，皆统合于全书叙事之下。循序而进、“自反而缩”，或者可竟全功。以下论述，悉为叙事层次、结构而设，其他方面随文拣取、俯拾自见，庶减枝蔓。

叙事的层次，也可看作是深度，影响着作品可供发掘的内涵。拙文将《醒世姻缘传》的叙述层次一分为三：

价值判断—劝惩表层：作者现身解说报应
作者—说话人—叙述者　综合叙述—人情中层：因果在建构中消解
固定聚焦[①]—里层文眼：话中话的包裹嵌套

（一）劝惩层：宣报应以资劝惩

该书叙事的表层意义当为劝惩，对应的文本比如《引起》中一大段自问自答，径称“你”“我”与读者互动，并将全书内容檃栝而出：

> 只因本朝正统年间曾有人家一对夫妻，却是前世伤生害命，结下大仇；那个被杀的托生了女身，杀物的那人托生了男人，配为夫妇。那人间世又宠妾凌妻，其妻也转世托生了女人，今世来反与那人做了妻妾，俱善凌虐夫主，败坏体面，做出奇奇怪怪的事来。若不是被一个有道的真僧从空看出，也只道是人间寻常悍妾恶妻，那知道有如此因由果报？这便是

① 叙事焦点和三种聚焦依热奈特定义。

恶姻缘。[1]

还有书末数语：

> 说这晁源姻缘事故已完，其余人等，不用赘说。只劝世人竖起脊梁，扶着正念，生时相敬如宾，死去佛前并命，西周生遂念佛回向演作无量功德。[2]

这两段分明是西周生现身说法警醒世人。又如回首章尾每用说话人腔调，并常于叙事中突交一声“看官”，作者插言和叙述话语就被说书人的“醒木”联系了起来。作者劝惩之用心已不待言，而说书人的声口：

> 看官听说：但凡人做好事的，就如那苦行修行的一般……[3]
>
> 这晁源与珍哥的公案至此方休，后面再无别说。[4]

粗计“看官”之呼，《引起》四次、正文十七次，皆可以类作者之言视之。作者、叙述者和说书人在这一层叙事中有微妙的重合[5]。

以上就是全书的劝惩表层。有关《醒世姻缘传》因果成分的批评和劝惩主题的分析，以及抨击该书审美价值、叙事成就的言论，到此而止。这些论调或可概括相当数量的中国小说，却非西周生的

---

① 西周生：《醒世姻缘传》，中华书局，2005 年，第 6 页。

② 同上，第 1298 页。

③ 同上，第 411 页。

④ 同上，第 666 页。

⑤ 参见夏薇：《〈醒世姻缘传〉研究》，中华书局，2007 年。

解人。

（二）人情层：合正变而见人情

人情一层以“正变”题首，“正”指世情之常与人性之恒，“变”云因果之奇并遇合之巧。二者虽然分说，其实世情的显露和人性的刻画是一贯的。

中国说部习以果报缀合情节，而有识之士不难看到报应终究敌不过作家的生活经历和情节的现实逻辑①。所以胡适、吴存存先后谈及了素姐形象的心理深度和行为动机，近年来相关研究也确乎不乏精妙的把握。惜乎此类佳作仍未阐明因果与人性在本书中的巧妙联结，或排抵、或阙如，终未见杰构全璧。鄙意商兑之外，将以此类研究置于整体叙事层次的考察和全篇人性深度的观照中，期以绳贯成文。

此外，上下两层的叙述焦点都是单一、固定的，而中间的人情层“几乎使用了通俗小说形式的所有传统技巧”②。这种简洁的对称，多少也说明了分层的准确。

1. 借因果构传奇

先论变的部分，此中囊括书内所有托以果报的内容，最重要的显系两世姻缘八个人物（晁—狄、狐—素、计—寄和珍—珠）和有关事迹，可以看作是全书的主线。相应的文本中，叙述在幽冥与人间周旋、于地上和黄泉往还，编织起针脚绵密的因果网络。而本书过人之处，在于传奇的情节背后存在深刻的现实来源一一对应，鲜明的形象之下也有心理动机各自支撑。

譬如薛素姐其人是武城县故事里雍山狐精的后身，因而姿容冠于全书，且隐隐显得貌美而近妖。除了轮回中的交代，书中又在细

① 恩格斯所谓“生活大于理论”，当然现代主义、后现代主义不在此列。

② 浦安迪：《逐出乐园之后：〈醒世姻缘传〉与17世纪中国小说》，载陈珏、乐黛云编选《北美中国古典文学研究名家十年文选》，江苏人民出版社，1996年，第322页。

部落实了素姐和狐精上下两世的联系[①]。行止透露出的狐性[②]可以看作是叙述中衬托素姐形象与其恶行相配的几段闲笔，细想来却是分析此女心态的重要依凭。先说入门后刁打丫头，是为婆家厨内少了一碗白煮鸡，家人媳妇疑心于陪嫁小玉兰。素姐之大起性气，似因主仆一体，不忿轻贱之下数说狄希陈并辱及公婆。由此一事，叙述话语迅速转入了激烈的冲突，前后全无交代，读者所以易于轻轻放过鸡肉的下落。可是稍一运思：家人媳妇以为厨房“再没见人来”，而素姐生禀狐性，偷吃鸡肉当不在话下。唯其理亏心昧，所以使性合气如狂似癫。

此处情节确需因果推动，可素姐的反应仍建立在自身心理真实的基础上，这一出“小题大做”，从后文：

> 素姐说：“放你家那狗屁！你那没根基、没后跟的老婆生的，没有廉耻！象俺好人家儿女害羞，不叫人说偷嘴！”狄希陈说：“…要是说那姓龙的根基，笑吊人大牙罢了！”素姐说：“姓龙的怎么？强起你妈十万八倍子！你妈只好拿着几个臭钱降人罢了！”[③]

可以看出素姐对婚姻的态度，于丈夫不贤[④]、于公婆不孝、于社会不伦，实源其心态的自卑——根于庶出身份和寒素家境。唯其切齿于妾生出身，自然敏感地将一切“质疑”在自己的凝视或者聆听（好听墙根）之下放大；娘家诗礼寒素与夫家新兴豪富造成的门第

① 狐精变成“一身缟素”的娇娃、死后皮毛变白。素姐得名于乃母“梦见一个穿素衣的仙女进他房去”。

② 生性惧怕鹰犬，且好吃鸡子、喝烧酒等。

③ 西周生：《醒世姻缘传》，中华书局，2005 年，第 624 页。

④ 此中当然有希陈婚前嫖娼、科场舞弊甚至迷奸合卺种种颟顸行径让素姐不屑的原因，但这里论的是她对丈夫角色的态度和另嫁别人也藏不住的本性。

差距则是她嫁后要牢牢锁住银根、霸住家产（不惜阉割公公）的根据。素姐的自卑在女性自由受到压抑的社会环境中进一步扭曲和变态，就有了种种“奇奇怪怪的事”。设无报应牵合，不露痕迹地引出薛女之出身，暗示其貌则狐仙之亚、其性实龙氏之流，人物的心理深度即无法为读者体会。此种心理深度即本层所欲厘清的人情，在这部分中藏身因果之后。

另有素姐毁容一节，是全书转折的大关目，以近乎荒诞的笔触表现她“小人革面”的场景，颇有些黑色幽默的味道。素姐“对了众人取笑……猢狲通是狄希陈”，“忘记了是猴，只道当真成了自己的老公，朝鞭暮扑”，在破相后并未深恨猴儿却“似当真吃了狄希陈的大亏一般”。如此种种，猢狲岂止有灵，直是希陈勇敢的替身。这一番虚实之间的描摹，刻意将猢狲与希陈（胡对狄）混同，从而让读者体会到素姐所受的正是丈夫的反噬而非李鬼的复仇。

庶孽身份刺激素姐在婚姻中有“正名定分”的冲动——她想当家掌财、自由出行，此女的强势个性和传统阃教形成了尖锐对立。而公婆、丈夫具在的伦理约束下，素姐只好控制希陈来“狐假虎威”，这就为素狄（宿敌）姻缘带来了统驭、控制色彩①。性学家分析虐恋关系的核心在于统治—屈从，素姐的心态确与施虐者有几分相似，都是明显的权力表达；希陈却绝非虐恋中的受虐者，他之受制，多分是贪恋妻子的美色②。由此而观，是猢狲之暴跳，正开薛女觳觫（狐素）之端——素姐之全部能为皆随毁容而逝，希陈从此脱控。此后丈夫虽仍受她折磨，身心的束缚却已挣脱。通观全书，此前素姐之鄙视希陈，不无恃美而骄；后文素姐之乞怜（第九十八回：“没的我身上也丑了么？”）、自卑（第九十五回：“这睡不睡我

① 当然还有性心理其他因素的作用，比如素姐初夜被迷奸的经过，此不申论。

② 此处文例甚多，苦无篇幅展开，可参看李银河《虐恋亚文化》中对于虐恋关系、虐恋者的定义和判别标准以及虐恋活动心理机制的介绍。

倒不放在心上，不希罕这丑营生！”），甚至卖弄（第九十七回荡秋千一节），种种行藏更可见毁容后隐伏的性心理。人情层要发掘的内涵，就是男女在婚姻中的地位、心态及其相应的社会关系。深刻的人性就在富含象征意味的情节之后。

最后由毁容联想到前世晁源杀狐取皮的经过，原来两世间的遇合如出一辙！这样的巧合、宿业透露出狐精—素姐勾引、控制男人的凭借不过是幻化的皮囊。进一步说，这段分析则尤能见到人性中普遍、恒长的“内容”：美色惑人，世上男子每入彀而甘心、脱困而不能；同时素姐丑陋的容颜正是其扭曲内心的外化，推及世间，美人也总不免红颜弹指的悲叹。总之两世姻缘宿世纠牵的背后，不是因果的伟力，而是人欲的恒长。扩而充之，这两幕场景就可以联系上人类历史中如此之多近乎“重演”的悲喜剧。

童寄姐的前身是晁源的正妻计氏，晁公公托梦点出来历：“你媳妇三世前是他（指狐精）同会上人”。这句闲笔似是只为狐精不愿侵扰晁宅做个注脚，直到狄希陈要给小珍珠做冬衣，叙述话语表出“但寄姐这个狐狸精，透风就过，是叫人哄骗得的？”计氏与狐精同会的伏笔，应在下一世寄姐身上，难怪在折服了素姐之后，寄姐就逐渐“性格变成了个素姐的行藏”：

> 臭贼！不长进的忘八！……你是那混账不值钱的老婆生的，不害羞；我是好人家儿女，知道羞耻，要穿件衣裳，要戴点子首饰！[①]

如此看来，素姐寄姐同族同类，狄希陈总逃不出狐精的残害。更进一步，寄姐之妒始于买婢，寄姐之悍盛于入川，自有其性心理天然的理由。通观希陈的婚姻、性爱，不禁令人悬想：寄姐的前后

① 西周生：《醒世姻缘传》，中华书局，2005 年，第 1117 页。

变化恐非偶然，设使藏之金屋的另有其人，行动或无二致。如果狄希陈未脱素姐桎梏、先入寄姐藩篱的遭际多少带有被动性，那么婚外的种种风流（甚至有些饥不择食）隐隐透露出婚内性爱的乏味和追新逐异的心态，就意味着即使素姐容颜无损、寄姐温柔可人，一旦（甚至不待）华发侵朱，希陈也终究会有旁顾。这旁顾本不成为问题，传统伦理对男性没有“专一”的道德要求；即使有，也是“不弃”而非“专情”。然而《醒世姻缘传》中出现了大量女性对丈夫的“杂情”之责。书中的“妒妇”描写，既反映彼时两性观念的风向，也体现了婚姻和人性本质上的冲突与和解。

表现人性是作品的真正价值，而因果是本书叙事的“方便法门”，也是历来做小说的“本地风光”。世间人、事，总非孤立存在。说部中的“因由果报”，不妨看作是情节中富有传奇性的巧合。在高明手眼之下，带有因果联系的巧合正是表现真实的捷径——在这个层面文学作品可能较现实历史更“真实”。冯梦龙“事真而理不赝，即事赝而理亦真”，亦此之谓也。

以上所论是人情层的第一部分，既谈因果也论人情。

2. 用常情露世相

上节“自其变者而观之”，而常已在其中。本节主要分析情节中常的意义，及其对变的消解。要之，变与常两种叙事相反而适相成，都是人性支撑其后。

副线故事每安排于主线情节发展的高潮和重要人物的一番议论前后，如小青梅（第八回）、单于民（第二十五回）、宝光（第三十回）、汪为露（第三十五回）等，贪酷无厌、忝报聚麀、忘恩负义，可见世风之浇薄。也有杨春（第三十四回）等故事，可觇人心之公道。这些副线中不沾因果的情节属于“常叙事”，如小青梅、程大姐（第七十二回）和郭将军（第八十七回）、吴推官（第九十一回）故事，范围不出男女情爱，反映了彼时社会各阶层的两性观念和关系。此类主线分衍的枝节，内容比较简短、甚至不够完整，单看可谓主线的注脚，与主线合观即是全局发展的推手[①]。由于常叙事缺乏因果的交代，推动情节的逻辑只能是人性本身，因此更直接地表现了社会现实。然而唯其短小，讽世的笔触固然犀利，内涵却显得有限。它们的价值更在于消解全书的报应成分、衬托变叙事的人性深度。近年来有关本书因果作用、意义的研究，大多看到了这一层面。

希陈智赚素姐后携寄姐入川赴任，此时童女已不能制，陈哥儿只好再效季常。无独有偶，郭将军二妾正不相下。后者并无宿业纠牵，家反宅乱却如出一辙。及至狄经历到任理事，比邻的吴推官更是逃大妇之难又着了小星之手的同调，两家官人共襄庶务、主妇同行坤罚。刑厅考察属员时的一番议论：

> 据此看起来，世上但是男子，没有不惧内的人。阳消阴长世道，君子怕小人，活人怕死鬼，丈夫怎得不怕老婆？……各官也不下四五十位，也是六七省的人才，可见风土不一，言语不同，惟有这惧内的道理，到处无异……今日之事，本厅与诸公都是同调。[②]

可见书中惧内的人才不少，遭难的夫主尽多，这就自然消解了希陈婚姻不幸的报应色彩，转而直接引向了普遍的世相人情。这就是人情层第二部分的“以常见情”，暴露世相的同时解构神道——也并未失落其中的深度。相反，抽出因果后是更纯粹的人性展露。结合葛受之评语：

> 希陈与素姐、寄姐与小珍珠，冤家聚头，合当如此。但世

① 小青梅葬送了计氏（第九回被诬自杀），程大姐带累着素姐（第七十三回上庙受辱）。

② 西周生：《醒世姻缘传》，中华书局，2005 年，第 1181 页。

> 人不是冤家的，也常如素姐之打希陈、寄姐之打小珍珠，与希陈一样。何也？总之，男子汉着了畏、爱二字，此等魔君自然作怪。作者托言前世冤家，为世人开一遮掩之径耳。[①]

以现代价值审视书中不和谐的婚姻，畏、爱二字固是症结所在，丈夫与妻妾一对多的不平等性关系更难逃其咎。要之，经过一番对照，叙事中因果的覆盖逐渐从恒长的人性选择上被剥落，而陡然现出荒诞和悲凉的基调。作者似是看透了永不餍足的情欲与尚后弃前的性心理，却又终于无如之何，只索付于冥漠。可叹西周生至今年世难考、声采靡追，立言的大旨无从确说。

孤证不立，以下稍论文本中消因果、见人情的手段。

先是叙述话语直接的冲突：

> 晁源依旧见神见鬼，一些没有效验。你道却是为何？若是果真有甚闲神野鬼，他见了真经，自然是退避的，那护法的诸神自然是不放他进去。晁源见的这许多鬼怪，这是他自己亏心生出来的，原不是当真的甚么鬼去打他。可见果报不过是托词，惟人自召。[②]

这段说书人口吻的说法与全书中弥漫的果报相悖，可看作是全知叙事之内的解构。

其次是其他限制叙述者的不可靠，叙事中对因果的交代或借神明之口（第二十九回），或假方外之词（第四十、六十一等回）。然而第四十二回狐狸假作汪为露鬼魂，托词奉玉帝旨意临凡，以及末

---

① 西周生：《醒世姻缘传》，中华书局，2005 年，第 1024 页。

② 同上，第 216 页。

回交代地主之罚不当罪[①]，简直撼动了执掌果报的神道权威。而小青梅、白姑子之流，甚至是胡、梁二人的僧道形象，无疑寄寓着尖刻的讽刺。程大姐恣肆的性交更是对第四十回“神尼”所谓“但凡人世上偷情养汉，总然不是无因，都是前生注定”的反击。总之，报应循环在叙述者的可疑中显出荒诞和不实的一面。[②]

再次是出现在人物对话中的语词“常事”，与业报内容形成了对抗。书中存在：

> 大叔既房里娶了人，这也是人家常事，当初你大婶原该自己拿出主意，立定不肯，大叔也只得罢了。[③]（晁老夫人）
>
> 你女诸凡不贤惠，这是人间老婆的常事，我捏着鼻子受你的。[④]（晁源）
>
> 惧内怕老婆，这倒是古今来的常事。[⑤]（叙述话语）
>
> 就是丈夫外边有些胡做，这是做男子的常事。[⑥]（薛教授）
>
> 没的家说！一个男子汉，养女吊妇也是常事，就该这们下狠的凌逼么？[⑦]（童奶奶）
>
> 这吊杀丫头，也是人间常事，唬答得这们等的！[⑧]（童寄姐）
>
> 奶奶，你消消气罢。两口子合气，是人间的常事，那里放

---

① 晁源之罪似乎在心不在行，或与心学流行有涉。可联系《金云翘》的果报预设正是翠翘起了春心。

② 不少研究者还发现书中的果报经过了儒家思想的改造。

③ 西周生：《醒世姻缘传》，中华书局，2005 年，第 95 页。

④ 同上，第 105 页。

⑤ 同上，第 300 页。

⑥ 同上，第 569 页。

⑦ 同上，第 967 页。

⑧ 同上，第 1027 页。

着就要跳河？[①]（张朴茂老婆）

也是人间的常事，没有甚么大得罪，容赔过礼再说，谅得奶奶定是不计较的。[②]（吴推官）

娶妾也是常事，离家不远，先差个人合我说知，待我不许你娶，你再矫诏不迟。[③]（吴夫人）

可见男子杂情、惧内，妇人不贤、善妒，以及夫妻不和，实为人情所同、不假因果而后成立的常事。反复出现在变叙事人物口中的常事，正是对缘法传奇性的消解。

最后再看宿缘中人物的对比：素姐之不良由于换心，缘何寄姐之学步能独持旧窍呢？矧曰前者一贯厌恶希陈，后者才是改辙更张、变脸换心的典型。狄生一妻一妾相近的冤孽报应适足以解构“换心”的合理性，而将婚变归于生活本身的逻辑。于是读者自悟，“狐心”殆出于母氏之女教、藁砧的暗懦以及复杂的两性心理反应。惟作如是之观，寄姐未见神明而心已早换，盖其自卑与素姐无二：后者耻于庶孽，而她更是家道破落与人为妾；希陈之颟顸荒唐不改：先是愚顽不学，后来糊涂选官；至于妒而自专更是人之天性，熟而生厌也是婚姻常态。

进而素姐之惑：

这却连我也自己不省的。其实俺公公、婆婆极不琐碎，且极疼我，就是他也极不敢冲犯着我，饶我这般难为了他，他也绝没有丝毫怨我之意。我也极知道公婆是该孝顺的、丈夫是该爱敬的……我却明白又悔，再三发狠要改，及至见了，依旧又

① 西周生：《醒世姻缘传》，中华书局，2005 年，第 1120 页。

② 同上，第 1175 页。

③ 同上，第 1177 页。

还如此。我想起必定前世里与他家有甚冤仇，所以神差鬼使，也由不得我自己。[①]

和寄姐之疑：

俺从小儿在一堆，偏他说句话，我只是中听；见他个影儿，我喜他标致。人嫌他汗气，我闻的是香；人说他乜䵢，我说是温柔。要不是心意相投的，我嫁他么？如今也不知怎么，他只开口，我只嫌说的不中听；他只来到跟前，我就嫌他可厌。他就带着香袋子，我闻的就合躧了屎的一样。[②]

也不妨和现代人的围城之叹合观，世上原不止一朝一代一个家庭有此烦恼。希陈之一蟹不如一蟹，世人之学（薛）素姐、同（童）寄姐[③]正是这部书中荒诞、狂欢背后的苍凉和落寞。

以上的阐释构成了人情层——全书叙事层次的中心，前修有关《醒世姻缘传》两性关系和因果叙事的文章都应集中在这个系统内。

（三）文眼：析全篇遂窥文眼

在变与常相反相成的两种叙事构成的人情层之下，还藏有一个内聚焦的叙事层次：人物口中的故事——也即“话中话”、故事里的故事。书中这类叙事不少，但多比较破碎，相对完整的是素姐于归前夜薛教授教女一节：

若是恃了丈夫的恩爱，依了自己的心性，逞了自己的骄嗔，那男子的性格有甚么正经，变了脸就没有体面，一连几

① 西周生：《醒世姻缘传》，中华书局，2005年，第760页。

② 同上，第1026页。

③ 徐志摩即认为身边有甚于素姐之女性。

> 次，把心渐渐的就冷了……况且又不光止打骂那妾，毕竟也还把自己丈夫牵扯在里头……自然投奔到小的屋里去了……你还不晓的那林大舅，就是你娘的弟，娶了你后来这个妗母，拿着当天神一般敬重……如此待了这们几年，你妗母陪嫁的一个丫头，叫是小荷香，你大舅就合他偷上了。待了几时，你大妗子打听出来……骂一声臭窠子，就带上一声贼忘八……连把外婆也顶撞起来。叫你大舅指着顶撞婆婆为名……另收拾了一所房子……把小荷香弄到那里……到如今合你妗母如世人一般！可也有报应，宠的那小荷香上头铺脸，叫他象降贼的一般，打了牙，肚里咽。[①]

如同一般的常叙事情节，这段女诫并无因果，而且推动着变叙事发展：作为素姐新婚当晚不愿合卺的直接原因存在——冗长又古板的说教引起了困乏和逆反。所以单列一层，在于深夜薛教授意犹未尽地住了话头后，叙述话语只用三十一个字就过渡到了素姐惊梦换心一节，从而进入全书的叙事高潮。合观两节，狐心之覆既发，女诫正是换心的引子殆无疑义[②]。

换心的象征意味前文已经有论，在此前提下，这段位于文本中心的故事多少也具备隐喻的色彩——它是全书几乎所有两性关系的檃栝缩写。简说这段故事的要点：正妻善妒而降夫灭妾、殴公骂婆，遂至良人愈加离心、索性另立别室，于是小星恃宠而骄、变本加厉。以之覆按，晁源之宠妾灭妻、希陈之脱困入彀都可谓若合符节。进而可以说本书就是在这则“瞻前顾后”的谶语基础上展开的：它居于文本中心，对前四十三回故事进行总结，对后五十六回进行预叙。西方批评术语中有“原型”和“母题”等概念，用以范

① 西周生：《醒世姻缘传》，中华书局，2005 年，第 569–571 页。

② 第九十一回吴推官岳父一番教女可以看作是文末对文眼的呼应。

围这段故事显然有些言不及义。“核心”与“本质”的表达似乎也相差一间。刘熙载《艺概》中对文眼的定义或可借鉴：

> 揭全文之旨，或在篇首，或在篇中，或在篇末。在篇首则后必顾之，在篇末则前必注之，在篇中则前注之，后顾之。顾注，抑所谓文眼者也。

文眼既出，三个层次的关系应作：

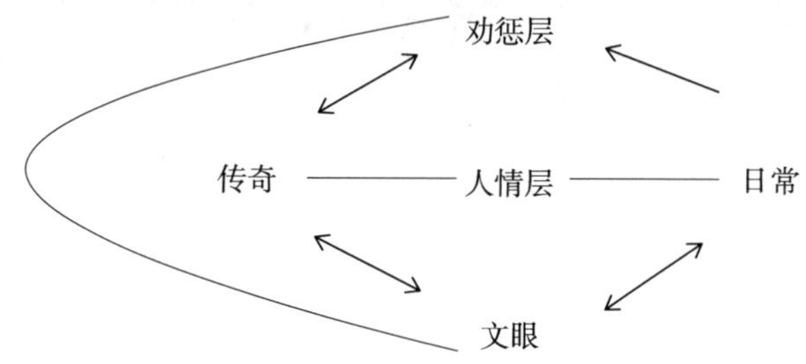

文眼是推动人情层发展的环节，也作谶语加强了劝惩层的报应效果，既为提供仿写“材料”的“模型”，又起到预叙的作用。三重层次的互渗（互文性）值得重视。引入俄国形式主义者对故事（fabula）的定义：

> 任何一种叙述都含有两个层次，表面层次是实际的叙事顺序（sjuzet），底面层次则是事件抽象的时间顺序或可能的逻辑顺序。也就是故事（fabula）。小说读者和话剧观众从叙述所展现出来的一桩桩事件中、从闪回（flashback）或预想未来（anticipation）中、从所指或实际的空缺（GAPS）、从叙述中逐渐发现、了解情节的深层逻辑……①

观照本书，劝惩层架设了报应结构，由首回到末回次第展开。

① 胡壮麟、刘世生主编：《西方文体学辞典》，清华大学出版社，2004年，第125页。

人情层的表达虽然部分暗合着书中隐伏的时空顺序，从推进的过程和发展的先后看，其实也未尝离于因果。只有文眼，虽处实际叙事顺序中，却承担闪回和预想的作用并指引着深层逻辑。可以说《醒世姻缘传》的底面层次、故事（fabula），是从文眼中发现的，可以不时视为一体的前两层正从中层层嵌套而来。

二、《醒世姻缘传》寓言式表达的潜能

浦安迪将《醒世姻缘传》中“人物所选姓名的意义”和“水的形象联结了某些重要的意义模式”指为小说“寓言式表达的潜能”。虽然浦氏随文遣词，并未透露他心中所谓“寓言式表达”的定义，又尽管这个提法囿于“修辞范围内”①，甚至自谓“把该作品整个作为一部寓言来读是没有什么道理的”②，他总归点出了这部作品在一个层面上的特质。鄙见颇与此说冥合，一遇即大感相知，遂摭其所未备略论如下。

（一）释“寓言”

浦安迪笔下的寓言，当然指西方文体。兹引《西方文体学辞典》中有关寓言（allegory）的论述：

> 寓言并不是一种简单的记叙文，它除了表层意义外还有一层意义，这另一层意义可能是政治的、历史的、伦理的、宗教的……寓言可以被视作一种扩展的隐喻（修辞意义相对于字面意义）或歧义（双重/多重意义）。尽管我们可以说所有的文学都是关于伦理的，而且文学需要一种寓言式的解释过程，但

① 联想到布斯《小说修辞学》实际上论证了小说叙事的技巧，浦安迪的“修辞”也可能介入了叙事。

② 浦安迪：《逐出乐园之后：〈醒世姻缘传〉与17世纪中国小说》，载陈珏、乐黛云编选《北美中国古典文学研究名家十年文选》，江苏人民出版社，1996年，第325页。

> 严格意义上的寓言是反模仿的（anti–mimetical）。这里，叙述层并非如类比层或类比意义那么重要。与此相关的文学形式有动物寓言（beast–fables）和说教寓言（parable）以及布道中的“例示”（examples[exempla]）。
>
> 我们会发现有的作品使用了拟人及抽象的地点和场景等明显的寓言手法……表层文本常常不会提供别的解释线索……
>
> 在19世纪，寓言经常用来同象征（SYMBOLISM）相比，这种对比是很不利的，因为寓言符号（SIGN）有固定的意义，而象征符号（SYMBOL）可表示多种意义。不过寓言本身倒是可以视作一种有系统、有结构的象征。①

以上是舶来之寓言。而中国文类本有寓言一体，《庄子·寓言》曰：

> 寓言十九，借外论之。亲父不为其子媒。亲父誉之，不若非其父者也；非吾之罪也，人之罪也。与己同则应，不与己同则反；同于己为是之，异于己为非之。

所谓“寓言十九”，陆德明释文：“寓，寄也。以人不信己，故托之他人，十言而九见信也。”这种借外论之的手法是《庄子》最重要的表现方式，各篇的旨趣由寓言串联起来。

旧时译者必见二者之近似，遂相对译。是以今时国人言及“寓言”，语实宽泛。本章论述亦兼该东西而括言之。

① 胡壮麟、刘世生主编：《西方文体学辞典》，清华大学出版社，2004年，第13页。

（二）寓言式表达

拙文所谓“寓言式表达”接浦安迪故智，亦专为《醒世姻缘传》而设：“非寓言而近”的长篇小说尚不足归纳一种专门文体，无以名之，遂相比类。此特出于无奈，不必拘牵术语。

以下论述根据上节文体定义，结合本书的三重层次说及其他特质，略申本书的“寓言式表达”。

1. 多重意义

多层导致多义已不待言，唯需回应寓言文体对模仿的排斥：三层虽有仿写和扩／缩写，但这种相似从果报不爽转入世相有常，最后由文眼将问题提升到了哲学高度，显见各层的内涵和关系不是简单的模仿[①]。“反模仿”应针对意义而非形式。

另需说明：不惟寓言，反讽、隐喻也都需要双重／多重意义，甚至进一步要求其间的颠覆关系。拙文无法回避术语上的含混，不过寓言既可以视为“扩展的隐喻”“一种有系统、有结构的象征”，那么不妨先立其大、以巨括微。

2. 寓言手法

此点可以看作是多义的延续，盖以下手法旨意皆在联通各层而加深内涵、造成“歧义”。上节提出寓言手法有拟人，而《醒世姻缘传》与其说将猢狲、狐精拟人，毋宁是赋予了人物“兽性”——以此与人格相对，人类最本质的属性不是通于动物性吗？如是观之，书中种种不能调和的矛盾或正出于此，因而也就看不出解脱的门径。当然，西周生未必明白一些动物的“社会关系”确实或多或少有着与人类相近的样态。但无论以物拟人还是以物赋人，这种手法让书中形象分外鲜明，也一定程度近于西方的动物寓言。

① 西方文论中的“模仿”，从柏拉图、亚里士多德到艾布拉姆斯，妙见迭出。《醒世姻缘传》不只是对现实的模仿，还有文本层次之间、之内的相似。这种复杂关系值得深思；布斯分析《十日谈》，认为第五天的故事都有相同的主题，而核心就在第九个。可见外国文学亦有类似的结构，有待深入比较。

此外还有抽象的地点和场景，文本中最明显的运用是“富有村无忧里”[①]。

至于隐喻和象征手法也不在寓言之外，文例则指不胜屈。浦安迪提出了水的象征意义，不乏慧眼。叙述话语在第二十三回转向再世姻缘时，正从“名山胜水”“洞天福地”开始用笔。绣江明水和“淳庞朝气”对应着杨尚书的嘉言懿行，后来敦厚转为儇薄，灾祥又正滥于水污。上文有说，“狐心”亦系象征，意义也不烦絮言。其实书中“心”意象不止于狐：良心、天心、善心、邪心、狼心、狐心……靡不托讽。比如晁源在轮回中所受报应不少，究其所以是杀狐取皮。可狐精居心不良，想来自卫、除害亦无伤于阴骘，何其受难罹责之重如此？首回的叙述话语和末回阴间的判词，以及第三回中晁公梦中指点，皆拈出一个“心”字：

> 谁知他恃了自己神通广大，又道是既已变了人像，那鹰犬还如何认得？况又他处心不善，久有迷恋晁大舍的心肠……那知晁大舍从来心性是个好杀生害命的人，不惟不肯救拔……照着马下狐精所在，对镫一箭射去……[②]（叙述话语）
>
> 你起先见了他，不该便起一个邪心……[③]（晁公公）

可见狐精取死、晁源受难，固由妄作、亦因邪心。又如侯小槐人本老实，受尽汪为露欺压。汪氏死后，还要受其鬼魂（狐精假扮）折磨，书中也有交代：

> 侯小槐……却倒将转来，逢人说起汪为露的名字来，开口

① 参见第三十回超度计氏的文疏。

② 西周生：《醒世姻缘传》，中华书局，2005 年，第 14 页。

③ 同上，第 30 页。

> 就骂。媒婆说起汪为露的老婆嫁人，起初还有良心发见，惟恐汪为露的强魂还会作业，不敢应承……又自己转念说：“汪为露……那里晓得自家的个老婆不能自保，就要嫁人！我娶了他老婆来家，足可以泄恨！”这等发心，已是不善……①

显然轮回中功罪要察考心术，是以心的寓意不是闲笔。

浦氏还关注到了“人物所选姓名的意义”，这当然也是象征的一端。细绎之：晁源是报应之源，也是人欲之潮（晁）的源头。转世后成了狄（匹敌、的确）希陈；狐精而素姐，似隐“觳觫”，又以白衣仙女入梦为素姐得名之据，与希陈适成为“宿（素）敌（狄）”；计氏似言中计，寄姐则与素姐对照成一常（素）一变（寄）。以二女之姓为薛（学）、童（同），点出希陈之终不得安（银匠薛和同似亦有此义）。又与希陈凑成鬏（狄）髻（寄）——正是小星之礼、通（童）敌（狄）；珍哥之姓施，谐“失贞”音。珍珠则受“诛”。

3. 嵌套结构

此点仍是由三层结构生发而来。作者在安排主线之后，就有副线与之呼应。叙事者在“讲述”了一段故事后，又每借人物之口“展示”另一段故事对比②。书中人物之辩论说理，也往往假亲戚邻里作话头。这种不断“托之他人”的做法成就了文本的多义性，更使全书的结构显出一种“嵌套”样态：大小故事、上下层次都处在嵌套中。这不由引人联系到即物取譬、借外论之的中国寓言。《庄子》一书“寓言十九”，文辞参差、结构散漫，通观却不失珠联绳贯、諔诡可观。《醒世姻缘传》“乍视之似有支离烦杂之病”，细观则“闲言冗语都是筋脉”，经纬相牵、变化无穷。

---

①西周生：《醒世姻缘传》，中华书局，2005年，第540页。

②“讲述”“展示”的概念，参见布斯《小说修辞学》第一章《讲述与展示》。

进而论之，《庄子》恣纵不傥，出以“谬悠之说，荒唐之言，无端崖之辞”。《醒世姻缘传》亦“造句涉俚，用字多鄙”，离奇更毋论矣。《庄子》不作庄语，“以卮言为曼衍，以重言为真，以寓言为广”，《醒世姻缘传》则依托因果，“托言前世冤家，为世人开一遮掩之径耳”。这些特征虽是所有小说都具备的“寓言式解释过程”，而本书之特为神似仍迥出他书之上。至于表达的深度和故事间的联系，更是一般作品难望的。设使前代点评家看到这种交涉，或许会不吝说：“此书规摹《庄》《列》，猢狲类于蝴蝶。步武《金瓶》，勃兴自有促灭。鬼狐轮回正可等鲲鹏变化，贪痴冤孽无非是人情陆离。真也幻也，绍齐物之遗意。是耶非耶，庚兰陵之彩笔。”

以上是《醒世姻缘传》合于寓言文体定义的特征，率不离三重叙事层次。继此思路讨论造成全书寓言意味的其他特质。

4. 梗概简单

浦安迪说“把该作品整个作为一部寓言来读是没有什么道理的”，长篇小说确实无法和一般意义的寓言在篇幅上匹配。然而本书用深度而非广度拓宽意义，是以卷帙虽多，情节梗概却不复杂：《引起》只用一百四十四字即可范围全书内容。这当是多重层次的作用。读者可以选用任何一层切入、认识《醒世姻缘传》——孤立的一层会遗漏些许内容却不至丧失全部意义。特别是劝惩表层和里层文眼，同样采用单一、固定的聚焦，前者属典型的“讲述”叙事——正是寓言的叙述方式；后者不用概括，天然就是修短合度的寓言篇幅。分观之，两层各有寓言特质。在上下对称的支撑中，人情层的副线又紧紧围绕主线展开，收放自如。于是合视之，全书的梗概虽然简单却蕴含深厚，确如隽永的寓言。总之，独立又联系的三个层次赋予了本书含蓄不尽的意味。前人每囫囵看去而不加细品，自然被所谓“拖沓烦冗”的浮云遮眼。

5. 形象突出

不朽的人物典型或者形象侧影，甚至可以让人忽略书中情节的委曲，长久活在读者心中。西方批判现实主义作家尤其不乏这类作品，中国一些讽刺犀利的小说如《儒林外史》也是如此。此类名作的共同点在于集中地塑造“扁平人物”，而且多用讽刺手法。《醒世姻缘传》和其中的一干人物，似乎也可以归于以上的描述。然而三层叙事的精巧结构却赋予了角色更深厚的内涵：

在劝惩层报应前定、鬼狐附身、命名托讽的作用下，素姐被叙事权威塑造成一个悍妇的典型形象。此类“图解”式的描摹，讽刺固犀利矣、形象固突出矣，人物却只能扁平地露出自己变态的一面，不免有刻画太露而谑近乎虐的问题。幸而迭成故套的作者惯技，亦带有天然的“间离”效果[①]——脸谱化的称谓和传奇的遇合消解了叙述的真实性，在交代人物性格、作用和结局的同时，成了脱出叙事权威的提示。读者依着提示进入人情层，自然发现扁平的形象之下存在丰富的心理内容和深刻的人性本质。叙事由讲述向展示过渡，阅读体验颇类于命运悲剧到性格悲剧的转向，扁平人物因此变得丰满。最后文眼的发现，把两性离合、男女悲欢的社会问题提升到了哲学高度，种种冤孽不幸背后是人类无限的欲望和婚姻固定伴侣之间永恒的紧张、剧烈变化的现实与相对稳定的社会伦理之间激烈的冲突。在这些复杂问题关照下，书中角色成了寓言中的符号。

6. 浪漫色彩

尽管前面论述了因果背后的人性深度，书中仍有情节进展和人物反应无法用现实逻辑解释，只能归于浪漫和夸张——这也应属寓言的笔法。对比看来，西门庆的发迹代表了一个阶级勃兴的现实，晁家的骤贵则在讽刺之下显得不堪。前后相较，晁奶奶本是宠溺儿子的“混账爹娘”，胡、两二伶更为以色事人的阉党余孽，二十回后行止率皆陡转，终于成圣成哲。总之因果的纠牵没有掩盖人性的

① 此用布莱希特戏剧理论。

真实，事件的现实逻辑也并未能抹杀全书的浪漫色彩和戏剧性——这些特质正是构成寓言或者说将本书比为寓言的重要因素。

以上根据三重叙事层次，继浦安迪余绪，阐释所谓“寓言式表达”。本书不是什么文体的试验场，作者也未必有多少形式上的“先锋”意识，此种游戏之笔、有意无意之间的成就亟待更多的发现。

三复《醒世姻缘传》，耑窥其男女离合之情，遂觇前修未见之人物关系，此可谓之“纬度”。又苦无义理以括言之，故申“叙事层次说”，此可谓之“深度”。二者既已厘清，当次及全篇结构之“经度”，惜乎所得不夥，只有阙如。至于“寓言式表达”，衍叙事层次而出，水到渠成。即此数端发见，《醒世姻缘传》的叙事成就与艺术特色理当重新估断，不佞于是作文光其声价。

第四节
“三言”中的婚恋与两性描写

一、两性关系中的市井观念

“三言”全方位地展示了十六、十七世纪之交中国市民五光十色的生活画卷，真实地描写了生活在那一时代的市井细民的理想、信念、动摇、追求、迷茫、困惑，痛苦与欢乐，爱情与死亡。“三言”中艺术成就最高，最富时代感的内容是那些描写男女性爱的篇章。

虽然唐代传奇所开创的才子佳人式的爱情题材在“三言”中仍占有一定的比重，如《警世通言》卷二十四《玉堂春落难逢夫》与《李娃传》，《警世通言》卷三十四《王娇鸾百年长恨》与《霍小玉传》在情节模式与叙事结构上都具有某种一致性，但这类故事在“三言”中已非主流，而且即使是同类的才子佳人题材，其着眼点与审美取向也大相径庭。譬如《醒世恒言》卷二十八《吴衙内邻舟赴约》，叙扬州府尹吴度携眷赴任途中，泊船江州，邂逅新任荆州司户贺章，两船相傍以避风浪。吴子彦与贺女秀娥隔舟相望，互生情愫，秀娥乃私邀吴彦深夜跨船幽会。不意二人熟睡之中，船已解缆开行，吴彦只得隐匿秀娥舱中，数日后终于败露。贺章为全体面，使家人知会吴度，遣媒纳聘，卒成姻眷。这故事中的男女主人公身份仍是官宦人家的公子小姐，但是他们表达爱慕的方式已全然没有了这类小说通常喜欢铺衍的那些繁文缛节。叙述人刻意强调的是一对青年男女的迫不及待的赤裸裸的性爱。秀娥投给吴公子幽期密约的诗（也是全篇秀娥的唯一一首诗）是这样写的："花笺裁锦字，绣帕裹柔肠。不负襄王梦，行云在此方。"[①]此前这类小说中最擅长表现的小姐初见公子时的那些羞涩、佯嗔，种种做作在秀娥身上已荡然无存，她心心念念，魂牵梦萦的事情只是与吴衙内共度春宵。梦中是"吴衙内门启处便钻入来，两手搂抱。秀娥又惊又喜。日间许多想念之情，也不暇细说，连舱门也不曾闭上，相偎相抱，解衣就寝，成其云雨"[②]。实境中则是"彼此情如火热，那有闲工夫说甚言语。吴衙内捧过贺小姐，松开纽扣，解卸衣裳，双双就枕"[③]。这样直接诉诸感官享乐的价值取向显然濡染了市井阶层的性爱观念，同时也与晚明社会自上而下的纵欲思潮息息相通。

吴衙内与秀娥小姐的私情，是在极富喜剧性的情境中败露的，而这个喜剧性的关捩便是吴衙内食肠的宽大，隐匿在小姐舱中，每日不得不忍受饥肠辘辘。色的满足与食的匮乏之间形成了一种幽默，这种幽默谐谑又显然浸透了市井的狡狯，至于这样的食量是否符合一位三四品官员公子的身份，则是读者不屑于追究的。

《醒世恒言》卷七《钱秀才错占凤凰俦》与卷八《乔太守乱点鸳鸯谱》也是极富喜剧性的婚姻佳话。前者写吴江富室之子颜俊欲娶洞庭西山富商高赞之女秋芳，自忖貌寝才陋，又知高因女美，必欲自择佳婿。乃求表弟钱青冒名顶替，赴洞庭西山应选。钱系寒士，然才貌兼备，又谦恭知礼，高一见大喜，遂定婚期，遍告亲

① 冯梦龙：《醒世恒言》，岳麓书社，1993 年，第 531 页。

② 同上，第 530 页。

③ 同上，第 532 页。

友，择日使婿亲迎。是日，钱只得再次伪饰过湖就礼。不意湖上风浪大作，舟楫皆阻。高乃做主命新人即日成礼。钱坚拒不获准，只得入新房，然誓不苟且，三日间于新妇秋毫无犯。三日后风止，始得携眷返乡。颜俊早已如坐针毡，且又以己度人，逆料钱青必已先行苟且。一俟来船傍岸，既对钱大打出手。值该县县尹路经此处，将一干人等带至公堂，终至案情大白。县尹爱钱之才，又敬其为人，乃将秋芳判归钱青。这故事的喜剧性在于颜俊煞费苦心，惨淡经营的婚姻计划最终成了促使他人喜结良缘的触媒。颜俊所代表的是那种资质浅陋又不自量力的第二代富商，父辈积累的财富适足让他养尊处优，私欲膨胀。叙述人实则从他动念求亲伊始，便已将他置于道德有亏的一方，同时亦将其骗婚的一切努力置诸徒劳无功的过程。因此这些努力便显得十分可笑。郎才女貌仍是这类故事所标榜的婚姻理想，具体到这一篇，却还有更深一层的价值指向，那便是通篇所隐含的读书人的优越感。作为故事中的男主人公，钱青虽然父母双亡，一贫如洗，但却有满腹的才学，高尚的道德。县尹判词中所云“两番渡湖，不让传书柳毅；三宵隔被，何惭秉烛云长”①实际已代表了社会普遍的道德评价，佳人配才子的预期也便在这种道德的渐次展示中得以实现。

《乔太守乱点鸳鸯谱》的故事脍炙人口，一系列的欺骗、误会、错认、巧合，男扮女装，弟代姊嫁，姑嫂同眠，姻亲反目，构成了小说环环相扣的喜剧冲突，而最后乔太守的极为顺乎世俗人情的“乱点”则把喜剧推向了高潮。这故事也有一个基本的道德判断，即凡是符合人性常情的行为，便不悖于理，便可以视为道德。这个标准也即是乔太守断案的依据，所谓“弟代姊嫁，姑伴嫂眠。爱女爱子，情在理中；一雌一雄，变出意外。移干柴近烈火，无

① 冯梦龙:《醒世恒言》，岳麓书社，1993 年，第 125 页。

怪其燃；以美玉配明珠，适获其偶”[①]。故事中每一个不道德的举措背后都有其合于人情物理的动机，但这些动机却大都与礼教心防格格不入，因此，乔太守的“乱”实际只是用市民的思维逻辑取代了正统的道德判断，他也因此成为市民利益的代言人和市井趣味的欣赏者。

婚变，也是“三言”擅长敷演的题材。如果说《乔太守乱点鸳鸯谱》是用喜剧谐谑的手法轻描淡写地遮掩了三桩婚姻内藏的不合正统礼法的尴尬，那么，《蒋兴哥重会珍珠衫》《简帖僧巧骗皇甫妻》《蒋淑珍刎颈鸳鸯会》《金玉奴棒打薄情郎》《宿香亭张浩遇莺莺》《王娇鸾百年长恨》等篇，则是以十分严肃的笔触全方位地展现了那个时代婚姻性爱的真实面貌。其中，“简帖僧”“刎颈鸳鸯会”“金玉奴”“宿香亭”，本事皆出于宋元话本或传奇，自然也就带有宋元时代特定的社会风情与审美趣尚。这四篇连同另外两篇取材于明代传奇的拟话本，实则是从不同的角度关注着一个共同的问题，即如何面对新的社会环境、新的人际关系对传统一夫一妻婚制的冲击。对于来自外力的破坏干扰，这些小说依据不同的道德观念提出了不同的解决途径。“刎颈鸳鸯会”采取了最激烈的暴力手段，让无辜的丈夫手刃奸夫淫妇。“简帖僧”则用稍委婉的方式，以丈夫捉获奸骗妻子的歹人，官府判令夫妻重圆为结局。但两者都着重强调了夫权的不可动摇。“金玉奴”与“宿香亭”是采用妥协的办法来化解婚姻与情感的矛盾，不过，“金玉奴”的妥协带有十分明显的人为的牵强，现代人将难以想象一个谋杀过自己情人的男人如何还能与幸免于难的该女子结成连理，以及一个被自己所爱的男子谋杀过的女人如何还能与之共度婚姻生活。“宿香亭”同“金玉奴”一样，也采用了一个习见的男子变泰负心的故事框架，所不同的是“宿香亭”赋予了李莺莺超越一切凡俗女子的果敢坚毅，让

① 冯梦龙：《醒世恒言》，岳麓书社，1993 年，第 148 页。

她径闯官府，直陈情愫，从而改变了张浩的婚约，主宰了自己的命运。莺莺的行为根据是“昔文君心喜司马，贾午志慕韩寿，此二女皆有私奔之名，而不受无媒之谤。盖所归得人，青史标其令德，注在篇章，使后人继其所为，免委身于庸俗”[①]。文君私奔与韩寿偷香，事载史籍，成为后世最有影响的风流佳话，小说戏曲中的青年男女多以此作为私相授受，越礼悖俗的心理支撑和道德依据。但它所容许的审美期待有一个必须遵循的前提，即演出风流故事的男女一定要符合才子佳人的标准，否则即堕入淫邪。这个原则实际反映了民间对于和谐般配的婚姻的一种善良愿望。

《王娇鸾百年长恨》沿袭两宋以来《王魁》《陈叔文》《张协状元》《琵琶记》等变泰离异主题，铺衍出一段伤感的悲情故事。叙述人虽明确指出“此事非唐非宋，出在国朝天顺初年”[②]，但实际上这故事的时代特点并不鲜明，置之唐、宋、元、明似均无不可。值得注意的倒是小说结尾部分对负心人周廷章的处置，周廷章与王娇鸾未行媒聘，未经六礼而密约幽期，以当日的道德标准、婚姻制度衡之，皆属节行有亏，且娇鸾应更甚。故二人间虽有盟誓，却绝无法律之约束。周廷章后来遵父命娶魏同知女亦无可厚非，此类事在现实生活与文学作品中曷胜枚举，小说戏曲通常以道德谴责或良心谴责的方式寻求审美情感的中和，如《霍小玉》《琵琶记》，对负心行为报复最严厉者无过《王魁》《陈叔文》式的让鬼魂索命。但像本篇这样由吴江县尹、苏州府推官、督察院监察御史合力勘问，将周廷章当堂杖杀的惩处方式则实属罕见。这也就留下了一个逻辑的缺陷：代表国家司法、监察权力的推官、御史所维护的不是明媒正娶的婚姻，倒是月下联吟、私相授受的男女关系。叙述人对此缺陷确曾极力弥缝，特别交代说（察院）“樊公将诗歌及婚书反复详

① 冯梦龙：《警世通言》，岳麓书社，1993 年，第 379 页。

② 同上，第 432 页。

味，深惜娇鸾之才，而恨周廷章之薄幸”[①]。所谓“婚书”乃周廷章与娇鸾私订终身之证物，虽有娇鸾姨氏作保，但双方椿萱俱在，应为越礼之证。故樊公严惩廷章的理由只有“深惜娇鸾之才，而恨周廷章之薄幸”的感情依据，而无任何法理可循。然则，樊公真可谓徇私枉法者也。叙述人为了使樊公的枉法获得道德的支持，不得不极力张大娇鸾的才美，这就导致小说中诗词的频繁出现，甚至不惜篇幅，让她留下近千言的绝命诗《长恨歌》。才女遭弃，含恨殒命，自然令人扼腕太息。叙述人对是非曲直作了导向充分的铺垫之后，再让樊公循情处置，便不啻是对民间道德标准的一次伸张。这也体现了冯梦龙一以贯之的“情教”思想。

《蒋兴哥重会珍珠衫》堪称“三言”的压卷之作，冯梦龙将其置于《喻世明言》之首已足见重视，这篇小说虽亦以婚变为题材，但它所揭橥的人性内涵、思想价值和审美价值却迥出同类小说之上。首先，《珍珠衫》的叙述人没有用这类题材中惯于采取的善恶贞淫的标准去衡量小说中三角关系的任何一方，蒋兴哥、王三巧、陈大郎在叙述人的笔下都是血肉丰满、心理健康的普通人，即使是充当蜂媒蝶使的薛婆，也不似《水浒传》与《金瓶梅》中的王婆那样邪恶。这就为《珍珠衫》奠定了现实主义的基调。其次，小说中的人物描写、细节刻画与整体情调都体现出了一种人性的魅力，悲悯与宽容贯穿了情节发展的始终，从而昭示了一种对人的尊重，对性爱的尊重精神。复次，王三巧的形象辐射出一种全新的市民意识，她的爱情自始至终纯洁而发乎自然。在本能需要与道德约束的两难处境中，她表现得豁达而不失善良，真率而不涉淫荡。这就使得《珍珠衫》的审美品位直驾同类婚变拟话本小说之上。

粗看起来，《珍珠衫》也不过是讲述了一个“人心或可昧，天

---

① 冯梦龙：《警世通言》，岳麓书社，1993 年，第 444 页。

道不差移。我不淫人妇，人不淫我妻”[①]的因果报应的习见故事。但如果仔细地擘肌析理，则不难发现小说中的因果皆有人性内在的逻辑，与那些明显牵强捏合的果报因缘迥不相侔。王三巧与蒋兴哥原是一对恩爱夫妻，王之红杏出墙盖因蒋外出经商，逾期不归。王在此前已得到来自算卦先生关于丈夫“月尽月初，必然回家”的心理暗示，因此才一改往日“目不窥户，足不下楼”的习惯，而频频临窗眺望；因此才有后来的错认陈商；也因此才一步步堕入薛婆设置的圈套。三巧与陈商的私通过程固然充满了人为的机谋，但又未尝不是这位青年女性本能要求的一种自然结果。所以自乞巧生日之夜，于情欲澒洞、心志迷炀之际，任由陈商轻薄狂荡以后，王三巧便因欲生爱，全然移情，转以待丈夫之诚待陈商，绝无丝毫迟疑沾滞。且于陈商提出还乡之际，甘愿“跟随汉子逃走，去做长久夫妻”。这种对爱情与命运的自我把握、自我主宰已依稀透露出某些女性意识觉醒的先兆，并多少消解了她与陈商初夜的淫荡气息。夏志清认为：“三巧儿全心全意地接受自己的情人正是因为她对丈夫的爱和思恋。爱既是情感的也是肉体的，具有双重意义。正是这种爱如此纯洁了她的意识，以致与处于同样情境的西方女性形象相比，她的彻底摆脱忧虑的坦然，在道德上是令人神爽的。”[②]其实，三巧这种坦然正是源于市井女性天然的豁达，她自幼所受的平民教育使她虽能领会贞节的含义，但也必然更热爱现实的幸福。这种发乎自然的天性与处事原则也渗透蔓延于小说的另一主要人物——蒋兴哥的言行心理之中，当蒋在苏州骤闻妻子与人私通，目睹证据珍珠衫及陈商情书信物时，虽不免“如针刺肚”、愤恚交加，但随后于望见家门之际，却满怀自责之情而非惩罚之念。“想起：当初夫妻何等恩爱，只为我贪着蝇头微利，撇她少年守寡，弄出这场丑

① 冯梦龙：《喻世明言》，岳麓书社，1993 年，第 1 页。

② ［美］夏志清《中国古典小说史论》，江西人民出版社，2001 年，第 332 页。

来，如今悔之何及！”中国的通俗文学在表现女子婚外恋情的时候，首先关注的是贞节问题，叙述人在对偷情的美好津津乐道的同时，总不会忘记对失节的女子作道德的谴责，对戴了绿巾的丈夫施适度的同情，即使事情发生在像《水浒传》或《金瓶梅》中潘金莲与武大那样极不般配的夫妻身上。但《珍珠衫》则可视为例外。贞节观念在整个故事的讲述中已淡化到几近于无，取而代之的是对那种合乎人性的健康性爱的肯定与宽容。蒋兴哥能在获知妻子失贞之际引咎自责，甚至在决定休离之际仍不忍使三巧难堪，且于三巧再嫁之夕，陪送十六只箱笼。叙述人在这里已经触摸到一种极高尚的爱情，它可以超越贞节、肉欲、过失而达至人性本真的纯洁。也正是这种高尚的爱为日后三巧与兴哥的重圆奠定了逻辑上的可能。

人是复杂的，人的感情往往充满矛盾，通奸不一定导致夫妻间的不忠。《珍珠衫》的这种见识在当时乃至以后的二百年中几乎绝无仅有。

二、“三言”中的象征与隐喻

“三言”中有些篇章情节曲折，波谲云诡，这与小说有效地使用了象征与隐喻的叙事手法攸关。这种叙事手法的使用，显然使小说的寓意更为丰富，并极大地拓展了小说的阅读空间。这类作品可以《蒋兴哥重会珍珠衫》《杜十娘怒沉百宝箱》《沈小霞相会出师表》《卖油郎独占花魁》《滕大尹鬼断家私》等为代表。

以上五篇作品皆可断定出于明代，且所描述的都是明季社会生活，对于改编整理者而言，较之宋元旧篇，这类发生于当代的事件应更易于激活作家的现实感和创造力，事实上，这类作品的艺术成就也确实达到了“三言”的顶峰。

以《蒋兴哥重会珍珠衫》为例，小说中的珍珠衫一方面作为蒋家祖传的珍宝而存在，另一方面又具有兴哥与三巧婚姻爱情象征物的意义。珍珠衫在小说的前半部分并未出现，它的登场亮相，是在王三巧与情人陈大郎依依惜别之际，充当爱情的表征，馈赠给陈大郎的。三巧赠衫时，还曾表白："这件衫儿，是蒋门祖传之物，暑天若穿了它，清凉透骨。此去天道渐热，正用得着。奴家把与你做个纪念，穿了此衫，就如奴家贴体一般。"[①]由此可见，珍珠衫的转移，正隐喻着王三巧的移情别恋，以及用情之深。当然，随着珍珠衫归属的改变，王三巧与蒋兴哥的爱情婚姻也即宣告破产。

珍珠衫的再次出现可以视为话本小说结构情节时惯用的巧合手法的一例，叙述人让蒋兴哥与陈大郎在姑苏邂逅，让丈夫目睹身着珍珠衫的妻子的情人，亲耳聆听妻子移情别恋的细节。此时的珍珠衫已转为陈大郎与王三巧的爱情信物，同时也成了蒋兴哥婚姻破灭的见证。然则，珍珠衫作为爱情的象征，还不止体现于蒋、王之间，它的隐喻作用似乎更多地辐射到陈、王这对情侣身上。要而言之，珍珠衫这件珍宝和信物，具有相当的私密性，它只应属于一对情侣私有，一旦为第三者窥见，该情侣即会步入一种不可逆知的宿命。以下的情节发展完全印证了这种宿命。陈大郎还乡，与妻子平氏晤面，此时的平氏实际已沦为陈、王爱情的第三者。如同珍珠衫首次被第三者（蒋兴哥）发现即迅速毁灭了一桩婚姻的结果一样，从平氏发现珍珠衫开始，陈大郎的婚姻以及他个人的命运便亦步亦趋地走向终结，冥冥之中，似有主宰，非人力所能左右。

《珍珠衫》的本事出于宋懋澄的《九籥集》，载"别集"卷二，名《珠衫》，篇中人物皆无姓字，仅以"楚人""新安人""楚人妻""新安人妻""媪"等名之。结尾亦甚简略，仅云"居朞年，楚人复客粤因继室于粤……或曰：新安人客粤，遭盗劫尽，负债不得还。愁忿病剧，乃召其妻至粤就家。妻至，会夫已物故。楚人所置

① 冯梦龙：《喻世明言》，岳麓书社，1993年，第19页。

后室，即新安人妻也”[①]。而在白话小说中，作者则增入陈大郎妻平氏丧夫失财，流落襄阳，不得已改嫁蒋兴哥的一段关目。尤可注意者，乃在珍珠衫的辗转复归于蒋氏：

> 一日，从外而来，平氏正在打叠衣箱，内有珍珠衫一件，兴哥认得了，大惊问道：“此衫从何而来？”平氏道：“这衫儿来得跷蹊。”便把前夫如此张致，夫妻如此争嚷，如此赌气分别，述了一便。又道：“前日艰难时，几番欲把他典卖。只愁来历不明，怕惹出是非，不敢露人眼目。连奴家至今，不知这物事那里来的。”兴哥道：“你前夫陈郎名字，可叫做陈商？可是白净面皮，没有须，左手长指甲的么？”平氏道：“正是。”蒋兴哥把舌头一伸，合掌对天道：“如此说来，天道昭彰，好怕人也！”[②]

这一段细节的增入，不仅强化了小说“淫人妻子，妻亦遭淫。天道昭彰，报应不爽”的主题意义，并且使珍珠衫的象喻更为突出。作为小说叙述人所使用的关键的道具，它此时已被赋予了一种神力，成为主宰婚姻的赤绳，将蒋兴哥与平氏这对孤男寡女牢牢拴在一起。而作为兴哥与三巧的爱情象征，它的作用也并未完结。两人的婚姻虽已破裂，情意却在延续。因此，“重会珍珠衫”便绝不仅仅是蒋兴哥重新获得了祖传的宝物，也不止意味着他与平氏的新婚，它显然还隐喻了王三巧的回归。

《警世通言》第三十二卷《杜十娘怒沉百宝箱》公认是“三言”中最出色的篇章之一。

其所以出色，端在杜十娘这一形象的感人至深。作为一名通常

① 宋懋澄：《九籥集》，中国社会科学出版社，1984年，第274页。

② 冯梦龙：《喻世明言》，岳麓书社，1993年，第27页。

被视为“以送往迎来为业，弃旧迎新为本”的风尘妓女，竟然能够奋起用生命捍卫自己的人格尊严，故事本身即氤氲着一种壮美。而这种壮美的实现，又与小说作者巧妙运用的象征、隐喻的叙事结构密不可分。百宝箱在小说中的象喻耐人寻味，它在整个故事中一步步由隐而显，而始终与主人公从良的理想相伴。

以普遍的社会道德标准衡之，妓女从良无疑是最好的下场，是最接近于美德的行为。一个妓女，一旦萌发了从良的愿望，并且付诸实施，即表明她已在思想上皈依了人伦秩序，从而可以为社会重新接纳。百宝箱正是在杜十娘脱离风尘，实践从良愿望的开始阶段朦胧显现，尽管它的内容还未展露，但从十娘与李甲离京，买舟南下，一路使费皆出自箱中的细节来看，已颇能令读者对此箱的神秘抱有一种期冀。以下，随着情节的进一步发展，百宝箱的一层层被揭示，小说叙事结构中的象征意蕴便袒露无遗。这里，内藏无数翠羽明珰，瑶簪宝珥、玉箫金管、夜明之珠的百宝箱的物质价值与杜十娘矢志从良、义无反顾的人格价值形成了一种结构上的对应，两者互为映衬，互为象喻，有力地深化了小说的悲剧主题。

当杜十娘初堕爱河，萌发从良念头时，读者并不清楚她的意念有几许真诚，也不清楚她的人品性情究竟如何。叙述人所披露的只是她曾凭借自己的才色，令“多少公子王孙，一个个情迷意荡，破家荡产而不惜”[①]的名妓生涯。所以，当李甲辗转戚友间，为她告贷赎身时，无人肯毫厘相赠。并非人皆吝啬，乃出于全社会的一种心理定式。正如李甲的同窗柳遇春所云：“此乃烟花逐客之计。足下三思，休被其惑。据弟愚意，不如早早开交为上。”[②]

监生柳玉春非小说本事《负情侬传》（载《九籥集》卷五）所有，盖出话本改编者所增。这个增加的人物或为改编者的得意之

① 冯梦龙：《警世通言》，岳麓书社，1993 年，第 403 页。

② 同上，第 405 页。

笔，因为他使小说的悬念得到加强。杜十娘的人格之美正因一系列的悬念而凸显。

百宝箱在故事的开头并未出现，这似乎象征着杜十娘暗无天日的生活。自从她看中了“忠厚至诚”的李公子，立意委身之后，百宝箱才开始隐约现身。她先是在李公子告贷不遂，一文莫名时，自承半数身价——一百五十金，以考验李之诚意；旋于离院之际，又假托借得二十两以充舟车之费；既而，又在潞河启箱取出内藏五十两银之红绢袋，以供路途浮寓之需。然则，杜十娘为了实现自己的夙愿，真可谓煞费苦心。百宝箱在这一路上的藏头露尾，含有两层隐喻：一则，它的内蕴之丰富、价值之潜力与杜十娘的品德之高尚、人格之魅力形成了一种对应，它的每一次显露，都使杜十娘的性格更趋丰满。再则，它的若隐若现、藏头露尾，也喻示了女主人公从良之路的前途未卜。叙述人在这里巧妙地设置了另一组对应关系，他在一步步展示杜十娘人格魅力的同时，也渐次在揭示李甲性格中的懦弱无能，这当然使读者增加了对杜十娘前途的关切。①

百宝箱的最终揭示也使戏剧性的高潮达到顶点。李甲未能抵御新安盐商孙富的一番花言巧语，终以一千两银子的身价将杜十娘转卖与孙富，从而令十娘择人而事的苦心化为泡影。叙述人没有选择让杜十娘摆脱孙、李，携宝远游的浪漫结局，因为那样会削弱主题的悲剧意义和批判力度。他让杜十娘在当众袒露心迹的同时，一层一层揭开百宝箱的奥秘，展示其中那价值无数倍于千金的奇珍异宝，从而深刻地揭示出李甲的有眼无珠与杜十娘明珠暗投的主题。这里，百宝箱内涵的无价，与杜十娘人格精神的无价，再次构成一种互为象征的关系。杜十娘通过李甲与孙富的交易，终于认清了李

---

① 此处受到新加坡国立大学中文系周建渝先生与中国台湾张淑香先生文章的启示。周文发表于 2000 年 5 月南京“明清文学与性别”国际学术研讨会；张文见《论中国古典小说的艺术》，南开大学出版社，1984 年，第 177–187 页。

甲孱弱无能的本质，识破了李甲与孙富人品道德的卑劣。为了捍卫自己的人格尊严，揭露李甲的薄德寡仁，孙富的好色虚伪，她毅然怀抱宝箱，与那些价值不赀的奇珍异宝一同沉入江心，来宣告同这个社会的决裂。①

杜十娘的怀宝沉江，完成了自己道德人格的升华。此前，她曾处心积虑，笃志从良，“涩眼几枯，翕魂屡散”②。她的一番苦心，她的坚贞品质、聪明历练，都使她的人格趋向于无价的美善，而作为这种人格精神的载体，杜十娘投江以后，象征她无价人品的百宝箱，当然也便无所附丽，只能伴随它的主体一起消逝。这种巧妙的叙事结构十分有效地拓展了小说的悲剧张力。然而，这种结局的安排，实际上却取决于叙述人的一种道德观念。在叙述人看来，妓女惟有从良一途是符合道德伦常的选择，小说中一切对杜十娘的揄扬皆源于此。既然从良不成，（尽管其咎不在十娘）继续让她浪迹风尘，便有悖于叙述人的道德指向，因此，让她秉持着皈依人伦的坚贞意念，全玉而毁，就显得顺理成章，而这种道德指向，正反映了当时社会普遍的道德判断。

《负情侬传》结尾有一段宋幼清的补白：

> 余自庚子秋闻其事于友人，岁暮多暇，援笔叙事，至“妆毕而已就曙矣”，时夜将分，困惫就寝，梦被发而其音妇人者谓余曰：“妾自恨不识人，羞令人间知有此事。近幸冥司见怜，令妾稍司风波，间豫人间祸福，若郎君为妾传奇，妾将使君病作。”明日果然，几十日而间，因弃置箧中。丁未携家南归，舟中检笥稿，见此事尚存，不忍湮没，急捉笔足之，惟恐其复

① 参见周建渝：《重读杜十娘怒沉百宝箱》，载张宏生编《明清文学与性别研究》，江苏古籍出版社，2002 年，第 272–273 页。

② 宋懋澄：《负情侬传》，载《九籥集》卷五，中国社会科学出版社，1984 年，第 117 页。

> 祟，使我更捧腹也，既书之纸笔，以记其异，复寄语女郎，传已成矣，它日过瓜州，幸勿作恶风波相虐，倘不见谅，渡江后必当复作，宁肯折笔同盲人乎！时丁未秋七月二日，去庚子盖八年矣。舟行渭河道中，距沧州约百余里，不数日而女奴露桃忽堕河死。[①]

据此，则记录这件传闻的宋懋澄是把它当作实有之事的。白话小说的作者删去此段，易以柳遇春还乡途中，泊船瓜州，无意间捞起百宝箱，夜梦杜十娘倾诉衷曲的结局，颇有有余不尽之效。百宝箱历尽劫波，在它的主人死后，复归于监生柳遇春。柳在小说中虽然仅是陪衬，但却不失为至诚君子。百宝箱终归于柳，似乎也隐含了作者对杜十娘明珠暗投的遗憾和择人不当的微讽。故篇末假托后人评论曰："独谓十娘千古女侠，岂不能觅一佳侣，共跨秦楼之凤，乃错认李公子，明珠美玉，投于盲人，以致恩变为仇，万种恩情，化为流水，深可惜也！"[②]作者在这里暗示出，柳遇春才是杜十娘足以寄托终身的男子，才是百宝箱当之无愧的承受者。

《醒世恒言》卷三《卖油郎独占花魁》中所使用的隐喻象征更为新巧，显示了白话小说叙事艺术的炉火纯青。《卖油郎》的结构采取短篇白话小说通常喜用的对应式，它首先以男女主人公秦重、莘瑶琴两者地位的高下悬殊营造出一种对比反差极大的阅读效果。一个是至卑至贱，"本钱只有三两"[③]，终日走街串巷，挑担卖油的小贩；一个是才貌兼美，"吹弹歌舞，琴棋书画，件件皆精"，"往来的都是王孙公子，富室豪家"，"要十两放光，才宿一夜"的青楼花魁娘子。不过，如果换一种道德的视点来衡量两者的地位，则高下

① 宋懋澄：《负情侬传》，载《九籥集》卷五，中国社会科学出版社，1984 年，第 117 页。

② 冯梦龙：《警世通言》，岳麓书社，1993 年，第 415 页。

③ 冯梦龙：《醒世恒言》，岳麓书社，1993 年，第 39 页。

优劣之势就可能转化。秦重虽然只是个卑微的市井小经纪人，但却清清白白，从事正当职业，凭借自己的劳动，每日赚取几分银子谋生。而王美娘（莘瑶琴）表面上尽管朝欢暮乐，鲜衣美食，极尽奢华，但她的生活方式却难以同淫荡、无耻、龌龊等人们通常对妓女所持的概念完全脱卸干系。即使卑微如秦重，也不免有“世间有这样美貌的女子，落于娼家，岂不可惜！”的叹惋。因此，在道德的天平上，秦重显然处于强势，而莘瑶琴则处于劣势。这就是叙述人在小说情节逐步展开时预先设定的反差强烈的双重对应结构，两重对应又有隐显之别，前一重明显，后一重则较为隐晦。

有趣的是故事情节在秦重对花魁娘子一往情深的追求中展开。为实现“若得这等美人搂抱了睡一夜，死也甘心”的梦想，他不惜日复一日，铢积寸累，耗时年余，终于攒得十两嫖资，又费尽周折，始偿夙愿。然而，他却并未像一般的嫖客那样以钱易色，纵欲恣淫，而是小心翼翼，怜惜备至。叙述人在这里特别强调了美娘的醉酒倨傲，轻慢失礼与秦重的谦恭容让，怜香惜玉之间巨大的反差。美娘半醉夜归，初见秦重，便道：“娘，这个人我认得他的，不是有名称的子弟，接了他，被人笑话。”既而，“唤丫鬟将热酒来，斟着大钟。鸨儿只道他敬客，却自家一饮而尽”。随后，一连吃了十来杯，“也不卸头，也不解带，躧脱了绣鞋，和衣上床”。如此态度，即便是名妓做派，也甚乖青楼待客之道。故连鸨儿王九妈亦“甚不过意”。与此相对应的，则是秦重处处体贴，处处陪着小心的自居卑陋的心态行为。叙述人在这里的描写似乎已将两人高下贵贱的距离拉到极致，但好像仍有未尽。下面的一幕，竟写道美娘夜半沉醉之中，起身干哕，“秦重慌忙也坐起来，知他要吐，放下茶壶，用手抚摩其背”。又用自己的道袍袖子，罩在美娘口边，让她把秽物尽吐于袖内。然后斟茶服侍，俟其睡下，“将吐下一袖的腌臜，重新裹着，放于床侧，依然上床，拥抱似初”。

这一细节，表面上仍似在敷演“入话”中“帮衬”的题旨，极写秦重的老成敦厚、体贴入微。但若联系上面所提到的小说的双重对应结构，则不难领悟其中寄意深远的象征隐喻。秦重以袍袖承接美娘吐出的秽物，固然是超乎常情的自甘卑贱的举动，然而，如若从道德的立场观察此举，则亦不妨看作正派清白、一尘不染的卖油郎，以自己宽容悲悯的胸怀容纳了陷溺风尘、飘茵堕溷的花魁娘子的所有道德瑕疵与身体龌龊。然则，一吐一纳之间，实包藏着丰富的象征意蕴。胸腹中秽物的吐出，意味着美娘体内由浊转清，也隐喻着她灵魂的觉醒。而秽物之被秦重接纳，则喻示了美娘物色得人，象征着从良的新生。紧接着，便有美娘遣开丫鬟，以私蓄二十两银相赠的关目。这又是颇具象征意义的一幕，二十两银的私相授受，实际象征着二人之间由嫖客与妓女的关系向情人关系的飞跃。此前，秦重虽然并未与美娘进行性的交易，甚至未存一毫邪念，但为求入门，毕竟是付过十两嫖资的。因此，在形式上他不能洗脱嫖客的身份，只有当他接受了美娘所赠的一倍于自己所付的银两时，才在事实上颠覆了青楼既定的买卖关系。美娘所云："我的银子，来路容易。这些须酬你一宵之情，休得固逊。若本钱缺少，异日还有助你之处。"也可印证此点。

也正因为男女双方经历了这一段刻骨铭心的情感交流，才彻底改变了两人关系中原本具有的钱色交易的性质，也才会有后来的相知相契，终成眷属。烟粉世界中的花魁娘子与至俗至贱的卖油小贩喜结良缘，这当然最能满足市井驵侩的猎奇心理；诚实向善，必有好报的因果寓意也与世俗社会的道德信仰符契若合。但撇开这些传奇的因素，小说的情节结构，包括叙述人所使用的种种隐喻象征，毕竟透露出一种崭新的信息，那就是市井中的小人物开始占据小说的堂奥，成为作家施展才情的主要描写对象。

第五节
艳情小说与性描写

一、民国小说史中的“艳情小说”

何谓“艳情小说”，其实从来没有公认的标准和定义。国内第一部中国小说史——张静庐著《中国小说史大纲》“小说之发达时代”一节，列《章台柳传》《步非烟传》《霍小玉传》《游仙窟》《控鹤监记》为“志艳”之书[①]。翌年，日人盐谷温氏《中国小说概论》第三章，析唐代小说为四类，曰别传，曰剑侠，曰艳情，曰神怪，而以《霍小玉传》《李娃传》《章台柳传》《会真记》《游仙窟》隶于艳情，并概括云：“艳情类以才子佳人之风流韵事为主，实为唐代传奇小说之精粹。”[②]其后，刘永济《小说概论讲义》厘唐代小说为“四门”，一曰记佚事，二曰写侠义，三曰记艳异，四曰传神异。其界定“艳异”类云：“记艳异者，儿女会合之私，死生聚散之苦，绮合绣组，情文悽芬者也。属此门者，曰《会真记》《霍小玉传》《李

① 张静庐：《中国小说史大纲》，载陈洪编《民国中国小说史著集成》第一卷，南开大学出版社，2014 年，第 43 页。《控鹤监记》学界多认为系袁枚伪托唐人所作。

② ［日］盐谷温：《中国小说概论》，郭希汾译，上海中国书局，1921 年，第 38、51 页。

娃传》《章台柳传》《杜秋娘传》是也。”[1] 再以后，刘开荣《唐代小说研究》下编第七章第三节“《游仙窟》与‘变文’的关系”论及“变文”对小说的影响，说“后来这种文体利用的范围渐广，慢慢走出宗教的圈子。应用到历史的成为历史变文，应用到故事上的成为故事变文，应用到爱情方面的则为艳情小说。例如《游仙窟》便是最后一种”。此外，徐敬修《说部常识》于“志艳小说”有较详论述，其论“两汉时之小说”有云“至于武帝，宫闱之中，骄奢淫逸，于是描写女性之文字，言情志艳之杂记，遂应运而生，开后世‘志艳小说’之源泉”，而后将《杂事秘辛》《飞燕外传》列为汉代志艳小说之代表。[2] 该书第四节“唐代之小说”，则云“或为艳情，或为剑侠，或为神仙怪异，或为宫闱异闻，要皆为‘传奇’之体裁，而具一唱三叹之妙也”，旋即将《游仙窟》《章台柳传》《步非烟传》《霍小玉传》《李娃传》《会真记》《杨倡传》《扬州梦记》列入“志艳类”，第四节“宋代之小说”则将《丽情集》《侍儿小名录》《杨太真外传》入“志艳类”，第七节“明代之小说”乃将《好逑传》《玉娇梨》《平山冷燕》入此类，清代小说之“志艳类”，则举《板桥杂记》《续板桥杂记》《秦淮闻见录》《淞滨琐话》四种。[3]

以上是一九四九年以前中国小说史著关于“艳情小说”的探赜与认识，其他如胡怀琛、范烟桥、谭正璧等小说史著或所见略同，或未提及此概念，姑置不论。鲁迅《中国小说史略》专注于小说文体与小说艺术之演进递嬗，未提及“艳情”一词。然则，以上数种小说史所谓“艳情”“艳异”“志艳”实乃对传奇体小说内容分类的细化，综合诸书所论列之唐代小说（徐敬修《说部常识》所列宋、

① 刘永济：《小说概论讲义》，载陈洪编《民国中国小说史著集成》第四卷，南开大学出版社，2014 年，第 385、386 页。

② 徐敬修：《说部常识》，载陈洪编《民国中国小说史著集成》第二卷，南开大学出版社，2014 年，第 347、351、352 页。

③ 同上，第 371-374、386、393、407 页。

明、清三代志艳类小说选篇芜杂，时代错谬，不足为训），可以总结出诸家的三点共识：一是此类小说，专写男女恋情，往往哀感顽艳；二是单篇独立，各具首尾；三是《游仙窟》《霍小玉传》《李娃传》《会真记》是典型的艳情小说。这种看法其实并未超出章学诚多少，《文史通义》卷五“诗话”条云：

> 小说出于稗官，委巷传闻琐屑，虽古人亦所不废。然俚野多不足凭，大约事杂鬼神，报兼恩怨，《洞冥》《拾遗》之篇，《搜神》《灵异》之部，六代以降，家自为书。唐人乃有单篇，别为传奇一类（专书一事始末，不复比类为书），大抵情钟男女，不外离合悲欢。红拂辞杨，绣襦报郑，韩、李缘通落叶，崔、张情导琴心，以及明珠生还，小玉死报，凡如此类，或附会疑似，或竟托子虚，虽情态万殊，而大致略似。其始不过淫思古意，辞客寄怀，犹诗家之乐府古艳诸篇也。[①]

章氏认为唐代传奇是因为“单篇”行世，才辟为一类。内容则多写两性之爱，并提及《虬须客传》《李娃传》《会真记》《无双传》《霍小玉传》等传奇作品，所见实已囊括民国诸家之观点，只是并未冠以“艳情”二字。

《说文》训“艳”字，“好而长也”。段注：“《小雅·毛传》曰：‘美色曰艳。’《方言》：‘艳，美也。宋、卫、晋、郑之间曰艳。’按：今人但训美好而已。许必云‘好而长’者，为其从丰也。丰，大也。大与长义通。《诗》言庄姜之美，必先言‘硕人颀颀’，言鲁庄之美，必先言‘猗嗟昌兮，颀若长兮’，所谓‘好而长也’。《左传》两言‘美而艳’，此艳进于美之义。人固有美而不丰满者也。《毛传》

① 章学诚：《文史通义》卷五“诗话”，中华书局，1985 年，第 560–561 页。

及《方言》皆浑言之也。”[①]《广韵》释“艳”字，曰：“美色也，以瞻切。”[②]综观二书所言之“艳”，无非美好之意。但似亦可引申为文辞华丽，《三国志·吴书》载黄龙元年，孙权与蜀“造为盟曰”，中有“凡百之约，皆如载书。信言不艳，实居于好”[③]之语。这里的“信言不艳”之艳，显然指的是文辞的华丽。又晋人范宁《春秋谷梁传序》云：“左氏艳而富，其失也巫；谷梁清而婉，其失也短；公羊辩而裁，其失也俗。”[④]这里的“艳”也是指文句的华彩。古人说“艳情”，主要指诗赋中情词缛丽，含蕴幽曲的篇章。唯此，则不难理解民国诸小说史著命名艳情小说的初衷，盖取其写情必缠绵悱恻，述事则深婉蕴藉的叙事风格也。

但这种分类仍然有其缺憾，因为无论从文体章法还是内容旨趣来看，《游仙窟》与其他几部传奇相较，都颇有不同。《游仙窟》是骈文加韵文，近于俗赋的文体，内容则是男女调情，狭邪谑浪，只是唐代士人冶游经历的写照，并无真情的贯注。其叙事手法，则多用双关暗喻、比兴俳偶，氿淫汜艳，不自敛束，稍近于后世所谓“色情小说”的畛域，实与《会真记》《霍小玉传》《李娃传》等大异其趣。这可能也是它在中土失传近千年的重要原因，章学诚恐未知有此书，纵然曾经寓目，也断不会将他列入“情钟男女，不外离合悲欢”的传奇类。

综上所述，“艳情小说”概念的提出，是在中国小说史研究逐步成型，渐次深化的民国时代背景下产生的对于传奇内容的一种新

① 许慎：《说文解字注》五篇上“豆部”，段玉裁注，上海古籍出版社，1981年，第208页。

② 陈彭年：《钜宋广韵》“去声”卷第四五十五“艳”，上海古籍出版社，1983年，第65页。

③ 陈寿：《三国志·吴书》，裴松之注，中华书局，1959年，第1135页。

④ 范宁：《谷梁传序》，《影印文渊阁四库全书》集部·总集类《文选补遗》卷二十七，台湾商务印书馆，1986年，第477页。

的分类，它有助于在文体上深化对传奇体小说的认识和理解，但同时由于诸家文体意识的局限，小说理论的欠缺，甄别不够严谨，导致了这一概念本身的混乱，出现了不能自圆其说的尴尬。鲁迅《小说史略》不用“艳情小说”一词，可谓极有见地。今人程毅中先生的看法较为平允，他在《唐代小说史》中说：

> “奇”和“怪”意思差不多，不过“奇”的概念较广一些，不但神仙鬼怪可以称奇，人间的艳遇轶闻也可以称之为奇，后世就有把传奇专指爱情故事的倾向。裴铏的《传奇》却是以神怪和爱情相结合为主要特色的。如果以《传奇》作为唐人传奇的代表作，那么传奇和志怪的差别，除了篇幅长短不同，很重要的一点恐怕就在于是否含有爱情成分。①

程氏此论，主要在区分志怪与传奇体的差别，他认为构成传奇的要素是需有爱情描写。李剑国氏则认为“传奇家的小说，这是传奇作品中最常见的。它指的是那种作者运用精湛的语言和技巧诚心实意地描写一个现实的或虚幻的故事，并在故事中展现生活、描写人物、抒写情思或兴趣的作品”②。斯二氏于古小说文体与唐代传奇皆有深湛研究，而皆摒弃“艳情”一词，可见态度之矜慎。

二、二十世纪八十年代以来小说史著中的“艳情小说”

二十世纪八十年代以来，小说文献之开掘，小说史论著之发表可谓篇帙腾涌，指不胜屈，“艳情小说”亦登堂入室，引人注目。但这里所说的“艳情小说”与上文所称绝非同一指向，如果说民国诸

---

① 程毅中：《唐代小说史》，人民文学出版社，2003 年，第 13 页。

② 李剑国：《唐五代志怪传奇叙录》，南开大学出版社，1993 年，第 31 页。

小说史家笔下的“艳情”主要指传奇中写男女恋情的深婉细腻的叙事手法，那么，近三十年来的“艳情”则一概指小说内容的淫秽色情，词性已由原来的中性降为贬义。“艳情小说”所涵盖的作品也由《会真记》《李娃传》《霍小玉传》为代表的唐传奇变成了明清两代的《如意君传》《绣榻野史》《痴婆子传》《肉蒲团》一类淫亵小说了。

先是荷兰外交官兼汉学家高罗佩于1951年出版的英文著作《秘戏图考》，中有“色情文献”“色情传奇”“色情小说”的提法，他所说的“色情文献”主要指敦煌遗书《天地阴阳交欢大乐赋》，而他认为《游仙窟》属于色情传奇，至于“色情小说”则专指明代《绣榻野史》一类的“淫猥小说”。[①]1961年，高罗佩又出版了《中国古代房内考》一书，亦为英文撰写，而引文涉及梵文、拉丁文及多国文字，中国大陆有李零、郭晓蕙等中文译本。就“艳情小说”的话题而言，该书有两点值得注意，一是他认为《游仙窟》和《神女传》是可靠的唐代色情传奇[②]，二是他将含有大量性描写的明代小说区分为两类，“一类是erotic novels，即色情小说，指并不专以淫猥取乐，而是平心静气状写世情的小说，代表作是《金瓶梅》；另一类是pornographic novels，即淫秽小说，指专以淫猥取乐，故意寻求性刺激的下流小说，代表作是《肉蒲团》”[③]。《云笈七签》“内丹部”云：“或至人述以远近之丹，愚者便说秦皇汉武。秦皇即口是心非，贪情肆欲，汉武虽慕玄境，心在色情，何得而长生不死？”[④]此处

①［荷兰］高罗佩：《秘戏图考》，杨权译，台湾金枫出版有限公司，1993年，第75、76、93页。

②《神女传》乃杂取《太平广记》所引神女事诸书而成，共六条。

③［荷兰］高罗佩：《中国古代房内考》，李零、郭晓蕙等译，上海人民出版社，1990年，“译者前言”第9页、“正文”第270页。“pornographic”误作“pnorographic”。英文erotic，源自古希腊，词源为爱神，意为性爱的、性欲的、色情的。pornographic，意为淫秽的、猥亵的。这两个词，前者属中性，后者则为贬义。古文无色情一词，有之，或始于道教典籍。

④张君房纂辑：《云笈七签》，蒋力生等校注，华夏出版社，1996年，第454页。

的色情，盖指物欲。直至元、明说部词曲中的“色情”，如《水浒传》第四十五回“原来但凡世上的人情，惟和尚色情最紧”[①]。始渐与今人所言之“色情”词义相契。

高罗佩对这类明代小说的探赜主要附丽于他的中国春宫画册与性文化史的研究，他对明代涉及大量性描写的小说的看法与后来陈大康的《明代小说史》堪可比较。《明代小说史》辟有专节“万历朝前后的色情小说”。作者并未对“色情小说”的概念做出界定，但认为《花神三妙传》《寻芳雅集》《天缘奇遇》虽有大量色情描写，仍可归于明代中篇传奇，还算不上色情小说。《金瓶梅》则是“含有相当数量的性描写”，也非色情小说。而《如意君传》《春梦琐言》《素娥篇》《绣榻野史》《浪史》《痴婆子传》等则是典型的色情小说。作者认为淫秽内容的多少是区分色情小说与非色情小说的标准，“在诸种色情小说中，题署为‘吴门徐昌龄著’的《如意君传》是问世较早的一篇，它与《花神三妙传》等含有较多色情描写的中篇传奇一脉相承，但作品中的淫秽内容却是大幅度增加”[②]。这里，高氏与陈氏对“色情”的理解显然有别，erotic 在西方是指正面的性，与生俱来，具有神圣的意味。汉语的翻译显然忽视了它与 pornographic（肉欲的、形而下的、淫秽的）的微妙差别，将两者都译为“色情”，于是，这个词的使用百年来愈趋愈下，在今日已几与“淫秽”等同了。

更多的小说史论著则不约而同使用“艳情小说”概括明清两代大量铺陈性事的小说。林辰发表于一九九三年的论文《艳情小说和小说中的性描写》有一段为“艳情小说”定名的文字：

① 施耐庵：《水浒传》，人民文学出版社，1975 年，第 626 页。

② 陈大康：《明代小说史》，人民文学出版社，2007 年，第 424 页。

> 在中国古代小说中，有一部分被泛称为“淫书”的小说，又叫做狎亵小说、淫秽小说、色情小说。有一位名人，在三十年代直称之为性文学。把这么吓人的名词、形容词加在小说的头上，且不说是不是公正的，至少应该说是不准确的；这些名词只能说明在这类小说中存在着性行为描写和小说人物的情欲活动，却不能概括作品的内容，而且又往往歪曲了作者的创作意图。所以，有人提倡把这类作品名之为“艳情小说”，即用“艳情”代替那些既不确切却又令人生畏的“狎亵”“淫秽”“色情”之类。我赞成这一称谓，并希望能通行起来。[①]

林辰先生认为不应以道德判断取代学术研究，这个立场无疑是正确的。但他显然忽视了民国诸家对“艳情小说”的研究成果，而且对“艳情”二字的语义失于考索，以致将“艳情小说”界定为“充满了大量的淫行淫事和赤裸裸的性行为的具体描写”的小说类型[②]，仍然未能免于先入为主的道德判断。

后出的小说史基本上沿袭了这一思路，齐裕焜《明代小说史》出版于一九九七年，其第七章第四节专论“《金瓶梅》续书和猥亵小说”。

> 猥亵小说，又称“艳情小说”“淫秽小说”或“性欲小说”。这类小说以表现性欲为主旨，有长篇累牍的淫秽猥亵的细节描写；全书除表现性欲与淫乱的生活外，几乎没有其他内容。这类小说由于违背了社会共同的道德准则，易对读者产生恶劣影响，因此，历代都列为禁书，在今天也是不宜公开出版的。但

① 林辰：《艳情小说和小说中的性描写》，载张国星编《中国古代小说中的性描写》，百花文艺出版社，1993 年，第 31、32 页。引文中所说“名人”，指茅盾《中国文学内的性欲描写》一文，原载《小说月报》第十七卷号外《中国文学研究》（下），1927 年 6 月。

② 林辰：《艳情小说和小说中的性描写》，载张国星编《中国古代小说中的性描写》，百花文艺出版社，1993 年，第 37 页。

是，它毕竟是我国小说史特别是明代小说史上的一个流派，因此，从研究的角度，亦应作些必要的评价。①

李剑国、陈洪主编的《中国小说通史·明代卷》专列“作为世情小说支流的艳情小说”一章，定义——“‘艳情小说’也被称为淫秽小说、猥亵小说、性爱小说等，主要指明清以性爱为主要内容的小说，鲁迅称它们‘著意所写，专在性交，又越常情，如有狂疾’，是人情小说的末流。孙楷第《中国通俗小说书目》将它们列入‘烟粉’部的‘猥亵’类，收入四十二种”②。又，陈庆浩、王秋桂主编的《思无邪汇宝》副标题即为《明清艳情小说丛书》，该书“总序”云：

艳情小说或被称为风流小说、猥亵小说、秽亵小说、淫荡小说等，诸家所指内容各不相同。本丛书所收乃是专以叙写性爱或以叙写性爱为重点之一的小说。③

持有此议的尚有台湾学者陈益源等，不一一胪列。综上所引，可得出三点印象。首先，林辰先生所称许的“艳情小说”一词在二十年来如其所愿的通行起来。其次，“艳情”从一个评鉴某类诗赋的中性词降格为与“猥亵”“淫秽”等同的贬义词。复次，几乎没有一部新的小说史著提及民国学人笔下的“艳情小说”。

表面上看，“艳情小说”的名称似乎避免了小说类型研究中的过分道德化倾向，但“艳情”与“猥亵”“淫秽”“秽亵”这一类词的置换，除了将“艳情”的词义贬低淆乱之外，实在看不到什么积极意义。鲁迅早已提出“明之人情小说”，更早还有“世情书”的

①齐裕焜：《明代小说史》，浙江古籍出版社，1997 年，第 305 页。

②李剑国、陈洪主编：《中国小说通史》，高等教育出版社，2007 年，第 1131 页。

③陈庆浩、王秋桂主编：《思无邪汇宝》，台湾大英百科股份有限公司，1994年，第7页。

提法，惬心贵当，实在无须锦上添花，更赋新词，最多名之为“世情小说之末流”足矣。况且，如《绣榻野史》《灯草和尚》《杏花天》一类的小说，再过五百年，也依然改变不了“淫书”的恶谥。

三、如何看待小说中的性描写

明代中叶以后陆续出现的津津于床笫性事的小说是人欲蜚扬，世风颓堕的直接或间接的反映。不同的时代有不同的叙事伦理，社会对小说的道德评判也因时而异。西方从十四世纪的《十日谈》到二十世纪的《查特莱夫人的情人》《洛丽塔》等小说，都涉及性欲描写，在问世之后，都不同程度地受到或宗教、或社会舆论的口诛笔伐，但时过境迁，这些作品几乎无一例外地成了名著。中国的小说，自民国以来亦有大量涉及性事的作品，郁达夫、张资平、茅盾是三十年代的佼佼者，张爱玲的《小团圆》，张贤亮的《绿化树》《男人的一半是女人》《一亿六》，贾平凹的《废都》，卫慧、棉棉的身体写作，林白、陈染的女性写作，直至近来冯唐的有关小说作品，都是不同时代这一领域的弄潮者。其间，饶有意味的是，随着卫慧、棉棉的小说淡出出版市场多年，《废都》却在被禁十六年后，二〇〇九年又堂而皇之地由作家出版社出版，且在一九九七年获得法国费米娜文学奖。

时代在进步，社会文化环境渐趋宽松，文学批评领域亦愈趋宽容。今日应如何看待、评价、研究这类禁书，学界似已达成某种共识，晚出的几部小说史，都对此类小说辟有专章，在总体否定的前提下，也分别指出其张扬人欲，挑战礼法的部分合理性及社会认识价值，甚且对其中某些作品叙事的艺术性亦有公允的评介。[①]就《思

① 参见陈大康《明代小说史》第十三章第三节，齐裕焜《明代小说史》第七章第四节，李剑国、陈洪主编《中国小说通史》第十一编第三章。

无邪汇宝》而言，作为此类小说的集大成者，编订出版者的搜辑校勘之功，荦荦大焉，无可置疑。此五十种小说，因其长期流散于欧美日各国，百年来罕有国人得窥全豹，今文献粗备，也不乏零散的研究成果，但格局尚小，缺乏统摄。窃以为有几方面的研究有待拓展。一是从小说史的观照入手，梳理出中国古代小说色情一脉的发展轨迹。[①] 如自《飞燕外传》到《游仙窟》再到《天缘奇遇》《如意君传》《春梦琐言》直至民国的《情海缘》《欢喜缘》，辨析其间小说观念与叙事手法的演进创新。

二是研究各小说文本之间大量的因袭与互文现象及其原因。古代小说此类例证在在有之，不胜枚举，早在一九六三年，美国的韩南教授即详细勾稽了《金瓶梅》承袭多种小说词曲的文献资料。[②] 一九八七年，刘辉先生亦指出《金瓶梅词话》有大量性描写剿袭模仿自《如意君传》。[③] 实则，此类小说剿袭模拟之迹甚夥，如《怡情阵》抄自《绣榻野史》，《情海缘》节抄自《桃花影》，《换夫妻》《风流和尚》皆抄自《欢喜冤家》，《春梦琐言》因袭《游仙窟》，此点已经孙楷第、陈庆浩、陈益源等学者指出，不待辞费。各本之间的互文现象则罕有注意，所谓“互文性”，指“文本之间互相指涉、互相映射的一种性质”。美国的乔纳森·卡勒将文本的互文性分为五个层次，“第一层次是‘真实世界’造就的文本，即社会这个文本；第二层次是一般的文化文本，包括一系列文化范式和公认的常识；第三层次是‘体裁模式’，它是一种纯文学性艺术性的互文性；第四层次是一种约定俗成的自然的惯例；第五层次是另一部作品的‘扭曲模仿与反讽’。也就是说，每一文本必须进入由这五个层次组

---

① 此“色情”用古义，指因美色引发的性欲及心理想象。

② [美] 韩南：《金瓶梅探源》，载徐朔方编选校阅《金瓶梅西方论文集》，上海古籍出版社，1987 年版，第 1–49 页。

③ 刘辉：《〈如意君传〉的刊刻年代及其与〈金瓶梅〉之关系》，《徐州师范学院学报》，1987 年第 3 期。

成的互文性网络，才能获得意义和得到解释”[①]。借镜这一结构主义的理论，对于深入解读此类小说似不无裨益。

《僧尼孽海》乾集《柳州寺僧》叙寺僧明悟私通王中奉之母，认为姑表兄弟。又欲夤缘奸淫其女，“母曰：‘岂有表叔好看侄女儿屄的理！’悟曰：‘嫂溺援之以手，权也。’”[②]此乃对于《孟子·离娄》的“扭曲模仿与反讽”。《痴婆子传》卷上叙上官阿娜先与其表弟慧敏私通，后慧敏归家，阿娜终夜思之，泪湿枕函。一日，与妹“各竞新粧。予曰：‘予飞燕，尔合德也。’妹答之曰：‘姊忆射鸟耶，抑赤凤耶？’予掩妹口曰：‘他日妹从七华帐进丹丸，亦大丑媟矣。’”[③]“射鸟”，乃赵飞燕入宫前私通之羽林射鸟者，后世渐成典实，如明人张凤翼《为李生赠赵姬》诗“飞燕作前身，盈盈自出尘。宁知射鸟者，即是钓鳌人。偏髻梳仍懒，轻衫样独新。若将花比艳，愁杀洛阳春”[④]，即用此典。飞燕、合德与汉成帝之宫闱秘事赖《飞燕外传》流播后世，渐成经典，遂为明清小说广为戏拟，形成大量互文现象。又如《僧尼孽海》坤集《尼慧澄》一篇，实抄自宋人廉布《清尊录》[⑤]，文字全同。冯梦龙辑入《情史》卷三“情私”类，凌濛初则据此敷演为拟话本《酒下酒赵尼媪迷花　机中机贾秀才报怨》。而观滕生乞求慧澄勾引狄氏一段对话，慧澄之答语，颇似《西厢记》中红娘之答张生。以下慧澄以珠玑引动狄氏一段，又可与宋懋澄《九籥别集》卷二之《珠衫》及《喻世明言》卷一之《蒋兴哥重会珍珠衫》互文。凡此种种，都有待发覆爬梳，给予理论的阐释。

---

① 转引自李玉平：《多元文化时代的文学经典理论》，南开大学出版社，2010年，第33页。

② 原题吴趋虎寅字子畏：《僧尼孽海》乾集《柳州寺僧》，载陈庆浩、王秋桂主编《思无邪汇宝》，台湾大英百科股份有限公司，1995年，第209页。

③ 芙蓉主人辑、情痴子批校：《痴婆子传》，载陈庆浩、王秋桂主编《思无邪汇宝》，台湾大英百科股份有限公司，1995年，第118页。

④ 张凤翼：《为李生赠赵姬》，明万历刻本《处实堂续集》卷七“庚辛稿”。

⑤ 廉布：《清尊录》，载陶宗仪著《说郛》，中国书店，1986年。

三是发掘此类小说中丰富的语言民俗资料。《思无邪汇宝》五十种小说或文言、或白话，颇有文笔洗练，诙谐流利者。文言如《如意君传》《痴婆子传》《春梦琐言》，白话如《肉蒲团》《欢喜冤家》《一片情》等，文字皆有可观，且往往存有大量当日民风俗语。如《一片情》第三回载“却原来僧家有许多讳语：酒呼为般若汤，肉呼为倚栏菜，鸡呼为钻篱菜，鱼呼为水梭菜，羊呼为羶篱菜，笋呼为玉版师，袈裟名无垢水，离尘服忍辱铠，瞧妇人则呼为饭锅焦”。又，同书第四回《浪婆娘送老强出头》叙徽州休宁县富家之子程生生，年十八，妻有身孕。其父即促其外出经商。书中明言此系当地乡风，即妻有孕，男子即须出外生理，可资民俗学者考镜。同书后文又屡屡言及北方女子，颇多贬斥。如赤二姐劝其姊谋害亲夫，云“姐姐差矣。我与你北边女人，顾不得这许多恩义。趁早结果了他，还有好处；再若执迷，正是呜呼老矣，是谁之嗟”[①]。“呜呼老矣，是谁之愆”，乃朱熹劝学名句，而竟化用于害人之预谋，足见作者忌恨北方女人之深切。而其中南北文化差异的深层内涵，亦值得吾人思考。

四是从传播、影响的角度剖析此类作品。晚明的房中术、春宫画与淫书形成了市场化的运作方式，“而在当时，实亦时尚”[②]。高罗佩认为《绣榻野史》：

> 这部小说的文学价值在于其生动的口语风格，当时当地特有的俚词俗语在书中俯拾皆是。每回结尾处的词写的精巧娴熟，是明朝最后几十年间广为流传的一类淫猥诗词的典型。这些词对我们现在讨论的题目尤为重要，因为正是这些词把《绣榻野史》和同时代的三部最好的彩色春宫版画册联系了起来。

① 佚名：《一片情》，载陈庆浩、王秋桂主编《思无邪汇宝》，台湾大英百科股份有限公司，1995 年，第 65 页。

② 鲁迅：《中国小说史略》，上海古籍出版社，1998 年，第 128 页。

> 这些画册是《风流绝畅》《花营锦阵》和《鸳鸯秘谱》……把这三部画册中的词与印在《绣榻野史》每回文末的词加以对照，可以看出一个奇特的事实：这些词中有好几阕完全或大致相同……有证据表明，《风流绝畅》和其他两部画册袭用了吕天成小说中的这些词。[①]

陈庆浩先生则认为事实恰恰相反，“《绣榻野史》和春宫册相近的词，多和情节不吻合，说明非配合内容的创作，而是自别处抄入的”，个别词作甚至抄自《花营锦阵》[②]。明代书商借重名人炒作之风甚为普遍，《虞初志》即曾伪托袁宏道、汤显祖、李贽、屠隆作眉评。文人与书商沆瀣一气，通同牟利者亦比比皆是。研究此类小说的生产流通渠道以及社会反响，亦是小说史的题中应有之意。

“饮食男女，人之大欲存焉”。性是古今中外文学作品的重大主题，不同的时代对文学如何书写性有不同的道德尺度，《剪灯新话》在正统七年（1442）被列为禁书。[③]《红楼梦》，同治七年（1868）列入江苏巡抚丁日昌的“淫词小说”书目。[④]《废都》则在一九九三年被禁，二〇〇九年解禁。再以今日冯唐的《不二》与明季的《绣榻野史》《如意君传》相较，内容之汪洋恣肆，似毫不减于后者。故论析明清的色情小说，似可以平常心待之，在承认文学作品应遵从一定的叙事伦理的前提下，不妨借鉴西方的性心理学、多元文化批评理论与文学经典理论做更深入的解读。

---

①［荷兰］高罗佩：《秘戏图考》，杨权译，台湾金枫出版有限公司，1993年，第93、94页。

② 陈庆浩：《绣榻野史》“出版说明”，载陈庆浩、王秋桂编《思无邪汇宝》，台湾大英百科股份有限公司，1995年，第17页。

③ 顾炎武：《日知录之馀》卷四“禁小说”，转引自王利器辑录《元明清三代禁毁小说戏曲史料》，上海古籍出版社，1981年，第15页。

④ 参见《江苏省例藩政》同治七年。转引自王利器辑录《元明清三代禁毁小说戏曲史料》，上海古籍出版社，1981年，第143页。

第五章

明代民歌与两性观念

第一节
“私情谱”：明代民歌的“情爱”特质

明人陈宏绪在《寒夜录》中引卓人月语曰：“我明诗让唐，词让宋，曲让元，庶几《吴歌》《挂枝儿》《罗江怨》《打枣竿》《银纽丝》之类，为我明一绝耳。”[①]当今论明代民歌者，几乎无人不引用此语。其目的，如王国维“一代有一代之文学”之论，意在强调民歌为明代文学独特性之代表。然平心而论，卓氏此语有其特定语境下的夸大成分。明代文人对民歌大加揄扬，甚至不惜贬低诗文；但其目的，最终还是为了对诗文等正统文学加以“刺激”，换句话说，民歌终究还是难以摆脱其“工具”的命运。又况且，民歌通过文人之手而对文学嬗变产生的作用，毕竟是有限的。在内因（民歌的自身体制）与外因（经世致用文学观的回归）的共同作用下，民歌与文学的结缘，在经历了短暂的“蜜月期”后，便再一次转入平淡了。

但我们若将视角从“民歌与文学之关系”移开，代之以“民歌与两性观”的话，那么卓氏“我明一绝”之称誉，民歌则庶几当之。原因无他，盖明代民歌之特质，一言以蔽之，曰“情爱”也。

---

① 陈宏绪：《寒夜录（外一种）》，中华书局，1986 年，第 6 页。

或谓：历代民歌，从《诗经》之十五国风，到汉魏乐府，再到唐以降之竹枝词，皆有大量情歌，或表白男女恋爱，或言说婚姻情感，其特质，都脱不开“情爱”二字，为何专以之概括明代民歌？笔者认为，从明代民歌自身来说，其中蕴含的情爱特质，大不同于此前之内涵，其所反映出的两性观念，又有着绝不同于上古、中古的近世色彩；从明代民歌与文人的关系来说，也从未有任何一时代的文人，如明代这样全方位地与民歌结缘，并通过自身的中介角色，使民歌的情爱特质与文学水乳交融，在“两性观”的统摄下，构建起了“民歌—文人—文学”的路径。因此，明代民歌的情爱特质既有其现实意义上的独特性，又经与文人的结缘，从而映射出文学意义上的两性观。关于此点，可从两个方面来阐释，容详述之。

一、明代民歌的“情爱”特质与两性观

冯梦龙在其所编民歌集序文《叙山歌》中，系统地表达了自己对民歌特质的认识。序中说道：“书契以来，代有歌谣……唯诗坛不列，荐绅学士不道，而歌之权愈轻，歌者之心亦愈浅。今所盛行者，皆私情谱耳。虽然，桑间濮上，国风刺之，尼父录焉，以是为情真而不可废也。山歌虽俚甚矣，独非郑卫之遗欤！……若夫借男女之真情，发名教之伪药，其功于《挂枝儿》等，故录《挂枝词》而次及《山歌》。”①

其中“今所盛行者，皆私情谱耳”，是冯梦龙在长期接触民歌、从事民歌编辑的基础上对其进行的透辟概括。当然，若说是时流行的民歌“皆私情谱”，此语稍嫌绝对；但若说流行民歌之主体为情歌，则是不争的事实——更何况，从现有资料来看，这“情歌”还通常带有为“正人君子”所不齿的直露、热辣的性描写。沈德符

① 冯梦龙：《冯梦龙集笺注》，高洪钧笺注，天津古籍出版社，2006年，第147页。

《万历野获编》中关于明代民歌的流行状况有一段概略的描述：

> 元人小令，行于燕赵，后浸淫日盛。自宣、正至成、弘后，中原又行《锁南枝》《傍妆台》《山坡羊》之属……自兹以后又有《耍孩儿》《驻云飞》《醉太平》诸曲，然不如三曲之盛。嘉、隆间乃兴《闹五更》《寄生草》……《银纽丝》之属，自两淮以至江南，渐与词曲相远，不过写淫媟情态，略具抑扬而已。比年以来，又有《打枣竿》《挂枝儿》二曲，其腔调约略相似，则不问南北，不问男女，不问老幼良贱，人人习之，亦人人喜听之，以至刊布成帙，举世传诵，沁入心腑，其谱不知从何来，真可骇叹。[①]

这段话中可注意者，一是“渐与词曲相远，不过写淫媟情态，略具抑扬而已”，沈德符是一位保守的士大夫，其观念从同书中对《金瓶梅》的猛烈抨击便可见一斑。[②] 他在这里以“淫媟情态”来贬斥时兴民歌之内容，恰恰说明了民歌之最主要特质，就是“情爱”——热辣辣的、为沈氏之流难以接受的“情爱”。另一可注意者，是民歌流行之广，以至于“不问南北，不问男女，不问老幼良贱，人人习之，亦人人喜听之”，面对这种状况，沈氏以一种复杂的心情发出了“真可骇叹”的感慨。

从今天所能见到的明代民歌来看，其主体依然为情歌。以收录明代民歌最为齐全的《明代民歌集》[③] 为例，其中两千余首民歌，七成左右是情歌，而这七成中又有相当一部分带有或隐或显的性描写。试举一例：

---

① 沈德符：《万历野获编》，中华书局，1959 年，第 647 页。

② 同上，第 652 页。

③ 周玉波、陈书录编：《明代民歌集》，南京师范大学出版社，2009 年。

《挂枝儿》卷七《粽子》

五月端午是我生辰到，身穿着一领绿罗袄，小脚儿裹得尖尖翘。解开香罗带，剥得赤条条。插上一根梢儿也，把奴浑身上下来咬。[①]

这些“私情谱”，真实而生动地反映了明代的两性观念。虽然民歌因其“俗文化”的特质，更偏向于市民社会之心声，但有了文人的染指，民歌中的两性观念，便已超出了市民阶层，而有了更广泛的代表性。何况，相对于戏曲、小说中的文学处理，民歌作为第一手资料，便更显难得。因此，就研究明代社会的两性观念而言，民歌无疑是一座宝贵的矿藏。

二、明代文人与民歌之结缘及两性观

明代文人与民歌之结缘，与前代相比更加密切、深入，大抵呈现出以下几种方式：理论揄扬，辑录、整理，收录、引用，拟作、改写。这其中，理论揄扬与拟作、改写不难理解；辑录、整理主要指有计划、有系统地进行，且数量较多；收录、引用是指在笔记、小说、戏曲中将某时某地流行之民歌收录其中，其数量通常不多。严格来说，这四条标准之间的界限也并非绝对明晰，比如在辑录、整理时，文人可能同时进行了一些改写；小说、戏曲中所收录之民歌，有些本身就是作者的拟作。但大体而言，这四条标准还是能比较客观地反映明代文人与民歌结缘之概况。

以对民歌进行理论揄扬的文人为例，在明中前期，李东阳、李梦阳等文人，尚刻意回避民歌“情爱”之特质，而只取其表达

---

① 周玉波、陈书录编：《明代民歌集》，南京师范大学出版社，2009 年，第 272、131、310 页。

方式；但从李梦阳之后，以李开先、袁宏道、冯梦龙等为代表的文人，就逐渐“放开手脚”，直面“情爱”，甚至崇尚“情爱”，这种纵向的转变，本身就是两性观随着时代而变化的明证。就其具体言论来说，如李开先的“（《山坡羊》《锁南枝》）二词哗于市井，虽儿女子初学言者，亦知歌之……语意则直出肝肺，不加雕刻，俱男女相与之情，虽君臣友朋亦多有托此者，以其情尤足以感人也。故风出谣口，真诗只在民间”①；袁宏道的“故吾谓今之诗文不传矣。其万一传者，或今闾阎妇人孺子所唱《擘破玉》《打草竿》之类，犹是无闻无识真人所作，故多真声，不效颦于汉魏，不学步于盛唐，任性而发，尚能通于人之喜怒哀乐、嗜好情欲，是可喜也”②；冯梦龙的“若夫借男女之真情，发名教之伪药，其功于《挂枝儿》等，故录《挂枝词》而次及《山歌》”③等，既表现了其本人的两性观念，又因其所具备的市民色彩和俗文化视野，可视为一定阶层、一定群体的两性观念之代表。同时，他们多数还致力于文学创作，并在文坛具有一定的威望，其两性观无疑也会通过文学的方式反映出来，并通过文学传播的途径产生影响。

再以对民歌进行辑录、整理和拟作、改写之文人为例，相比理论揄扬而言，辑录、整理和拟作、改写本身就意味着其对民歌已经有了相当的认同，并敢于以实际行动同民歌的反对者们“宣战”。

李开先是精英文人中迈出这一步的先行者。当同时代的人尚停留在欣赏民歌之“真”的时候（这已经难能可贵了），开先却已按捺不住，着手对身边流行的《山坡羊》和《锁南枝》进行拟作、整

① 李开先：《李开先全集》，卜键笺校，文化艺术出版社，2004年，第469页。
② 袁宏道：《袁宏道集笺校》，钱伯城笺校，上海古籍出版社，2008年，第187页。
③ 冯梦龙：《冯梦龙集笺注》，高洪钧笺注，天津古籍出版社，2006年，第147页。

理了。其成果《市井艳词》一百余首今虽不存，但他前后为此小册子所写的四篇序尚在，从中我们可以对其观念略做分析。在《序》中，他叙述自己改写和仿作这两种民歌的情形：

> 尝有一狂客浼予仿其体，以极一时谑笑。随命笔并改窜传歌未当者，积成一百以三。不应弦，令小仆合唱，市井闻之响应，真一未断俗缘也。①

“尝有一狂客”云云，不必一定当真，笔者更愿意将其理解为一个托词，实际上是李开先自己难以按捺对民歌的兴趣。“命笔并改窜”，是说他对流行民歌（即《山坡羊》和《锁南枝》）进行了改写，但也不排除其中有拟作的成分。另外尤其值得注意的是，开先这本《市井艳词》编出来后，民间的反应是“市井闻之响应”，也就是说在民间得到了很好的反响。在《市井艳词又序》中，开先更详细地描述了这种反响：“词出一时狂兴，聊以应客侑觞，不意邑人有录之者，有欲刊之者，又有欲焚之者……然录者百人而有九十人焉，刊者多半，焚者无几。”② 可见，绝大多数人对《市井艳词》是肯定和接受的，虽有人反对，但毕竟是少数。这是一次非常典型的上层文人与民间文化通过民歌进行互动的例子。李开先并非不知民歌中有很多“淫艳亵狎”的成分，也并非不知此举会招致对自己的攻击，但他还是大胆地去行动，只能说民歌的“情爱”特质，吸引力过于强大。从另一层意义上说，民歌的这一特质恰与李开先的两性观相契合，从而产生了精神上的共鸣。

比李开先稍晚的冯梦龙，更是民歌整理和研究的集大成者。他

① 李开先：《李开先全集》，卜键笺校，文化艺术出版社，2004 年，第 469 页。

② 同上，第 470 页。

在《叙山歌》中将明代民歌之特质定义为“私情谱”，倡言“借男女之真情，发名教之伪药”，这实际上也是冯氏两性观的一个写照。名教所提倡的两性观，正与民歌中所蕴含的“私情”相对立；然而，梦龙却以“真”“伪”二字，一针见血地指出两者之区别。社会上有大批卫道士，是坚决捍卫名教的，但也有冯梦龙这样的有识之士，宁可要“真”的私情，也不要“伪”的名教。在对民歌进行辑录整理时，旨在求真的“从俗谈”也成为其指导思想。在《挂枝儿》《山歌》里，他尤其中意那些“私情谱”，并在评语中多次强调“真实”“最浅最俚亦最真”“亦奇亦真”。甚至连冯梦龙的老师熊廷弼也对这些“私情谱”产生了极大兴趣，问道：“海内盛传冯生《挂枝儿》曲，曾携一二册以惠老夫乎？”[①]按照常理，像熊廷弼这种以清刚著称的士大夫，却对《挂枝儿》产生兴趣，这好像有点矛盾。那么，如何来理解呢？近人王国维关于文学的一番论断，似可为之作一注脚：

> “昔为倡家女，今为荡子妇。荡子行不归，空床难独守。”“何不策高足，先据要路津？无为久贫贱，轗轲长苦辛。”可谓淫鄙之尤。然无视为淫词、鄙词者，以其真也。五代、北宋之大词人亦然。非无淫词，读之者但觉其亲切动人。非无鄙词，但觉其精力弥满。可知淫词与鄙词之病，非淫与鄙之病，而游词之病也。[②]

这种求真去伪的观念，不仅仅局限于文学观或两性观。它在晚明时期形成一股思潮，带有鲜明的近世色彩。从思想史和文化史上来说，都可视为社会的一种进步。

① 钮琇：《觚剩》，南炳文、傅贵久点校，上海古籍出版社，1986年，第195页。

② 王国维：《人间词话》，人民文学出版社，1960年，第220页。

因此，明代民歌的“情爱”特质，以及它与文人的结缘，并与文学发生的密切关系，令它成为一个独特而透辟的视角，使我们今天能够由此来观照明人的两性观。明代民歌的“我明一绝”，实绝在此。

第二节
“情爱论”：明代民歌批评与两性观之嬗变

明代文学批评中，“情”是贯穿始终的一个核心概念，而明代民歌能够进入文学的视野，主要也是由于其“情爱”特质。但同为民歌之“情”，不同时期文人的接受却并不相同。原因何在呢？笔者认为，其中重要的一个因素，就是文人的两性观不同，进而影响到其文学观的不同。具体到民歌批评上，就导致了从明中前叶到晚明，对民歌之“情”的阐释经历了一个从“泛情论”向“情爱论”的明显转向。

一、关于“泛情论”与“情爱论”

“泛情论”是指文人在论民歌之“情”时，将其阐释为人类普遍的感情，体现在民歌的表达方式上，仍是传统诗论中的“情动于中而形于言”。持“泛情论”的文人，在抒情上既偏向于“情其性”，但同时未能完全摆脱“性其情”的影响。他们一方面主张诗歌应学习民歌抒情的真实性，反对雕琢模拟、虚伪矫饰；另一方面则强调在抒情时要有所节制，使情归于正，归于中和。归根到底，其两性观还是未能摆脱正统的“温柔敦厚”标准。因此，他们对民歌之“情”，是有所保留的接受。民歌中凡是不符合“温柔敦厚”的男欢女爱，在“泛情论”的阐释中不仅被过滤掉，更因其“淫艳亵狎”而时遭诟病。

“情爱论”则指文人在承认民歌之“情”为人之常情的基础上，更认识到占民歌大多数的情歌，其所表现的主要是男女之情。民歌对情爱的表现是炽烈的、直白的，但这种“俗而露”的抒情方式，有悖于持传统两性观的文人的标准。而晚明文人的两性观，较之此前更加世俗化、个性化，其重要表现就是对情欲的推崇；而情欲的纵恣发泄，恰是民歌的特点。因此，对于民歌中所表现的情欲，晚明文人非但不加以诟病，反而与之相契合，一方面以民歌为论据，阐释其“情其性”的抒情观；另一方面吸收民歌“俗而露”的抒情方式，应用于诗文创作，使得这一时期的诗文，整体上呈现出情真与浅俗的特色。

但任何一种观念的转变都不是转瞬即成的。在对民歌之“情”的阐释上，明代文人的两性观也存在着一个转变的过程，李开先就是这一过渡时期的代表。民歌虽小道也，但从中可映射出文人文学观、两性观的发展，甚至社会思潮的变迁。

二、对民歌之“情”的“泛情论”阐释

明代中前期，文学观念中的抒情论，基本上偏于“性其情”。明代初期君主皆重视文化控制，尊奉程朱理学，重政教之用的文学观成为主流。在此环境下所产生之台阁体与“性气诗”，其在抒情观上之共同点，乃皆以理制情，使之达到“情之正”。率先对明初“性其情”之抒情观进行修正的，为李东阳。在《拟古乐府引》中，东阳曰：

> 间取史册所载，忠臣义士，幽人贞妇，奇踪异事，触之目而感之乎心，喜愕忧惧，愤懑无聊不平之气，或因人命题，或缘事立义，托诸韵语，各为篇什。长短丰约，惟其所止，徐疾

高下，随所会而为之。内取达意，外求合律。①

台阁诗人也称许民歌之“情”，其代表人物杨荣便说：“嗟夫！诗自《三百篇》之后作者不少，要皆以自然醇正为佳。世之为诗者务为新巧而风韵愈凡，务为高古而气格愈下，曾不若昔时闾巷小夫女子之为，岂非天趣之真与夫模拟掇拾以为能者，固自有高下哉！”②但其所论民歌之“情”，乃沐浴先王之教化，能发乎性情之正，归于“醇正”者；与不受束缚、任性而发之“情”完全不是一回事。东阳则认为，人不能无所动情，情动则必然有所抒发，而抒发之方式，则顺其自然，出于肺腑。对于民歌之“情”，东阳又说：“彼小夫贱隶，妇人女子，真情实意，暗合而偶中，固不待于教。而所谓骚人墨客、学士大夫者，疲神思、弊精力，穷壮至老而不能得其妙，正坐是哉。”③同为论民间之作，东阳的“真情实意”同杨荣的“天趣之真”大不相同。东阳进步的地方，在于他能跳出传统两性观的束缚，认识到民歌之“情”之所以可贵，正因为它能“情其性”，不以“温柔敦厚”来抑制真情的抒发。当然，东阳对民歌的认识，仍存在“贵古贱今”的偏见；且所论民歌之“情”，乃最广义之“情”，属于“泛情论”；但能以“情其性”来阐释民歌之“情”，已显示出其两性观的进步。

李东阳之后，另一位文坛巨匠李梦阳继续标举真情，反对雕琢模拟。梦阳论情，同样主张情乃自然而发，不可抑制，如：“天下有窍则声，有情则吟。窍而情，人而物，同也……夫天地不能逆寒暑以成岁，万物不能逃消息以就情。故圣以时动，物以情征，窍遇则声，情遇则吟……故诗者，吟之章而情之自鸣也。”“夫天下有必

① 李东阳：《李东阳集》第一卷，周寅宾校点，岳麓书社，1984 年，第 1 页。

② 杨荣：《逸世遗音集序》，载《文敏集》（外三种），上海古籍出版社，1991 年，第 169 页。

③ 李东阳：《李东阳集》第二卷，周寅宾校点，岳麓书社，1984 年，第 539 页。

分之势而无能已之情……情动则言形，比之音而诗生矣。故必分者，势也；不已者，情也；发之者言，成言者诗也。”[①]

李梦阳论民歌之“情”，也还不出“泛情论”的范畴，但他对“性其情”与文学创作关系的阐释，却在李东阳的基础上更加深入。在《诗集自序》中，李梦阳借王叔武之口，集中表达了对民歌之“情”的认识：

> 故真者，音之发而情之原也，非雅俗之辨也。且子之聆之也，亦其谱，而声者也，不有卒然而谣，勃然而讹者乎！莫知所从来，而长短疾徐无弗谐焉，斯谁使之也？……诗有六义，比兴要焉。夫文人学子，比兴寡而直率多。何也？出于情寡而工于词多也。夫途巷蠢蠢之夫，固无文也。乃其讴也，咢也，呻也，吟也，行呫而坐歌，食咄而寤嗟，此唱而彼和，无不有比焉兴焉，无非其情焉，斯足以观义矣。故曰：诗者，天地自然之音也。[②]

梦阳论民歌之“情”，最核心的观点，是提出“真者，音之发而情之原也，非雅俗之辨也”。他在此指出，“情”与“真”一样，皆无“雅俗之辨”。情无雅俗，但情之表达方式却有雅俗。传统两性观强调情之抒发应“温柔敦厚”，以性而制情，便是“雅”；而情之抒发若不加节制，流于纵恣发泄，便是“俗”。而梦阳则认为，衡量“情”的唯一标准乃是“真”，这便一下子与民歌之特质相契合了。在《论学上篇》中，梦阳说：“情者，性之发也。然训为实，何也？天下未有不实之情也。故虚假为不情。”[③]因此，只要为“真”，便不存在什么以性制情的问题。

---

① 李梦阳：《李梦阳集校笺》，郝润华校笺，中华书局，2020年，第1685页。

② 同上，第2052页。

③ 同上，第1998页。

李东阳与李梦阳所理解的民歌之“情”，虽已体现出其两性观的进步，但仍未能完全摆脱传统“泛情论”的影响。面对“男女之情”这个显而易见的事实，他们都将其回避过去了。原因何在呢？李东阳也好，李梦阳也好，其身份都是正统文人、士人领袖，他们不得不顾忌到儒家的道德观念。哪怕其两性观有超出正统之处，也不会鲜明地表露出来，而是更多地体现在私生活的领域中。而以“泛情论”论民歌之“情”，最大的悖论也即在此——民歌之“情”，从本质上说，乃不受礼义拘束的私生活领域的情怀；而传统两性观所惯于抒发的，乃公共生活领域的情怀。在当时，若完全打破二者之畛域，则东阳与梦阳尚难为之。

三、由“泛情论”向“情爱论”的转变

对民歌之“情”的认识，由“泛情论”向“情爱论”转变的关键人物是李开先。他论民歌之“情”，能够突破只重“表现”意义之拘囿，而直面其“内涵”意义。此前文人对民歌之“情”的描述，不论是李东阳的“真情实意”、还是李梦阳的“无不有比焉兴焉，无非其情焉”，抑或是何景明的“情词婉曲”，只解决了“情是如何表现的”，而“情”之内涵究竟为何？受其两性观的影响，这个问题始终没有一个令人满意的回答。而李开先对此是如何理解的呢？“其声则然矣，语意则直出肺肝，不加雕刻，俱男女相与之情”[①]——这才是民歌之“情”的真实内涵。占明代民歌大多数的情歌，所表达之“情”就是“男女相与之情”，但长久以来此男女之情却被归入到更广义的范畴内，以“泛情论”来论述。时至开先，才赋予民歌之“情”以本来面目。

嘉靖时期，社会思潮开始转向世俗化，反映到文学观念上，便

① 李开先：《李开先全集》，卜键笺校，文化艺术出版社，2004 年，第 469 页。

是初步呈现出回归本然人性之要求，此前不被重视、甚至受到诟病的一些概念，比如情爱，也在此时被提出并讨论。“男女相与之情”的提出，标志着在文人对民歌之“情”的阐释开始由“泛情论”向“情爱论”转变。这种转变虽仅针对民歌之“情”而言，但它毕竟昭示着，文人群体的两性观，从正统到嘉靖这短短百余年内，也在悄然发生着嬗变。

四、对民歌之“情”的“情爱论”阐释

明代中前期的两性观，不论是“性其情”还是“情其性”，都还在“情感论”的层面，没有涉及人性的本质。至晚明，思想界才开始关注这一问题，开始讨论“人性的本质，到底是情还是理？”这一问题首先从李贽的“童心说”取得突破。李贽直接将“情”与“人欲”联系起来，并称之为“真”。其曰：“童心者绝假纯真，最初一念之本心也。”[①]所谓“绝假纯真”，便是不受道理闻见的遮蔽。又说：“穿衣吃饭，即是人伦物理，除却穿衣吃饭，无伦物矣。”[②]“如好货，如好色，如勤学，如进取……凡世间一切治生、产业等事，皆其所共好而共习，共知而共言者，是真迩言也。”[③]宣扬“好货”“好色”乃“最初一念之本心”，充分肯定人的欲望，正与晚明时期市民阶层的壮大与市民意识的勃兴相契合。李贽的主张，开拓了人们对于“情”的认识，“人欲”不再作为邪恶因素而被排除在“情”的范畴之外。这一点，对文人两性观的影响也至为重大，“情其性”至此加入了“情欲”的色彩。文人对民歌之“情”的阐释，也在此影响下转向了“情爱论”，其中有代表性的，为袁宏道。

---

① 李贽：《焚书 续焚书》，中华书局，2011 年，第 146 页。

② 同上，第 65 页。

③ 李贽：《答邓明府》，载《李温陵集》卷三，明刻本。

袁宏道文学思想的重要部分，便是“古今之辨”。中郎认为“古不可优，后不可劣”，并宣称“宁今宁俗”，具体到民歌观念，为极力肯定当代之民歌。因此，中郎所论民歌之“情”，为当代之“情”。在这一方面，中郎比前人更为彻底。中郎之“当代”，与李东阳、李梦阳、李开先之“当代”又不相同。我们看《明代民歌集》，同为情歌，明中期的情歌，与晚明的情歌，在“情”的内容和表达上都有差异。先看刊于成化年间《新编四季五更驻云飞》中的两首《咏题情》：

同赴罗帏，倒凤颠凰玉体偎。绣枕偏云髻，春透酥胸腻。檀口揾香肌。性情迷，汗湿鲛绡，鱼水同欢会，只愿金鸡莫要啼。

重整金钗，雨歇云收鸾凤开。再结合欢带，红粉娇无奈。今夜早些来。共和谐，巴到黄昏，我倚定门儿待，休似王魁音信乖。[①]

再看刊于万历年间《博笑珠玑》中的两首《时兴挂枝儿》：

俊亲亲俺爱你风情俏，动奴心才和你相交，谁知你胆大似活强盗。不管好共歹，进门就抱着，撞见人来如何好。

咱两人共入在销金帐，红绫被象牙床脱下衣裳，小脚儿架在郎肩上。佳人春兴动，才郎那话儿刚，滚得牙床滑滑响。[②]

这两组民歌，都是当时情歌中表现情爱较为直露的。但同为描写性事，成化时尚有几分含蓄；而到万历时，便毫无遮掩。因此，虽都是肯定“当代”，中郎之“当代”，在表现情爱上更加直露、大胆；中郎所论民歌之“情”，也更大程度地涉及“性爱”或“性

① 周玉波、陈书录编：《明代民歌集》，南京师范大学出版社，2009 年，第 3-4 页。
② 周玉波、陈书录编：《明代民歌集》，南京师范大学出版社，2009 年，第 212 页。

欲”。中郎宣称“宁今宁俗”，表现出对“情欲”的极大肯定。

在《叙小修诗》中，中郎说：

> 故吾谓今之诗文不传矣。其万一传者，或今闾阎妇人孺子所唱《擘破玉》《打草竿》之类，犹是无闻无识真人所作，故多真声，不效颦于汉、魏，不学步于盛唐，任性发展，尚能通于人之喜怒哀乐嗜好情欲，是可喜也。[①]

这段话之关键，乃“任性发展”与“嗜好情欲”。显而易见，它与李贽宣扬“好货”“好色”之“最初一念之本心”在内涵上是完全相同的。将民歌之“情”阐释为“喜怒哀乐”，乃“泛情论”之常谈；而中郎在承认“喜怒哀乐”的基础上，更指出民歌之“情”乃“嗜好情欲”，这就完全是“情爱论”了。其实，中郎能以“情爱论”论民歌之“情”，点明“情欲”二字，也是理所当然的——中郎所处的时代，思想界喜谈“情欲”，社会风气崇尚“情欲”，中郎本人，中年时期也纵情声色。由此也可知，包括两性观在内，无论何种观念，皆与现实相关联，虽偶或有超前或滞后，但总体而言是合拍的。

可见，从明中期到晚明，文人论民歌之“情”，存在着由“泛情论”到“情爱论”的明显转向。文人对民歌之“情”的阐释，与其整体的两性观是密切相关的。我们讨论一种观念的嬗变，通常是从纵向上，勾勒出最为明显的变化迹象；但任何观念都不是一条线式的单向发展，其中容有曲折、停顿甚至反拨，抑或与多种观念的交错，这是需要注意的。

---

① 袁宏道：《袁宏道集笺校》，钱伯城笺校，上海古籍出版社，2008 年，第 188 页。

第三节
欲女窥视：文人对民歌情色的关注

明代的女性形象是多样的，但在文人的表述中，则主要分为三类：贞女、才女和欲女。对于贞女和才女的肯认，属于公共生活领域的情怀，因此文人大可以堂而皇之地讨论，充分表达自己的观点。但文人同时也有私生活领域的情怀，那便是对欲女形象的关注。

一、“意淫”心理与色情文艺

所谓欲女，指的是在其身上散发出强烈情欲的女子形象，与思春女、荡妇比较相似。但这种情欲，又并非完全是放荡的、不道德的，它有时只是一种正常的生理诉求。更为重要的是，文人两性观中的欲女形象，通常并不像贞女、才女那样是现实女性形象的如实反映，而是文人在自己的意识中构建出来的。正因为它属于私生活领域的情怀，在大多数情况下，文人对它的关注是私密的、不张扬的，因此笔者将这种心理称之为“欲女窥视”。

此种心理，可用明代在文人群体中广泛流传的一句话来进行解读。冯梦龙在《挂枝儿》私部一卷《耐心》后的评语中，引用江盈科的话说：

> 《雪涛阁外集》云：“妻不如妾，妾不如婢，婢不如妓，妓不如偷，偷得着不如偷不着。”此语非深于情者不能道。“耐着心儿守”，妙处正在阿堵。①

这句话的另一个版本，是孙继芳《矶园稗史》卷一中所说的：

> 俗有一言：“妻不如妾，妾不如偷，偷不如想。”留此外间弄之，不愈于家之乐乎？②

今人江晓原在《云雨》一书中从“性张力”的视角对明代文人对色情文艺的兴趣进行了分析。但文人的这种“欲女窥视”的心理，单凭“性张力”并不能解释得很彻底。其中重要的一点就是：若仅仅着眼于“性张力”的缓释，那么“妾”“婢”“妓”“偷”便已经足够了，为什么要强调“偷得着不如偷不着”“偷不如想”呢？“偷不着”和“想”，必然受性心理所驱使，但其最终目的，却不在于发生性关系。按此心理，有时“意淫”所获得的满足感，甚至大于真正的“行淫”，这可以说是人性中一种比较复杂的存在。而按照这种分析来看待明代文人对于色情文艺的特殊兴趣，或许能够得到“性张力”角度之外的发现。

今天人们所定义的明代色情小说，比如《金瓶梅词话》《如意君传》《绣榻野史》《僧尼孽海》等，在当时无论是作者还是评论者，通常都不承认其“宣淫”，反而却赋予其“教化”的性质。最典型的就是《金瓶梅词话》，欣欣子在《金瓶梅词话序》中说：

---

① 周玉波、陈书录编：《明代民歌集》，南京师范大学出版社，2009 年，第 221 页。

② 孙继芳：《矶园稗史》卷一，涵芬楼秘笈景旧钞本。

> 吾友笑笑生为此，爰罄平日所蕴者著斯传，凡一百回。其中语句新奇，脍炙人口，无非明人伦，戒淫奔，分淑慝，化善恶，知盛衰消长之机，取报应轮回之事，如在目前始终；如脉络贯通，如万系迎风而不乱也……其他关系世道风化，惩戒善恶，涤虑洗心，无不小补。[①]

东吴弄珠客在《金瓶梅序》中说：

> 借西门庆以描画世之大净，应伯爵以描画世之小丑，诸淫妇以描画世之丑婆、净婆，令人读之汗下。盖为世戒，非为世劝也。余尝曰：读《金瓶梅》而生怜悯心者，菩萨也；生畏惧心者，君子也；生欢喜心者，小人也；生效法心者，乃禽兽耳……若有人识得此意，方许他读《金瓶梅》也。不然，石公[②]几为导淫宣欲之尤矣。奉劝世人，勿为西门之后车可也。[③]

作者兰陵笑笑生在回目之前，也以“酒、色、财、气”四首《鹧鸪天》词来强调此书的教化性质，其中《色》这首诗为：

> 休爱绿鬓美朱颜，少贪红粉翠花钿。损身害命多娇态，倾国倾城色更鲜。莫恋此，养丹田。人能寡欲寿长年。从今罢却闲风月，纸帐梅花独自眠。[④]

但就《金瓶梅词话》来说，作者和评论者所明确表达的思想，往往不是其真正的倾向。对此，吴存存教授认为：“所有这

① 兰陵笑笑生：《金瓶梅词话》，陶慕宁校注，人民文学出版社，2008 年，第 2 页。
② 石公即袁宏道。
③ 兰陵笑笑生：《金瓶梅词话》，陶慕宁校注，人民文学出版社，2008 年，第 4 页。
④ 同上，第 6 页。

些其实往往多是浮在小说表面的说教，它们与小说的内在思想很难获得一致，有时甚至是相悖的。事实上，《金瓶梅》中始终充盈着对性、性能力、性器官的狂热崇拜。说教在书中只不过是作者借正统道德观以障人耳目的幌子，是外在的；而性的崇拜是作品的血肉所在、生命所在，它是内在的……我认为清代那些主张禁毁《金瓶梅》的卫道士们往往比那些苦心经营而把此书捧为‘寓教化之真义及苦孝之苦心’的批评家如张竹坡等更能触及小说的本质。”①

笔者赞同吴教授的观点，并且进一步认为，《金瓶梅词话》一书甫出，便在文人圈子中受到了高度的欢迎，这固然是因为此书描摹人情极为高妙的缘故，但也不可排除文人的那种“欲女窥视”心理。袁宏道在给董其昌的信中说：

> 《金瓶梅》从何得来？伏枕略观，云霞满纸，胜于枚生《七发》多矣。后段在何处？抄竟当于何处倒换？幸一的示。②

中郎所谓的“云霞满纸”，难道仅仅是评论其文采吗？我们联系中郎中年对于情欲的肯定和狭邪行为，很难否认其中没有对那些欲女形象和色情描写的阅读快感。这么说可能有些“以小人之心度君子之腹”，但沈德符《万历野获编》卷二十五关于《金瓶梅》的另一则记载，则可证这种揣测并非毫无根据：

> 袁中郎《觞政》以《金瓶梅》配《水浒传》为外典，予恨未得见。丙午遇中郎京邸，问曾有全帙否？……因与借抄挈归。吴友冯犹龙见之惊喜，怂恿书坊，以重价购刻。马仲良时

① 吴存存：《明清社会性爱风气》，人民文学出版社，2000 年，第 94 页。

② 袁中道：《珂雪斋集》，钱伯城点校，上海古籍出版社，1989 年，第 289 页。

榷吴关，亦劝予应梓人之求，可以疗饥。予曰："此等书必遂有人板行。但一刻则家传户到，坏人心术，他日阎罗究诘始祸，何辞置对！吾岂以刀锥博泥犁哉？"[①]

这段话的关键之处为马仲良评论《金瓶梅》的"可以疗饥"。从表面意思上看，马氏说的是刊刻《金瓶梅》必然能够大卖，由此可以大赚一笔。但他为什么会对这本书的市场前景如此有信心呢？答案便是文人对于情欲的窥视心理。相比欣欣子和东吴弄珠客的欲盖弥彰来，还是沈德符的态度比较老实，他认为此书一旦传播，则"家传户到，坏人心术"，这即是承认《金瓶梅》是一部色情小说。要知道，袁宏道、董其昌、冯梦龙等人，都惯于冶游，绝对不存在什么"性压抑"或情欲无处发泄的问题，那么他们如此热衷于《金瓶梅》的原因是什么呢？这便是笔者在上文所说的"欲女窥视"心理，也就是"有时'意淫'所获得的满足感，甚至大于真正的'行淫'"。

值得注意的，还有那些赋予色情小说以"教化"性质的文人。笔者并不否认他们其中有沈德符这样虔诚的卫道者，但问题是如果真是为"教化"着想，就应当和沈氏一样，拒绝传播。但他们一面对《金瓶梅词话》等色情小说大为倾心，一面却又打起"惩戒善恶，涤虑洗心"的幌子，为自己对情色的关注寻找一个堂而皇之的理由。这种心理，不正是"窥视"吗？"窥视"之"窥"字，正说明这种关注不是理直气壮的，是心有所欲而又有所顾忌，这正是明代文人女性观构建中的"欲女观"的心理所本。文人对春宫图的关注也与此类似。明代春宫图在文人士大夫群体中的流行，中外学者已有非常详尽的研究。[②] 春宫图在传播上最大的特点，为它是私密

① 沈德符：《万历野获编》，中华书局，2007 年，第 652 页。

② 参见刘达临《中国古代性文化》（宁夏人民出版社，2003 年），荷兰学者高罗佩的《中国古代房内考》（上海人民出版社，1990 年）和《秘戏图考》（广东人民出版社，2005 年）等书。

性质的、不宜公开的，那些春宫画册的被阅读场合，多数都在床帏之中，甚至有些春宫图本身就被画在一些私密的物件里。因此，对于春宫图的阅读，用“窥视”一词最合适不过了。春宫图的用途，多数情况下是男女同观，以起到催情助兴的作用，如同《肉蒲团》中未央生和玉香那样；但是相当多的证据表明，这些春宫图也经常被男性单独观看。男性观看春宫图，感兴趣的自然不是图中的同性，而是为了满足对女性身体的一种窥视欲。此种心理，和今天的男性热衷于偷窥成人电影是一样的——很少有男性会去关注电影中的男主角。

二、欲女窥视与民歌情色

除小说与春宫图外，另一种经常被明代文人借以满足“欲女窥视”心理的色情文艺，便是含有情色内涵的民歌。虽然民歌的影响力远不如小说，但其中涉及的情色描写却丝毫不逊色于《金瓶梅词话》《绣榻野史》等。所谓“不逊色”，不是指描写的细致程度。民歌由于其体式的限制，永远无法像小说那样去具体地描写一次性事的过程，它的文字是高度浓缩的，因此其中的性描写也是片段式或画面式的——但这恰恰是它所吸引文人的地方。比如《风月词珍》中的两首《时兴桐城山歌》：

一盏灯儿红悠悠，郎脱衣裳我除头。银钩挂起销金帐，狮子□花滚绣球，枯树盘根在里头。

月儿湾湾贴着天，牙梳湾湾掠鬓边。手儿湾湾搂郎颈，小脚儿弯弯搭郎肩。颠，好似推车上小山。[①]

---

① 周玉波、陈书录编：《明代民歌集》，南京师范大学出版社，2009 年，第 131 页。

再如冯梦龙所辑《山歌》卷二“私情四句”中的一首《立秋》：

> 热天过子不觉咦立秋，姐儿来个红罗帐里做风流。一双白腿扛来郎肩上，就像横塘人掮藕上苏州。[①]

像这几首民歌，都涉及性描写；但这种性描写，很明显是“民歌式”的，而不是“小说式”的。对于文人来讲，或许这种“民歌式”的韵味反而更能引起他们的遐想和情思。民歌中的此类情歌，最大的特点是女主人公形象的凸显。首先，其叙述口吻是女子的，阅读此类民歌，仿佛是一个充满欲望的女子，以私语的方式对读者描绘本应是极端私密的性事，这种阅读体验对文人来说，尤其符合其“欲女窥视”的心理。其次，此类民歌中同时具有男主人公和女主人公，但是在表达的效果上，女主人公的形象被凸显了，而同时男主人公的形象被隐去了。当文人在阅读这些民歌时，他所关注的，或者说留下印象的，是“枯树盘根在里头”“一双白腿扛来郎肩上”的女主人公，至于里面的那个“郎”是怎样的，文人通常不会有兴趣。

这种充满着别样情调的色情民歌，并非到了晚明才有。在明代中前期的民歌中，也能看到此类作品，只不过不如晚期程度那么大罢了。明代的许多文人，如李梦阳、李开先等，他们对民歌的态度是“二分法”，即推崇其“真”“情”的表达方式，而鄙弃其“淫艳亵狎”的内容。那么，笔者认为，既然《金瓶梅词话》的评论者在欣赏其内容的同时，又要打出“道德教化”的幌子；那些对民歌淫荡的内容口诛笔伐的文人们，会不会也存在这样一种心理——他们私下里其实对“一双白腿扛来郎肩上”这类内容很感兴趣，但表面上还是板起一张道学家的面孔？笔者这样说，已经类似于鲁迅先生

① 周玉波、陈书录编：《明代民歌集》，南京师范大学出版社，2009年，第310页。

所说的“不惮以最坏的恶意揣测中国人”了，幸识者勿罪于我。但清初文人钮琇所记录的一则故事，也传达出类似的信息：

> 熊公廷弼当督学江南时，试卷皆亲自批阅……吾吴冯梦龙亦其门下士也。梦龙文多游戏，《挂枝儿》小曲与《叶子新斗谱》皆其所撰，浮薄子弟，靡然倾动，至有覆家破产者。其父兄群起讦之，事不可解。适熊公在告，梦龙泛舟西江，求解于熊。相见之，顷，熊忽问曰：“海内盛传冯生《挂枝儿》曲，曾携一二册以惠老夫乎？”[①]

熊廷弼明知冯梦龙所辑的《挂枝儿》中多色情民歌，却还是向冯索要，难道仅仅是因为其“真”吗？除此之外，他感兴趣的是什么，不问而知。连熊廷弼这种“性刚负气”、有操守的士大夫尚未能免俗，何况普通文人乎？

① 钮琇：《觚剩》，南炳文、傅贵久点校，上海古籍出版社，1986年，第195页。

第四节
嘲妓拟作：文人与妓女关系的别样视角

嘲妓，顾名思义是对妓女进行嘲弄。提起明代文人与妓女，我们很自然便想到冒襄与董小宛、龚鼎孳与顾媚等士妓交往的风流佳话——这种印象甚至可以扩展到整个文人与妓女的交往史中。但明代又有不少文人（其中不乏知名文人），热衷于嘲妓类拟民歌的创作，在作品中对妓女进行百般嘲弄。这一现象的存在，让我们不得不从另一个视角来审视明代文人与妓女的关系。

一、文人嘲妓的文化溯源

由青楼而生成青楼文化，大约始于唐代。唐代文人与妓女的交往中，虽也不乏男子负心之行，但总体而言，唐代文人对妓女的关注是审美的。二者虽然地位悬殊，但文人对妓女的态度并不偏于鄙视。但到了宋代，随着理学的兴起，文人对妓女的态度较之唐代有了很大变化。笔者在《青楼文学与中国文化》一书中曾谈道："随着理学的传播推广，过去文人赋予娼妓的那一袭浪漫神秘的外衣也被褫剥殆尽。在宋儒所营造的强大的伦理纲常面前，妓女们不再能够掩饰自己卑贱的地位，她们只能充当取悦男子的工具而难得再赢来人格的尊重了。”①

天水一朝，虽也不乏文人与妓女的交往佳话，但普遍来说，狎妓者的尊卑意识是比较强烈的，而妓女也常存有一种自惭形秽的心理。即便是欧阳修、苏轼、黄庭坚等素以通达自命的名士，他们对待妓女也往往持一种居高临下的调侃讥谑的姿态。宋代文人对待妓女的态度异于前朝，根本原因正如引文所说，是“理学的传播推广”导致。理学强调尊卑有别、伦理纲常，尤其对于女性，更主张其“三从四德”、为男子之依附的地位。妓女首先从身份上来说，是被摒除在纲常之外的。这固然使得她们可以不必顾及许多礼法教条，相对那些“良家妇女”似乎更为自由；但在整体人格上，却也被打上了“下贱”的烙印。这种下贱的身份，不但是一种社会的认同，妓女群体内部也是认同的。其次，理学的主要维护者和践行者，是文人士大夫。比较严苛的道学家甚至以与妓女交往为耻，冯梦龙所著《古今谭概》中记载了一个关于北宋道学家“二程”的故事：

> 两程夫子赴一士夫宴，有妓侑觞。伊川拂衣起，明道尽欢而罢。次日，伊川过明道斋中，愠犹未解。明道曰：“昨日座中有妓，吾心中却无妓。今日斋中无妓，汝心中却有妓。”伊川自谓不及。②

明道、伊川即程颢、程颐兄弟，二人为北宋理学家之代表。通常用来概括封建礼教的“饿死事小，失节事大”，便出自程颐之口。故事中的妓女只是侑觞而已，程颐却大以为耻，拂袖而去。而程颢的“座中有妓，心中无妓”云云，不论怎样来进行解读，也都说明

① 陶慕宁：《青楼文学与中国文化》，东方出版社，2006 年，第 62 页。

② 冯梦龙编：《古今谭概》，栾保群点校，中华书局，2007 年，第 15 页。

了他对妓女的轻视。这则故事虽然很可能是杜撰的，程颐的观念也比较极端，但却在一定程度上反映出理学传播的背景下，妓女的地位之低下。

降至明代，太祖朱元璋鼎定之初，大力推行程朱理学，将其作为官方的意识形态。在具体实施上，其中很重要的一条举措就是严明尊卑之别。对妓女乐户这些下贱行业，这种尊卑之别甚至具体到他们的服饰行止上。顾起元《客座赘语》卷六“立院”条载：

> 太祖立富乐院于干道桥，男子令戴绿巾，腰系红搭膊，足穿带毛猪皮靴。不许街道中走，止于道边左右行。或令作匠穿甲，妓妇戴皂冠，身穿皂褙子，出入不许穿华丽衣服。[①]

类似的记载还见于李默《孤树裒谈》卷二和沈德符《万历野获编》卷十四。虽然这些具体的规定随着时间的推移逐渐失去了约束力，但在社会主流意识层面，程朱理学的影响却是根深蒂固的，甚至晚明时期纵欲、尚情之思潮的兴起，都没能从根本上将其动摇。在这种背景下，文人与妓女之交往，自然也难以重现唐代那种普遍审美化的欣赏。其实不单文人，就连普通民众对妓女的轻视也是显而易见的，一个重要的表现，就是民歌中那些嘲妓曲子的流传。“成化四种曲”之一的《新编太平时赛赛驻云飞》中，有名为《题歌妓恨毒》者；《大明天下春》中有《新编百妓品评》一百余首，名为“品评”，实为嘲弄；《玉谷新簧》中有《时兴各处讥妓耍孩儿歌》，从其名“时兴各处”，便可见此类民歌流传之广；《南宫词纪》中有《黄莺儿·嘲妓》；署名浮白山人所编的《黄莺儿》中，有嘲妓类民歌数十首；就连冯梦龙所编的《挂枝儿》和《山歌》中，也收录了很多嘲妓类民歌。我们且不论这些嘲妓类民歌有多少是出自文人

① 顾起元：《客座赘语》，中华书局，1987年，第188页。

之手，单看它在各个时期、各个地区的广泛流传就能知道，对妓女的嘲弄和鄙视，实已成为整个社会的一种普遍风气。

二、明代广大下层妓女的实际境遇

人们乐于品味明代那些名士与妓女的风流佳话，乐于评说“秦淮八艳”等名妓的韵致才情，是因为它传达了一种美好；所能期待的关于妓女的理想形象，也在她们身上寻得了寄托。今人看待明代之青楼文化，也常浸淫于这种美好和理想中，甚或为之所倾倒。此种心理实为人之常情。况且名为“青楼文化”者，必有一种文化之构建，这就自动将视野锁定为那些能够进入到“文化层面”的人事，而有意无意地将那些下层的、与“文化”关联不甚密切的妓女过滤掉了。

娼妓业从本质上来说，是建立在对女性侮辱与损害的基础上的。不管有多少士妓风流，也不管有多少“秦淮八艳”，这一性质是不可改变的。而从妓女的整体构成上来说，那些能进入到“青楼文化”视野内的毕竟只是一部分，能够称得上是“名妓”的更是少之又少。晚明文人谢肇淛（1567—1624）叙述万历时娼妓业情形曰：

> 今时娼妓布满天下，其大都会之地动以千百计，其他穷州僻邑，在在有之，终日倚门献笑，卖淫为活。生计至此，亦可怜矣。两京教坊，官收其税，谓之脂粉钱。隶郡县者则为乐户，听使令而已。唐、宋皆以官妓佐酒，国初犹然，至宣德初始有禁，而缙绅家居者不论也。故虽绝迹公庭，而常充牣里衎。又有不隶于官，家居而卖奸者。谓之土妓，俗谓之私窠子，盖不胜数矣。①

① 谢肇淛：《五杂组》，上海书店出版社，2001年，第157页。

谢氏的记载中，并没有出现那些“名妓”，而是将目光集中在那些下层妓女上。她们的日常生存状况是怎样的呢？——“终日倚门献笑，卖淫为活”。既然“卖淫为活”，很明显与那种充满着文化内涵的青楼氛围有着天壤之别，而这却实实在在是占娼妓群体绝大多数的下层妓女的真实面貌。她们生存之酸辛，连谢氏都感叹道“生计至此，亦可怜矣”。谢氏将那种“家居而卖奸者”视为最下等的妓女，但实际上，甚至有境况比“家居而卖奸”更为悲惨的，明人阴太山《梅圃余谈》载：

> 近世风俗淫靡。男女无耻，皇城外娼肆林立，笙歌杂遝，外城小民度日难者，往往勾引丐女数人，私设娼窝为之窑子。室中天窗洞开，择向路边屋壁作小洞二三。丐女修容貌，裸体居其中，口吟小词，并作种种淫秽之态。屋外浮梁子弟，过其处，就小洞窥，情不自禁，则叩门入，丐女队裸而前，择其可者投钱七文，便携手登床。历一时而出。①

此段记载非常详细，非知其事者不能道，应当是可信的。其所述“窑子”中“丐女”卖淫之惨状，几令人不能卒读！至此地步，还有何人格、尊严可言！阴氏所言中另一可注意者，是这种情形发生的地方，就在“皇城外”。皇城尚且如此，更何况“其他穷州僻邑”呢？

一些经济发达、自古以来又以佳丽之地著称的城市，譬如杭州、南京、扬州，是明人记载中“名妓”较多的地方。余怀描绘南京名妓集中之地旧院（也称曲中）之情形曰：

> 妓家分别门户，争妍献媚，斗胜夸奇……纨茵浪子、潇洒

① 王书奴：《中国娼妓史》，生活·读书·新知三联书店，1988年，第200页。

词人，往来游戏，马如游龙，车相接也。其间风月楼台，尊罍丝管，以及娈童狎客、杂技名优，献媚争妍，络绎奔赴。[①]

旧院的高端繁华，令人在几百年后读来仍心生向往。日本学者大木康先生在《风月秦淮：中国游里空间》一书中，便表达了他驻足秦淮河畔时所产生的“风流不在”的失落和感慨。[②]但旧院毕竟是整个娼妓业最为顶端的展示，在这顶端之下，则是大量的下层妓女。张岱在《陶庵梦忆》中对扬州曲巷中下层妓女有着入木三分的刻画：

渡钞关横亘半里许，为巷者九条。巷故九，凡周旋折旋于巷之左右前后者计百之。巷口狭而肠曲，寸寸节节有精房密户，名妓歪妓杂处之。名妓匿不见人，非向导莫得入。歪妓多可五六百人，每日傍晚，膏沐熏烧，出巷口，倚徙盘礴于茶馆酒肆之前，谓之站关。茶馆酒肆岸上纱灯百盏，诸妓掩映闪藏其间，疤戾者帘、雄趾者阈。灯前月下，人无正色，所谓一白能遮百丑者，粉之力也。游子过客，往来如梭，摩睛相觑，有当意者，逼前牵之去。而是妓忽出身分肃客先行，自缓步尾之。至巷口，有侦伺者，向巷门呼曰：某姐有客了！内应声如雷，火燎即出。一一俱去，剩者不过二三十人。沉沉二漏，灯烛将烬，茶馆黑魆无人声，茶博士不好请出，惟作呵欠，而诸妓醵钱向茶博士买烛寸许，以待迟客。或发娇声唱《劈破玉》等小词，或自相谑浪嘻笑故作热闹，以乱时候。然笑言哑哑声中，渐带凄楚。夜分不得不去，悄然暗摸如鬼，见老鸨，受

①余怀：《板桥杂记》，李金堂注解，上海古籍出版社，2000 年，第 82 页。

②［日］大木康：《风月秦淮：中国游里空间》，辛如意译，台湾联经出版公司，2007 年，第 1 页。

饿、受笞，俱不可知矣。①

这段描写将扬州下层妓女的悲苦生活揭露得淋漓尽致。材料中有一些细节，更为我们观察当时妓女的生存状态提供了视角。其一，扬州的妓女分为名妓和歪妓，歪妓即下层妓女，其数量多达“五六百人”，这个数目还不是整个扬州城的全部。与谢肇淛所说“今时娼妓布满天下，其大都会之地动以千百计”相参照，可以知道这“千百计”，其实绝大部分为下层妓女。其二，这些下层妓女在等待客人时为打发无聊会“发娇声唱《劈破玉》等小词”，明代文人记载的妓女演唱民歌，基本上都是下层妓女，那些名妓如“秦淮八艳”对此是不屑的。流行民歌毕竟是比较俚俗的东西，名妓的文化品位则是比较雅的，她们所唱的“曲”也多是雅化的散曲。冯梦龙《挂枝儿》杂部十卷中有一首《夜客》，便可与张岱的记载相互参证：

站阶头一更多姻缘天凑，叫一声有客来点灯来上楼，夜深东道须将就。摆个寡榼子，猜拳豁指头。唱一只《打枣竿儿》也，客官再请一杯酒。②

这个妓女“站阶头”到一更多，显然与张岱所记载的那些“站关”的妓女一样，是下层的。她在待客时，便以演唱民歌的方式侑酒。

总之，明代娼妓业的构成，类似于一座金字塔。位于塔尖的是那些名妓，她们身份比较高，但数量也很少；而越往下，妓女的数量则越多。可以说，占妓女总数大部分的下层妓女才是娼妓业的真

① 张岱：《陶庵梦忆》，中华书局，1985 年，第 31–32 页。

② 周玉波、陈书录编：《明代民歌集》，南京师范大学出版社，2009 年，第 289 页。

正支撑。正因为她们处于下层，所以很少被历史所记住，只是偶尔以“群像”的方式出现，留下几笔惨淡的描写。

三、明代文人拟作嘲妓类民歌之心态

明代究竟有多少嘲妓类民歌流传已经不得而知，明代文人有多少拟作过嘲妓类民歌也无从考察。但在今人所辑的《明代民歌集》中，还是保存下来一部分这类民歌。笔者怀疑这些民歌都是出自文人之手，后流传于市井中，成为流行的民歌，但条件所限，已难以找到直接的证据。能够确定为文人创作的，是《大明天下春》中《新编百妓品评》里所收的《麻妓》《眇妓》等二十八首，据陈所闻《南宫词纪》，其为孙楼（孙百川）所作。[①] 孙楼（1515—1584）并不是一个籍籍无名的文人，他是嘉靖二十五年（1546）的举人，在嘉靖、万历两朝长期为官，并以好学著称，藏书万余卷，著有《百川集》十二卷，《四库全书总目》有载。我们不妨便以孙楼所作的这些嘲妓民歌，来看看文人嘲笑妓女的究竟是什么？

这二十八首民歌，可以分为几类：嘲笑妓女的生理缺陷的；嘲笑妓女的品性不良的；还有一类嘲笑妓女的下贱身份。我们各举一首为例：

《跛妓》：踯躅步难娇，锦裙襕满地稍，画堂咫尺行难到。走时节体摇，立时腿翘，怎能学步邯郸道。要风骚，凤鞋一只，须衬底儿高。

《佞妓》：解语逞花娇，口儿甜似刀，如簧鹦鹉声声巧。

① 陈所闻认为孙楼所作的二十八首嘲妓类民歌是《孕妓》《月妓》《醉妓》《睡妓》《长妓》《麻妓》《眇妓》《跛妓》《黑斑》《秃妓》《佞妓》《淫妓》《猾妓》《偷妓》《钻妓》《顽妓》《妒妓》《拙妓》《痴妓》《泣妓》《霫妓》《还妓》《斋妓》《船妓》《店妓》《私妓》《病妓》《老妓》。

诙谐尽调，是非尽嘲，霎时引得花街闹。席间枕畔，恰似鹊争巢。

《店妓》：末路叹当垆，借春风酿一壶，青帘摇荡轮蹄路。南来的也呼，北往的也呼，酒筹玉指频频数。日将晡，高阳醉者，今夜是吾夫。①

这三类中，以嘲笑妓女生理缺陷的最为无德。嘲妓类民歌所嘲笑的都是下层妓女，她们本身的生活就已经比较辛酸，而那些有生理缺陷的，可想而知生计更为艰难。然而文人却对此加以嘲笑，用语之俏皮刻薄，实在令人难以接受。像这种文人对待妓女的态度，“人格的尊重”自然谈不上，或许他们都没有将妓女当人来看。嘲笑妓女品性不良的，比如这首《佞妓》，嘲笑妓女的“佞”。但下层妓女为拉拢客人，不得不使出浑身解数，“口儿甜似刀”实在是再正常不过了。这些下层妓女不“佞”，难道要让她们学名妓的冷傲吗？还有一些比如《淫妓》《猾妓》《妒妓》，在文人看来，“淫”“猾”“妒”都是妓女身上不良的品性。但文人们不要忘了，妓女并不是闺阁中的良家妇女，自然不能以良家妇女的品性来要求她们。要求妓女既出卖肉体，又品行端淑，这种心理本身就很变态。还有一类嘲笑妓女身份之下贱，即便她们本身没有什么值得嘲笑的，但就因为其妓女的身份，便遭到文人的鄙视，这充分说明明代文人对广大下层妓女存有普遍的轻视心理。这种心理是阶层性的，其根源来自礼教所强调的尊卑有别。

文人还有一些嘲妓类拟民歌创作，虽然并没有流传到社会上通行，但其心理却是一样的。这类拟民歌作者中，甚至有大名鼎鼎的徐渭。徐渭流传下来五首嘲妓类作品，分别为《黄莺儿·嘲妓张丑儿》一首和《锁南枝·嘲冷面妓》四首：

① 周玉波、陈书录编：《明代民歌集》，南京师范大学出版社，2009年，第96–101页。

《嘲妓张丑儿》

丑面记疤生，白裩裆，贱火星，傍人错认桃花晕，似西瓜有钉，似肥油带精，石灰瓶上黄泥印。再评论，白绫裤子，一点月经痕。

《嘲冷面妓》四首

天生面，冷似冰，秋意十分真可憎。消减画堂春，梨花冻云暝。愁西子，病太真，一味不瞅人，扫人兴。

天生面，冷似霜，只堪借了去吊丧。秋色满华堂，秋风入罗帐。僧初定，尸正僵，花不开，柳难放。

天生面，冷似刀，铜雀春深锁二乔。风月不堪调，千金难买笑。生成傲，养就娇，我自忖，恁伊俏。

天生面，冷自灰，却才与人相骂回。燕子懒于飞，莺儿怕作对。闞头回，败子回，道将钱，买憔悴。①

如果不是因为这些嘲妓类作品确实存在于徐渭的文集中，我们很难相信它们居然出自徐渭之手。从作品内容来看，其刻薄程度比孙楼有过之而无不及，尤其是第一首，连妓女来月经这种事都要加以嘲笑，颇令人感到诧异。《嘲冷面妓》的四首，又让我们感到妓女做人之难：“口儿甜似刀”的“佞妓”要被嘲笑；若不佞，却又被嘲笑为“天生面，冷似霜，只堪借了去吊丧”——反正不管怎样，都免不了被文人讥嘲一番。

既然如此，那就产生了一种矛盾：徐渭的女性观在明代文人中向来被视为进步的代表，他的两部代表杂剧《雌木兰》和《女状元》，都对“男尊女卑”的封建礼教提出了质疑。章培恒、骆玉明所著《中国文学史》下卷便评论道：

① 周玉波、陈书录编：《明代民歌集》，南京师范大学出版社，2009 年，第 404-405 页。

《雌木兰》和《女状元》都是写女扮男装的故事：木兰代父从军，驰骋疆场；黄崇嘏考取状元，为官精干。这两种剧都突出了女子的才能，“裙钗伴，立地撑天，说什么男子汉”，“世间好事属何人，不在男儿在女子”，对男尊女卑的传统思想提出针锋相对的挑战。①

那么，又怎么理解徐渭在这两部杂剧和嘲妓类拟民歌中体现出的两种截然相反的女性观呢？笔者认为，唯一的解释，便是女性的“身份”不同。花木兰和黄崇嘏属于道德体制内的良家女子，而嘲妓作品中的女主角，则是下贱的妓女。换言之，妓女——尤其是下层妓女，是属于通常所说的女性范畴之外的“另一种”。因此，这两种不同的女性观同时出现在徐渭的创作中，并不能说明其观念分裂；恰恰相反，这代表了很多文人的共同心理：对“女性”与“妓女”“名妓”与“下层妓女”是区别对待的。他们固然可以有着进步的女性观，甚至对名妓也可以称赏赞誉；但对于生活在最底层的那些妓女，则只有嘲笑的态度了。明代文人中这种嘲妓的态度，甚至形成了一种普遍的文化心理。笔者推测，很多拟作嘲妓类民歌的文人，他们不必针对某一个具体的妓女，甚至不必有与其接触的经历，单是出于一种流行的影响，便也提笔创作几首同类的作品——反正对于文人来说，凭空来几句俏皮话是件再容易不过的事情。

提到文人将下层妓女视为女性范畴之外的“另一种”，便不得不讨论另外一个问题：如何看待明代文人在文学作品中对“被侮辱与被损害”的妓女形象的塑造？宁宗一先生在为拙著所写的序言中说：

在中国文学史里，特别是说部与戏曲中，不少严肃的作家和民间艺人在面向严酷的生活时，总是怀着一种神圣的道德

① 章培恒、骆玉明：《中国文学史》，复旦大学出版社，1997年，第264页。

> 感，深情地关心着被侮辱与被损害者的命运。从众多的作品里，我们看到了他们从不同方位考察妓女悲剧性的生活和心灵轨迹……因此，我们对中国文学发展史进行整体性考察和审美观照时，我们几乎可以看到我们中国的杰出作家们面对妓女生活进行沉思的结晶体系列。[①]

宁先生所说的这种情况，在明代文人的作品中体现得尤为明显。单是冯梦龙的“三言”中，便不乏《杜十娘怒沉百宝箱》《卖油郎独占花魁》等为“被侮辱与被损害”的妓女进行人格推崇和道义肯定的作品。[②]但我们若对明代文人塑造的这些妓女形象进行考察便会发现，她们中的大多数，都属于娼妓业金字塔顶端的“名妓”。譬如，杜十娘的身份，是教坊司院中的“一个名姬”，文中这样描述她：

> 那杜十娘自十三岁破瓜，今一十九岁，七年之内，不知历过了多少公子王孙，一个个情迷意荡，破家荡产而不惜。院中传出四句口号来，道是：“坐中若有杜十娘，斗筲之量饮千觞；院中若识杜老媺，千家粉面都如鬼。”[③]

而莘瑶琴（王美娘）在故事题目中就被称作“花魁”，文中写道：

---

① 陶慕宁：《青楼文学与中国文化》，东方出版社，2006 年，第 1 页。

②《杜十娘怒沉百宝箱》中的杜十娘自然不必多说，但《卖油郎独占花魁》中的莘瑶琴，是否也是“被侮辱与被损害”的？笔者认为，莘瑶琴虽然最终得到了秦重真挚的感情，有了好的归宿，但在此之前，她的妓女生涯也是充满着悲情，甚至她沦为妓女本身，就是“被侮辱与被损害”的结果。

③ 冯梦龙：《醒世恒言》，人民文学出版社，1956 年，第 322 页。

> 临安城中，这些富豪公子，慕其容貌，都备着厚礼求见。也有爱清标的，闻得他写作俱高，求诗求字的，日不离门。弄出天大的名声出来，不叫他美娘，叫他作花魁娘子。西湖上子弟编了一只《挂枝儿》，单道那花魁娘子的好处："小娘中，谁似得王美儿的标致，又会写，又会画，又会作诗，吹弹歌舞都余事。常把西湖比西子，就是西子比他也还不如！哪个有福的汤着他身儿，也情愿一个死。"①

我们看二人的名妓身份，较之那些"站街""站关"，处在"私窠子""窑子"中的下层妓女，简直是天壤之别！其他同类作品中所塑造的妓女形象，也大抵如此。诚然，文人关注并揭示了她们"悲剧性的生活和心灵轨迹"，但如果换作一个籍籍无名的下层妓女，文人会有同样的关注吗？会对她们悲剧性（她们的悲剧，比起杜十娘的悲剧还要悲惨）的生活加以同情吗？会将其作为女主人公创作妓女题材的小说、戏曲吗？答案显而易见都是否定的。

我们换一种角度，以《卖油郎独占花魁》中的男主人公小商人秦重的心理来看。秦重追求莘瑶琴的动机，笔者认为是"这种冲动的性质远较一般的情欲、爱欲或性欲复杂，其中应有对美的向往，有尊重和承认的需要，还有一种借助对象以检验个人潜力的深隐愿望"②。秦重之所以会有这种冲动，抛开他自身的心理，还有一个重要原因，即是莘瑶琴的花魁身份。试想，如果莘瑶琴是一个普通妓女甚至是一个"站街"的下层妓女，秦重还会有这种冲动吗？从文学创作回归到现实中，明代文人对"名妓"和下层妓女区别对待的心理，与秦重也是完全相通的。因此，我们说文人关注那些"被侮辱与被损害"的妓女的命运，更准确地说是关注那些名妓的命运。

---

① 冯梦龙：《醒世恒言》，人民文学出版社，1956 年，第 23 页。

② 陶慕宁：《青楼文学与中国文化》，东方出版社，2006 年，第 140 页。

而处在金字塔底端的无数下层妓女，她们则很难享受到文人的这种待遇——她们所得到的，是文人以之为原型写作嘲妓类民歌的另一种“待遇”。

文人的这种嘲妓心理，有时还有一些个人的原因，冯梦龙就是典型的例子。我们提起冯梦龙与妓女的交往，都会想到他和名妓侯慧卿的一段恋情，还有几个他引为知己的妓女如冯喜生等向他提供民歌的佳话。同样，论及冯梦龙的女性观，学界通常也认为他对女性是尊重的、同情的，尤其对待妓女，更是如此。冯梦龙研究专家陆树仑先生即认为：“现在有充分的材料能说明冯梦龙与妓女的关系，是基于钟情，不是凌辱。”[①]但冯梦龙所编辑的《挂枝儿》中，却收录了一些嘲妓类的民歌。如果说冯梦龙收录此类民歌，是因为它们反映了真实的流行情况、而他“借以存真”的话，那又如何理解他在多首民歌下面的评语中，频频发表斥责妓女的言论呢？冯梦龙的此类言论，代表者如《挂枝儿》“隙部”五卷《閧》后的评语：

青楼中有“三字经”，曰：烘、哄、閧。又曰：“烘如火，哄如蛊，閧如虎。”金樽檀板，绣幄香衾。馋眼生波，热肠欲沸，所谓“烘”也。粉阵迷魂，花妖醉魄，情浓若酒，盟重如山。哄人伎俩，兹百出矣。已而愿奢未遂，誓重难酬，寡醋难堪，闲槽易跳。百年之约，一閧而止。故曰：“十分真只好当三分用。”识得此意，大落便宜。[②]

同卷《扯汗巾》后的评语：

每见青楼中，凡爱人私饷，皆以为固然。或酷用或转赠，若不甚惜。至自己偶以一扇一帨赠人，故作珍秘，岁月之余，

①陆树仑：《冯梦龙研究》，复旦大学出版社，1987年，第13页。

②周玉波、陈书录编：《明代民歌集》，南京师范大学出版社，2009年，第256页。

犹询存否？而痴儿亦遂珍之，秘之，什袭藏之。甚则人已去而物存，犹恋恋似有余香者，真可笑已！余少时从狎游，得所转赠诗悦甚多。夫赠诗以悦，本冀留诸箧中，永以为好也。而岂意其旋作长条赠人乎？然则汗巾，套子耳，虽扯破可矣。[①]

类似的还有《山歌》卷四“私情四句”中《多》后的评语：

余尝问名妓侯慧卿云：“卿辈阅人多矣，方寸得无乱乎？”曰：“不也，我胸中自有考案一张。如捐额外者不论，稍堪屈指，第一第二以至累十，井井有序，他日情或厚薄，亦复升降其间。傥获奇材，不妨黜陟，即终身结果，视此为图，不得其上，转思其次，何乱之有。”余叹美久之。虽然，慧卿自是作家语，若他人未必心不乱也。世间尚有一味淫贪，不知心为何物者，则有心可乱，犹是中庸阿姐。[②]

这三条评语，比较明显地表达出他对一般妓女的看法。第一条和第二条，说的都是妓女为了从客人身上获取最大利益而虚情假意的“潜规则”，意在警示世人“婊子无情”。第三条先是称赏名妓侯慧卿（即梦龙所爱慕者）的心思细密，但话锋一转，又对其他妓女进行了讽刺——“世间尚有一味淫贪，不知心为何物者，则有心可乱，犹是中庸阿姐”。

因此，我们看冯梦龙对待妓女的态度，远非“基于钟情，不是凌辱”。他所钟情的，是侯慧卿、冯喜生等几位“名妓”，而对于大多数的下层妓女，梦龙并没有多少好感。冯梦龙自述“少时从狎游”，是风月场上的常客，因此对妓女的种种行径，有着切身的体

① 周玉波、陈书录编：《明代民歌集》，南京师范大学出版社，2009 年，第 257 页。
② 同上，第 318 页。

验。但妓女这样做，无非也是为了应对残酷的生存压力，并不宜对其作道德评判。明代文人中惯于狎妓的不在少数，冯梦龙对待妓女的这种态度，或许可以代表狎妓之文人的心声。值得一提的是，冯梦龙所苦恋的名妓侯慧卿，最终却嫁给了一个富商。冯梦龙原本所称赏的她的“从良理论”——“傥获奇材，不妨黜陟，即终身结果，视此为图，不得其上，转思其次，何乱之有”，从实际结果来看更像是对梦龙的一个绝大讽刺。冯梦龙遭此一变，其对妓女的看法是否从此更为恶劣，也未可知。

总之，明代文人中流行拟作嘲妓类民歌，是有其文化背景的。对下层妓女的轻视，与礼教所宣扬的“男尊女卑”有很大联系。这种轻视自宋代便有，但到了明代似乎更加强烈。与此同时，明代文人对妓女的态度又是一分为二的：对待名妓通常是欣赏加同情，而对待广大的下层妓女，却只有嘲笑和讥讽。我们今天看到明代的娼妓业，不应当只看到那些名妓的风流韵致，也应当认识到，占娼妓业大多数的下层妓女，她们的生存状况是十分悲惨的，其“被侮辱与被损害”的程度，远比那些名妓严重。在面对涉及文人与妓女关系的文学作品时，我们不妨先联想到这一点，再去做评判。

第六章

鼎革后文学中的两性观念

第一节

冒、董遇合折射出的明末清初士妓关系

《影梅庵忆语》是明、清之际散文小品中悼亡之作的佼佼者，直至二十世纪的“五四”之前，仍有大量的闺秀淑媛、青年才隽为之倾倒，为之心往神驰。即便今日读来，似仍不失为近世文章之逸品。考其所以历久而不衰，大要有三点。首先，意挚情真，沉深婉转，笔力足能感人。其次，作者冒襄为明末“复社四公子”之一，风节自励，名重一时。其一生之升沉出处，与一朝之治乱兴亡，互相表里，纠结牵系，莫能拆解。复次，“忆语”所忆之人乃当时南京桃叶秦淮名妓董白，其人其事虽微末琐屑，然颇能使人由此及彼，追想当日旧院笙歌、裙屐风流，以及人文聚散，制度兴废。猎艳搜奇，固人情之常，冒、董二人于三百五十年前，以其特殊之身份地位，身不由己，被卷入时代潮头，因势推挽，俯仰中流，搬演出一幕人生的悲喜剧。而由其二人之相识、订盟，以至施衿结缡、患难相扶之九载情缘，亦可因芥子以窥须弥，觇见晚明江南党社胜流与秦淮佳丽之性爱观念、婚姻取向乃至家族规制、嫡庶关系、生活意趣，或于近世文化史不无小补。

一、从冒、董初识到订盟看两人关系

据《忆语》，冒襄初识董白，在崇祯十二年己卯应南都乡试之前。居间称引之人，即冒之盟友——复社四公子之一的桐城方以智。冒氏走访董白不值，旋以下第，浪游吴门。转与秦淮名妓沙九畹、杨漪炤流连多日。及将归棹返如皋，始得晤董白，然竟未交一语。《忆语》记二人最初之一面云：

> 姬母秀且贤，劳余曰："君数来矣，子女幸在舍，薄醉未醒。"然稍停，复他出，从兔径扶姬于曲栏与余晤。面晕浅春，缬眼流视，香姿玉色，神韵天然，懒慢不交一语。余惊爱之，惜其倦，遂别归。此良晤之始也。时姬年十六。[①]

至崇祯十四年春，冒氏经浙路往湖南宝庆省觐，与许忠节公连舟同行。考诸《明史》卷一五四，此许忠节公当是许直，为冒氏同乡，崇祯七年进士，时新补广东惠来知县。途中经此许忠节公引荐，冒氏乃又得识善歌弋阳腔之名妓陈姬。《忆语》云：

> 余佐忠节治舟，数往返始得之。其人淡而韵，盈盈冉冉，衣椒茧时背、顾湘裙，真如孤鸾之在烟雾。是日燕，弋阳《红梅》以燕俗之剧，咿呀啁哳之调，乃出陈姬身口，如云出岫，如珠在盘，令人欲仙欲死。漏下四鼓，风雨忽作，必欲驾小舟去。余牵衣订再晤。答云："光福梅花如冷云万顷，子能越旦偕我游否？则有半月淹也。"余迫省觐，告以不敢迟留。故复云："南岳归棹，当迟子于虎疁丛桂间。盖记其期八月返也。"

---

① 冒襄：《影梅庵忆语》，载虫天子辑《香艳丛书》，人民文学出版社，1994年，第578页。

余别去，恰以观涛日奉母回。至西湖，因家君调已破之襄阳，心绪如焚。便询陈姬，实则已为窦霍家掠去，闻之惨然。及抵阊门，水涩舟胶，去浒关十五里，皆充斥不可行，偶晤一友，语次有“佳人难再得”之叹。友云：“子误矣，前以势劫去者，赝某也。某之匿处，去此甚远，与子偕往。”至果得见，又如芳兰之在幽阁也……越旦，则姬淡妆至，求谒吾母太恭人。见后，仍坚订过其家。乃是晚，舟仍中梗，乘月一往相见。卒然曰：“余此身脱樊笼，欲择人事之。终身可托者，无出君右。适见太恭人，如覆春云，如饮甘露，真得所天。子毋辞。”余笑曰：“天下无此易易事。且严亲在兵火，我归，当弃妻子以殉。两过子，皆路梗中无聊闲步耳。子言突至，余甚讶。即果尔，亦塞耳坚谢，无徒误子。”复宛转云：“君倘不终弃，誓待君堂上昼锦旋。”余笑云：“若尔，当与子约。”惊喜申嘱，语絮絮不悉记。即席作八绝句付之。归历秋冬，奔驰万状。至壬午仲春，都门政府，言路诸公，恤劳人之劳，怜独子之苦，驰量移之耗，先报。余时正在毗陵，闻音如石去心，因便过吴门慰陈姬。盖残冬屡趣余，皆未及答。至则十日前复为霍窦门下客以势逼去……余至，怅惘无极！然以急严亲患难，负一女子无憾也。①

此陈姬，盖即明清史家所艳称，吴梅村“痛哭六军俱缟素，冲冠一怒为红颜”所指之陈圆圆字畹芬者。陈寅恪先生《柳如是别传》第四章辨之甚悉，不待词费。

《香艳丛书》九集卷一载陆次云《圆圆传》略云：“圆圆陈姓，玉峰歌妓也。声甲天下之声，色甲天下之色。崇祯癸未岁，总兵吴

① 冒襄：《影梅庵忆语》，载虫天子辑《香艳丛书》，人民文学出版社，1994 年，第 579–580 页。

三桂慕其名，赍千金往聘之，已为田畹所得。”又陈维崧《妇人集》载：“姑苏女子圆圆，戾家女子也。色艺擅一时。如皋冒先生常言妇人以姿致为主，色次之。碌碌双鬟，难其选也。蕙心纨质，澹秀天然，生平所觏，则独有圆圆耳。”

由上引数则材料观之，冒氏几番莅秦淮，皆与家事仕途相关，初无意于耽溺声色，更无意于曲中物色人选以充中冓。其出入青楼，不过逢场作戏，逐胜寻芳而已。故访董不遇，即转与沙、杨二妓周旋，并无丝毫黏滞。及邂逅陈圆圆，始甚瞩意。盖以陈“姿致”难得，“蕙心纨质，澹秀天然，生平所觏，则独有圆圆耳”。此语出陈维崧《妇人集》，冒襄于陈维崧为父执辈，且有饮食教诲之恩。故维崧说可信。然则，冒之心目中，陈姬故远胜董姬，一见之下，拳拳不能释。再见之时，遂有纳币之约。此时之董白，恐已不在其意中。嗣后，冒氏奔走京师，谋纾父难，无暇顾及前约，及父难消解，再过吴门，陈姬已为外戚田弘遇以势夺去。“怅惘无极”四字，真冒氏肺腑之言，盖出于“佳人难再得”之憾也。至如“然以急严亲患难，负一女子无憾也”，实乃冒氏无可如何之余，自我安慰并标榜孝亲大节之饰词也。

冒氏再晤董白，恰在方失陈姬，百无聊赖之旅途。时当崇祯十五年壬午仲春，明社江山大半已烽烟四起，溃败决裂。唯江、浙一隅尚称晏安。游士豪客，竞千金裘马，选妓征歌，盘游无度。而曲中识见超卓之名妓，或迫于势家豪族之凌逼，或感于山雨欲来之窘迫，纷纷择人而事，以求退路，此董白再晤冒氏时之心境。

据《东皋诗存》卷四三，冒襄于崇祯九年丙子夏日，在淮清桥集阉祸受害之九家子弟为大会，诃詈阉党，声势耸动朝野。又据余怀《板桥杂记》，是年冒氏复与张明弼、吕兆龙、陈梁、刘履丁大宴于眉楼，缔盟订交。眉楼者，秦淮名妓顾媚字眉生者所居之楼也。顾与董为姊妹行，才名相埒，私交甚笃。冒之所为与人品声望，董必耳熟能详，故虽事隔三年，记忆犹新。以董氏当日万难之处境推论，冒之停舟相访，在董氏恐不啻如拨云雾而见白日，其喜可知。而从良择主，舍此其谁！况南京旧院早有“家家夫婿是东林”之谚。故一面之后，坚意委身相从。顾此时之冒氏，犹系心于家事科场，且殚于董之逋负落籍诸烦难，仍无意于接纳董氏，因而一再推诿。《忆语》载：

> 姬曰：“我装已戒，随路相送。”余却不得却，阻不忍阻，由浒关至梁溪、毗陵、阳羡、澄江，抵北固，越二十七日，凡二十七辞。姬惟坚以身从。登金山，誓江流曰：“妾此身如江水东下，断不返吴门！”余变色拒绝，告以期迫科试，年来以大人滞危疆，家事委弃，老母定省俱违，今始归经理一切。且姬吴门责逋甚众，金陵落籍，亦费商量。仍归吴门，俟季夏应试，相约同赴金陵。秋试毕，第与否，始暇及此。此时缠绵，两妨无碍。姬仍踌躇不肯行。时五木在几，一友戏云：“卿果终如愿，当一掷得巧。”姬肃拜于船窗，祝毕，一掷是“全六”，时同舟称异。余谓果属天成，仓促不臧，反偾乃事。不如暂去，徐图之。不得已，始掩面痛哭失声而别。余虽怜姬，然得轻身归，如释重负……金桂月三五之辰，余方出闱，姬猝到桃叶寓馆。盖望余耗不至，孤身挈一妪，买舟自吴门，江行遇盗，舟匿芦苇中，舵损不可行，炊烟遂断三日。初八抵三山门，复恐扰余首场文思，复迟二日始入。姬见余虽甚喜，细述别后百日，茹素杜门，与江行风波盗贼惊魂状，则声色俱凄，求归逾固……七日乃榜发，余中副车，穷日夜力归里门，而姬痛哭相随，不肯返。且悉姬吴门诸事，非一手足力所能了。责逋者见其远来，益多奢望，众口狺狺。且严亲甫归，余复下第意阻，万难即诣。舟抵郭外朴巢，遂冷面冷心，与姬决别。仍令姬归吴门，以厌责逋者之意，而

后事可为也。[①]

观此，则冒董之因缘聚合，实有被动与主动之分，非如一般才子佳人一见钟情，投诗赠扇，逾垣隙牖，因木成舟之故事。其最终之结合，端赖冒氏之盟友同社刘履丁等出赀偿逋及一代风流教主虞山钱谦益亲自为之擘画。张明弼《冒姬董小宛传》载：钱牧斋先生“维时不惟一代龙门，实风流教主也。素期许辟疆甚远，而又爱姬之俊识。闻之，特至半塘，令柳姬与姬为伴，亲为规画，债家意满。时又有大帅以千金为姬与辟疆寿，而刘大行复佐之。公三日遂得了一切，集远近与姬饯别于虎疁。买舟，以手书并盈尺之券，送姬至如皋。又移书与门生张祠部为之落籍。”

设若当日无此数人鼎力相助，冒氏格于形势礼法，必不肯于国事鞅掌、家事倥偬中输金折券，纳姬入门。然而，董白卒能脱离风尘，得其所天，亦与其百折不挠、义无反顾之意志攸关。而其识人之明敏，处事之决断，当亦得益于其非闺房之闭处，无礼法之拘牵，乃能于末世扰攘，江南阽危之际，以一柔弱女子，独秉冰操，间关转徙，托身胜流，终脱沙吒利者流之手，得免陈畹芬之厄。其事亦奇矣，壮矣。

至如冒氏之被动依违，坐享其成，固不得以轻薄目之。盖当日吴越胜流，醉心声妓，陶情花柳，任诞放恣，已成积习，非此不足以交游结社，不足以排奡风骚。复社四公子乃江南士望所归，气节文采，映照一时。秦淮佳丽，亦以接纳四公子高其身价。盖吴越间“虽黄童白叟、妇人女子皆知东林为贤”[②]。东林胜流“所品题甲乙，颇能为荣辱”[③]。

---

① 冒襄：《影梅庵忆语》，载虫天子辑《香艳丛书》，人民文学出版社，1994 年，第 581–583 页。

② 陈鼎：《东林列传》卷二，台湾新文丰出版公司，1975 年，第 22 页。

③ 张廷玉等：《张溥传》，载《明史》卷二八八，中华书局，1974 年，第 7404 页。

《板桥杂记》下卷“轶事”门载：

> 李贞丽者，李香之假母，有豪侠气，尝一夜博输千金立尽。与阳羡陈定生善。香年十三，亦侠而慧。从吴人周如松受歌，《玉茗堂四梦》皆能妙其音节。尤工琵琶。与雪苑侯朝宗善。阉儿阮大铖欲纳交于朝宗，香力谏止，不与通。朝宗去后，有故开府田仰与重金邀致香，香辞曰：“妾不敢负侯公子也！”卒不往。[1]

陈定生，名贞慧，维崧父也；侯朝宗，名方域，皆复社四公子。贞慧长方域十四岁，宜其所狎为母女二人。又据黄宗羲《思旧录》云，黄曾以侯方域耽酒色，告友人张自烈谏止之。可知方域雅好声色，不仅逢场作戏也。清初，曲阜孔尚任作《桃花扇》传奇，于侯李一段因缘颇作敷演，亦可见其为人。

又《板桥杂记》卷下载：

> 莱阳姜如须游于李十娘家，渔于色，匿不出户。方密之、孙克咸并能屏风上行，漏下三刻，星河皎然，连袂间行，经过赵李，垂帘闭户，夜人定矣。两君一跃登屋，直至卧房，排闼哄张，势如盗贼。如须下床，跪称大王乞命，毋伤十娘。两君掷刀大笑曰：“三郎郎当！三郎郎当！”复呼酒极饮，尽醉而散。[2]

李十娘者，名湘真，字雪衣，秦淮名妓，与顾媚、董白齐名。姜如须名垓，崇祯十三年进士，复社名流。方密之即方以智，四公

① 余怀：《板桥杂记》，李金堂校注，上海古籍出版社，2000年，第69页。
② 同上，第63页。

子之一。孙克咸名临，字武公。此数人皆有大节，非寻常渔色者可比。从兹亦可觇见晚明江南胜流之生活方式。较之上述诸人，冒氏之持身似尚可称严谨。

二、董、冒九年恩爱中所隐伏之情理悖谬

曩日，余撰《青楼文学与中国文化》一书，曾引张明弼《冒姬董小宛传》，盛赞二人婚姻之和谐，并借以说明明末江南士人思想识见之超卓。今日读之，不禁汗颜，盖所见仅得皮相，未克深入文本、详核有关资料所致也。兹别有说，请试论之。

《忆语》记董白入冒氏之门后凡若干事，计有女红、课子、理财、抄书、读诗、编书、学书、学画、分茶、品香、置景、赏月、饮食等，处处不离董之贞顺贤德，合于妇道，而又在在披露其灵心慧性，才识过人。此点在董实甚自然，盖以一风尘女子，行此破釜沉舟之事，乍入冒氏宦族之门，倘不能俛首低眉，取悦上下，则其地位岌岌乎殆哉可知矣。《仪礼》卷二九“丧服”第十一云：“妾为君。”（疏）释曰：“妾贱于妻，故次妻后。案〈内则〉云：‘聘则为妻，奔则为妾。’郑注云：‘妾之言接，谓彼有礼，走而往焉。以得接见于君子，是名妾之义。但其并后匹适，则国亡家绝之本。故深抑之，别名为妾也。既名为妾，故不得名婿为夫，故加其尊名，名之为君也。亦得接于夫。又有尊卑之称，故亦服斩衰也。君，至尊也者。既名夫为君，故同于人君之至尊也。’”董氏合其天资之颖悟与后天之勤奋，想必曾经熟读“三礼”，于“四德”“女诫”皆默识于心，故凡事进退得宜。“扃别室，却管弦，洗铅华……耽寂享恬。”“吾母太恭人与荆人见而爱异之，加以殊眷。幼姑长姊，尤珍重相亲，谓其德性举止，均非常人。而姬之侍左右，服劳承旨，较婢妇有加无以……越九年，与荆人无一言枘凿。至于视众御下，慈

让不遑，咸感其惠。”[①]嗟乎，董白之用心亦良苦！余每读至“当大寒暑，折胶铄金时，必拱立座隅。强之坐饮食，旋坐旋饮食，旋起执役，拱立如初”时，颇疑其所为非尽出天纵，殆半由敬畏，半出时下所谓“作秀”者欤？幸达识通人有以教我。

《板桥杂记》中卷云：“董白，字小宛，一字青莲。天资巧慧，容貌娟妍。七八岁时，阿母教以书翰，辄了了；少长，顾影自怜，针神曲圣，食谱茶经，莫不精晓。性爱娴静，遇幽林远涧，片石孤云，则恋恋不忍舍去。至男女杂坐，歌吹喧阗，意厌气沮，意不屑也。”[②]又张岱《陶庵梦忆》卷七“过剑门”条云：“南曲中，妓以串戏为韵事，性命以之。杨元、杨能、顾眉生、李十、董白以戏名。”[③]此两则正可与《忆语》所记董姬诸韵事互相发明，印证其妍质清言、天资颖异。

当明之末叶，江南胜流于讥弹朝政、炳彪气节之余，亦曾纷纷涉足青楼，物色名姝，或邀旬日之欢，或订百年之好。其所耽恋者乃现世之享乐，所钟情者多为集灵、秀、慧于一身之风尘女子。其思想根源与审美取向当可追绍于阳明心学与公安三袁。盖阳明及其后学高扬主体人性之大纛，求乐放达，师心自用。三袁更将其哲学引入人生之趣、审美之境。中道《刘渡集句诗序》尝论慧与美云：

凡慧则流，流极而趣生焉。天下之趣，未有不自慧生也。山之玲珑而多态，水之涟漪而多姿，花之生动多致，此皆天地间一种慧黠之气所成，故倍为人所珍玩。至于人，另有一种俊爽机颖之类，同耳目而异心灵，故随其口所出，手所挥，莫不

① 冒襄：《影梅庵忆语》，载虫天子辑《香艳丛书》，人民文学出版社，1994 年，第 581–583 页。

② 余怀：《板桥杂记》，江苏文艺出版社，1987 年，第 12 页。

③ 张岱：《陶庵梦忆》，上海古籍出版社，1982 年，第 69–70 页。

洒洒然而成趣，其可宝为何如者？[①]

江南胜流受此类思想之启蒙，于秦淮桃叶间发见诸多兼具灵、秀、慧特质之姝丽，而此种特质固乃闺阁中罕有，故流连宝爱，礼敬有加，甚且为之脱籍、藏之金屋，以图长相厮守。一时浸成风气。

然详审当日胜流与江南名妓之婚姻关系，实可别为两类。两类之别，又以规矩礼法之轻重为关捩。一类以漠视家族礼法，率性而行为特征，钱牧斋与柳如是、龚芝麓与顾眉生、许霞城与王修微、茅止生与杨宛叔为其代表。

谈迁《枣林杂俎》和集丛赘“都谏娶娼”条载：

云间许都谏誉卿娶王修微，常熟钱侍郎谦益娶柳如是，并落籍章台，礼同正嫡。先进家范，未之或闻。[②]

《明诗综》卷九八“杨宛小传”下附《静志居诗话》云：“止生得宛叔，深赏其诗，序必称内子。”

又《牧斋遗事》“国初录用耆旧”条载：

河东君侍左右，好读书，以资放诞。客有挟著述，愿登龙门者，杂沓而至。钱或倦见客，即出与酬应。客当答拜者，则肩筠舆，代主人过访于逆旅，竟日盘桓，牧翁殊不芥蒂。[③]

由是观之，柳如是嫁钱谦益后，不仅与钱考异订伪，分题布

---

① 袁中道：《珂雪斋近集》，上海书店，1982 年，第 39 页。

② 谈迁：《枣林杂俎》“和集 · 丛赘”，中华书局，2006 年，第 621 页。

③ 佚名：《牧斋遗事》，载陈寅恪著《柳如是别传》第四章，上海书籍出版社，1980 年，第 375 页。

韵，尽享闺房雅趣，且能出面应客，甚乃代钱造访友人。然则，钱之娶柳，殆不止于悦其才色，实因思想、情趣、识见、抱负多有契合；而柳之归钱，殆亦因自身之豪宕气质、叛逆性情独能得牧斋理解庇护有以致之。

上述钱、许、龚、茅诸人之品行气节容有廉懦高下之别，而风流任诞，视礼法为蔑如则一，且其待风尘女子从不以出身低微而轻贱之，识见确有超迈于当日世俗男女观念之处，故其与江南佳丽之婚姻，遂得呈现超越于时代之真爱情。

另一类婚姻则男方或椿萱在堂，礼法綦严；或殚于物议，不敢僭越。此可以陈子龙、宋征舆、冒襄为代表。此辈在外尽可纵酒狎妓，入室则不敢越雷池一步。以冒襄论，据《清史列传》，冒襄之父起宗尝因"犯权贵忌，抑陷襄阳监军，置必死地。襄走京师，泣血上书，乃得调宝庆，于是孝子之名闻天下"。孝为儒家仁义之基，冒既以孝名，其于宗族礼法自当恪守，必不肯淆乱家中上下尊卑之序。纳妾虽无违于礼，但当钱谦益亲送董白至如皋时，冒氏仍本"不告不娶"之义，"仓促不敢告严君"。且置董白于别室四月，始由其荆人携之入门。冒氏家规之严与持身之谨可见一斑矣。

对比钱谦益之娶柳如是。《虞阳说苑》甲编《牧斋遗事》云：

> 辛巳初夏，牧斋以柳才色无双，小星不足以相辱，乃行结褵礼于芙蓉舫中。箫鼓遏云，兰麝袭岸，齐牢合卺，九十其仪。于是琴川绅士沸焉腾议，至有掷砖彩缢，投砾香车者。牧翁吮毫濡墨，笑对镜台，赋催妆诗自若。[1]

则柳之荣耀与董之落寞，真不可同日而语矣。由此观之，晚明

① 佚名：《牧斋遗事》，载钱仲联主编《广清碑传集》卷四，苏州大学出版社，1999年，第217页。

江南士人之狎妓纳妾亦不可一概而论。在当日士林与秦淮佳丽看来，柳如是嫁钱谦益、董白嫁冒襄、顾媚嫁龚鼎孳、卞敏嫁申绍芳，皆属得其所归，秦淮诸妓甚乃对董之归宿“群美之，群妒之”，“咸称其俊识”。而详察诸人在婚姻关系中之实际处境，相去殆不可以道里计。此点于国难当头、甲申己酉之际表现尤著。《忆语》述甲申变后，江南盗贼蜂起，冒氏举家出逃，慌乱之间，嫡庶亲疏之序仍井然不紊：“余即于是夜，一手扶老母，一手曳荆人，两儿又小，季甫生旬日，同其母付一信仆偕行，从庄后竹园深箐中蹒跚出。维时更无能手援姬。余回顾姬曰：‘汝速蹴步，则尾余后，迟不及矣！’姬一人颠连趋蹶，仆行里许，始仍得昨所雇舆辆。”[①]己酉南都倾陷，冒氏阖家惶惧，乃竟有再次舍弃董白之举。

《忆语》云：

> 余因与姬决：“此番溃散，不似家园，尚有左右之者，而孤身累重，与其临难舍子，不若先为之地。我有年友，信义多才，以子托之。此后如复相见，当接平生欢，否则听子自裁，毋以我为念。”[②]

世俗论人际关系，常言“患难见真情”。冒襄待董白非无真情，然以其平居信奉之操守节义衡之，遂不得不以理屈情，以孝亲保嗣之大节制男女燕婉之私情，此类婚姻之情理悖谬于斯亦暴露无遗。

而尤当注意者，乃在董白表露心迹之语。董颠踬于盗贼榛莽之境，幸而逃归。“姬返舍谓余：当大难时，首急老母，次急荆人、儿子、幼弟为是。彼即颠连不及，死深箐中无憾也。”乙酉诀别，

① 冒襄：《影梅庵忆语》，载虫天子辑《香艳丛书》，人民文学出版社，1994年，第582页

② 同上，第581–583页。

董复以必死之志答冒襄，《忆语》记其誓云：

> 君言善！举室皆倚君为命，复命不自君出。君堂上膝下，有百倍重于我者，乃以我牵君之臆，非徒无益，而又害之。我随君友去，苟可自全，誓当匍匐以俟君回；脱有不测，前与君纵观大海，狂澜万顷，是吾葬身处。[①]

参考董白平日之处事待人，则其皈依儒教"妇道"之热忱，认同伦理宗法之自觉，殆无可疑矣。要之，其立身处世皆本《列女传》"既嫁则以夫为天"与《礼记·郊特牲》"一与之齐，终身不改"之旨，一切以冒氏之是非为是非，以冒氏之意志为圭臬。此点与柳如是、王微、葛嫩等江南名妓之行事迥不相侔。盖此数人虽皆从良，得归胜流，而婚后犹能保持其独立人格，临难之际，遂得行使其自由意志，甚而以一己之思想作为影响其夫君。事详顾苓《河东君传》、葛昌楣《蘼芜纪闻》、余怀《板桥杂记》、钱谦益《列朝诗集小传》等书。

读《影梅庵忆语》，常叹董氏之死于劳瘁，不克享尽天年。亦尝于字里行间悟得冒氏之愧怍，似颇有不能已于言者。岂其有感于情理之不能两全，愧对董氏九原之灵耶？吾不得而知也。

又据汤漱玉《玉台画史》引《画征续录》：

> 蔡含，字女萝，吴县人，如皋冒辟疆姬也。生而胎素，性慧顺，好画，兼善山水花草禽鱼，长于临摹。尝作松图巨障，辟疆作长歌题其上，一时名人和之。又尝为墨凤图，题者颇众。辟疆姬人，又有金晓珠，名玥，昆山人。居染香阁，亦善

① 冒襄：《影梅庵忆语》，载虫天子辑《香艳丛书》，人民文学出版社，1994 年，第 600 页。

画。曾临高房山小幅，得其气韵。时称冒氏两画史。[①]

考冒襄《同人集》卷三，蔡含生于顺治四年，董白病殁之时方四岁。然则冒氏于董白死后，终不能安于寂寞，复纳蔡女萝、金晓珠二妾于身畔，不乏左拥右抱之乐也。

嗟夫！余非敢诃责古人，聊借董白之际遇以觇晚明启蒙思潮之下男女关系之真相耳。

---

① 汤漱玉《玉台画史》，载葛嗣浵著《爱日吟庐书画续录》卷三，民国三年葛氏刻本。

第二节
清代忆语文学的饮食书写与两性观念

冒襄《影梅庵忆语》为清代忆语文学之典范，此后涌现出沈复《浮生六记》、陈裴之《香畹楼忆语》、蒋坦《秋灯琐忆》等一系列“忆语”作品。清代忆语文学带有自传性质，在缠绵哀婉的文字中表现男性文人对婚恋生活的诉说与追忆，体现男子对女性的态度及对男女关系的认识。忆语文学侧重书写婚姻生活，日常生活必需之饮食也成为文人书写的对象。饮食不仅意味着美味，也蕴含着丰富的文化。忆语作品所描述的女性积极参与制作饮食，造就了饮食的独特魅力。在日常却又精美的饮食表层下，在对女性的思念追忆中，荡溢着饮食男女的情感融合与文人的文化品位。忆语的饮食书写带有鲜明的文人文化与男性观照，折射出男性为主的文化姿态。透过温婉生动的饮食描写，可以觇视清代才子佳人的日常生活及两性关系。

一、饮食品位与女子才性

“饮食男女，人之大欲存焉”，在几千年的中华文明中，饮食早已突破了单纯的口腹之欲，濡染上浓郁的文化色彩。家庭女性的烹饪活动有别于严谨的饮馔古礼，其制作更显日常化与实用性。女性在家庭中承担着衣食日用之责，在满足家人温饱的前提下，也显示出女性的贤良聪慧与巧妙用心。清代忆语文学把目光投向内闱，倾诉男性文人对婚姻生活的追忆，以深情哀艳之笔将读者引入家庭生活。民以食为天，家庭日常生活的重要组成部分便是制作、享用饮食，忆语所记女性担荷着管理家庭的职责，茶点菜肴的调制成为她们的日常行为，也成为文学追忆的内容。

明清时期，在城镇商品经济的刺激下，满足口腹之欲早已超越温饱的需求，而成为一种消费文化。食、色是明清文人的生活追求与享受，既是文人雅趣，亦是文士风流。饮食、男女为士人津津乐道，怀拥佳人、品赏美味成为一种颇为流行的风潮。士人在风月情怀中沉溺，亦在佳肴美味中陶醉。他们创制了精致化、文人化的饮食，正可谓“修生之士，不可以不美其饮食”[①]。张岱《陶庵梦忆》、李渔《闲情偶寄》、袁宏道《觞政》、陈继儒《晚香堂小品》、何良俊《四友斋丛说》、袁枚《随园食单》等书籍皆赏鉴品味美食，把饮食视为生活的艺术。人们不仅艳羡书中的美食美酒，亦能通过书写阅读补偿自我尚未实现的文化品位，有学者研究明清间文人生活时指出：“士人将其生命活动投注、沉湎于诸种长物，于此开展出丰富的感官活动，用以寄托个人的情感，在感官的伸展与情感的投注下，生活呈现一种别具意味的情境——一种离异于现实的、世俗的世界的雅的意境。”[②]忆语的饮食书写也颇具此种文士风习，在描写时注重食物的品味，于此展现文人风雅。

忆语文学的饮食书写关注饮馔的氛围、兴致，食物的色泽、味觉以及女子在烹饪中的秀心巧慧。女性所撰饮食之所以颇得文士青

---

① 何良俊：《四友斋丛说》，中华书局，1959 年，第 290 页。

② 王鸿泰：《闲情雅致——明清间文人的生活经营与品赏文化》，《故宫学术季刊》2014 年第 22 卷第 1 期。

睐，正在于饮食恰恰符合文人品位，迎合文人风雅，满足文人对精致生活的需求，渗入了文人文化基调，又融注于女子才性，展示女性之审美。

忆语所写的女性才性、韵致俱佳。《影梅庵忆语》忆冒氏之妾董小宛，董白，字小宛，本系秦淮名妓，“天姿巧慧，容貌娟妍。七八岁时阿母教以书翰，辄了了。稍长，顾影自怜。针神曲圣，食谱茶经，莫不精晓。”[①]文人眼中的小宛才学广博，在精晓食谱茶经的描述中，不难想象其所精通的文化会对日后制作家庭饮馔带来影响，小宛所制绝不是粗俗鄙陋之食，而是讲究精美之物。《香畹楼忆语》所记陈裴之姬妾王子兰亦是才艺兼备。王子兰，字紫湘，陈裴之大妇汪端为其营造香畹楼，故又字畹君。汪端在《紫姬哀词》中称：“姬复性厌铅华，夙耽词翰，兰羞佐馂，燕寝怡颜。椒颂流馨，鸾台浴德，颍川之门，无歧誉焉。”[②]紫湘灵慧端秀，调制食馔，佐治内政，颇得家人赞誉。《浮生六记》中沈复之妻陈芸不仅精女红，也通翰墨，“生而颖慧……娴女红，三口仰其十指供给。……刺绣之暇，渐通吟咏”[③]。《秋灯琐忆》中蒋坦之妻关瑛，字秋芙，“娴倚声，解弹琴，尤喜内典”[④]。忆语文学所记女性蕙质兰心、淑静贤良，她们的才华气质与文化修养也必然对日常起居生活产生影响，渗入到调制饮馔之中，于是饮食便成为她们才性的一种外化与呈现。

这些才女温婉细腻，以灵心慧质、纤纤玉手制作的饮食在色泽、味觉、品相等方面皆为上乘。她们对待饮食注重精美、淡然，

---

① 余怀：《板桥杂记》，李金堂校注，上海古籍出版社，2000年，第34页。

② 陈裴之：《湘烟小录》，载虫天子辑《香艳丛书》，人民文学出版社，1994年，第3263页。

③ 沈复等：《浮生六记（外三种）》，金性尧、金文男注，上海古籍出版社，2000年，第37页。

④ 佚名：《蒋蔼卿小传》，载蒋坦著《秋灯琐忆》，岳麓书社，2016年，第253页。

使美食濡染上女子的性格色彩，别有韵味。肉食如若制作不精易显肥腻腥膻，而董小宛手下的肉食则精妍无比，品相出众。《影梅庵忆语》载：

> 火肉久者无油，有松柏之味。风鱼久者如火肉，有麂鹿之味。醉蛤如桃花，醉鲟骨如白玉，油鳁如鲟鱼，虾松如龙须。烘兔酥雉如饼饵，可以笼而食之。菌脯如鸡㙡，腐汤如牛乳。细考之食谱，四方郇厨中，一种偶异，即加访求，而又以慧巧变化为之，莫不异妙。①

小宛用肉类制作的馔羞令人垂涎，它们不是果腹俗陋之物，而是可以用娇美艳丽之桃花、温润无暇之白玉拟喻的艺术上品，即使是膳食精美之家也难觅如此慧巧之物。她所做的食物不仅是一道道美味，更潜隐着一位桃花如面、冰洁如玉的女子形象。在色泽光鲜、味觉浓郁的裹挟中，女性的那一份灵动与秀巧跃然于食物之上。肉食尚且如此，女子所作甘露之类饮品则尤为色彩绚丽、甜美馨香。小宛所酿饴露，和以盐梅并浸渍有香有色的花蕊，所制桃膏、瓜膏清香解暑，味甘香郁，带来色泽与味觉的盛宴。从“一穰一丝”“手取其汁”“酷暑静看火候”的描写中可以看到制作饮馔不仅是一种技术、程序，更是一种精心的研制，是女性慧心的融入过程，美女与美食相映生辉。食物的色泽搭配、气味调制皆显示出女性对美的追寻与感悟，承载着女子特有的美秀，此乃俗人饮食难以相较之处。

女性参与制作饮食提升了饮食的精致度与品味，也时时流露出女性的审美观照。美食需美器相衬，美味佳肴配以精美器皿才能相得益彰。忆语所记女性讲究食物的外观与呈现，她们潜心搭配，使

① 冒襄：《影梅庵忆语》，载沈复等著《浮生六记（外三种）》，金性尧、金文男注，上海古籍出版社，2000年，第24页。

器物既典雅又适用。沈三白爱小饮，不喜多菜，“芸为置一梅花盒，用二寸白磁深碟六只，中置一只，外置五只，用灰漆就，其形如梅花。底盖均起凹楞，盖之上有柄如花蒂，置之案头，如一朵墨梅覆桌；启盖视之，如菜装于花瓣中”①。梅花盒雅致美丽又极为方便实用，美器的制作体现出女子的灵心才性，也恰可满足吟诗小酌的文人情调。明清以来，文人饮食文化蓬勃发展，文人更注重在自然的日常生活中构筑起雅致的文人文化。忆语对饮食的多重感观的细致描述，也与明清以来文人的饮食品鉴息息相关。

才女所制饮食在色与味的精美追寻中也注重淡然节用，展现出女子的理家才干与悉心经营。日常家庭中的饮食虽无郇厨李羹的穷奢极侈，但却注重在选料自然精细、烹饪精工细巧上下功夫。才女所制饮馔物廉而味美，节用而不粗俗。她们能于极普通的食材中制作出鲜香美味。董小宛喜好淡雅饮食，香茶泡饭佐以鲜爽小菜，简约清淡。小菜、香豉、腐乳之类虽食材简单，唾手可得，但小宛却能精心调制，简而不俗，精而不粗，即使制作冬春水盐诸菜，亦能芳旨盈席。沈复之妻陈芸“善不费之烹庖，瓜蔬鱼虾一经芸手，便有意外味”②。沈复最恶芥卤乳腐、虾卤瓜。陈芸却喜食之，并以箸强塞沈复之口，三白“掩鼻咀嚼之，似绝脆美；开鼻再嚼，竟成异味”，后亦喜食此物。原本琐屑的乳腐、卤瓜之物，却经芸娘之手而散发出特有鲜香，令人改变喜好，其烹制技艺之精可见一斑。芸娘不仅善于制造日常美味，也善于巧心规劝，在品尝小菜中流露出轻松温馨的家庭情调。她们持家有道，虽然注重精美但绝不奢靡，她们于普通之物中注入慧心，使日常饮食节俭而甘美。安置好家人的饮食是日常生活之需，如陈裴之母亲龚玉晨在《紫姬小传》中就

①沈复等：《浮生六记（外三种）》，金性尧、金文男注，上海古籍出版社，2000年，第61页。

②同上，第1页。

强调裴之娶紫湘为侧室，即需“宜求淑丽，以主中馈”[①]。食材虽为平淡日常之物，但是经女子细致选择食材，费心调和酿制，呈现出一道道精美淡然的食物，丝毫不逊于肥甘之物，既经济节用又不失品味，契合明代文人所宣扬的饮食观念，“就是要在平淡无奇的食材中，发掘它们的真味”[②]。能达到如此效果，女子在食物中融入了颇多心血。她们在清贫的生活中尽心而为，以全身心投入的态度来制作饮食，将自我安置于生活琐事中，也在此以女性才气创造着美，努力营造出美感生活。

在女子对家庭的悉心经营中，在她们的精心筹划与灵巧操作中，才呈现出一道道既精美又节用的饮食。清代忆语文学的饮食书写显现出女性治家才干，透露出女子聪慧才气与柔美气质。女性以纤美灵秀操持日常饮食，也通过饮馔展示自我，充实自我，融入女子的自我投射。女性所制饮食将女子的灵心、对美的追寻糅为一体。忆语中的珍馐弥漫着才女的文化气息，荡溢着女性的审美观念。女子对饮食的精心调制，也展现出她们对生活的热爱，安心于婚姻家庭的心态。忆语饮食是女子审美情趣与人生态度的展现。

二、饮食构建的情意图景

清代忆语文学是以男性视角追忆私密的闺房情态、婚恋生活，表现家庭生活的哀乐。相较于风流文人的泛情纵逸，忆语中的饮食男女则更为纯情专一，融入男子对女性的深情厚意。忆语在哀婉文字中展开情爱挚笃的场景，或是琴棋书画、郊游赏景，或是茶饭酒食、侍奉翁姑，琐碎而又充满温情，表现了夫妻和谐，可见文士家

---

① 陈裴之：《湘烟小录》，载虫天子辑《香艳丛书》，人民文学出版社，1994 年，第 3267 页。

② 巫仕恕：《品味奢华：晚明的消费社会与士大夫》，中华书局，2008 年，第 284 页。

庭生活的一隅。忆语所记饮食男女情深意笃，他们诗酒唱和、情艺相谐，有关饮馔的点点滴滴皆渗透着生活的艺术。在婚姻家庭中，两性关系借助饮食变得更为水乳交融。食与色两相融合，美与爱流溢其间，文人与才女相映成趣。在平淡的日常生活中，女性亲手制作饮食以供夫妻共同品味，不仅可以满足男性对食色的双重要求，也使女性摆脱生活沉寂，在繁重的家务中寻求几许乐趣，从而进一步融洽伉俪之情。忆语文学的饮食书写构建起两性情感融合的生活图景。

茶与酒之于文人，有着独特的精神文化意义。在闲适的氛围中，夫妻小酌对饮营造出浪漫的情调，将男女二人带入情艺境界，这种温馨场景屡现于忆语文学之中。女子在亲手调制的茶饮中注入对丈夫的爱恋与关怀。于男性而言，经女性之手烹制的清茶醇酒不仅仅是品赏物件，更是一种情意之物，品茶饮酒中也往往投射了男性情爱。冒襄追忆小宛与其同好嗜茶，“每花前月下，静试对尝”。《浮生六记》中的芸娘别出新意，调制香茶：“夏月荷花初开时，晚含而晓放，芸用小纱囊撮茶叶少许，置花心。明早取出，烹天泉水泡之，香韵尤绝。”[①]茶香与花香交融，茶饮中显现出女子的灵心慧性。《秋灯琐忆》中蒋坦与秋芙出游，夜月中品茗赏景别有一番情调。“斜月暧空，远水渺弥，上下千里，一碧无际。相与登补梅亭，瀹茗夜谈，意兴弥逸。”《香畹楼忆语》记陈裴之与紫姬在饮酒微酣时，紫姬偶做“解事雪狸都爱你，眠香要在郎怀里”之谐语，表现出女子娇憨可爱之态，夫妻情爱借酒酣而得以流露释放。恩爱夫妇品茶赏梅，情意缠绵，男女情爱在饮馔的享受中既有心灵谐和，也有恩爱调情。女子柔媚，男性多情，美食与美色相映成趣，温暖情意流溢其间。饮食男女获得心灵的休憩，品味人生的闲趣。忆语饮

①沈复等:《浮生六记（外三种）》，金性尧、金文男注，上海古籍出版社，2000年，第64页。

食书写的背后，潜隐着两性才智与情感的相契相合。

忆语中的饮食不仅是简单的食谱，而是融入了男女的情感体验。饮食经女性调制，不但增添了食物品味，而且加深了夫妻感情，提升了饮食的文化意蕴。饮食将男女、情色相联系，成为融合夫妻关系之媒介。这种融合是自然与日常的，温情与甜蜜的，便于夫妻共同体悟平淡而有韵味的生活。在画烛流辉、四目融视中，女子连同其所制饮馔都融入情感，细心秀致的女性在此中演绎着香闺韵事。

食之于色有着积极的促进作用。迷楼仙阵中的青楼饮食对于情色的意义就极为鲜明。《板桥杂记》等香艳笔记所载妓家饮食奢靡华丽，经名妓亲手烹饪的食物也将情色意味纳入其中。秦淮名姬顾媚家厨食尤为称艳，王公士子设筵眉楼者殆无虚日，青楼成为文酒之宴的欢聚场所。《金瓶梅》中的酒食更成为情色的载体。西门庆每次性爱之欢的前奏几乎都离不开美食美酒的诱引。饮食可以吸引笼络男子，饮馔成为风流媒介，正如俗语所言“酒是色媒人”。忆语文学所记食色交欢因有真挚的两性情感融于其间，故能突破风月品鉴的情欲需求，升华为精神境界。

女子对待饮食的态度对加深夫妻情义也有着重要意义。忆语所记女性对自我的家庭责任有着担当，她们亲操井臼，事上以敬，处下以和，谨守内闱规范。小宛“烹茗剥果，必手进。开眉解意，爬背喻痒。当大寒暑，折胶铄金时，必拱立座隅，强之坐饮食，旋坐旋饮食旋起，执役拱立如初”[①]。冒襄患病一百五十日，小宛卧则一卷破席，食则一餐粗粝，体贴照顾，温慰曲说。陈裴之祖父寝疾时，紫姬与裴之随同诸大人侍奉汤药，“姬独持澹斋，不食盐豉，

---

① 冒襄：《影梅庵忆语》，载沈复等著《浮生六记（外三种）》，金性尧、金文男注，上海古籍出版社，2000 年，第 66 页。

焚香祷佛”[1]。粗茶淡饭中饱含着女子眷眷情意。《浮生六记》描写菜花黄时，沈三白欲对花快饮，陈芸则心思奇巧、别有创意，备一砂罐，以铁叉串串罐柄，悬于行灶中，烹茶品茗，暖酒烹肴，使文士欢会看似省俭却雅兴盎然。女子对待饮食的态度，突显出她们在家庭中的身份与责任。她们精心安置家人饮食起居，此种尽心竭力最能赢得丈夫赞许，也增进了夫妻情感。透过忆语文学中饱含赞美之情的饮食书写，可以感受到相融相契的男女情意，亦可感悟到女子之才气、品德及女子对家庭的隐忍、辛劳与付出。

忆语所描绘的女性无论其出身是青楼女子还是闺阁淑媛，当她们出嫁后进入家庭，即受家庭规范之约束，需遵循女性之德行。她们处于家庭伦理、传统女性职责与追求个性自我的夹缝之中，她们心中所燃起的那份自然情性常被生活的种种不如意所压制。内闱的私密性质使闺阁女性处于一个相对封闭的空间，在这样一个空间中，女性如何建构起一种符合家庭要求又满足文人情趣的生活至为重要。她们在繁重的琐事中忙碌终日，甚至因盐米琐屑烦扰而弃置笔墨，但她们仍保有美好的自然情性与女性美德。忆语文学中的女性在饮食空间中带入情艺、充盈情趣，融合男女情意，忆语以文学之笔与理想情怀营造出符合家庭规范又带有文化情趣的生活图景。

三、饮食书写的男性观照

忆语文学的饮食生活正是在平凡的日常中展开，才子佳人在美味中把玩生活的点滴，休悟人生的闲适，品味生活的清雅。女性所制精美淡然的饮食，符合文人喜好，满足文人雅致，才更能得到男性的欣赏，引发他们在忆语中对美味的书写渲染，勾起对昔日生

---

① 陈裴之：《香畹楼忆语》，载沈复等著《浮生六记（外三种）》，金性尧、金文男注，上海古籍出版社，2000 年，第 66 页。

活的留恋与追忆。忆语文学是男性对女子的悼亡，其中的饮食书写也是以男性文人观赏的视角展开的，“在观看文化中，性别的课题尤为不容忽视的一个重要环节”[①]。这种书写带有鲜明的文人文化与男性观照，突显出男性自我中心的文化姿态，遮蔽了女子的自我意识。

明清文人的生活条件、思想观念构成饮食品味的背景和条件，并影响他们的饮食书写。处于明清之际的冒襄生性开朗，喜结交天下名士，四方宾至如归。他栖隐的水绘园成为清初士人的一个理想乐园，士人在此吟诗赏音、往来交流。冒襄追忆：“余饮食最少而嗜香甜及海错风熏之味，又不甚自食，每喜与宾客共赏之。姬知余意，竭其美洁，出佐盘盂，种种不可悉记，随手数则，则可睹一斑也。”[②]水绘园中的饮食充满了艺术化与文人化，留有晚明奢华的遗绪，令人心向往之。面对文人喜好，小宛竭力承应，满足文士的宴饮之需。饮食书写表现小宛的服劳承旨，流露出小宛对礼法的敬畏与自我救赎之意。[③]陈裴之，号小云，乃江南名士陈文述之子,《香畹楼忆语》中有关烹茶品茗的书写尽显才子佳人的风情雅兴，体现出鲜明的文人化色彩，陈裴之作为名士的文化身份无时不蕴含其中。这些文人生活清贫，日用经济拮据。

饱含情意的饮食中也反映出女性对文人情性的知音认同与情感支持。《浮生六记》沈复回忆：“余夫妇居家，偶有需用不免典质，始则移东补西，继则左支右绌。”[④]作为主妇，陈芸所制饮食必然受

---

① 毛文芳：《物·性别·观看——明末清初文化书写新探》，台湾学生书局有限公司，2001 年，第 1 页。

② 冒襄：《影梅庵忆语》，载沈复等著《浮生六记（外三种）》，金性尧、金文男注，上海古籍出版社，2000 年，第 23 页。

③ 陶慕宁：《从〈影梅庵忆语〉看晚明江南文人的婚姻性爱观》，《南开学报》，2004 年第 4 期。

④ 沈复等：《浮生六记（外三种）》，金性尧、金文男注，上海古籍出版社，2000 年，第 66 页。

其家庭经济条件所制约，但其竭力在有限的条件中制造美味。沈复终日品诗论画，与诸君子往来，交代陈芸备茶酒供客。面对丈夫的不谙家务，陈芸则“拔钗沽酒，不动声色，良辰美景，不放轻过”[①]。蒋坦性喜挥霍，而家境却是敝箧终岁常空。这些文士虽常常被钱财所困，但他们在简约中仍不失文人真情，依然以酒会友，寻觅诗酒欢愉中的放纵，“偕隐家园，联吟礼佛，出则文坛吟社，客满樽盈。别筑枕湖吟馆于水磨头，春秋佳日，游宴极欢”[②]。女性对饮食巧心制作，努力营造各种条件，适应文人对诗酒欢会的追寻。《秋灯琐忆》有关秋芙“脱钏沽酒”的书写尤为精彩：

> 丁未冬，伊少沂大令课最北行，余饯之草堂，来会者二十余人……是夕，风月正佳，余留诸人为长夜饮。羊灯既上，洗盏更酌，未及数巡，而呼酒不至。讶询秋芙，答云：“瓶罍罄矣。床头惟余数十钱，余脱玉钏换酒，酒家不辨真赝，今付质库，去市远，故未至耳。”余为诵元九“泥他沽酒拔金钗”诗，相对怅然。是集得诗数十篇，酒尽八九瓮，数年来文酒之乐，于斯为盛。[③]

为满足文士欢饮，秋芙不惜默默脱玉钏以换酒。钗钏为女子必备之饰物，然而面对家中财力不济，女性也不得不将其奉献于文人欢会畅饮之中。

这些文士多家境贫困，但却颇有自然情性、文士风流，喜与众

① 沈复等：《浮生六记（外三种）》，金性尧、金文男注，上海古籍出版社，2000年，第62页。

② 蒋坦：《秋灯琐忆》，载沈复等著《浮生六记（外三种）》，金性尧、金文男注，上海古籍出版社，2000年，第164页。

③ 沈复等：《浮生六记（外三种）》，金性尧、金文男注，上海古籍出版社，2000年，第164页。

友人鼓琴品茗、翰墨咏歌，尽享文酒之乐，潇洒而纵逸。生活困窘之主妇面对此情境，表现出理解支持与努力迎合。一面是纵酒逸乐，一面是苦心独诣，“拔钗沽酒”“脱钏沽酒”的背后显现出居家女性的贤淑、对生活的热爱及奉献。清代张问陶之妻林佩环曾咏：“爱君笔底有烟霞，自拔金钗付酒家。修到人间才子妇，不辞清瘦似梅花。”[①]这可谓是才子佳人婚姻中女子的写照，而其背后却多是女子因盐米事烦而弃置笔墨的付出。她们殚精竭虑经营家庭，极力满足男性对美食的品位及诗酒欢会的享受，而这恰符合传统家庭对于女子职责的要求。

忆语出于男性文人之手，如何阐述美食的制作、享用场景与文人自我身份的定位密切相关。“叙事自我是在叙事中逐步建构起来的，一个人如何选择并讲述他的自传式记忆，与他如何定义自我有密切的联系。”[②]无论是名士抑或寒士，忆语文学的作者都标榜自我的文人身份，时时流露出文人雅兴与男性的自我满足。而对女子才气、德性的推崇构成忆语饮食文学潜台词，由此亦可管窥清代才子的女性观念。正如学者研究明清才子才女关系时所指出的：“认同美色、慧才、幽情作为佳人标准的才子，也同样认同鼓吹主流女德标准。”[③]由清代忆语文学亦可一窥清代才子佳人家庭的两性关系。

忆语在女子承应饮食的书写中介入文人文化与男性视角。这些才女既可与文人情意交流，达至精神的契合，又能经营起家庭日常生活，满足文人口腹之欲，构建起琴瑟相和的两性关系。应该注意的是，在文人赞美自得的饮食书写中也透露出男性观照的视角：女

① 王蕴章：《燃脂余韵》，载蔡镇楚《中国诗话珍本丛书》，北京图书馆出版社，2004 年，第 31 页。

② 康正果：《悼亡和回忆：论清代忆语体散文的叙事》，《中华文史论丛》，2008 年第 1 期。

③ 杜芳琴：《才子“凝视”下的才女写作》，载张宏生《明清文学与性别研究》，江苏古籍出版社，2004 年，第 587 页。

性应需竭力满足男子需求，男性之欲与家庭之需是置于首位的，而女子之需却被遮蔽起来。忆语中的女性因与文人志趣、情感相谐，因而在婚姻关系中显现出进步意味，但就女子个人而言，她们仍是立于男性背后为家庭而奉献的形象。文人在饮食书写中不断渲染着女子才情及日常付出，建构起夫唱妇随的女子形象，带有一定的理想化色彩，合乎男性才子妇的期许。这些才女因被纳入婚姻家庭关系中加以审视，因而更符合文人形塑的两性关系，情深意笃的书写下仍显示出男性言说的权力。

忆语文学中的饮馔精致淡雅，包含着饮食男女的生活态度与精神寄托。女子将自我对美的追寻投注于食物之中，在自己经营的饮馔天地中构筑着闺阁生活、夫妻情意，男性文人则在此享受美食与生活情趣，抒发文士风怀。借饮食书写，文人突显的是自我的生活心声与文化心态，从性别文化视域来看，此中也蕴含着男性书写言说的权力。无论是女子所制饮食的精致淡雅，抑或是她们竭尽所能满足文人的口腹之欲，皆表现出女性对文人饮食偏好与文化的自觉认同。女性在饮馔中承载了男性的期望，包含男性文人对女性的理想投射。

第七章

清代女性声音的文学表现

第一节
清代女性作者的身份与创作活动

有清一代，女性之诗古文词（含少量戏曲、弹词）创作蔚为大观，女作家人数与作品数量超迈历代妇女创作之总和。一九五七年，胡文楷先生历时二十余年爬罗剔抉之《历代妇女著作考》问世，辑清代妇女作者达三千七百六十一位。二〇〇八年，张宏生教授复有增订。二〇一四年，国家图书馆又出版肖亚男主编之《清代闺秀集丛刊》六十六册，收清代女作家诗文集四百零三种，诚可谓洋洋巨帙。而三十多年来，国内外学界对于清代女作家的研究亦成果累累，新见迭出，影响深远，足称显学。

一、清代女性作者的身份及创作价值

美国学者高彦颐在她的明清性别研究专著《闺塾师》中谈道：

尽管明末清初中国的闺秀，经常依靠男性出版她们的诗歌和扩大她们的交际网，但这种依靠并不妨碍只属于女性私人所有的友谊纽带和情感。如女性在文学中的清楚表达所显现，这些纽带的强度和持久力是非常突出的。女性文化的特殊性，建

立在女作家、编者和读者对文学的共同爱好基础上。女性创作或相互传递的诗集、序跋、随笔和版本，使我们在每日闺房生活的场景中，重构了一个爱情、性和友情的论述。[①]

这段话与“五四”以来所描述的中国女性的社会角色、社会地位有巨大差异。清代的女作家家世、学养、婚姻、生活状况情态万殊，但就今日所能见到的她们的作品来看，显然不是“如果是女人，无论她丈夫列在哪一等，她总是她丈夫的奴隶”[②]所能解释得通的。舒芜还曾谈道：“中国古代最正统的儒家思想，就是污蔑妇女的。陈独秀所攻击的‘男子轻视女流，每借口于女子智能之薄弱’，便是儒家思想熏陶出来的观点。”[③]披阅清代女性的诗古文辞作品，可以看到清代女性，尤其是江南的士族女性，已经较为普遍的具备了文字书写与文学表达的知识能力，近体诗是这类女子寄托心绪感情的常用形态，长短句与古体诗亦屡见，但古体诗之染翰者似多为年龄稍长之女性。另一类女性作家群体则出自青楼，这种传统源自唐代长安的平康北里，绵延于宋元的通都大邑，鼎盛于晚明的秦淮旧院，至清实际已大为减色。这类女子的拈韵倚声，实则是职业的需要。掌握士大夫文人的社交媒介——诗词书画，是一个妓女提高声价的最根本保证。而长期寝馈于诗词艺术，与社会菁英相过从，又适足对一个女子的气质风度产生巨大的影响。还有一些处在社会底层或边缘的女性作家，为前代所罕见。如袁枚所言：“康熙间，叔父健磐公访戚镇江，寓某铁匠家，与其妻张淑仪有文字之知，彼

---

①［美］高彦颐：《闺塾师——明末清初江南的才女文化》，江苏人民出版社，2005年，第16页。

② 舒芜编录：《女性的发现——知堂妇女论类抄》，文化艺术出版社，1988年，“导言”第1页。

③ 同上，第19页。

此暗投笺札，唱和甚欢，而终不及于乱。”[①] 张淑仪乃老秀才之女，幼嗜文墨，为媒人所诳，嫁与一字不识之铁匠。此固可以家学渊源解释，但如《闽川闺秀诗话》所载衣工王执中女，代父裁缝，暇则学为诗。[②] 王琴娘，失身驵侩，怏怏之怀，一泄于诗。[③] 至于农家女、渔户女，“父业缝皮，夫业箍桶”[④] 的女诗人亦屡见载记，则显然可以说明诗词创作已曼衍至下层社会妇女。而涉及某女子能诗，却“所适不偶”“嫁非其人”的惋惜在诸种闺秀诗话中更是屡见不鲜。尚有自谋生计，数量可观的“闺塾师”与身处方外的女尼、女道士的文学创作，都印证了清代的女性作者已经拥有了一定的社会表达空间与一定的叛逆性的书写实绩。

段继红博士在《清代闺阁文学研究》一书中准确地揭示了清代女作家创作的独特价值：

> 从某种意义上讲，女性诗歌是男性诗歌的变种。这样畸形的女性文化通过数代的积淀，凝结在女性精神气质和深层心理中，成为了女性的“集体无意识”，投射在诗歌中，便是主体的严重失落。不仅男性从未表现过女性生活的真相，只是将女性置于审美的观照中，就是女性自己也处于强大的男权意识的催眠之下，扮演着哀哀无告的希望被男性拯救的被侮辱、被损害的角色。但是到了晚明，尤其是清代，女性意识随着她们才华的显露逐渐觉醒，隐藏在地心深处的女性主休意识，冉冉

① 袁枚：《随园诗话·补遗》卷二，载王英志主编《袁枚全集》第三册，江苏古籍出版社，1993 年，第 600 页。

② 梁章钜：《闽川闺秀诗话》卷二，载王英志主编《清代闺秀诗话丛刊》，凤凰出版社，2010 年，第 298 页。

③ 同上，第 325 页。

④ 沈善宝：《名媛诗话》卷三，载王英志主编《清代闺秀诗话丛刊》，凤凰出版社，2010 年，第 394 页。

浮出了历史的地表，她们纷纷开始用自己的话语去倾诉，去控诉，以与男性不同的视角和表现方式，来呈现她们独特的生命体验和生活的真相。①

二、清代女性的创作群体

清代女性的创作群体较为集中地出现在江浙皖闽地区，这类女性作家往往具有相似的家世环境、经济条件、姻眷关系和教育背景。生长于书香门第，联姻于士人家族，幼承阃教，诗礼熏陶，天资颖慧，多情善感，族群文化基因往往有几代甚至十几代的传承。袁枚云："吾乡多闺秀，而莫胜于叶方伯佩荪家。其前后两夫人、两女公子、一儿妇，皆诗坛飞将也。"②叶佩荪，湖州归安人，乾隆进士，仕至湖南布政使，长于易学。"秋帆尚书家，一门能诗。自太夫人以下，闺阁具工吟咏。"③毕沅，字秋帆，南直隶太仓镇洋人，乾隆进士，仕至湖广总督。一生著述不辍手，经史小学金石地理无所不通，故其家族中女性亦濡染翰墨，皆能诗词。袁枚还曾谈道：

> 余过吴江梨里，爱其风俗醇美。家无司阍，以路无乞丐也；夜户不闭，以邻无盗贼也。行者不乘车，不着屐，以左右皆长廊也。士大夫互结婚姻，丝萝不断。家制小舟，荡摇自便，有古桃源风。诗人徐山民邀余住其家三日，率其妻吴珊珊女士，双拜为师。二人诗，天机清妙，已分刻《同人集》及《女弟子集》中矣。④

---

① 段继红：《清代闺阁文学研究》，南开大学出版社，2007 年，第 65 页。

② 袁枚：《随园诗话补遗》，载王英志主编《清代闺秀诗话丛刊》，凤凰出版社，2010 年，第 116 页。

③ 同上，第 139 页。

④ 同上，第 143 页。

又如清代初期钱塘之“蕉园诗社”，有“蕉园五子”“蕉园七子”之名，皆兼善诗画，才名远著。自林以宁始，人各有集，今尚存林氏《墨庄文钞》、钱凤纶《古香楼集》。嗣后，则有吴中名士任兆麟与其妻张允滋首创之“清溪诗社”，以张允滋为盟主，社友为张芬、李嫩、席蕙文、陆芬、江珠、沈纕、朱宗淑、尤澹仙、沈持玉，称“吴中十子”，有《吴中女士诗钞》，兼收辞赋骈文。

《闺秀诗话》谈及：“明季冒巢民先生，文采风流，倾动海内。四方人士，无有不知其名者。吾友冒鹤亭君，巢民先生二十世族孙也。曾汇刻《冒氏丛书》二十册，近自瓯海关署，邮寄全帙。亟阅之，始知冒氏三百年来，其间能文章富著述之事，不可偻指计，即闺阁中亦多娴吟咏、工词翰者。”[①] 冒巢民，即晚明著名遗民冒襄，江苏如皋人，“复社四公子”之一。观此，则知冒氏家族书香词翰，自明末以迄民初，竟延续三百年而不衰。

至于随园之众多女弟子，更是为人艳称。《闺秀诗话》载：“乾隆壬子三月，随园先生寓西湖宝石山庄，一时吴会女弟子，各以诗来受业。先生旋嘱娄东尤诏、海洋汪恭为写图布景，名《湖楼请业图》，一时名士闺媛，题咏甚众。”又《随园诗话·补遗》载：“今年，余在湖楼，招女弟子七人作诗会。太守明希哲先生保从清波门打桨见访，与诸女士茶话良久。知是大家闺秀，与公皆有世谊，乃留所坐玻璃画船、绣褥珠帘，为群女游山之用，而独自骑马还衙。少顷，遣人送华筵二席、玉如意七枝，及纸笔香珠等物，分赠香闺为润笔。一时绅士艳传艳事。”[②] 此时的袁枚已年逾古稀，是以师长、名士、诗坛领袖、致仕官员集于一身的地位主导诗会的。明保，满洲人，乾隆后期曾官杭州知府。据袁枚《小仓山房诗集》卷三云：

---

① 雷瑨、雷瑊辑：《闺秀诗话》卷十四，载王英志主编《清代闺秀诗话丛刊》，凤凰出版社，2010 年，第 1260 页。

② 袁枚：《随园诗话补遗》，载王英志主编《清代闺秀诗话丛刊》，凤凰出版社，2010 年，第 125 页。

袁枚始以民礼谒见明保，一见如故。明保即命两位侍姬悟桐、袖香受业门下，成为袁枚的女弟子。由以上数则引文可以看出清代江南闺秀的日常生活较之前代已有显著的变化，诗词创作在很多士族家庭中已经成为女性精神生活的重要内容；才女，成为新的文化符号，受到社会的关注和揄扬；阃阈，不再是女性不可逾越的礼法屏障；新的女性社交方式——诗词切磋、结社会盟——崭露头角，而且得到了某些家长、丈夫甚至地方官的认同。这一切，显然与江南近世发达的城镇经济、女性普遍受教育程度的提升及家庭观念、性别意识的进化有着因果关联。而闺塾师的出现，已经使女性的独立成为可能，国内外的许多学者已广泛注意到黄媛介一类自谋生计的女性闺塾师的生活、交际与诗书画的创作，尽管她们的实际生存状况远远谈不到浪漫与惬意，但作为中国古代妇女史上的一个亮点，当无可置疑。

诗词书画在一个延续几代的书香门第中并非高不可攀的技艺，对于这类家庭中的女子而言，她们不需要功令文字的训练，没有科考仕途的负担，只要家长不太古板守旧，每日熏陶浸淫于书香棐轴之间，会自然而然掌握这种文字游戏。尽管胸襟境界或不及男子阔大，而在情绪风物的感受方面，往往较男子细腻而幽婉，“闺秀诗话”中载录了一些满蒙贵胄家族女性的诗词作品，水平大多并不逊于乃夫，即是明证。这也说明清代女性的文学创作具有相当的普遍性。

第二节
清代闺秀诗话记述的婚姻关系与女性心曲

清代闺秀诗话以内容划分，大抵可以别为六类。第一，倡扬妇德、表彰贞烈仍是主要内容，这也是社会主流价值观所殚力宣传的女性做人准则。第二，有关女性作者家族姻眷诗词创作、社交往还的记录。第三，涉及家庭内部丈夫与妻妾关系、婆媳关系的诗词评介，这类文字往往具有家庭史、婚姻史的文献价值。第四，对才女及其作品的提倡与鉴赏，包括各种社会阶层的才女。其中涉及的少量自立自强、具有女性主体意识的作家尤其值得关注。第五，对所适不偶的女子借诗词以寄托怨悱的载记与同情。第六，闺秀诗话牵涉不少青楼女子，或本为青楼女子而后事人者，如顾横波、柳如是、董小宛等，另有专文述之。

一、清代闺秀诗话记述的夫妻和谐

以上分类，仅就所见而言，难称允当，甚且挂一漏万，尚冀方家教正。兹择要而言之，《随园诗话》卷一载：

高文良公夫人，名琬，字季玉，蔡将军毓荣之女，尚书珽之妹也。其母国色，相传为吴宫旧人。夫人生而明艳，娴雅能诗。公巡抚苏州，与总督某不合，屡为所倾，而公卓然孤立。咏《白燕》第五句云："有色何曾相假借？"沉思未对。适夫人至，代握笔曰："不群仍恐太分明。"盖规之也。夫人博极群书，兼通政治。文良公之奏疏、文檄等作，每与商定。诗集不传。记其《咏九华峰寺》云："萝壁松门一径深，题名犹记旧铺金。苔生尘鼎无香火，经蚀僧厨有蠹蟫。赤手屠鲸千载事，白头归佛一生心。征南部曲今谁是？剩有枯禅守故林。"此为其父平吴逆后，获咎归空门而作也。①

这是典型的才女加贤内助。据《清史列传》及道光间举人王培荀《听雨楼随笔》载：蔡琬，乃康熙间连任四川总督、湖广总督、云贵总督、绥远将军，汉军正白旗人蔡毓荣之女，雍正间吏部尚书蔡珽之妹。父子后皆以罪下狱。毓荣曾因平定吴三桂反叛而复任湖广总督，三桂在云南有宠姬名八面观音、六面观音者，此八面观音容色绝美，位置尚居陈圆圆之上。毓荣定云南，遂掳八面观音为己有，蔡琬即为其所生，容貌酷肖其母。其夫高其倬，汉军镶黄旗人，康熙三十三年进士，仕至两江总督、户部尚书，乾隆三年卒，谥文良。② 又据《天咫偶闻》：

蔡夫人者，制军毓荣之女，而高文良公其倬之配也。夫妇皆工诗，皆有集行世。余见公夫妇手写诗稿一册，惜未录出。按：《闺秀正始集》谓夫人才识过人，鱼轩所至，几半天下。文良名重一时，奏疏移檄，每与夫人商定。闺阁中具经

① 袁枚：《随园诗话》卷一，载王英志主编《袁枚全集》，江苏古籍出版社，1993年，第16页。

② 王钟翰点校：《清史列传》卷七、卷十三、卷十四，中华书局，1987年，第435-440、936-939、1059-1064页。王培荀：《听雨楼随笔》，道光二十五年刻本。

济才者。[①]

许兆椿《秋水阁诗文集》亦云："本朝高文良公之配蔡夫人，贯通经史，诗笔雄健，能为文良公代草奏疏。观集中咏史诸诗，识力超绝，足称媲美。"[②]

蔡琬在清代闺秀诗人中当属特例，出身汉军旗贵胄，所适亦汉军旗名宦。汉军旗人多为早期归附建州女真之东北汉人，故颇受重用。蔡琬之母，观其号"八面观音"，恐非世家之女，或竟出自狭邪，仅以娇容冶态事人者，而聪明颖悟、雅擅酬对固无可置疑。蔡琬之先天禀赋应兼具椿萱之优长，幼习诗书，敏而多智。嫁后随夫游宦各地，"鱼轩所至，几半天下"，识见自非闭处闺中之女子所敢望。且旗人女子，所受禁忌本较中原江南女子为少，满蒙旗下女子皆禁缠足，早期汉军旗女子当亦受其影响。故蔡琬或非"香莲"女子[③]，此说未敢必，容俟再考。观其对乃夫七言诗之下句"不群仍恐太分明"，遣词寓意皆不输于乃夫之上句"有色何曾相假借"，且婉而托讽，暗喻规劝，实属难能。又上引《咏九华峰寺》七律一首，乃因其父晚年获罪免遣后，寄身佛门之感悟。诗首颔两联写禅寺之深幽阒寂，不染凡尘。颈尾二联则沧桑对照，寄慨良多、意象宏阔、气韵深长，绝无女性诗作常常难免的纤仄单薄。联系其人对于政治军机的关注把握，对乃夫的辅弼规谏，可谓极有见识。然则蔡琬已非传统的"女德""女范"可以解释，除一身兼具传统的德、才、色以外，她还具备了经国济世的行政韬略与相当成熟的女性主体意识。这也印证了章学诚所言："或以妇职丝枲中馈，文辞非所当先，则又过矣。夫聪明秀慧，天之赋畀初不择于男女，如草木之

① 震钧：《天咫偶闻》卷四，光绪丁未甘棠转舍刻本。此书为笔者家藏。

② 许兆椿：《秋水阁诗文集》卷八，道光二十五年刻本。

③ 清人方绚《香莲品藻》以香莲比喻女子缠足之小脚。明清人皆以"三寸金莲"为美。

有英华，山川之有珠玉，虽圣人未尝不宝贵也。岂可遏抑？正当善成之耳。故女子生而质朴，但使粗明内教，不陷过失而已。如其秀慧通书，必也因其所通，申明诗礼渊源，进以古人大体，班姬、韦母，何必去人远哉？夫以班姬、韦母为师，其视不学之徒，直妄人耳。”[①] 章学诚认为女子之天资禀赋不必不如男子，如果秀慧通书，进修诗礼，完全可以像东汉代兄续《汉书》的才女班昭和苻秦通晓《周官》的八十岁韦母宋氏一样的为人师表，克成大业。

二、清代闺秀诗话记述的家庭矛盾

闺秀诗话往往会在猎奇偷窥的心理作用下披露一些家庭内部丈夫与妻妾之矛盾纠葛，兼及身在其中的女性的声音，这部分内容颇有社会学及性心理学的价值。

《燃脂余韵》载：

> 张船山买妾吴门，虑夫人不相容，佯令二人相遇于虎邱可中亭畔。张作七律一首纪之，轶事流传，蔚为佳话。然观《船山诗草》中，如云：“学书且喜从吾好，觅句犹堪与妇谋。研到香螺狂不减，画眉家世本风流。”“六六鹅笙引凤来，墨光鬟影共徘徊。袖中已遂襄阳癖，林下尤逢谢女才”。(《砚缘诗》)“瓦瓶养菊残留影，石几摊书静有香。婢解听诗妻解和，颇无俗韵到闺房”。(《寒夜闺中作》)“我有画眉妻，天与生花笔。临稿广寒宫，一枝写馨逸”。(时帆前辈八月一日得子，余属内子写桂一枝为贺）长言咏叹，方切高柔爱玩之忱，宁有季常河东之惧？及船山为夫人写照，夫人以诗谢之曰：“爱君笔底有

① 章学诚：《文史通义·妇学篇书后》，载《文史通义校注》，中华书局，1985年，第555页。

> 烟霞，自拔金钗付酒家。修到人间才子妇，不辞清瘦似梅花。”则静好相庄，宛然如见，更不须仓庚疗妒矣。可中亭畔之事，或后人附会成之欤？又秀水金筠泉孝继，忽告其所亲，愿化作绝世丽姝，为船山执箕帚。吾乡马云灿题赠船山诗云：“我愿来生作君妇，只愁清不到梅花。”似即为夫人一诗而发。而船山答诗，有“人尽愿为夫子妾，天教多结再生缘”。“累他名士皆求死，引我痴情欲放颠。为告山妻须料理，典衣早蓄买花钱”。及“击壁此时无妒妇，倾城他日尽诗人”之句，亦足征船山伉俪情深，绝少姬侍之昵也。①

据《清史稿》《清史列传》，张船山，名问陶，四川遂宁人。乾隆五十五年进士，大学士鹏翮玄孙。由翰林院检讨改御史，复改吏部郎中，出知莱州府，与上官抵牾，遂辞官游吴越。嘉庆十九年，卒于苏州。船山是乾嘉时期著名文人，诗名远播，书画俱佳，与洪亮吉、罗聘相唱和，袁枚平生不轻许人，唯对船山甚为服膺，曾对船山云：“所以老而不死者，以未见君诗耳。”②《燃脂余韵》所载船山轶事颇有人置疑，理由是船山与其继室林佩环夫妻恩爱，琴瑟相得。然才子风流，纳妾求子之事在彼时绝非逾情越礼，“佯令二人相遇于虎邱可中亭畔”，正是心有愧疚，又欲菊兰并得、两不相失的文人狡狯。观其为此事所作七律“秋菊春兰不是萍，故教相遇可中亭。明修云栈通秦蜀，暗画蛾眉斗尹邢。梅子含酸都有味，仓庚疗妒恐无灵。天孙却被牵牛笑，已撤银河露小星”③，得意之状溢于言表。《两般秋雨庵随笔》所记更合情理：“张船山太守问陶，尝于

① 王蕴章：《燃脂余韵》，载王英志主编《清代闺秀诗话丛刊》，凤凰出版社，2010年，第644页。

② 赵尔巽等：《清史稿》卷四百八十五，中华书局，1977年，第13384页。王钟翰点校：《清史列传》卷七十二，中华书局，1987年，第5960页。

③ 张问陶：《船山诗草》卷十九，清嘉庆二十年刻道光二十九年增修本。

吴门密蓄一妾，于其夫人游虎邱时，故使相遇于可中亭畔，晤谈许久，而夫人未之知也。”[①] 又有云船山侨寓苏州时，金屋藏娇，适夫人突至阊门，事败后戏作。[②] 各本所记诗句不尽相同，但其中所披露的夫、妻、妾之共存与扞格的关系实质颇值得吾人玩味。

《燃脂余韵》又载：

> 纪文达有侧室曰沈明玕，长洲人，能诗。咏《花影》云：“绛桃映月数枝斜，影落窗纱透帐纱。三处婆娑花一样，只怜两处是空花。”
>
> 世传毛西河有季常之惧，其夫人每语人云：“西河徒工獭祭而已。”毋惊其博雅也。按夫人陆氏，名何，亦能诗。有《子夜歌》云：“一去已十载，九夏隔千山。双珥依然在，如何不得环？白露收荷叶，清明种藕枝。君行方岁暮，那有见莲时。”
>
> 歙人吴蘩孙官通判，纳妾平江，曰陈绛绡。其妻许氏尝作闺怨诗寄蘩孙云：“向来烟月被愁遣，明日春来梦渺绵。怀怨一生无处诉，幸侬堂上有姑怜。”绛绡见之，题其后云：“贱妾空悲鸾凤俦，白头吟罢复添愁。主人不解牛衣事，风雨一蓑随处留。”“只影离离在水南，彼犹如此我何堪？几回枕上潜垂泪，千里含情握发三。”盖蘩孙性游荡，亦不常在平江，故姬以自明云。[③]

此三则所言虽显晦不同，然皆涉夫、妻、妾之关系，且饶有意味。第一则述纪晓岚妾沈明玕，借《花影》以自况，世传纪晓岚姬

---

① 梁绍壬：《两般秋雨庵随笔》卷一，上海古籍出版社，1982 年，第 2 页。

② 王端履：《重论文斋笔录》卷一，道光二十六年授宜堂刻本。

③ 王蕴章：《燃脂余韵》，载王英志主编《清代闺秀诗话丛刊》，凤凰出版社，2010 年，第 833、850、851 页。

妾众多，雨露不能均沾，“空花”云云，实借花以寄怨。诗构思巧妙，因月光反射花影，婆娑而三，联想及个人身世处境，欲吐还茹，深得风人之旨。

第二则述清初大学问家毛奇龄之家事，若参照《两般秋雨庵随笔》所载，则更见趣味：

> 西河先生凡作诗文，必先罗书满前，考核精细，始伸纸疾书。其夫人陈氏，以先生有妾曼殊，心尝妒恨，辄詈于诸弟子之前曰：“君等以毛大可为博学耶？渠作七言八句，亦须獭祭乃成。”先生曰：“凡动笔一次，展卷一回，则典故终身不忘，日积月累，自然博洽，后生小子，幸仿行之，妇言勿听也。”又尝僦居矮屋三间，左图右史，兼住夫人，中为会客之所。先生构思诗文，手不停缀。质问之士，环坐于旁，随问随答，井井无误。夫人室中詈骂，先生复还诟之，盖五官并用者。①

此段描述颇有喜剧性，夫人因妒恨西河宠爱之小妾曼殊，乃发泄于西河众弟子前，连带贬低乃夫之学问。西河则稳持绛帐，侃侃而谈。甚至当众一面与隔壁夫人对骂，一面手不停缀，著述不停。夫妇间旗鼓相当，未见“季常之惧”。梁绍壬所记虽不免小说家言，但综观两则载记，仍可觇见西河夫妻关系之壶奥。西河之经学为一代宗师，淹贯群书，诋排众说，复好驳辩。其宠嬖小妾，冷落夫人，亦人之常情。据吴长元《宸垣识略》：

> 毛西河姬人曼珠，张姓，小字阿钱，丰台卖花翁女也。幼甚慧，能效百鸟音，工针黹。稍长，白皙而妍，绾发作连环，名百环髻。毛以冷官在京，益都相公助赀作合。新婚之夕，陈

① 梁绍壬：《两般秋雨庵随笔》卷二，上海古籍出版社，1982年，第82页。

检讨其年更名曼珠。于归后学书度曲，不半载而能，最爱歌梁司农《祝家园词》。既而得奇疾，渐就羸弱，年二十四而夭。西河作别志书甎。士大夫争以词挽吊。其病中尝绘小影，名《留视图》，诸公俱有题咏云。①

“曼殊”“曼珠”传闻有异，然当系一人。虽出身卑贱，而玲珑剔透、聪颖绝伦，“曼珠”之名，乃康熙间名士，翰林院检讨陈维崧所改。复以年少妍丽，深得西河之宠。其妻陈氏，有才而性情亢直，其妒亦全出本性，毫无遮饰。且曼殊虽受夫宠，并不影响陈氏主妇地位。故对骂之间，除发泄不满，别有宣示妻权之意味。西河之表现实更耐人寻味，依“妇德”“女诫”，夫人当众诟詈所天，悖礼失范，应受重谴。然西河似并不以为忤，“对骂”乃是平等关系，说明西河内心认可与夫人之分庭抗礼，同时却又训导门生“妇言勿听”，此事之喜剧性即由此生发。清代士人之家庭内部矛盾限于记载，往往难窥真相。文人纳妾，笔记野史每盛言闺中唱和之乐，罕及家庭中其他女性之声音，若龚鼎孳之纳顾媚，《板桥杂记》但言其夫人童氏高尚，自居合肥，不受清封，不肯随宦京师。其中有无对鼎孳之怨，对顾媚之妒，则无片语可征，殊堪玩味。而西河之姬人曼殊，年仅二十四岁而夭，一生似无片言只字留存，亦可慨矣。光绪间谢章铤《赌棋山庄集》云：

且夫冒巢民之哭董小宛，作《影梅庵忆语》数千言；毛西河之丧曼殊，既为别传，又志墓砖，且乞禁方，寄之地下。彼岂不达者，抑何其回肠荡气如此？乃知佳人难再得，而一切死生、齐修短之说，有不能忏往事之凄凉，止孤衾之辗转者矣。嗟乎，同病相怜，闻累欷而知深痛，则此一卷也。世有纂

① 吴长元：《宸垣识略》卷十六，北京古籍出版社，1982 年，第 329 页。

《燃脂》《正始》诸集者，其亦望罗袜之余尘而长喟哉！[①]

这是典型的男性对曼殊的惋惜，对西河的“了解之同情”。

第三则也是关于妻妒妾怨，婚姻关系的轶事。吴蘩孙，史志罕见记载，据邱瑰华《〈燃脂余韵〉所载清代皖籍女作家诗事辑注》[②]，所引材料来自中国第一历史档案馆藏《清代官员履历档案全编》卷二十。知吴蘩孙乾隆间曾任直隶布政司理问，四川成都府汉州知州，歙人。其妻许氏亦歙人，妾陈绛绡，字彩霞，号平江女史，苏州人（或云长洲人），有《淡香阁诗草》。吴蘩孙未见有诗古文辞传世，观其籍贯仕履，当是科第出身，然性情浮荡，专事拈花惹草。其妻妾则皆能诗，能诗之女子，情思往往较常人更为细腻，观许氏之《闺怨》诗，一腔幽怨，纠缠难解，愁绪堆叠，无可奈何。较之毛西河夫人之挺身面詈，分庭抗礼，许氏显然更符合社会主流文化所赋予女性的妇德壶范。至于陈绛绡，似乎只是吴蘩孙游踪所至平江时短暂留情所纳之姬妾，数亲芳泽后，便情减意疏，别觅新欢了。法国的乔治·巴塔耶在论及婚姻的本质时有一段话：“通常，我们丝毫不理解婚姻的色情特征，因为，最终，我们在婚姻上看到的不过是状态：我们忘记了转化。说真的，我们有十足的理由这样。转化不是持久的，而且后来，状态的合法特征战胜了转化所常见的不规则特征。我们以色情的名义承认在婚姻之外的性活动，我们忽视了最初的形式，一位妇女的亲属为相对陌生的男人送礼具有一种决裂的特征。其实，通常，被转让妇女的经济价值有助于缩小转变的色情特征，而且在这个方面，婚姻取得了习惯的意义，习惯削弱了欲望，将乐趣化为乌有。”[③]巴塔耶所言固然主要针对的是西

① 谢章铤：《赌棋山庄集》文七，清光绪刻本。

② 邱瑰华：《〈燃脂余韵〉所载清代皖籍女作家诗事辑注》，《安徽文献研究集刊》，2014年第6卷，第1期。

③［法］乔治·巴塔耶：《色情史》，刘晖译，商务印书馆，2003年，第106页。

方婚姻与色情的悖论，但对于中国古代婚姻内部关系的认识不无裨益。清代女性的生活场域、表达空间尽管有了较大的拓展，但一个女性的个人幸福程度仍要视其丈夫的社会地位、性情、品位与对该女子的关爱多少而定。

三、清代闺秀诗话中叛逆女性的声音

陈维崧《妇人集》载：

> 松陵吴氏（名银姊），与邻邑王生，以才艺相昵，后事露，庭鞫，氏板所供状洒洒数千言，颇露致语，一时争传颂焉。辞多不载，中有云："昔淡眉卓女，服缟素而奔相如，汉皇弗禁；红拂张姬，着紫衣而归李靖，杨相不追。古有是事，今亦宜然。盖表放诞于闺房，寄轻狂于螓黛矣。"①

这是一则被男性文人争相传颂的风流韵事。松陵吴氏应出明清吴江世家大族，竟与邻邑王生因才艺相投而私通，对于当时的家族与社会舆情而言，无疑是丑闻。此事之"韵"，完全出自吴氏的骈体供状，她引用葛洪《西京杂记》卓文君私奔司马相如、裴铏《虬须客传》红拂私奔李靖的故事，辩证类似自己的越轨行为古已有之，今日法律也当适度的容忍。女子也应有放诞的权利，轻狂的自由。这一系列"出格"的言论与征引博洽、对仗工稳的男性文人最擅长的四六骈文，共同彰显出一个不循"内则"、任诞孤高、泆淫肆艳、才气纵横的奇女子形象，正是其中的奇、艳、态度的坦然与观念的超越，满足了男性文人天性的自负，吸引了他们的普

①陈维崧：《妇人集》，载王英志主编《清代闺秀诗话丛刊》，凤凰出版社，2010年，第32页。

遍关注。维奥拉·克莱因曾论及“具有不满性角色”特征的妇女。他说：

她们对性角色不满的情绪表现在她们的自卑感里，表现在对她们自身性别的鄙视里，表现在反抗她们自身的被动角色里，表现在羡慕男人有更多的自由里，表现在立志在知识界和艺术界取得和男人一样的成就里，表现在努力争取自立的斗争里……还表现在用各种方法弥补她们非男人的地位给她们带来的社会地位上的劣势里。①

这段话多少可以揭橥松陵吴氏供状的一部分深层心理。

袁枚《闺秀诗话》亦载其家乡前辈女子私奔事甚详：

予幼时，大母常为予言：大父旦釜公，性豪侠，与沈遹声秀才交好。秀才中表杨大姑，有文君夜奔之事，托先祖为之道地。杨纤足，夜行不能踰沟。先祖助沈，为扶而过之。事发，藏匿余家。大姑纤腰美盼，吐属娴雅。大母亦怜爱之。母家讼于官。太守某恶其越礼，鬻与驻防旗下。大姑佯狂披发，自唊其溺。旗人不能容。沈暗遣人买归，终为夫妇，生一女而亡。后阅《香祖笔记》载此事，称武林女子王倩玉者，盖即杨氏，讳其姓为王也。其寄沈《长相思》一曲云：“见时羞，别时愁，百转千回不自由，教奴争罢休！　懒梳头，怕凝眸，明月光中上小楼，思君枫叶秋。”②

① 维奥拉·克莱因：《女性本质——一部思想史》，载［美］凯特·米利特著《性政治》，宋文伟译，江苏人民出版社，2000年，第233页。

② 袁枚：《闺秀诗话》，载王英志主编《清代闺秀诗话丛刊》，凤凰出版社，2010年，第95页。

检王渔洋《香祖笔记》，卷二确有记武林女子王倩玉事，云其“貌甚美而工诗词”[①]，其他可与袁枚诗话互参。此杨大姑可谓极具主体意识之女性，一旦意有所属、情有所托，便义无反顾，不计后果。宁受庭鞫之辱，不辞佯狂啖溺，终遂己愿，实属难能。这一类涉及女子越礼私情的记载在清代笔记、诗话中并非孤例，《随园诗话》即谈及袁枚任沭阳县令时，“有宦家女依祖母居，私其甥陈某，偕逃获讯”[②]。而据《识小录》《荷牐丛谈》《牧斋遗事》《三垣笔记》等书载，顺治初，钱谦益以南明礼部尚书迎降豫王多铎，缘例北行。其爱姬河东君柳如是独留白下，与郑生通奸。谦益反为柳开脱，“且许以畜面首少年为乐”[③]。

这一类女子之被男性文人关注，事迹得以采入诗话、笔记，盖因诗才隽秀，容易为文人胜流所赏睐，或者说她们掌握了男性擅长的表述发声技巧，在书写形式上具备了与男性菁英心灵沟通的文化资本，兼以有色——“纤腰美盼”“貌甚美”“风姿逸丽，翩若惊鸿”[④]，于是更易触发男性文人怜香惜玉的普世情怀，这里“才”是最重要的，观王士禛《香祖笔记》“王倩玉”条末云“虽淫奔失行，其才慧亦尤物也”，可证。“色”则是才的必要辅助，至于“德”，是偶尔可以忽略不计的，因为这种偶然的踰轨并不会威胁到婚姻伦理的厚重根基。

英国的约翰·阿却尔和芭芭拉·洛依德两位心理学家在论及婚姻带给女性的影响时，曾谈道：“为人妻者很可能为了配合丈夫期

---

① 王士禛：《香祖笔记》卷二，上海古籍出版社，1982 年，第 26 页。

② 袁枚：《随园诗话》卷九，载王英志主编《袁枚全集》，江苏古籍出版社，1993 年，第 299 页。

③ 徐树丕：《识小录》四，载陈寅恪著《柳如是别传》，上海古籍出版社，1980 年，第 868 页。

④ 钮琇：《河东君》，载钱仲联主编《广清碑传集》，苏州大学出版社，1999 年，第 219 页。

望，而修改自己的人格及价值观；并且她们的婚姻幸福与否，昔日不论是经济或人际层面，都还系于丈夫的成功与否……婚姻生活中自尊和自主性的丧失，会让妇女蒙受心理上的耗损。”[①]清代闺秀的婚姻生活往往可以印证上述理论，而由于东方家庭特有的妾媵制的介入，无疑会对法定的夫妻性关系构成某种消解，鉴于男子在性方面求新逐异的永不餍足，妻子的自尊必然受到伤害，不得不忍受色衰爱弛或者旧不如新的现实。闺秀诗话在记录女子诗才的同时，往往也会不经意地披露妻子在丈夫纳妾时温柔的反抗。

雷瑨、雷瑊《闺秀诗话》载：“顾莘耕，珠江人。性喜欢谐，而家贫无担石，就幕河间，寄家书诡言娶妾。夫人伊氏寄一诗云：‘当年曾赋《白头吟》，此去何妨别梦寻。郎欲藏娇妾敢妒？只愁筑屋少黄金。’盖明知其绐而故揶揄之也。”[②]同书又载：

> 徐州李鞠初秀才妻吕氏，美慧能诗。伉俪极笃，同心十载，一索未能，思子颇切。每欲令夫置小星，而艰于启齿。后就试金陵，友人代置席姓女为妾，挈而归，恐大妇不容，藏娇别所，时推故往宿。未几妾有孕，不能同寝处，思告吕迎妾，免临产无所主。比寝，乃宛转言之，至于屈膝。吕伪作愠色，改李玉溪《无题》诗示之曰：“今夜床头露口风，别营金屋怕河东。绸缪久作双飞翼，消息曾无一点通。喜得欢随潮信杳，说来羞与酒颜红。婉求屈膝侬心软，岂肯临危不转蓬。”明日果以鼓乐迎归。月余举一子，闺中人甚欢爱。人以为风流韵事焉。[③]

---

①［美］约翰·阿却尔、芭芭拉·洛依德：《性与性别》，简皓瑜译，台湾巨流图书股份有限公司，2007年，第165页。

②雷瑨、雷瑊辑：《闺秀诗话》卷十四，载王英志主编《清代闺秀诗话丛刊》，凤凰出版社，2010年，第1128页。

③同上，第1133页。

此二则皆涉士人纳妾事，而一虚一实，颇堪玩味。顾莘耕妻伊氏明知乃夫绐己，仍举古诗《白头吟》以示决绝。《西京杂记》卷三云："相如将聘茂陵人女为妾，卓文君作《白头吟》以自绝，相如乃止。"《乐府诗集·相和歌辞》录其词曰："皑如山上雪，皎若云间月。闻君有两意，故来相决绝。今日斗酒会，明旦沟水头。躞蹀御沟上，沟水东西流。凄凄复凄凄，嫁娶不须啼。愿得一心人，白头不相离。竹竿何嫋嫋，鱼尾何簁簁。男儿重意气，何用钱刀为。"[①]这应是为人妻者正常的第一反应，后面虽有"何妨别梦寻""郎欲藏娇妾敢妒"的试探与自抑，实则掩饰不住内心的恼怒。第二则始云李鞠初"伉俪极笃"，既而因"思子颇切。每欲令夫置小星，而艰于启齿"。首先，"思子"的主语不明，以常情推断，应是李鞠初秀才更为迫切，盖"婚礼者，将合二姓之好。上以事宗庙，而下以继后世"[②]也。其次，吕氏欲令丈夫纳妾，承继后嗣，却"艰于启齿"。"艰"在何处呢？纯粹用"伉俪极笃"，恐解释不通。深层意识中应有对丈夫移情别恋的担忧。所以当纳妾变为现实，丈夫屈膝乞允时，要"伪作愠色"，诗中要自拟河东，对"绸缪久作双飞翼，消息曾无一点通"表达不满，最后还要说明是因为自己心软，经不住丈夫跪求的诚意打动，所以"临危转蓬"。复次，这实际是在丈夫纳妾，木已成舟的前提下，妻子对个人权利的一种委婉的捍卫，对自己有限的尊严的一种宣示，而这一切，又都笼罩在一袭温馨谐谑、和睦轻柔的纱幕之内。

《闺秀诗话》卷九又载：

> 某观察夫人好学工吟，熟通典籍，特性不检，为观察所弃，窜之苏寓逆旅中。尝出其诗稿示人，《即事》一首云："一

---

① 郭茂倩：《乐府诗集》卷四十一，中华书局，1979年，第600页。

② 戴圣：《礼记·昏义》，载阮元校刻《十三经注疏》，中华书局，1980年，第1680页。

雨忽收霁，残蝉沸满天。中庭残暑退，前渡湿云连。山远净如拭，林深凉欲烟。诗情秋洗透，痴立小桥边。”又“寒林落日群鸦下，秋夜西风一雁来”“寒灯都惨淡，归梦不分明”，两联皆佳。殆亦如文人才子之疏狂落拓者欤？[①]

此观察夫人诗才未必佳，观上引五律，既用“残蝉”，复有“残暑”，或辑录者误植，亦未可知。清之观察实指道员，秩四品，居知府上。其嫡妻因“性不检”，被弃，固属情理中事。编者因其诗才而惋惜之，以“殆亦如文人才子之疏狂落拓者欤”为之开脱，则说明若观察夫人改变性别，“不检”是可以被士林谅宥的。然而，值得追究的是作为妇人，其“窜之苏寓逆旅中”，何以为生？岂亦如诗话中数量不菲的闺塾师那样，以执教闺阃自立于世？抑或别觅藁砧，再嫁他人？然观察公有此雅量否？知情之男子能否不计前嫌，娶其入门？都是此则诗话背后值得吾人关切的话题。

清代诗话中，亦有记载女子间同性恋关系之条目，虽隐晦遮饰，但不失为重要的性学史料。苕溪生《闺秀诗话》卷四云：

食色性也，是故少艾之慕，不独男子为然，即同为闺阁，亦往往有之。陇西顾君眉妇王氏，与顾妹英姝，姿色不相上下。王有句赠英姝云：“鹦鹉依人唤梦回，枕痕低印脸霞堆。卷帘同向花前坐，贪看梳头不忍催。”归安陈淑珍赠表妹句云：“玉为肌骨水为神，一样裙钗爱倍珍。自笑前生修未得，作她夫婿是天人。”湖州杨定甫孝廉妇秦氏，美而无子，从都于平陵寓所。见一女子，年可十五六，姿色绝丽。招之食，与语，大悦之，欲为夫置侧室而未言也。后数月复经其地，觅前寓，

① 雷瑨、雷瑊辑：《闺秀诗话》卷十四，戴王英志主编：《清代闺秀诗话丛刊》，凤凰出版社，2010年，第1133页。

已易主人矣，乃题诗于壁云："平陵城外驻征车，旧境重来日已斜。樽酒因缘成浪迹，春风门巷误桃花。云中仙使无青鸟，海上神山有碧霞。独立黄昏惆怅久，不应从此便天涯。"一见而缠绵若此，较之南康公主"我见犹怜"之说，尤觉情深，亦其夺于色而不能自已者欤？[①]

这是异于常轨的女性对同性姿色风韵的鉴赏和爱慕，虽然并没有进一步的表达，亦缺乏对方的回应，但其性取向的暧昧已昭然若揭。中国古代罕有记述女子间同性恋的文献，《汉书·外戚传》第六十七下"孝成赵皇后传"（即赵飞燕）所言宫中"对食"，始著先鞭。颜师古注引应劭曰"宫人自相与为夫妇名对食，甚相妒忌也"[②]。张在舟《中国同性恋史》认为"'自相与为夫妇'就是指的同性恋活动，可以达到争风吃醋的地步，这说明宫人之间的相互爱恋还是比较深切的"[③]。甚确。至明清，"南风"成为时尚，有关平民、闺秀女子同性恋的描述始稍见于说部戏曲，而仍遮遮掩掩，难与分桃断袖之载记并驾齐驱，亦足见男性话语权力之强盛。

---

① 苕溪生：《闺秀诗话》卷四，上海新民书局，1934年排印本。此条复见于咸丰二年棣华园主人辑《闺秀诗评》。

② 班固：《汉书》卷九十七，中华书局，1962年，第3990、3992页。

③ 张在舟：《中国同性恋史》，中州古籍出版社，2001年，第725页。

结 语

中国近世文学中的两性观念具有丰厚的文化意涵，其突出的表现是人的主体意识的提升，因此引发了性爱观念的变化。表面上看，社会规则仍由男性主宰，政治话语权仍由男性把握，但在男女两性的婚姻交际中，女性的主体意识却在潜滋曼衍，女性的地位、角色、气质有了崭新的文学呈现，这显然与实际生活中某些既定规矩的松动有关，更与男性社会菁英的人生观念、审美取向的变化有关。

明清两代的诗古文辞、小说戏曲展现了琳琅满目、品类万殊的情仇爱恨，多层面、多角度地描述了各个阶层、各色人物的情欲心理。本书即是在爬梳各类相关作品的基础上，借鉴性文化学、性心理学等理论对此类文学书写做深入阐释与发掘的尝试。

参考文献

一、著作

[1] [英] 蔼理士著，潘光旦译 .《性心理学》[M]. 北京：商务印书馆，2003 年 .

[2] [英] 安东尼・吉登斯著 .《现代性与自我认同》[M]. 北京：生活・读书・新知三联书店，1998 年 .

[3] [法] 安克强著，袁燮铭、夏俊霞译 .《上海妓女——19—20 世纪中国的卖淫与性》[M]. 上海：上海古籍出版社，2004 年 .

[4] 曹雪芹 .《红楼梦》[M]. 上海：上海古籍出版社，2009 年 .

[5] 陈鼎 .《 东林列传 》[M]//《四库全书》，北京：中华书局，1965 年 .

[6] 陈大康 .《明代小说史》[M]. 北京：人民文学出版社，2007 年 .

[7] 陈东原 .《中国妇女生活史》[M]. 上海：上海书店出版社，1990 年 .

[8] 陈宏绪 .《寒夜录（外一种）》[M]. 北京：中华书局，1986 年 .

[9] 陈建 .《皇明通纪法传全录》[M]. 上海：上海古籍出版社，1986 年 .

[10] 陈平原、王德威、商伟编 .《晚明与晚清：历史传承与文化创新》[M]. 武汉：湖北教育出版社，2002 年 .

[11] 陈汝元 .《金莲记》[M]. 北京：商务印书馆，1955 年 .

[12] 陈庆浩、王秋桂 .《思无邪汇宝》[M]. 台北：台湾大英百科股份有限公司，1994 年 .

[13] 陈森 .《品花宝鉴》[M]. 北京：宝文堂书店，1989 年 .

[14] 陈司成 .《霉疮秘录》[M]. 日本刻本 .

[15] 陈司成 .《霉疮秘录》[M]. 上海汇文堂本 .

[16] 陈维崧 .《妇人集》[M]// 王英志 .《清代闺秀诗话丛刊》，南京：凤凰出版

社，2010 年 .
[17] 陈与郊 .《樱桃梦》[M]. 北京：商务印书馆，1955 年 .
[18] 陈益源 .《元明中篇传奇研究》[M]：香港：学峰文化事业公司，1997 年 .
[19] 陈寅恪 .《柳如是别传》[M]. 上海：上海古籍出版社，1980 年 .
[20] 陈寅恪 .《元白诗笺证稿》[M]. 北京：生活·读书·新知三联书店，2001 年 .
[21] 陈益源 .《小说与艳情》[M]. 上海：学林出版社，2000 年 .
[22] 程毅中 .《宋元小说研究》[M]. 南京：江苏古籍出版社，1999 年 .
[23] 虫天子辑 .《香艳丛书》[M]. 北京：人民文学出版社，1994 年 .
[24] 抽丝主人 .《海上名妓四大金刚奇书》[M]. 南昌：百花洲文艺出版社，1996 年 .
[25] 邓长风 .《明清戏曲家考略》[M]. 上海：上海古籍出版社，1994 年 .
[26] 费振刚、胡双宝、宗明华 .《全汉赋》[M]. 北京：北京大学出版社，1993 年 .
[27] 冯梦龙 .《情史》[M]. 长沙：岳麓书社，1986 年 .
[28] 冯梦龙等编 .《明清民歌时调集》[M]. 上海：上海古籍出版社，1987 年 .
[29] 冯梦龙著，高洪钧笺注 .《冯梦龙集笺注》[M]. 天津：天津古籍出版社，2006 年 .
[30] 冯梦龙 .《冯梦龙全集》[M]. 南京：凤凰出版社，2007 年 .
[31] 冯梦龙编，栾保群点校 .《古今谭概》[M]. 北京：中华书局，2007 年 .
[32] [荷兰] 高罗佩著，李零、郭晓惠等译 .《中国古代房内考》[M]. 上海：上海人民出版社，1990 年 .
[33] [荷兰] 高罗佩著，杨权译 .《秘戏图考》[M]. 台北：台湾金枫出版有限公司内部发行，1993 年 .
[34] [美] 高彦颐著，李志生译 .《闺塾师——明末清初江南的才女文化》[M]. 南京：江苏人民出版社，2005 年 .
[35] 顾起元 .《客座赘语》[M]. 北京：中华书局，1987 年 .
[36] 湖隐居士编次，集艳主人校阅 .《金钿盒传奇》[M].《古本戏曲丛刊》北二集，北京：商务印书馆，1955 年 .
[37] 韩邦庆 .《海上花列传》[M]. 上海：上海古籍出版社，1996 年 .
[38] 何良俊 .《四友斋丛说》[M]. 北京：中华书局，1959 年 .
[39] 何满子 .《中国爱情小说中的两性关系》[M]. 上海：上海书店出版社，

1999 年 .
[40] [美] 贺萧著，韩敏中、盛宁译 .《危险的愉悦——20 世纪上海的娼妓问题与现代性》[M]. 南京：江苏人民出版社，2010 年 .
[41] 胡士莹 .《话本小说概论》[M]. 北京：中华书局，1980 年 .
[42] 胡文楷、张宏生 .《历代妇女著作考》(增订本) [M]. 上海：上海古籍出版社，2008 年 .
[43] 花村看行侍者 .《花村谈往》[M]. 民国适园丛书本 .
[44] 黄钧宰 .《金壶七墨全集》[M]//《笔记小说大观》，扬州：江苏广陵古籍刻印社，1984 年 .
[45] 黄霖 .《黄霖说金瓶梅》[M]. 北京：中华书局，2005 年 .
[46] 黄式权 .《淞南梦影录》[M]. 上海：上海古籍出版社，1989 年 .
[47] 纪昀 .《阅微草堂笔记》[M]. 上海：上海古籍出版社，2001 年 .
[48] 江晓原 .《性张力下的中国人》[M]. 上海：华东师范大学出版社，2010 年 .
[49] 蒋坦 .《秋灯琐忆》[M]. 上海：世界书局，1947 年 .
[50] [美] 凯特・米利特著，宋文伟译 .《性政治》[M]. 南京：江苏人民出版社，2000 年 .
[51] 康正果 .《重审风月鉴：性与中国古典文学》[M]. 沈阳：辽宁教育出版社，1998 年 .
[52] 康正果 .《风骚与艳情》[M]. 上海：上海文艺出版社，2001 年 .
[53] 兰陵笑笑生著，陶慕宁校注 .《金瓶梅词话》[M]. 北京：人民文学出版社，2008 年 .
[54] 李东阳著，周寅宾校点 .《李东阳集》[M]. 长沙：岳麓书社，1984 年 .
[55] 李虹若 .《朝市丛载》[M]. 北京：北京古籍出版社，1995 年 .
[56] 李剑国、陈洪 .《中国小说通史》[M] 北京：高等教育出版社，2007 年 .
[57] 李剑国 .《唐前志怪小说史》[M]. 北京：人民文学出版社，2011 年 .
[58] 李剑国 .《唐五代传奇集》[M]. 北京：中华书局，2015 年 .
[59] 李剑国 .《唐五代志怪传奇叙录》[M]. 北京：中华书局，2017 年 .
[60] 李剑国 .《宋代志怪传奇叙录》[M]. 北京：中华书局，2018 年 .
[61] 李剑国 .《宋代传奇集》[M]. 北京：中华书局，2018 年 .
[62] 李开先著，卜键笺校 .《李开先全集》[M]. 北京：文化艺术出版社，2004 年 .
[63] 李雯 .《破梦鹃》M]. // 黄仕忠 .《明清孤本稀见戏曲汇刊》，桂林：广西

师范大学出版社，2014 年 .
[64] 李诩 .《戒庵老人漫笔》[M]. 北京：中华书局，1982 年 .
[65] 李银河 .《同性恋亚文化》[M]. 北京：今日中国出版社，1998 年 .
[66] 李贞德 .《中国史新论・性别史分册》[M]. 台北：联经出版事业股份有限公司，2009 年 .
[67] 李贽 .《焚书》[M]. 北京：中华书局，1975 年 .
[68] 梁辰鱼著，张枕石等校注 .《浣纱记校注》[M]. 北京：中华书局，1994 年 .
[69] 梁绍壬 .《两般秋雨庵随笔》[M]. 上海：上海古籍出版社，1982 年 .
[70] 梁章钜、郑珍 .《称谓录 亲属记》[M]. 北京：中华书局 ，1996 年 .
[71] 梁章钜 .《闽川闺秀诗话》[M]// 王英志 .《清代闺秀诗话丛刊》，南京：凤凰出版社，2010 年 .
[72] 廖奔 .《中国古代剧场史》[M]. 郑州：中州古籍出版社，1997 年 .
[73] 林保淳 .《三姑六婆、妒妇、佳人——古典小说中的女性形象》[M]. 台北：暖暖书屋文化事业股份有限公司，2013 年 .
[74] 刘辰 .《国初事迹》[M]. 明泰氏绣石书堂抄本 .
[75] 刘达临 .《中国古代性文化》[M]. 银川：宁夏人民出版社，1993 年 .
[76] 刘达临 .《中国古代性文化》(修订版) [M]. 银川：宁夏人民出版社，2003 年 .
[77] 刘斧 .《青琐高议》[M]. 上海：上海古籍出版社，1983
[78] 刘开荣 .《唐代小说研究》[M]. 上海：上海商务印书馆，1947 年 .
[79] 刘永济 .《小说概论讲义》[M]// 陈洪、王振良、王之江 .《民国中国小说史著集成》第四卷，天津：南开大学出版社，2014 年 .
[80] 鲁迅 .《中国小说史略》[M]//《鲁迅全集》，北京：人民文学出版社，1957 年 .
[81] 鲁迅 .《中国小说的历史的变迁》[M]. 香港：三联书店 (香港) 有限公司，1958 年 .
[82] 罗宗强 .《明代后期士人心态研究》[M]. 天津：南开大学出版社，2006 年 .
[83] 罗宗强 .《明代文学思想史》[M]. 北京：中华书局，2013 年 .
[84] [美] 马克梦著，王维东、杨彩霞译 .《吝啬鬼、泼妇、一夫多妻者——十八世纪中国小说中的性与男女关系》[M]. 北京：人民文学出版社，2001 年 .
[85] [美] 曼素恩著，定宜庄、颜宜葳译 .《缀珍录——十八世纪及其前后的中

国妇女》[M]. 南京：江苏人民出版社，2003 年 .
[86] 毛文芳 .《物・性别・观看——明末清初文化书写新探》[M]. 台北：学生书局，2001 年 .
[87] 孟晖 .《潘金莲的发型》[M]. 南京：江苏人民出版社，2005 年 .
[88] 孟晖 .《花间十六声》[M]. 北京：生活・读书・新知三联书店，2006 年 .
[89] 孟森 .《心史丛刊》[M]. 北京：中华书局，2006 年 .
[90] [法] 米歇尔・福柯著，张廷琛、林莉、范千红等译 .《性史》[M]. 上海：上海科学技术文献出版社，1989 年 .
[91] 缪荃孙编纂，程章灿、成林校点 .《秦淮广纪》[M]. 南京：南京出版社，2017 年 .
[92] 钮琇著，南炳文、傅贵久点校 .《觚剩》[M]. 上海：上海古籍出版社，1986 年 .
[93] 欧阳兆雄、金安清 .《水窗春呓》[M]. 北京：中华书局，1984 年 .
[94] 齐裕焜 .《明代小说史》[M]. 杭州：浙江古籍出版社，1997 年 .
[95] 钱谦益 .《牧斋初学集》[M]. 上海：上海古籍出版社，1985 年 .
[96] 钱谦益 .《牧斋有学集》[M]. 上海：上海古籍出版社，1996 年 .
[97] 钱谦益 .《牧斋杂著》[M]. 上海：上海古籍出版社，2007 年 .
[98] 钱谦益 .《列朝诗集小传》[M]. 上海：上海古籍出版社，2009 年 .
[99] [法] 乔治・巴塔耶著，刘晖译 .《色情史》[M]. 北京：商务印书馆，2003 年 .
[100] 邵雍 .《中国近代妓女史》[M]. 上海：上海译文出版社，2005 年 .
[101] 单本 .《蕉帕记》[M]// 毛晋 .《六十种曲》第九册，北京：中华书局，1958 年 .
[102] 沈德符 .《万历野获编》[M]. 北京：中华书局，1959 年
[103] 沈复等著，金性尧、金文男注 .《浮生六记（外三种）》[M]. 上海：上海古籍出版社，2000 年 .
[104] 沈善宝 .《名媛诗话》[M]// 王英志 .《清代闺秀诗话丛刊》，南京：凤凰出版社，2010 年 .
[105] 施耐庵 .《水浒传》[M]. 北京：人民文学出版社，1975 年 .
[106] 石昌渝 .《中国小说源流论》[M]. 北京：生活・读书・新知三联书店，1994 年 .
[107] 舒芜 .《女性的发现——知堂妇女论类抄》[M]. 北京：文化艺术出版社，

1988 年 .
[108] 孙继芳 .《矶园稗史》[M]. 涵芬楼秘笈景旧钞本 .
[109] 孙希旦 .《礼记集解》[M]. 北京：中华书局，1989 年 .
[110] 孙柚 .《琴心记》[M]. 北京：商务印书馆，1955 年 .
[111] 孙玉声 .《沪壖话旧录》[M]// 熊月之 .《稀见上海史志材料丛书》，上海：上海书店出版社，1989 年 .
[112] 谭帆 .《优伶》[M]. 上海：百家出版社，2002 年 .
[113] 谭正璧 .《话本与古剧》[M]. 上海：上海古籍出版社，1985 年 .
[114] 汤显祖 .《汤显祖戏曲集》[M]. 上海：上海古籍出版社，2010 年 .
[115] 唐寅 .《唐伯虎全集》[M]. 大道书局，1925 年 .
[116] 陶穀 .《清异录》[M]. 上海：上海古籍出版社，2012 年 .
[117] 陶君起 .《京剧剧目初探》[M]. 北京：中国戏剧出版社，1963 年 .
[118] 陶慕宁 .《青楼文学与中国文化》[M]. 北京：东方出版社，1987 年 .
[119] 陶慕宁 .《无问无应集》[M]. 天津：南开大学出版社，2005 年 .
[120] 陶宗仪 .《说郛》[M]. 北京：中国书店，1986 年 .
[121] 铁桥山人等 .《消寒新咏》[M]. 北京：中国戏曲艺术中心，1986 年 .
[122] 屠隆 .《屠隆集》[M]. 杭州：浙江古籍出版社，2012 年 .
[123] 汪廷讷 .《彩舟记》[M]. 北京：商务印书馆，1955 年 .
[124] 汪廷讷 .《种玉记》[M]. 北京：商务印书馆，1955 年 .
[125] 王瑷玲 .《明清文学与思想中之主体意识与社会——文学篇》[M]. 台北：中央研究院中国文哲研究所，2004 年 .
[126] 王初桐纂述，陈晓东整理 .《奁史》[M]. 北京：文物出版社，2017 年 .
[127] 王端履 .《重论文斋笔录》[M]. 道光二十六年授宜堂刻本 .
[128] 王德威 .《想像中国的方法》[M]. 北京：生活 • 读书 • 新知三联书店，2003 年 .
[129] 王德威 .《被压抑的现代性》[M]. 北京：北京大学出版社，2005 年 .
[130] 王国维 .《人间词话》[M]. 北京：人民文学出版社，1960 年 .
[131] 王季思 .《全元戏曲》[M]. 北京：人民文学出版社，1999 年 .
[132] 王錂 .《寻亲记》[M]. 北京：商务印书馆，1955 年 .
[133] 王培荀 .《听雨楼随笔》[M]. 道光二十五年刻本
[134] 王书奴 .《中国娼妓史》[M]. 北京：生活 • 读书 • 新知三联书店，2012 年 .
[135] 王世贞 .《艳异编》[M]. 沈阳：春风文艺出版社，1988 年 .

[136] 王士禛 .《香祖笔记》[M]. 上海：上海古籍出版社，1982 年 .
[137] 王韬 .《王韬日记》[M]. 北京：中华书局，1987 年 .
[138] 王韬 .《瀛堧杂志》[M]. 上海：上海古籍出版社，1989 年 .
[139] 王蕴章 .《燃脂余韵》[M]// 蔡镇楚 .《中国诗话珍本丛书》，北京：北京图书馆出版社，2004 年 .
[140] 王蕴章 .《燃脂余韵》[M]// 王英志 .《清代闺秀诗话丛刊》，南京：凤凰出版社，2010 年 .
[141] 王英志 .《袁枚全集》[M]. 南京：江苏古籍出版社，1993 年 .
[142] 王钟翰 .《清史列传》[M]. 北京：中华书局，1987 年 .
[143] 魏秀仁 .《花月痕》[M]. 北京：人民文学出版社，1982 年 .
[144] 卧读生 .《上海杂志》[M]// 熊月之 .《稀见上海史志材料丛书》，上海：上海书店出版社，1989 年 .
[145] 巫仕恕 .《品味奢华：晚明的消费社会与士大夫》[M]. 北京：中华书局，2008 年 .
[146] 吴长元 .《宸垣识略》[M]. 北京：北京古籍出版社，1982 年 .
[147] 吴存存 .《明清社会性爱风气》[M]. 北京：人民文学出版社，2000 年 .
[148] 吴凌云 .《红妆——女性的古典》[M]. 北京：中华书局，2005 年 .
[149] 武舟 .《中国妓女生活史》[M]. 长沙：湖南文艺出版社，1990 年 .
[150] 西周生著，黄肃秋校注 .《醒世姻缘传》[M]. 上海：上海古籍出版社，2005 年 .
[151] [法] 西蒙娜・德・波伏瓦著，郑克鲁译 .《第二性》[M]. 上海：上海译文出版社，2011 年 .
[152] 夏敬渠 .《野叟曝言》[M]. 光绪八年申报馆一百五十四卷本 .
[153] 夏庭芝著，孙崇涛、徐宏图笺校 .《青楼集》[M]. 北京：中国戏剧出版社，1990 年 .
[154] 夏薇 .《〈醒世姻缘传〉研究》[M]. 北京：中华书局，2007 年 .
[155] 谢说 .《四喜记》[M]. 北京：商务印书馆，1955 年 .
[156] 谢章铤 .《赌棋山庄集》[M]. 清光绪刻本 .
[157] 谢肇淛 .《五杂组》[M]. 上海：上海书店出版社，2001 年 .
[158] 熊秉真、吕妙芬 .《礼教与情欲——前近代中国文化中的后 / 现代性》[M]. 台北：中央研究院近代史研究所，1999 年 .
[159] 徐复祚 .《投梭记》[M]// 毛晋 .《六十种曲》第八册，北京：中华书局，

1958 年 .
[160] 徐敬修 .《说部常识》[M]// 陈洪、王振良、王之江 .《民国中国小说史著集成》第二卷，天津：南开大学出版社，2014 年 .
[161] 徐珂 .《清稗类钞》[M]. 北京：中华书局，1986 年 .
[162] 徐朔方 .《金瓶梅西方论文集》[M]. 上海：上海古籍出版社，1987 年 .
[163] 许纪霖 .《公共空间中的知识分子》[M]. 南京：江苏人民出版社，2007 年 .
[164] 许兆椿 .《秋水阁诗文集》[M]. 道光二十五年刻本 .
[165] 阮元 .《十三经注疏》[M]. 北京：中华书局，1980 年 .
[166] 燕华君评说，李庆瑞校点 .《上海旧闻——晚清社会新闻图录》[M]. 苏州：古吴轩出版社，2004 年 .
[167] 严敦易 .《元明清戏曲论集》[M]. 郑州：中州书画社，1982 年 .
[168] [日] 盐谷温著，郭希汾译 .《中国小说概论》[M]. 上海中国书局，1921 年 .
[169] 杨荣 .《文敏集》[M]. 文渊阁四库全书本 .
[170] 姚旭锋 .《梨园海上花》[M]. 上海：上海人民出版社，2003 年 .
[171] 叶德辉 .《双梅影闇丛书》[M]. 光绪二十九年蹤园刊 .
[172] 叶宪祖 .《四艳记》[M]. 北京：商务印书馆，1955 年 .
[173] [美] 伊沛霞著，胡志宏译 .《内闱——宋代的婚姻和妇女生活》[M]. 南京：江苏人民出版社，2004 年 .
[174] 衣若兰 .《三姑六婆——明代妇女与社会的探索》[M] 台北：稻乡出版社，2002 年 .
[175] 佚名 .《情楼迷史》(《霞笺记》) [M]. 清醉月楼刊本 .
[176] 佚名 .《赠书记》[M]// 毛晋 .《六十种曲》第八册，北京：中华书局，1958 年 .
[177] 佚名著，孔宪易校注 .《如梦录》[M]. 郑州：中州古籍出版社，1984 年 .
[178] 俞为民 .《宋元南戏考论续编》[M]. 北京：中华书局，2004 年 .
[179] 俞正燮 .《癸巳类稿》[M]. 沈阳：辽宁教育出版社，2001 年 .
[180] [美] 宇文所安 .《记忆：中国古典文学中的往事再现》[M]. 北京：生活・读书・新知三联书店，2014 年 .
[181] 袁宏道著，钱伯城笺校 .《袁宏道集笺校》[M]. 上海：上海古籍出版社，1981 年 .
[182] 袁中道 .《珂雪斋集》[M]. 上海：上海古籍出版社，1989 年 .
[183] 袁祖志 .《续沪北竹枝词》[M]. 上海：上海书店出版社，1996 年 .
[184] [英] 约翰・阿却尔、芭芭拉・洛依德著，简皓瑜译 .《性与性别》[M].

台北：台湾巨流图书公司，2007 年 .
[185] 云出 .《花锁志》[M]. 北京：中华书局，2006 年 .
[186] 臧懋循 .《负苞堂集》[M]. 杭州：浙江古籍出版社，2012 年 .
[187] 张伯熙编著 .《上海轶事大观》[M]. 上海：上海书店出版社，2000 年 .
[188] 张次溪编纂 .《清代燕都梨园史料》(正续编) [M]. 北京：中国戏剧出版社，1988 年 .
[189] 张国星 .《中国古代小说中的性描写》[M]. 天津：百花文艺出版社，1993 年 .
[190] 张瀚 .《松窗梦语》[M]. 上海：上海古籍出版社，1986 年 .
[191] 张宏生编 .《明清文学与性别研究》[M]. 南京：江苏古籍出版社，2004 年 .
[192] 张君房纂辑，蒋力生等校注 .《云笈七签》[M]. 北京：华夏出版社，1996 年 .
[193] 张琦 .《灵犀锦》[M]. 北京：商务印书馆，1955 年 .
[194] 张廷玉等 .《明史》[M]. 北京：中华书局，1974 年 .
[195] 张问陶 .《船山诗草》[M]. 清嘉庆二十年刻道光二十九年增修本 .
[196] 张在舟 .《暧昧的历程——中国古代同性恋史》[M]. 郑州：中州古籍出版社，2001 年 .
[197] 张静庐 .《中国小说史大纲》[M]. 天津：南开大学出版社，2014 年 .
[198] 赵尔巽等 .《清史稿》[M]. 北京：中华书局，1977 年 .
[199] 赵翼 .《檐曝杂记》[M]. 北京：中华书局，1989 年 .
[200] 震钧 .《天咫偶闻》[M]. 光绪丁未甘棠转舍刻本 .
[201] 郑若庸著，黄仕忠评注 .《玉玦记》[M]. 长春：吉林人民出版社，2001 年 .
[202] 郑玄注，孔颖达正义 .《礼记正义》[M]. 上海：上海古籍出版社，2008 年 .
[203] 中国戏曲研究院编 .《中国古典戏曲论著集成》[M]. 北京：中国戏剧出版社，1959 年 .
[204] 钟彩钧 .《明清文学与思想中之情、理、欲》[M]. 台北：中央研究院中国文哲研究所，2009 年 .
[205] 周履靖 .《锦笺记》[M]. 北京：商务印书馆，1955 年 .
[206] 周密 .《癸辛杂识》[M]. 北京：中华书局，1988 年 .
[207] 周密 .《武林旧事》[M]. 北京：中华书局，1991 年 .
[208] 朱一玄 .《明清小说资料汇编》[M]. 济南：齐鲁书社，1990 年 .
[209] 周玉波、陈书录 .《明代民歌集》[M]. 南京：南京师范大学出版社，2009 年 .

二、期刊

[1] 康正果 .《悼亡和回忆——论清代忆语体散文的叙事》[J].《中华文史论丛》，2008 年第 1 期：353-384+394-395.

[2] 倪惠颖 .《论清代文人对青楼名妓的文化书写及演变——以狭邪笔记为例》[J].《明清小说研究》，2012 年第 3 期：61-74.

[3] 钱谷融 .《文艺创作的生命与动力》[J].《文艺报》，1979 年第 6 期 .

[4] 邱瑰华 .《〈燃脂余韵〉所载清代皖籍女作家诗事辑注》[J].《安徽文献研究集刊》，2014 年第 6 卷第 1 期：95-117.

[5] 陶慕宁 .《从影梅庵忆语看晚明江南文人的婚姻性爱观》[J].《南开学报》，2000 年第 4 期：56-61.

[6] 汪荣祖 .《文笔与史笔——论秦淮风月与南明兴亡的书写与记忆》[J].《汉学研究》，2011 年第 29 卷第 1 期：189-224.

[7] 王鸿泰 .《闲情雅致——明清间文人的生活经营与品赏文化》[J].《故宫学术季刊》，2014 年第 1 期：69-97.

[8] 王平 .《〈金瓶梅〉饮食文化描写的当代解读》[J].《山东师范大学学报》，2011 年第 56 卷第 6 期：32-38.

后　记

我生性疏懒，为学散漫，因此几乎没有申报过什么科研项目。私忖文史研究，没有项目也可以做得很好，有了项目，则未必一定做得好。2010 年突发奇想，也试着报了一个，孰料一矢中的，自然私心窃喜，心想有了这十二万，可以买许多过去想要但买不起的大部头书，同时也期以十年之功，认真地写一部书，不负人我。

倏忽便过了几年，陆续发表了几篇相关的论文，反响大抵不坏。项目参与者岳立松博士毕业后做了西北大学李浩教授的博士后，在西安工业大学执教，她的博士论文《晚清狭邪文学与京沪文化研究》亦由上海古籍出版社于 2013 年付梓。到了 2016 年，我还在一部一部细读明清文人的别集，希图不蹈成说，言必有据，突然接到校社科办公室的通知，要求三个月内尽快结项。当即目瞪口呆，心想无论如何是完不成了。转念又想，索性退项，无非是补上已经花掉的几万元，权当是自费买了电脑、买了书罢了。于是便很坦然。陆续地告知了几位已经毕业的学生，不想大家勠力相助，慨赠己作。这便令我重拾信心，决定编排章节、补苴罅漏，申请结项。然而毕竟是众人的合作，水准有参差，文风有扞格，欲求一致，诚不易也。用是虽按期提交，仍心怀忐忑，未敢期以必成。

转年初，项目以“良好”通过评审，真是何幸如之。但自知瑕疵尚夥，远未惬心贵当。乃不时修订梳理。岳立松百忙之间，亦常施以援手。又三载，粗成文稿，拟付剞劂。兹特将鼎力相助之数人姓名及所提供之稿件名目列出，以彰潜德。

第二章“性别视角之下的明代青楼文化”第二节至第五节，撰稿：曹慧敏博士（中国传媒大学博士后）；第二章第六节，撰稿：刘士义博士（山西师范大学副教授）

第三章“明代戏曲的两性书写及其心理蕴涵”第三节、第四节，撰稿：冯珊珊博士（河南大学文学院博士后）

第四章“明清小说中的两性刻画与人性深度”第三节，撰稿：丁岳（北京大学中文系博士研究生）

第五章“明代民歌与两性观念”部分，撰稿：徐文翔博士（安庆师范大学文学院副教授）

以上稿件绝大部分经过了我的修改，付梓以后，文责我负。

感谢中国大百科全书出版社刘国辉社长、李默耘主任、社科学术分社曾辉社长玉成，感谢林思达、于淑敏两位编辑斧削。